ディズニー・セラピー

自閉症のわが子が教えてくれたこと

等身大のヒーロー、
息子ウォルトへ

著者ノート

この本を読まれるとおわかりいただけるように、息子オーウェンは、人格形成と情緒面を伸ばす手段として、ディズニーのアニメーション映画のセリフと歌詞を多いに活用した。

主力作品を評価・批評しているにも拘わらず、いかなる形でも本書の内容に干渉しないと同意してくれたウォルト・ディズニー社に感謝する。同社は賢明にもこの取り決めを遵守してくれた。

この取り決めにおいて、本書の独立性はまた、相互の利害を尊重するものであり、ディズニー社は自閉症に関連するいかなる案件に対しても、自社作品の使用をどのような形であれ、一切宣伝することはできない。

これより語られるのは、ある家族の20年にわたる体験と、発見の物語である。

ディズニー・セラピー　自閉症のわが子が教えてくれたこと　もくじ

第1章
逆さ向きに育つ

1歳の誕生日を祝う、
ごく普通の男の子。

2歳になると、カメラにあかんべ。

どうにも腑に落ちない、1本のビデオテープがある。

ウレタン製の剣を手に、落ち葉の間を走っていく男の子。タイムコードの日付は、1993年10月とある。2歳半のちび助らしく、危なっかしそうに、よろめきながら突っ走っているが、それもすぐに消えてしまうとわかっていた。なぜなら、映像の世紀だった20世紀後半の申し子たちは、画面に映る映像を一べつしただけで、正確な時間や場所を言いあてるなんて、お手のものだからだ。男の子はくりくりした目の巻き毛の少年で、緑色のコーデュロイと明るい色の冬用ジャケットを着こんでいる。木の種類と地形から、場所はアメリカ合衆国の北東部と察しがつく。落ち葉でいっぱいの庭は、小ぢんまりした家の裏手にあったが、ブランコだけはやけにこった造りで——若い両親が子どものために奮発したのだろう、値の張りそうな最新モデルがいすわっていた。短い棒きれを持ってうれしそうに子どもを追いかけていた黒髪の若々しい男が、膝立ちになって落ち葉にすべりこむと、それを合図に男の子が振り返り、笑っておもちゃの武器を構える。丁々発止、剣を交えつつ、男が言う。「こいつは男の子なんかじゃない、空飛ぶ悪魔だ!」。ディズニー映画「ピーター・パン」に登場するフック船長の、さえないもの真似だ。

坊やと男のやりとりは、1953年に製作された同アニメーション映画に出てくるセリフからの引用で、当時すでにビデオカセット・レコーダーの全盛期だったことがうかがえる。遡ること1世紀、トーマス・エジソンがはじめて録音に成功して以来、音と映像を電気的に記録する媒体としては、それが当時の最先端だった。劇場にわざわざ足を運ぶことなく、何度でも、好きなだけ観られる。人々はとびついた。ディズニー社は「ダンボ」「ジャングル・ブック」「ピーター・パン」といった名作映画を、ビデオカセットで販売しはじめた。ベビーブーマー世代の親たちが、かつて愛した映画を購入し、子どもと一緒に追体験できる。もくろみは商業的に大当たりし、かくして〈ビデオのセリフをやりとりしているふたりの人物のビデオ〉というしろものが生みだされた。

では、この特定の映像を、一般化してみよう。これは結局、父と息子がごっこ遊びをしている光景であり、そんなときの常として、意識の水面下では、様々に秘めた思いが、瞬時に浮かんでは消えていく。男の子のほうは、ひと足ごとに、豊かな想像世界のヒーローになりきる。父親のほうは、男の子が成長し、いつか自分にとって代わる日がくるのを心の奥底で意識しつつ、どんな趣向の死に方をしてやろうかと、知恵をめぐらす。だが、一連の動きはあくまでスムーズに演じられ、男の子が精一杯優雅にとどめのひと突きを入れると、男はバッタリ倒れ――枯れ葉のようにしんなりし――それから、クスクス笑う子どもを引きよせて、腹の上に乗せる。

●　●　●

取るに足らない、だがほほえましいこのビデオの父親は、私だ。男の子は私の息子。私は100回観たし、妻も観た。しまいには、もうそれ以上、耐えられなくなってしまった。

それが、息子を見た最後の姿だ。容赦なく、磁気テープに永遠に刻みこまれた男の子。

ひと月後、男の子は消え失せた。

●　●　●

彼女の名前は、コーネリア・ケネディ。コネチカット州に住むアイルランド系カソリックの家柄だ。もっともそれは結婚前の話で、今はサスキンド姓を名乗っている。私は夫のロン、デラウェア州出身の、ユダヤ系だ。ふたりの息子のうち、年上のウォルト——早世した私の父からとった名前——は、5歳になる。次男の、ウレタン製の剣を持っていた男の子は、オーウェン。枯れ葉舞い散る裏庭つきのサスキンド家第一号邸は、マサチューセッツ州デダムに構えられていた。私が「ウォールストリート・ジャーナル」紙のボストン支局に勤めはじめ、3年がたつ。今回、同紙の国内政治欄担当に配置換えが決まり、家族でワシントンDCに引っ越すこととなった。くだんのビデオは、引っ越しトラックが到着する前日に撮られ、このときは家族そろって、まだ普通の世界に、のほほんと暮らしていた。「普通」という言葉について、私はこれまでほとんど考えたことはない。それが、不履行によって定義される言葉のひとつであること、「真」よりも「偽」によって形を取る——外側にはじき出されたものによって、規定される円だということを。

●
●
●

最初に気づいたのは、コーネリアだった。ワシントンに移って、2、3週間ばかりたった頃のことだ。妻はオーウェンと日がな1日、くっついて過ごす。

何かがとんでもなくおかしい。

オーウェンが、支離滅裂だ。泣いて、走り回って、止まったと思うと、さらに泣く。息つぎのために泣きやむときは、ただ虚空を見つめている。

そうでなければ、コーネリアを探る目つきで見つめている。妻は両手で息子の赤らんだ顔を包みこみ、どうしたのかと尋ねる。オーウェンは、言葉が出ないようだった。おしゃべりの兄にはかなわないものの、オーウェンもかなりしゃべるほうだ——普通の、3歳に届く年頃の話す語彙を、200~

300語ほど操った。生理的欲求を伝えたり、愛情表現をしたり、ちょっとした冗談やお話を作るぐらいは、それでこと足りた。

一家はジョージタウン(ワシントンDC北西部)の貸家に引っ越したばかりで、新しい環境に慣れるのに大わらわだった。荷物が解かれ、ウォルトは新しい学校に通いだし、父親は大規模で活気のある新聞社の支局で新たに働きはじめたところだ。そのため、失語問題はオーウェンが数語しか話さなくなるまで、見過ごされてしまう。11月に引っ越しトラックが立ち去ってから1ヶ月後、オーウェンは、たったひと言しかいえなくなっていた。「ジュース」、のひと言だけ。

それなのに、コップの中のものを飲もうとしないときがある。1年近く前に、オーウェンはシッピーカップ(乳児用の飲み口がついたコップ)を卒業して「大きい子用コップ」を使いはじめたのだが、ジョージタウンでは、支えをなくしたかのごとく、こぼすようになった。実際、なくしている。グラグラ、フラフラしている。それで、コーネリアはできる限り息子を支えてやると、ゆり椅子に座って過去数ヶ月のできごとを反すうする。何かが起きたのだろうか、何か、見落としていることが?まるで、誘拐事件の手がかりを探しているみたいだ。そういえば、去年の8月にサウザンプトンに旅行したとき、1日中泣いてばかりいたけれど、この子はもともと、あまりむずかる子ではなかった——そのときまでは。その後、10月の終わり、荷物を引っ越しトラックに積みこんだ日に、息子たちを1日預かってくれた親しい友人が、ふたりを車で送り届けにきたとき、オーウェンはずっと寝ていたと言っていた。息子は確かにまだお昼寝をするけれど、半日もぶっ通しで? 荷物を解き、コーネリアは引っ越し当日のビデオを見つける。ビデオの中は日暮れどきで、ウォルトが半分空っぽの家の中をツアーして回っている。お兄ちゃんはご機嫌だった。これからワシントンへの大旅行が待っている。親友ふたりの名前をとったペットの金魚、アーティとタイラーは、もう密封した鉢に入れてあり、用意は万端だ。「僕のお魚も一緒に行くんだよ！」。すると、オーウェンがカメラにチラリと映り、そっと、眠そうに言う。「これは僕のベッドと、荷物なの」

妻が同じ箱から、別のビデオを見つけだす――「ピーター・パン」のチャンバラごっこのビデオだ。その夜、妻とふたりで観る。理屈に合わない。オーウェンのあの動き方、なめらかなおしゃべりを見てごらんよ。巻き戻してもう1度観る。もう1度、手がかりを探して。

12月中旬になり、コーネリアはオーウェンと一緒に、2段ベッドの下の段で横になっていた。上の段ではウォルトがぐっすり寝ている。本棚の明かりに照らされた水槽から、小さなブーンという低い音がもれ、アーティとタイラーが音を立てずに泡の間を泳いでいる。午前3時。オーウェンが右に左に寝返りをうち、意味不明の寝言を呟く。コーネリアはできるだけしっかりわが子を抱きしめて、落ち着かせようとする。絶望の闇の中、妻は祈り、涙を流しながら息子に囁きかける。神様に届くのを願って。「どうか、私たちを助けて。何が起きていようと、心から愛するお前の行いすべてを愛するわ。これが終わるまで、ずっとこうして抱いているからね」

・・・

ホリデーがやって来る――人々は贈り物を買い求め、ワシントン中が祝祭ムードに活気づく。恵みの季節、クリスマスがやって来る。

待望のときを迎えるはずだ。ざっと見たところすべては順調、何年もかけて準備した人生設計が、いよいよひとつになる。コーネリアと私は、大学卒業後に立ちあげた政治キャンペーンを通じて友人になった。私の机に腰かけ、私がしたためた法律学校宛の願書を読んだ彼女は、法律学校に入りたいという熱意があまり伝わってこないと評し——その通り、入りたくなかった——だがよく書けており、もの書きになることを検討すべきだといった。才媛のコーネリアはすでにその道を歩んでおり、私は即座にその考えが気に入った。父が46歳の若さでがんに倒れる前、弟と私に宛てた手紙で、「価値あること」を生業にしろと訴えていた。ジャーナリズムは、いけるかもしれない。権威にたてつき、真実のかけらを探り、指導者を育てあげる。我々の推す候補者は落選したが、ふたりは付き合いはじめ、コーネリアはニューヨークで「ピープル」誌の記者職にありつき、私はコロンビア大スクール・オブ・ジャーナリズムに進んだ。卒業後は「ニューヨーク・タイムズ」紙の報道部員を2年間務め、一方コーネリアは「ニューヨーク・マガジン」誌の編集者を経て、フロリダの「セントピーターズバーグ・タイムズ（現タンパベイ・タイムズ）」紙の特派員へとステップアップ、そこで1年半勤め、ふたりは結婚する。次に、私はボストンの小さなビジネス誌の編集員となり、そして、１９９０年、ボストンのオールドサウス集会所（ボストン茶会事件で有名な史跡）からは目と鼻の先にある、「ウォールストリート・ジャーナル」紙ニューイングランド支局に職を得た。私はろくに口の回らぬ頃からお話作りが好きで——ブルックリン生まれの鉄火な母親仕込みだ——父の死が重くのしかかった数年間、お笑いネタ作りに凝ったりもした。だが年を重ねるごとに、もの書きの作法を学び、長文の書き方、新聞の第一面を飾るだけの文章力を磨いていった。その専任担当者として、晴れてワシントン支局配属とあいなった——夢の仕事だ。

そんなわけで、帰宅後は毎晩、もろもろポジティブなことに充てるようにした——新しい友人、フェデラル様式の3階建てテラスハウスに合わせた中古家具の購入、いつか家を買うかもしれない土地でのご近所づきあい——コーネリアがおそるおそる、その日にあったオーウェンの問題行動を打ち明けるまでは。「すべてうまくいくさ」、そう言って、私はもっともらしい説明をあげてみる。オーウェンは何か悩んでいるか、胃が痛いか、もしかして、聴力をなくしたのかも——それから、ふたりは原則論にしがみつく。

「子どもってのは、それまでに覚えたことを忘れたりしない。逆さ向きに育つことはないんだ」

•
•
•

小児科医は、しばらく息子とふたりきりになりたいと言う。両親は待合室で待つように指示される。私たちは外来患者だ。医師はオーウェンが見知らぬ人とどう接するのか、私たち抜きで見たがる。なぜなら、子どもというのは疑いを知らぬ小さき人々で、見知らぬ人をよく見つめるものだからだ。好奇心でいっぱいだ。掃除機並みに情報を吸い取ってしまう。アイコンタクトをとり、臆せずに気持ちを表に出す。少なくとも、そういうものと見なされている。

数分後、医師が私たちを診察室に呼ぶ。そういった素振りは見せないですね。ええ、知ってます、だからここに来たんです、と私たちが答える。コーネリアは自分の見たことを手短かに伝える。何が気がかりなのか、家族の暮らしがいかに一変したか。

医師は耳を傾ける。「家族の生活にそれほど支障があるのであれば、それは絶対に問題です」。そう言って、もっと私たちの助けになるかもしれないと、メリーランド州ロックビルのとある病院を紹介してくれた。

2月、私たちはレジナルド・S・ローリー小児センターの、まったく趣きの異なる待合室に座っている。部屋は遊び場につながっていて、マジックミラーで観察できた。広々とした遊び場で、子どもたちはいろんな色のブロックや、ブランコや、マットで遊べる……様子を観察されながら。

診察室に通されると、背の高い、いかめしい顔つきの黒髪の女性が待っていた。女性がオーウェンに挨拶する。オーウェンの手を、コーネリアはぎゅっと握りしめている。診察室には、さらにたくさんのおもちゃが置かれていた。だが私たちが医師と話をする間、オーウェンはおもちゃで遊ばない。数分が過ぎる。次に医師は長い廊下を、私のところからコーネリアに向かって歩かせる。手を離すとき、私は「デダムにいたときみたいに、真っ直ぐにちゃんと歩いてくれ、1度でいいから」と声をかけたくなる。オーウェンは、真っ直ぐにちゃんと歩かない。腕を振りまわし、よろけては起き直り、目をつぶっているみたいにジグザグに歩く。コーネリアが受けとめる。それからみんなで診察室に戻った。「オーウェンはどうも、広汎性発達障害のようですね。発達領域全般に症状が出ています。歩き方その他から、間違いないでしょう」。超然とした、冷たい調子で女医は続け、床に座りこんで自分の指をもてあそんでいるオーウェンにはほとんど目をくれない。このとき、私たちは本当にはこの場にいない。コーネリアと私はどこか別の場所に浮かんで、自分の手を熱心に研究している子どもの傍らで、若い夫婦が椅子の中で凍りつき、数秒ごとに頷くのを見下ろしている。医師がどのタイミングで「自閉症」の言葉を使ったか、うろ覚えなのはそのせいだ。

否定のパワーは強力だ。数年後、親友の父親で、年配の精神科医が金言をくれた。「否定を尊重しなさい。否定には理由がある。向きあえないことと折りあいをつける方法なんだ」。齢《よわい》34歳の私は、否定を尊重しなかった。存在を認めさえしなかった。

家への帰途、コーネリアも私も押し黙り、オーウェンは後部座席でもぞもぞしていた。あの女医の診断が正しいはずはない。自閉症に関する私たちの知識は、この時代の大抵の人間が持っているのとどっこいだ。大半のアメリカ人同様、私たちも映画「レインマン」を観ていた。息子はダスティン・ホフマン演じるレイモンド・バビットなんかじゃない。断じてない。

ひと月後、新しい医師を見つける。ベセスダで増えつつあった発達障害診療の若い医師で、コーネリアの高校時代からのくされ縁――大学で私と知り合い、ふたりを引き合わせた友人にソックリだ。これは幸先がいい。

アラン・ローゼンブラット医師はオーウェンを膝に乗せると、とても優しく「やあ、坊や」と挨拶した。今回は、オーウェンが見返す。ふたりは簡単なエクササイズをする――医者が手を動かすと、観察し、一緒に指を触り――それからふたりはラグマットの上に座りこむ。息子は居心地よさそうだ。一緒にブロックで小さな家を作ろうと、ローゼンブラット医師が土台を作り、オーウェンが後を続けるか様子を見る。

オーウェンはやらない。ほとんど反応なし。立ち上がって、部屋を見回しはじめる。ローゼンブラット先生が名前を呼ぶ。すると、オーウェンは椅子の下にもぐりこみ、医師を見あげて「捕まえにきてよ」と目で語りかけて追いかけっこに誘う。ローゼンブラット医師が、クリップボードに何かを書きつける。

椅子に戻ると、医師が言う。「オーウェンは、最近では広汎性発達障害、またはＰＤＤと呼ばれるもののようです。ＮＯＳ、もしくは〝特定不能〟という冠がつきます」。つまり、オーウェンは一種の「自閉症に似た行動」を取るが、違う行動も見せており――くだんの「遊ぼうよ」の目つきなど――それは古典的自閉症の、現在の定義には当てはまらない。

医師は、すぐにオーウェンに対して始めたほうがいいと思われる療法を挙げていく。集中的な言語聴覚療法、作業療法、遊戯療法、それから秋に入学する学校選びはすぐに取りかかるべきだと言い、何校かすすめる。「早期に手を打つことが、肝心です」。医師がつけ加える。「信仰を持っているか、何らかの宗教団体に属するご家庭は、ややうまく、ことに当たれるようです」。それを聞いて、私は寒気がした――待ち受けるのは破滅か――だがカソリック育ちのコーネリアは、やがてそれがよりどころになっていく。

オーウェンが「自閉症」のレッテルを貼られなかったことに、ホッとする。ローゼンブラット医師によれば、オーウェンにみられる症状は「遅滞」だ。もっとも後になって、この手の用語が含む言外の意味を、私たちはかみしめるようになる。だがこの時点の効果はてきめんだ。ふたりが手足をもがれたような感覚のまま、オフィスから走り出して、家まで逃げ帰らずに済んだのだから。

帰宅するとすぐ、ボストンでお世話になった素晴らしい小児科医、ハーバード大のボブ・マイケルズ先生に電話をかけ、マサチューセッツ州を引っ越したあとのオーウェンの様子を相談する。先生は電話を保留にしてオーウェンのカルテを持って来る。ざっと目を通すが、その必要はほとんどない。「夏にオーウェンを診たばかりだ。健康そのものだった。そんなことがありえるとは思わない」

私たちも、思わない。そう、何かがおかしくなったのは確かだが、医者でさえ首をひねっている。オーウェンの症状は「非典型的」――ローゼンブラット医師の表現だ――で、問題は、多岐にわたる遅滞にある。それならば、矯正は可能だ。その夜、私たちは安堵に包まれて眠りにつく。この子を救ってやるぞ、1から育てなおして――生まれ変わらせてやる！ 毎日、つきっきりでな。ざまあみろ。

• • •

6月のとある朝、ワシントン北部のダンスホールにぎっしり並べられた座席は、8時を回る頃には、もうほとんど埋まっていた。メリーランド州ロックビルのクラウン・プラザホテルは、そこここで交わされる活発な会話や真剣な顔つきで、熱気にあふれている。

コーネリアが、混みあうテーブル席にやっと空席を見つけると、O・イヴァー・ロヴァース博士——白髪の、かくしゃくとした67歳の男性で、大きな笑みと青い目、ほんのかすかなノルウェーなまりの持ち主——がステージ上に現れ、満場の拍手を浴びる。

カリフォルニア大学ロサンゼルス校の研究室と、その地での盛んな普及活動を離れ、ロヴァース博士がわざわざ東部まで足を運んだのは、支持者に活を入れるためと、新しい層を開拓するのが目的だ。実演して見せるのが、博士のやり口だった。ほどなくして、ステージは一種のサイコドラマで活気づく——セラピストが応用行動分析、いわゆるＡＢＡのロヴァース・モデルを自閉症の子どもたちに実践してみせ、博士自身がじきじきに指導する。

ロヴァース博士の方法論は、本質的には矯正であり、ＡＢＡの訓練を受けたセラピストが小さな子どもと向かいあい、ご褒美と言葉の〈嫌悪療法〉——厳しいしっ責と、ときにはどなったりもする——を使いわけ、子どもの行動を正していく。純然たる行動修正療法だ。ロヴァースはＢ・Ｆ・スキナーの門下生で、あめとむちによって反応を条件づける。この場合、具体的には、阻害行動の減らし方、注意力の維持法、簡潔な指示、効果的な賞罰の与え方、より複雑な行動をとらせるための教材の継続活用といったことに適用される。それは、素人目には動物の餌付けのように映った。たとえば、自目を合わせるために、ＡＢＡ療法士はご褒美（チョコマーブルが人気）を子どもの鼻すじに乗せ、自分に視線を向けさせる。簡潔な指示——「こっちを見て」——を出して、目線を合わせることができたら、チョコマーブルが小さなお口に飛びこむ。「手を止めて」（自閉症の子どもはしばしば手をヒラヒラさせる）とか「口を閉じて」（独り言は禁止）といった明快な指示を、子どもの手をつかんで適切な場所に置くなどして、補強する。１９７０年代にロヴァース法をはじめた頃、博士は４人の自閉症児の治療にあたったが、人選の条件として、健全な食欲があり、食べ物で釣るのが一番効果的な子どもであることが要求された。

ちょっとしたジョークの達人、ロヴァース博士は、彼の週40時間の集中プログラムを実践して最適な結果を出すには、子どもが4歳になる前に参加させるのが肝要だと呼びかける。

「4歳になると、治療はもっと困難になります。ですから、のんびり待たないで下さい」。そう言うと、彼の治療によって人生が劇的に変わった患者の、何とも励みになる逸話を披露した。

ロヴァースは1987年、19人の子どもに関する調査書類で、目覚ましい成果を発表した。彼の実績――重度の自閉症患者のうち、9人が彼のテクニックで「治癒」し、今も普通の環境でつつがなく暮らす――は、1994年の初めまで、いまだ再現されていない。

だが、ロヴァース法を試してみようという志願者は後を断たない。

・・・

ローゼンブラット医師の初診を受けてからというもの、私たちは急速に学びつつある。もちろん、自閉症については「レインマン」以上に学ぶべきものがたくさんあり、その歴史は、ジョンズ・ホプキンス大学の児童精神科医レオ・カナーが、はじめて11人の子どもを観察研究した1930年代まで遡る。後にカナーの発表した論文によれば、11人のうち、ある男の子は「殻に閉じこもって内面の世界に住んで」おり、「周囲には無関心」。子どもたちは概して感情を言葉にするのが苦手で、ものに対して、まるで人間にするように丁重に扱い、いつもの手順が変わるとかんしゃくを起こす一方、しばしば偏っているものの抜群の記憶力を発揮し、「いかなる一般的な意味においても知能障害児と見なすことはできない」と言う。

同じ頃、世界の向こう側では、オーストリアの小児科医ハンス・アスペルガーが、行動面でも表現面でも、「共感能力の欠如、友だち作り下手、一方通行の会話、興味の対象への没頭、ぎこちない動き」を示す4人の子どもの研究を、独自に進めていた。アスペルガーはカナーと面識がなく、これらの子どもを「小さな教授」と呼んで、年齢の割にやたらと弁がたち、趣味に没頭するが、それでもやはり孤独な、社会的に孤立した暮らしを送っているという意味で、「自閉的」だと述べている――実を言えば、アスペルガー本人がそうであったという。

それからの数十年、自閉症の原因を巡って論争が続き、カナーと、後にはかの高名なブルーノ・ベッテルハイムが、誤っていわゆる「冷蔵庫マザー」説を唱えたが、80年代に実施された遺伝子テストにおいて、誕生後に別々に育てられた双子や、きょうだい間における自閉症の発症率の高さが証明されたときに崩れた。

だが、自閉症児の数は増え続けた。1990年代初頭までに、クルクル回って自己刺激行動をする子、まったく話さない子から、きわめて多弁、きわめて集中力のある子まで、多岐にわたる症例の持ち主が、元々カナーが線を引いた――のちに「古典的自閉症」と呼ばれるようになる――範ちゅうか、アスペルガーが定義した「アスペルガー症候群」、これについては紛失していた彼の書類を1991年にドイツの児童研究者ウタ・フリスが翻訳するまで認識さえされていなかったのだが、そのいずれかと診断された。両者のどこか中間あたりの子、どちらのカテゴリーにもうまく当てはまらない子が、PDD（広汎性発達障害）およびPDD-NOS（特定不能の広汎性発達障害）と呼ばれている。

1994年に出版された「精神障害／疾患の診断・統計マニュアル」、略してDSMの最新版には、これらの症状はすべてリストアップされており、ローゼンブラット医師を含めた数名が、すでに自閉症のスペクトラムという表現をしている。増加の理由はわからず、効果的な治療法も見つかっていない。もっとも有望な療法の双璧が、ロヴァースの行動主義と、ジョージ・ワシントン大学のスタンリー・グリーンスパン教授が開発した「フロアタイム」と呼ばれるテクニックだろう。基本、子どもたち——激しい自律的な衝動に突き動かされた——にどこにでもついて回り、内容にかかわらず、様々な方法でどんどんしゃべらせるというシステムだ。まったく違う療法——ほとんど両極端——と言えるが、一対一で親密に相手をするやり方と、子どもたちを外側の世界に連れだすという最終目標は、共通している。

オーウェンはいくつか「非典型的」な特徴を示したため、またあの当時、ABA療法は生まれつき、または生まれてすぐに症状が現れる「古典的自閉症」の子どもたちにより適しているとされていたため、ローゼンブラット先生はフロアタイムを薦めた。グリーンスパンの長年の信奉者で、床《フロア》に座るのがあまり得意じゃなさそうな中年の女性と、オーウェンはすでに2、3回セッションを持っていた。大半の時間、女性はコーネリアを床に座らせ、オーウェンの後をついて回って動きを拾い、真似をして、音を出せばそれを繰り返し、目線——行く手にあるもの何でも——を追うように指導した。これは疲れるばかりで、ちっともらちがあかない。コーネリアは、少なくともロヴァースのやり方だけでも見てみるべきだと考え、今朝、こうしてホテルにやって来た。お昼休みの後、ABA教材がずらりと並ぶテーブル席の参加者10人あまりと言葉を交わすと、ほとんど全員がモントゴメリー郡の教師やセラピストで、ABAの訓練士免許をもらいたがっている人たちだった。この会合が、彼らにとって最初のステップだった。免許さえ取ってしまえば、早い話、障害児を抱える家庭で雇ってもらえる。治療手順《プロトコール》は、週に40時間をその家で過ごして一日中子どもの主導権を握り、夜間と週末については両親を指導して引きつがせるというものだ。鍵は、完璧な環境作りにあった。高額な治療だが、必死の家族は何であろうと喜んで飛びつく。

コーネリアは熱のこもった談義を言葉少なに傾聴している。しばらくして、自分がこのダンスフロアにいる希少人物であることに気がつく。保護者だ。

コーネリアが打ち明ける……すると周りの者たちの顔が、同情に赤く染まる。お子さんのことを教えて、おいくつなの？　3歳。何かしゃべる？　いいえ、ほとんど。誰かが、ABAのデモを見るのはつらくないかと尋ねる。彼女はうなずいて、無理に微笑む。誰かを雇うつもりなら、ひとりのセラピストが申し出る。喜んで毎朝DCに通わせていただくわ。コーネリアは私たちが反対の陣営につこうとしていることは、伏せておく。

午後遅く、私はウォルトを学校で拾い、オーウェンを座席に座らせ、DCからメリーランド州ロックビルまで車を飛ばしてコーネリアと落ちあう。ホテルの外で待ちかねたように、ボルボのステーションワゴン——我が家で唯一のマイカー——に無言で乗りこんだコーネリアは、ショック状態だった。「まるで1日8時間ずっと、氷の女王と一緒だったみたいよ」。氷の女王というのは、最初に往診した自閉症専門医につけたあだ名だ。コーネリアはその日の様子を話すと、こう要約した。「こんなお猿さん用トレーニングに用はないわ、オーウェンはあの子たちと違うもの」

私は頷く。ふたりとも頷く。するべきことはただ、オーウェンの心に手を届かせ、嵐の原因をつきとめて、あの子を包みこんでやり、雲を追い払って光を取り戻せばいいだけだ。それに、ロヴァース法には年間4万ドルかかる。私にとっては手どり収入の半分以上にあたる大金で、たった今それを節約できたところだ。

•
•
•

ジョージタウンのビデオ屋さんには、ウォルトの新しいお気に入り映画「サンドロット／僕らがいた夏」の、段ボール製の実物大看板がある。「サンドロット」は近所の子ども同士がより集まって野球チームを作り、友情を育むという内容の、20世紀フォックスのヒット作だ。１９９４年の9月に入り、今までのお願いとヨイショの日々が、報われるときが来た。そんなわけで、次の映画宣伝グッズと交換するため、お役ごめんの看板を、店長が気前よく譲ってくれた。近所の公園で開いた6回目の誕生パーティにて、ウォルトの仲間が「サンドロット」のドッペルゲンガーをとり囲む。ウォルトを前列中央に、空想と現実の境界をあいまいにして。私たちは、スナップ写真を撮る――何枚も何枚も。

1年前であれば、どこにでもあるようなこんな光景に対して、せいぜい肩をすくめる程度だっただろう。ウォルトには友だちがたくさんいて、世界は彼の味方で――もちろん、いわずもがな……前途は洋々だ。デダムにいた頃は、それが日常だった。自然の流れに対して、大騒ぎする者はいない。だが、今では感無量な思いを抱かずにはいられない。

助かったのは、ウォルトが終始ご機嫌で、私たちがあっぷあっぷ状態だったのには、気づかなかったらしいことだ。

誕生日パーティの数日後、オーウェンを車に乗せ、メリーランド州ロックビルに向かって45分のドライブに出る。幼稚園から高校まで、２００名の生徒をようし、障害児用の学校としては、この界隈では最大・最高峰のアイビーマウント校に向かうところだ。教会の地下室で開校した１９６１年当時、ダウン症などの深刻な障害や、発達障害の子どもが通える学校はなかった。１９６８年、ユーニス・ケネディ・シュライバーがスペシャルオリンピックスを立ちあげて以降、やっと、大半は自宅にこもるか施設に入れられていた彼らに対する一般の認知度が上がっていった。

創立からこのアイゼンハワー大統領時代のマンモス校舎に辿りつくには、長い道のりがかけられた。

かつて公立の小学校だった校舎は、ペンキの塗られた軽量ブロックや明るい色の木材で建てられ、図書館、体育館も備わり、長い廊下の壁には生徒の描いた絵がテープでとめられている。子どもがふたり、オーウェンの教室で待っている——ダウン症の少年エリックに、そしてもうひとりの少年ジュリアンは、オーウェンとよく似てPDD—NOSと診断され、発語がない。オーウェンを入れて、生徒は3人。ルーシー・コーエン先生によれば、つい最近まで生徒はもっといたのだが、自宅でロヴァース式のABA訓練を受けるため、去年ごっそりやめていったと言う。今年は3人組となり、それに言語聴覚士のルーシーと、助手がひとりつく。私たちは、マットを敷いた床に座って、壁にもたれて参観するように言われる。オーウェンとジュリアンはクルクル回り、ブツブツつぶやいたり、先生に言われた通り紙に人物の絵を描くエリックをながめたりする。

　マットに座り、背中を壁に預けながら、ふと気づくと、いったい親という者はどれだけ極端な期待を、わが子に、幼い頃にはとりわけ抱くのだろうと、一種もの悲しい驚きをもって考えていた。末は大統領？　ノーベル賞受賞者？　国際的なセレブ？　スーパーボウルのクォーターバックに、プリマ・バレリーナ？　なれるかも知れない。またはより地道に、億万長者の篤志家、あるいは、最低でも、最高学府のハーバードかエールを卒業後、大学院の希望の星となり、その分野における第一人者へ。それならもっとありえそうだ、ノーベル賞よりはずっと……つまり、その分かなりいけるかも。学校にあがったときから——他の生徒と交わり、スタートラインにつき、通信簿を受けとり、チームに入れるか外されるか——表には出さない空想から離れ、苦い現実を受け入れる葛藤がはじまる。そして、それでもなお、甘い期待はしぶとく生き残る。とどのつまり、子どもがフィールドに、トーナメントの主力メンバーとして出ている限り、可能性はあるのだ。

どれほどの、こうした引きもきらない期待――夢ともいう――が、伝統的な将来設計を決定づけるのだろうか？　一番の方法は、夢をひとつずつ抜きだして、角に叩きつけてみることだ。うずたかい山ができるはずだ。フロアマットに座り、軽量ブロックの壁に背中をおし当て、私たちは今その作業をコツコツとやっている。オーウェンは、かわいい金髪の男の子のとなりで、クルクル回り、ブツブツつぶやいている。それまで、オーウェンと同類の子どもは見たことがなかった。ここに、双子の兄弟みたいな子がいる。だが、エリックは？　私の年代の大人は、ダウン症の子どもを見慣れている――〝ショート・バス（特別支援学校用の送迎バス）〟の窓から覗いている姿を目にしていた。そうだ、あの子らは戦力外だ。傷ものだ。容赦なくバカにされる格好の餌食だ。なぜか？　彼らは自分たちがジョークのネタにされていることさえわからない。フリーキックの的だ。それが現実――醜い現実だった。

オーウェンが辿りついたのは、そんな場所だった。もちろん、当時の私たちは無知だった――この惑星に降りたったばかりで――ダウン症の人々が、しばしば高度に発達した感覚機能を備えているだなんて、知るよしもなかった。ある分野で劣り、阻害されているエリアがあると、しばしばそれを補うかたちで、別の能力が発達する仕組みがあるらしい。盲人が鋭い聴力を持つのと同様だが、この場合、もっと微妙な、感情やこまやかな心づかいの方面に向かう。

突然、エリックが私の前に立ちはだかった。目線は地べたに座る私と同じ高さにある。私を見て、眉間にシワを寄せ、それからコーネリアを見る。彼には私たちが、ここに固まって座り、みじめな気持ちでいるのがわかる。小さな腕を私の首にかけ、抱きしめ、言う。「アイ・ラブ・ユー」。コーネリアを抱きしめたかどうか、よく覚えていない――私にわかるのは、自分がぼうっとして、世界がひっくり返ったことだけ。それから、エリックはお絵描きに戻る。

2階にある夫婦の寝室にこもって、オーウェンがディズニー映画を観ている。そこにいるときは、いつでも落ちついてリラックスし、満足してさえ見えた。

ワシントンに来てからの1年間、オーウェンはひとりで、または兄と一緒に、大半をそうやって過ごしていた。これならば、ふたり一緒にできる。せまい寝室の壁ぎわ上方に取りつけたテレビを、兄弟揃って観る。画面では「ピーター・パン」か「アラジン」がまたたいている。ベッドの上に積み上げた枕に仲良くくっついて座ると、ウォルトはよくオーウェンの肩に腕を回した。

もうすぐ4つになる弟が変わってしまい、6歳の兄の心の中でどんなことが起きているのか、推し量るのは難しい。だが親としては、こうやって、いつもの習慣にしがみつくことで、兄なりに世界に秩序をもたらそうとしているのではないか、と思わずにはいられない。

何といっても、短い人生の中でそれなりの時間、ウォルトはテレビの前に陣どって、ディズニー映画を観てきた。同じ年頃の子は、大抵そうしている。ウォルトの生まれた1988年の1年後、20～30年間低迷していたディズニーが、「リトル・マーメイド」をひっさげ、国民的な人気を取り戻した。ファミリー層が劇場に列をなし、さらに大勢がビデオ版を買い――その年一番のセールスを記録している。1991年、「美女と野獣」ではその再現どころかそれ以上を成しとげ――アニメーション映画史上初めて、アカデミー賞の最優秀映画賞にノミネートされる。そして1992年に「アラジン」が公開されると、その年最も収益を上げた映画となる。我々の年代の者は、子どものためにビデオライブラリーをそろえだした。最近のヒット作――批評家たちはディズニーの〝新たなる黄金時代〟と呼んだ――に限らず、「白雪姫」「ダンボ」「ファンタジア」「ピノキオ」「バンビ」など、1937年にはじまる最初の黄金期のビデオも含めてだ。

私たちは全部のビデオを観、歌い、踊った。

コーネリアと私は、ディズニーのファンではなかったが、ディズニー・ビデオのくれる癒やしとお手軽さにはとても抵抗できない。映画は即席のベビーシッター、グループアクティビティ、親子で一緒にできるものとなり、手を伸ばせばいつでも届くようになった。オーウェンが生まれると、ウォルトは自分でリモコンの操作法を覚えてしまった。

ほどなくして、弟がそのお鉢をつぐ。そこが彼の生まれついた家だった。ビデオの視聴については2、3の制限事項を設けはしたが、ごく平均的な家庭だ。デダムを引っ越す1年前は、時間を限り、テレビをしまいこんだ時期さえある。ウォルトがたいして騒がなかったので、意外だった。数週間後、理由が判明する。よそのお宅でディズニー映画を観ていたのだ。どこの家にも置いてあった。

・・・

だがそれは全部、引っ越して、ものごとが変わる前のことだ。今、ふたりの少年がベッドに腰かけ、積み上げた枕にうずもれて、テレビ画面では「ピーター・パン」か「アラジン」がまたたいているのを見ると——ときを止めてしまいたくなる。

もちろん6歳ともなれば、だんだん家の外にいる時間が増えてくる。新しい友だち。新しい諸々。去年の夏、オーウェンにリモコンの使い方を伝授すると、ウォルトは姿をくらますようになった。弟が暇をもてあましているというわけではない。私たちはできるだけオーウェンを「プログラム」している。コーネリアの運転であっちこっちのセラピー・セッションを回ったり、買い物や公園や雑用に連れ出すようにしている。家に帰る頃には妻は疲れ果て、映画のひとつやふたつ観せようがたいして害はないという気になる。というわけで、しばしばオーウェンはリモコンを片手に寝室に向かう。次から次へ、映画を観る。ある場面を巻き戻しては観直す。何度も巻き戻す。だがオーウェンは満足し、熱心に観いっているようだった。

私たちは発達障害の専門家、医師、セラピストらに相談してみる。彼らは肩をすくめる。「オーウェンはリラックスしている?」「はい」「楽しそう?」「それはもう」「制限を設けるように」と彼らは言う。だが息子さんが楽しんでいるのなら、止める理由はないでしょう。

それで、11月の終わりの、寒い雨の土曜日の昼下がり、家族みんなで2階に上がる。オーウェンはもうベッドに座り、私たちが来たのにも気がつかず、ブツブツつぶやいている……「ジューサーボーセ、ジューサーボーセ」。ここ数週間、耳にしてきた言葉だ。コーネリアはオーウェンがもっとジュースを欲しいのかと思った。だが、彼はシッピーカップを拒んだ。私たちが腰を下ろし、枕によりかかったとき、「リトル・マーメイド」がかかっていた。もう10回以上――ウォルトはもっと――観たが、ちょうどいい場面が来る。しんらつな女神、海の魔女アースラが、わがままな人魚アリエルに「哀れな人々」という題の悪役《ヴィラン》の歌を歌い、ハンサムな王子を探しに行けるように人間にしてやるから、その代償に声をくれと持ちかける。

哀れな人々よ
苦しみ、求める者たち
こいつは痩せたい
あいつは彼女が欲しい

助けてやるかって？
ああ、もちろん！
1度や2度はあったかしら
お代を払えなかった者には
おきゅうをすえてやらないとね
そうさ、おかど違いの苦情を受けたよ
でも概してみりゃ私は聖人よ
哀れな人々のね……
覚悟はいいかい？

「毎日これを言われてるよ、広報部からね」と私はコーネリアに言う。妻が笑って返す。「そうね、よくおかど違いの苦情を受けたわ、でも概して私は聖人よ」
画面では、歌が終わっている。オーウェンがリモコンを持ち上げ、巻き戻しボタンを押す。「よせよオーウェン、続きを流せよ！」ウォルトがうめく。だがオーウェンは歌の冒頭には行かず、20秒かそこらだけ戻って、最後の節の、アースラのシャウトを再生する。

さあ——決めなよ！
あたしゃ忙しいんだ
おあとがつかえてる
たいしたお代じゃないよ

あんたの声だけさ！

オーウェンが繰り返す。停止。巻き戻し。再生。そしてもう1度。4回目で、コーネリアが囁く。「ジューースじゃない」

ほとんど聞きとれない。「何て？」

「ジュースじゃない。ジャスト……ジャスト・ユア・ボイス、あんたの声だけさ《ジャスト・ユア・ボイス》！」

私はオーウェンの肩を掴む。「ジャスト・ユア・ボイス！　そう言ってたのか！」

オーウェンは私をまっすぐ見る——1年ぶりの、本当のアイコンタクトだ。

「ジューサーボーセ！　ジューサーボーセ！」

ウォルトが叫びはじめる。「オーウェンがまたしゃべった！」

人魚は変身過程で、声を失う。この無口な少年も、またしかりだった。

叫んでバンザイをする私たちを見つめながら、オーウェンは声をあげ続ける。「ジューサーボーセ！　ジューサーボーセ！　ジューサーボーセ！」。とうとう私たち全員が立ち上がり、ベッドの上で飛び跳ねる。オーウェンも歌っている、何度も何度も——「ジューサーボーセ！」——コーネリアは静かに涙を流しはじめ、囁く。「ありがとう神様……息子はここにいました」

●
●
●

「ジューサーボーセ」のダンスから3週間後、私たちはウォルト・ディズニー・ワールドに来ている。この日のために、ウォルトはジョージタウン大のトレーナーを着てきた。お気に入りのベビーシッターが入学し、今では目と鼻の先に住んでいる大学だ。古き良きバスケットボールの伝統——ウォルトはチームのことなら何でも知っていて、成績をそらんじられる。7歳の典型的な子どもとして、ウォルトのアイデンティティは地元に、自分の居場所に根ざすようになり、常にそれを意識している。自我のめざめの通り道——まわりの世界が広がりゆく中、自分の居場所がどこで、どこならしっくりくるのか——であり、3歳頃から子どもが育んでいく感覚だ。

こういった通過儀礼的な過程を、オーウェンがひとつでも踏んでいくのか、推し量るのは難しい。オーウェンの思いや感情は、謎のままだ。オーウェンは、様々なセラピストに、「リトル・マーメイド」を観たときのできごとを話した。コーネリアも私も、そのことばかりを考えている。ビデオ繋がりの連想で、「レインマン」が「奇跡の人」に置きかわった。アニー・サリバンが、聾唖で盲目の幼いヘレン・ケラーの手にw-a-t-e-r（水）の文字を綴って、もう片方の手をポンプから吹き出る水に浸らせ、殻を打ち破ったあの象徴的なシーンを、私たちは心の糧とした。ふたりしてアニー・サリバンとなり、アリエルが声を失う場面を観たあの雨の日の午後、殻を打ち破った気がした。一瞬かもしれないが、オーウェンが、自分の閉ざされた世界から、顔を見せた。私たちは、自分の子どもと話をした。

言語聴覚士が、私たちの熱狂を叩き潰してくれた。ローゼンブラット医師もだ。先生は、「反響言語《エコラリア》」はオーウェンのような子どもに共通して見られる症状だと説明した。生後半年から9ヶ月の赤ちゃんがよくすることで、子音と母音を繰り返し真似て、バブバブいうなん語を言葉に進化させようとする。これは失語症の発達障害者にもしばしば見られる行為で、エコラリアという用語が示すように、文の終わりの2、3語を、エコーで返す。母親が娘に「お前はとても賢くてきれいな子だね」と言うとする。娘は「きれいな子」とエコーで返す。その子たちは言葉の意味がわかりますか。コーネリアと私は、ローゼンブラット先生に食い下がる。

「普通はわかりません。繋がりを持ちたいのかもしれない、その点は望みがあります」

「ただ最後の音を繰り返してるだけ」。私は声をしぼり出した。医師が頷いた。

なぜ、と私は最後の抵抗を試みる。なぜオーウェンは、その場面を何週間も、恐らくそれ以上もの間、ビデオを巻き戻し、そのフレーズを選んだのでしょう——83分間の映画中に交わされる、膨大なセリフの中から——息子が発する言葉として？　ローゼンブラット医師は、肩をすくめた。知るすべはない。

● ● ●

かくして、ヘレン・ケラーとペット屋のオウムの間のどこかで、暗闇の中を手探り状態でとり残されたまま、私たちは今、マジック・キングダムのゲートをくぐり抜ける。

まだ子どものいなかった10年前、コーネリアと私が訪れたときから、いや、１９７１年に私が来たときから、驚くほど変わっていない。変わったのは、私たちのほう……人の親になり、子どもの目を通してものを見、彼らの感じたものを感じる。ウォルトはオーウェンの手をつかみ、私たちふたりを後ろに従え、張り切って〈メインストリートUSA〉を闊歩する。〈ファンタジーランド〉には、ふたりの好きな映画をテーマにしたアトラクションがいくつもある——マッド・ティーパーティ、白雪姫の怖ろしい冒険、トード氏のワイルド・ライド。大はしゃぎで笑い、ジョークをとばし、ピーター・パン空の旅のふたり乗りスクーナーへ向かったウォルトは、私たちのひとつ前の台にオーウェンと陣どると、〝ロストボーイ〟が隠れ家でふざけあい、ウェンディが渡り板を歩き、ピーター・パンがフック船長と剣を交えるネバーランドの風景や人形の上を、上下しながら飛び回る。ふたりはごく普通の兄弟に見え——この魔法の場所では——確かにそうだった。ミュータント・タートルズを探しに、ディズニーMGMスタジオへと走って行く。その日の予定表によれば、彼らのサイン会があるはずだ。子どもたちは長い行列に並び、ドナテロとラファエルと一緒に写真を撮る。マサチューセッツ州にいたとき、ハロウィーンでふたりが仮装したキャラクターだ。何も変わっていないような、これまでの1年半が悪夢だったような気がする。

そう思うたび、我に返る。「ジューサーボーセ」のお祭り騒ぎのあと——そして医師らに冷水を浴びせられたあと——自分たちに都合のいい夢を見ているのではないと、念を押すようにしている。

だが、昼下がりになっても、オーウェンはいつものようにブツブツ独り言も言わないし、手をヒラヒラさせてもいないのがはっきりする。多少はしても、気になるほどじゃない。落ち着いて、集中して見える。集団行動をして、アイコンタクトをとり、妙に我がもの顔で、微かに微笑み、目をキラキラさせて、ベッドで映画を観ているときみたいだった。

この日の終わりには、自分たちも似たり寄ったりの気持ちになって——我がもの顔で、デダム以来感じなかった、平穏な気持ちで歩いている。オーウェンはここでは安心できるらしく、彼のアイデンティティ——それがどれほどあるのか定かではないが——は、なぜかこの場所に結びついているようだった。

マジック・キングダムを出る途中、ウォルトが回転木馬のそばで岩に突き刺さった剣を見つけ、ついつい空想を遊ばせてしまう。思いがけない幸運だ。日に何度か、マーリンの扮装をしたディズニーの俳優が、剣のそばに現れる。子どもたちが剣に近づくと、セリフを唱える——「その子に試させてみよ」——そして、かなとこに近づくと、誰かが隠れたボタンを押して、剣をゆるめる。ウォルトが引き抜くと、マーリンが叫ぶ。「少年よ、お前こそ我らが王だ！」

それからふたりは、オーウェンを振り返る。

「できるよ、オーウィー（オーウェンの愛称）」、ウォルトが囁く。「大丈夫」

オーウェンは兄とマーリンを等分に見て、それからかなとこに歩み寄り、まっすぐに引き上げる。

ウォルトが言ったことを理解したのだろうか？　兄のしたことを見よう見真似でやった？　ええい、何の違いがある！

この日、太陽の光の中、彼は想像世界のヒーローだ。

第2章
壁にぶち当たる

オーウェンが3歳で
消えてしまう。
私たちの目の前で。

疲れ、おびえ、ぼうっとして、
言葉をなくしたわが子を抱きしめる。

コーネリアと私は、変わりつつある。1995年の3月、ワシントンでの危機から2度目の春がめぐる頃には変化の跡が、鏡を覗くと見えるようになった。

それは、目の下のくまにとどまらない。ふたりは性根をすえていた。コーネリアは今や車での送迎、セラピスト通い、学校の父兄会、さらなるセラピスト通いの日々を、1年半ずっと続けている。一日24時間、自己流版グリーンスパンのフロアタイムを実践していた。オーウェンのあとを追い、手がかりをすくいあげ、彼の世界に飛びこもうと、熱心かつ前向きな関心をあらわにして。この手の労力のかかる作業は、集中と優先順位づけを強いる。日々のささいな心配ごとは、オーウェンとの一心不乱の共同作業、そしてすくすく育つウォルトの世話の合間に差しはさまれる。「最近どうしてる？　子どもたちは？」と近況を確かめあう旧友たちとの他愛ない電話や、新しい友だち作りといった贅沢は、諦めた。そんな時間がどこにある？　ボストン時代の友人の中には、私たちが証人保護プログラムにでも入ったのかと、いぶかしむ者さえいた。

私もまた、変わりつつある。それが、自分では認識できない――もしくは最低でも、認めたくない――無意識に導かれたものだとしても。

1年前、正確には1994年の2月――氷の女王に会って、自閉症という怖ろしい言葉を聞いたすぐあと――私はコロンビア大スクール・オブ・ジャーナリズム時代のルームメイト、トニー・ホーウィッツ（ピュリツァー賞を受賞したジャーナリスト）と雑談をしていた。ボスニアから戻ったばかりの彼は、紛争地帯の子どもたちが希望を呼びよせる能力について、「ジャーナル」に印象深い記事を書いた。話しているうち、閃いた。過酷さにおいては人後に落ちないDCの「戦闘地帯」で勉学にいそしむのは一種の離れ業、ボスニアの子どもが道で微積分の本を拾って学ぶようなものではないかと。ボスニアでそんな子どもを見つけたら、ハーバードから旧ユーゴスラビアまで、赤絨毯を敷いて迎え入れてあげるだろう。だがそれが、スラム街のアフリカ系アメリカ人やラテン系アメリカ人の子どもだとしたら――同じく銃弾が飛びかう環境で勉強していても――私たちは肩をすくめるだけだ。私はギャップを、まだ検証されていないギャップを感じ、それがよく、記事を書くきっかけとなる。

アメリカで最悪の高校を探し、DC南東部にあるフランク・W・バロウ高等学校に目をつけた。そういうわけで、オーウェンが蒸発してしまった恐怖の日々の大半を、私はそこで過ごした。

コーネリアが大学時代のお気に入り、ジョン・プラインのカセットテープをくれたので、国会議事堂のドーム前を通り過ぎ、マーチン・ルーサー・キング大通りを町の端から端へとドライブしながら、頻繁に「ハロー・イン・ゼア」をかけていた。それは、消えてしまった人に手を差しのべようとする歌だった。

ただ黙って通り過ぎないでくれ
まるでどうでもいいみたいに
声をかけてよ『やあ、そこの君』って

バロウ高校――18歳から36歳までの男子生徒の7割が、刑事司法制度のいずれかの監視下に置かれたDC地区にあり、実質、ほぼ全生徒がアフリカ系アメリカ人で、1400名のうち、400名が毎日欠席（だが校内に警官や警備員が配置されたことは一度もない）――の廊下を行きかう子どもたちを観察して数週間後、私の目は、焦点を結びはじめた。大半が監獄行きか、さらに悲惨な末路が待ちうけるバロウ高の生徒と、大半が当たり前のように大学に進学する、デラウェア州ウィルミントン郊外にある私の母校の生徒とは、いくつか重要な局面に根本的な違いがある。彼らについて、気にかけたことがあるか？　特ダネを掴むか、特集記事を組めそうな完璧な逸話を探すのに血まなこで、ひたすらやっきになって情報源を追っかけていた駆け出しレポーターのままの自分であれば、問おうとはしなかったはずの、一考に値する疑問だ。

見捨てられたバロウ高の生徒たちを、私の一部は、人々が息子を見つめるような目で見ただろうか？手をぶん回し、ブツブツ呟く彼をひとしきり見つめ、あとは意識から追い出す人々のように？　間違いなく。だが、当時はそうと認めはしなかっただろう。

私がしたのは、バロウで生徒たちと何日も一緒に過ごしながら、傷つくのを恐れて殻にこもり、髪を注意深くセットした女子や、バギーパンツの男子に、できるだけたくさん話を聞くこと。彼らは私を閉めだして、私の属する世界を警戒した。言葉づかいも違えば、接点もほとんどない。だが彼らの発する二言三言に、話題が何であれ――教室でのケンカ、ナイキの新作、最新ラップソング――彼らの合図に、どこへなりとしたがった。数ヶ月を過ぎると、彼らの日常の真の姿を垣間見せてくれるようになった。

ひとりの生徒、セドリック・ジェニングスという名の孤独な、孤立した優等生で、ギャングのリーダーたちの牛耳る校内ではつまはじき者のガリ勉君が、アイビーリーグへの進学を、いじましいほど一途に夢見ていた。過去10年、バロウ高からそれら格式高い学校に入った者はひとりもいないが、才能あるマイノリティ学生のうち、3年生と4年生（アメリカの高校は一般に4年制）向けの難関、MITサマープログラムに受け入れられたとき、セドリックは勝利への道を確信した。彼は進学のチャンスに賭け、すべてを長期的に積み上げていき、それ以外は一切かえりみなかった。たとえ周りのすべてが崩壊しても――父は刑務所、母は離婚後女手ひとつで苦労し、近所は隅々までドラッグ・ディーラーがはびこり、先生たちまでが、セドリックによれば、「お前にはとうてい無理だ、絶対にできゃしない、諦めろ」と言う。彼はそういう者たちを「夢砕き屋」と呼んだ。

オーウェンの独り立ちできる見込みについて相談した相手を、私は夢砕き屋だと感じただろうか？もちろん。認識していたか？　そうとは言えない。

午前3時、「ウォールストリート・ジャーナル」の無人のオフィスで、希望を抱くよすがのないところに希望を呼びこもうと闘うセドリックと級友たちの物語を、なんとか5000ワードでまとめようとしていたときのことだ。取材ノートの最後の1冊まで来た。書いてあるのは、あの夜、教会での長い祈りの会の後、セドリックと母親――息子のためなら何でも投げうつだろう「教会ママ」――が、夜中の街角にたむろすドラッグ・ディーラーたちをやり過ごし、ロビーの郵便受けから郵便物を取りだして、ボロボロの階段を、部屋まで上っていったときのことだ。

局内は静かで、ひと影はなかった。どれぐらい座っていただろう、とにかく、ある時点でこう書いた。

TVガイドの下に、白い封筒が見える。

セドリックが掴む。その手が震えだす。「心臓が口から出そうだ」

MITからだ。

もどかしそうに、破って開く。

「ええと、なになに。『お喜び申し上げます……』。オー・マイ・ゴッド、ああ神様」。セドリックはせま苦しいキッチンで飛び跳ねだす。ジェニングス夫人が、わが子とこの瞬間を分かちあおうと手を伸ばし――だが、息子は手の届かないところへ飛び跳ねていく。

「信じられない。受かったんだ！」。セドリックはそう叫ぶと手紙を胸に抱きしめ、目をギュッとつむった。「これからだ。俺の人生が、これからはじまる」

私の涙腺は、決して緩くはない。父の死から20年、泣いたのは片手にあまる。だがこのセンテンスを、泣きながら書いた。

午前4時、どうにか家に着く。コーネリアはオーウェンに付き合って何時間も起きていた。やっと寝かせつけたところだ。彼女にとっては、きつい数日間だった。オーウェンに辿りつこうと――彼を引っ張り出そうと――して、眠りの浅い夜を再び迎える。

記事を書きあげ、最後の一文を入力し終えたときには、精根つきはてて席にもたれこんだと妻に打ち明ける。「頭がおかしくなったのかと思ったよ、真夜中に職場で号泣するなんて」

「いいえ」。妻が言い、そして驚いたことに、微笑んだ。

「なんだ?」

「いいことよ。大人になったのね」

日が昇るまでの数時間、睡眠を取ろうとコーネリアは横になり、私は子ども部屋を覗いた。暗闇の中、私は絨毯の上に座って、子どもたちの深い寝息に耳を傾ける。ウォルトの眠る上段のベッドはすべて順調だ。下段は違う。秩序だち、瑕瑾《きず》のない生活を送るとき、ものを書くのはなんて簡単なんだろう、としみじみ思う。冷静なオブザーバーとして一歩引き、上から目線の、あの作り物の全智全能さをもって。だが、世界はなんと複雑たりえるのか、なんと制御しがたいのか悟ったとたん、その確実性は、指のすき間からこぼれていく。私は混乱していた。かつてないほど仕事に入れこみ――それは赤信号だった。ジャーナリストは「客観的」たるべきだ、それがどんな意味であれ。今、私の感情は見境なくあふれ出している。だが、それはそんなに忌むべきことでもないかもしれない。

コーネリアが言ったのは、そのことかも。私にわかるのは、2、3時間のうちに妻は目覚め、毎日やっているように起きあがり、今日こそは、今日こそオーウェンの人生がはじまる、というか、再びはじまるところだと考える。

職場でのあの夜以来——もう1年になる——毎日私も同じ気持ちで起きる。オーウェンの人生が今日、変わると。1日が終わり、変わっていないのを知る。価値ある智恵など、私は何ひとつ知らない。

•
•
•

1995年の春、オーウェンが話しはじめる。多くはない——続けて数語のみだ。変に抑揚がなく、以前のオーウェンの声とは別ものだ。実際、ちょっとヘレン・ケラーっぽく、聾の人が話そうとしているみたいに聞こえる。ぶっきらぼうな、必要に迫られて発せられた声音。「ジュース」はなくさなかった。だが、「車」「ぼくの」「熱い」「寒い」といった調子で、ひとつの単語同士が、2つ3つ以上に組みあわされることはなかった。

最高の言葉——使い勝手のいいやつ——は「ぼくの」だ。ポイントは、迅速さ。オーウェンが何かを指さして、何でもいい——本、ビデオ、おもちゃ——「ぼくの」と言ったら、先に動いてそれを掴む。上に差しあげ、なんて言うか聞く。待て、声に出すまでもらえないぞ。「本だよ、オーウェン。〈本〉って言ってごらん」

毎晩のように、アイビーマウントの先生が、その日の詳しい活動内容を電話で教えてくれる。3人組——オーウェン、失語仲間のジュリアン、大きなハートを持ったダウン症児エリック——は今日、体育館のコンサートに行った、サッカー場に出てボールを投げた、鉛筆の持ち方を学んだ。

そういったもののいずれかが、触れあいのきっかけを与えてくれるかもしれない、少なくとも理論上は。だが、どうやって子どもを指導するのか、座らせ、注意を向けさせ、集団で歩かせるかの説明を通し、教師はコーネリアと私に、息子との過ごし方を教えている。彼女のチュートリアルから、被害の甚大さが見えてくる。オーウェンの聴力プロセス——音を聞いて、言葉を理解する——は、ほとんど機能していない。視覚プロセスも歪んでいる。しばしば頭を回し、すがめた目の端でこちらを見て、まるで真っ直ぐ物を見るのが辛いか、耐えられないみたいだ。これらはどれも、自閉症の特徴だった。毎夜起きだすのも、またしかり。体の感覚器官が休んで充填する間、オーウェンの感覚は、紐がほどけてしまい、1分1分、1時間1時間、睡眠のもやいも、錨もないままに、急な流れを漂う。オーウェンには、睡眠らしい睡眠は来ない。最後にお昼寝したのはデダムでだった。それ以来、1度もない。夜3時間ほど眠り、コーネリアか私が体を揺らしてやると、もう1、2時間眠る。「折れ線型自閉症」という新しい用語を聞いた。一見ごく普通の子が、生後18ヶ月から36ヶ月の間に、変化——後退——を遂げる。私たちはいまだに「ＰＤＤ—ＮＯＳ」と呼んでいるが、この折れ線型自閉症が、オーウェンにあてはまりそうだった。

だが夜明け前、オーウェンが疲れて眠りに戻りたくなったとき、黄金のフレーズ——「抱っこ」——を聞くと、自閉症児は持たないとされる触れあいをせがむ表現が、私たちを別の方向へ連れて行く。デダムの子ども部屋から持ってきた揺り椅子に揺られ、息子がそう言って腕を差し出す。滅多にないが、2、3回だって充分だ。

要求が表に出され、叶えられる。もちろん、犬が口をきけたら言うようなことだし、抱っこをせがむ表現のバリエーションは、手話を教わったチンパンジーが好んで使う。だがこのフレーズに、私たちの全世界と、たくさんの期待がかけられた。

電話口のコーネリアは、話したくてたまらないような声だ。

「どうした――悪いことか?」

「違うの」と、妻。「またやったわ――映画トークよ」

それがどうした、と首をひねる。「ジューサーボーセ」からこっち、やっていることだ。

「ただのエコラリアだよ。オウムがやるやつだ。ただ音を繰り返してるだけさ」

彼女が首を振っているのが、電話越しに伝わってくる。

妻は慎重に、子どもに話すみたいに説明する。ここひと月、オーウェンが繰り返しモゴモゴ言っているフレーズを、解読したばかりだと。オーウェンは「美女と野獣」を絶えず観ていて、ある言葉――「ブーティライズウィッテン」――を日常的に繰り返しているようだった。今も、車の中で繰り返したばかりだ。「信じられないわよ」

この時点で、私は電話にむしゃぶりついた。「なんだ? 何なんだい!」

「ビューティ・ライズ・ウィジン(「美は内面に宿る」の意)」

私は1分間、何も言えない。

「もしもし?」

「うん、聞いてる。信じられないよ」。やっと、そう言う。「数あるフレーズの中で、それなのか。それこそがまさに映画の言わんとするところじゃないか――映画のテーマだ。実際、オーウェンが内容を理解しているって可能性があるのかな?」

夜に電話すると伝える――今夜必ず!――だが、急がなくては。授業に遅れる。

ときは1995年の秋。表面上、たくさんのことが変わった。大学に入り直したわけではない。私はロードアイランド州プロビデンスに来ており、晴れてブラウン大の1年生になったセドリックを、本の執筆のために追いかけている。セドリックら荒廃した学園の学生について書いた記事が、春、ピュリツアー賞を受賞した。彼らのストーリーは、せんじつめれば、美しさは——固有の素養と感性もまた——内面に宿るという話であり、こういった資質を見いだすのはときに難しく、測るのはさらに難しいが、我々人間というのは、どうやら評価と報酬を小出しに支給したがるらしい。ギャングが幅をきかす高校における、セドリックと仲間たちのポートレートの中に、すべてが現れている。読者は、自分たちがどんなに狭い了見で、あまりに多くのものを判断してきたかに気づき、心を動かされた。オーウェンのアイビーマウント登校初日に、ダウン症児のエリックが、コーネリアと私を抱きしめた頃から、私たちがゆっくりと気づきはじめたことだ。

コーネリアが「ブーティライズウィッテン」の件で私に電話したのは新居からだ。ランダムハウス社がくれた本の前金を頭金にして、メリーランド線沿線の、DC最北の角地に建つ、3ベッドルームの質素な家を買った。

もちろん、アイロニーに気づいたからといって、行動の妨げにはならない。賞を手に入れ、ここ数年来はじめて再び運が巡ってきたような気持ちになり、そしてどんな形であれ、オーウェンのために必要な世界を形作るだけの気力が充電された。ひとつひとつの「なぜ」に、突然、「何が悪い?」が返される。なにも過激になったわけじゃない。ごく常識的な範囲で、ちょっとハメを外すだけだ。恐怖に目をつぶり、希望をもてはやす。

変化は、オーウェンの生活パターンに現れる。希望に満ちた旅がはじまった。具体的に言うと、アイビーマウントで半日過ごし、あとの半分を、裕福な家庭の健常児がたくさん通うクリーブランド・

パークの小さな幼稚園で過ごすようになった。NCRCと呼ばれるその学校は、もともとはナショナル・チャイルド・リサーチ・センターといって、1920年代にロックフェラー財団の助成金を受け、子どもの発達過程を研究する場として創立された。数十年後、その遺志は、毎年5人ほどの障害児を受け入れるという形で受け継がれている。入るのは楽ではない。だが弁護士やロビイスト、シンクタンクの局長や投資家たちの群れの中で、「ジャーナル」紙の国政記者——市の反対側にあるスラム街の子どもたちの隠された美徳を書いた記事で、ピュリツァー賞を受賞したばかり——の身内というのは、逃すには惜しい珍魚だ。イエス、ワシントンはそうやって回っている。

コーネリアは、今では長距離輸送トラックの運転手よりも長い距離を走っているが、喜んで任を引き受け、毎朝北へ走っては、アイビーマウントでオーウェンを下ろし、しばしば学校の奉仕活動をして、コーヒーを飲むか、近所のモールで食料品を買うなどして2、3時間暇をつぶし、それから息子にお昼の入った袋を手渡して車中で食べさせ、NCRCまですっ飛ばし、「サンシャイン・ルーム」という名に相応しい陽光あふれる部屋で、午後を過ごさせる。オーウェンはその教室で、普通の子どもたちと混じって遊ぶ。その狙いは、セラピストからは曖昧な賛同を引き出したのだが、新しい遊び仲間の素行をオーウェンが手本にして、やがてはオーウェンの能力を高め、ともに困難に当たってくれるような、頼もしい友だちを作ることだった。私たちにはそれらすべてが、希望の光《サンシャイン》のように感じられた。

否定と希望は、もちろん背中合わせだ。ふたつを一緒にすると、幻が手に入る。NCRCにおいて、真に社交的なつながりが生まれることはない。少なくとも、オーウェンには。だが、コーネリアと私は、たくさんのコネクションができる。大勢の友人を作った。健常児の父兄は、喜んでふたりを輪に入れてくれる。まだ両親が友だちを選べる年頃の子どもたちの中に、オーウェンは今、混じっている。

1クラスの人数がきわめて少ないため、すべてがエレガントに収まる。二十数名の父兄と、12名前後の子どもたちが、緊密な一団となって行動する。パーティやバーベキュー、それに、子どもたちを誰かの家に集めてベビーシッターに任せ、大人たちみんなで繰りだす夜。白眉はなんといっても、誕生パーティだ。クラスのみんなが招かれる。これは父兄の至上命令という以上に、学校の規則なのだ！

誕生日パーティの場で、交流がないというのではない。だが誰もがVCRを持っており、誰もがディズニーの名作を買いこんでいる。そのため、到着とともに抱擁や「ハイ」（オーウェンの新しいフレーズ）の挨拶がひとしきり交わされた後は、みんなで座りあって「ジャングル・ブック」や「白雪姫」を観賞するのが常だった。そのうち、ほかの子たちはテレビの前から離れていく。遠目で見れば、それは友情に見えなくもない。

•
•
•

1996年の春、5歳になったオーウェンは、ますますテレビの前で過ごすようになり、ときにはウォルトが隣に座る。ディズニー映画——今では我が家のコレクションは長編が15作、短編集が数本に増えた——がこの領域を支配している。

新居において、大型テレビの鎮座する場所は地下室だった。そこは暗くて暖かい穴蔵で、天井近くについた半サイズの窓から、自然光が少しばかり入ってくる。カウチに座り、みんながオーウェンと映画を観る。家族が持ち回りで顔を出した。学校と放課後のセラピーのタイトなスケジュールをこなしたあと、オーウェンは地下室にこもる。「わんわん物語」を観に、コーネリアが下りてくるかもしれない。昼下がりにウォルトが自転車で帰宅すると、「リトル・マーメイド」が再生中だ。晩になれば、オーウェンがベッドに行く前に、私が割りこんできて、「アラジン」を観る。

これは健全だろうか？「チーム・オーウェン」――オーウェンの医者やセラピストたちを、今ではこう呼んでいる――はどっちつかずだ。オーウェンは映画の長ゼリフを、10～20秒もの間、一気呵成に、おそらくは内容をよく理解しないままに暗唱していると、医師たちに相談する。まるで、「フレール・ジャック（フランス語の古い歌）」を、それがブラザー・ジョンという人物の歌だと気がつかず――もしくは正直、気にもせず――何年間も歌い続けるようなものだった。

学校で、この唐突なセリフの暗唱が問題になっており、なんとかしなければならなかった。静かにすべきときや、説明を聞いたり、一番肝心な、ほかの生徒と一緒に何かの作業をしているときに、それをやるからだ。医師たちと、今では教師たちがそれを「独り言」と言っているが、正式には「常同行動」と言い、自閉症と広汎性発達障害の特徴で、医学的な文献によれば、「言葉やフレーズ、ジェスチャーなど、特定の反応を、刺激の有無や中断に拘わらずに繰り返し行うこと。通常、脳の損傷や他の器質性の障害による」と定義されている。この行動を制御して減じていく方法として、医師たちは映画を観るのを1日1時間にとどめてはどうか、と提案する。

それは無理、と私たちは言う。映画は90分の尺があり、終わる前に中断すると、あの子はひどく暴れる。「ジューサーボーセ」と「ブーティリズウィッテン」の件以来、私たちはテレビ画面に背を向けるつもりは、さらさらなかった。オーウェンの発音はだらしくなく、抑揚は早くて一本調子だが、私たちは馴染みのある言葉を探し、発語の流れをずっとあさっている。ただの音節でも構わない。たとえば、「セブ（seb）」。ふだんあまり使うことのない三文字言葉だ（セベイシャス sebaceous［脂肪が多い］？　セバリーア Seborrhea［脂漏症］？　だがそれは発音の流れの中で、くっきりした強い子音を、ふたつ持つ。その音を聞きつけると、オーウェンはセバスチャン（Sebastian）が出てくるセリフを暗唱しているんだな、とピンとくる。セバスチャンは「リトル・マーメイド」に出てくる、トリトン王のカニの家来だ。そしてもちろん、私たちは映画の知識を総動員してくらいつく。そんな私たちをオーウェンは不思議そうに見て、ときには微笑む。とりわけうまくカニのもの真似——声をあてたサミュエル・E・ライトは、声量豊かでカリブ風アクセントをつけた——ができたときは、走って行ってしまう前に、「セバスチャンは面白い」と声をかけてくれるかもしれない。

幼児は「平行遊び」という遊び方をする。友だち同士、並んで遊びはしても、一緒に遊ぶわけではない。発達の1段階であり、そのステージは12~18ヶ月で終わる。オーウェンはどう見ても、様々な面でそれ以前のステージに退行していた。一番広い意味での平行遊びをしている。平行というよりも「寄り沿い遊び」に近い。ゴール——みんなのゴール——は、最終的には双方向の遊びのサンシャインを、オーウェンに浴びせてやること——感情豊かに、お互いに真似っこしあい、ギブ・アンド・テイクが生まれる素早い反応、いわば、想像の共同作業——子どもたちの成長と発達を促す、すごく頼もしい推進力。オーウェンはデダムで過ごした最後の日々、たくさんそれをやっていた。

だが、ない袖は振れない。横並びの触れあいが、目下のところ、私たちのいるステージだ。お互い干渉はせず、お気に入りのディズニー映画の1場面で共に笑い、暖かみを、そして、通じあっているという求めてやまない感覚を、私たちは引き出す。むろん、言葉にではないとすればの話だが、オーウェンは間違いなく、映画のジェスチャーに反応しているようだ。たとえば「アラジン」のジーニー役をつとめるロビン・ウィリアムズが、「フレンド・ライク・ミー」を歌いながら、アーノルド・シュワルツェネッガーからジャック・ニコルソン、さらにはウィリアム・F・バックリーへと電光石火で変身する一連のくだりでオーウェンは笑い、つられて私たちも大爆笑をする。たとえ、観るのが20回目だとしても、息子とのつながりを確認したくて。かと思えば、ジャンボ夫人が列車の檻の窓から鼻を伸ばして、ダンボを包みこんで揺らすのを、おとなしく観ているときもある。そんなときオーウェンはコーネリアか私の傍らに寄りそい、私たちは息子を抱き寄せる。

・
・
・

だが、その頃、私たちを悩ませるフレーズを口にするようになる。「ハッピーじゃない」。オーウェンがしょっちゅう言う。しかも、新しい語彙だった。調べてみると、それは息子が半日過ごすアイビーマウントに勤めるアシスタント教師の、決まり文句だとわかった。オーウェンの行動を制御したり矯正しようとして、彼女は「ハッピーじゃない」と言うのだ。

それは、オーウェンのお得意フレーズになった——家で、車で、商店街で——私たちがアイビーマウントを「ハッピーじゃない」と思いはじめるのに、長くはかからない。今年度、オーウェンはほかの園児よりも少しだけ抜きんでているようで、彼の控え目な進歩は、希望を生むのに充分だった。1996年の秋までに、心の広いエリックと、「障害児」用カリキュラム漬けのアイビーマウントとは、さよならする。NCRCの普通の子たちと一日中過ごすのだ。

1996年の感謝祭を間近に控えたある日、治療法の査定を目的として、国立精神保健研究所に新設された委員会の一員を務めるメリーランド州の精神科医が、学校を講演に訪れる。事前に告知が出され、興味を持ったNCRCの父兄がDCとメリーランド州からつめかけた。わが子の進学先を模索する親たちだ。C・T・ゴードン医師の登壇前に、NCRCの校長が、障害児を持つ家庭の代表として、コーネリアに、我が家の経験を語って欲しいと頼む。

「障害児のいるすべての家庭にとって、外出は難事業となります」。コーネリアは聴衆に向かって話す。

「公共の場で、子どもたちが何をしでかすか予測がつきません。周りや身内の反応にびくつきます。それは常について回り、重くのしかかってくるのです。しかしここ、NCRCにいると、気持ちが軽くなります。この学校は本当に子どもたちを気にかけ、子どもたちを助け、職員全員が私たちを歓迎してくれるため、ほっとして、違いを意識させません」

その後、コーネリアはゴードン医師と言葉を交わす。医師にも自閉症の子どもがおり、オーウェンよりひとつ上で、発語がない。ゴードン医師は、まもなくチーム・オーウェンに加わる。

栄光の夜、居場所を見つけた感慨にひたるひととき。だが季節は晩秋を迎え、父兄たちは大きなご褒美に、ゆっくりと矛先を向けはじめた。クリントンとゴアがわが子を押しこんだシドウェル・フレンズや、未来のリーダーたちを育てる私立学園セント・アルバンズといったワシントンの名門私立校に、年若き自慢のわが子を入学させたい。NCRCは両校はじめ、ワシントンの名門校への供給源だ。その日の「パンチとクッキー」のレセプションで、誰がどこに願書を出したか、噂話に花が咲く。

オーウェンは、どんな感じ?

「よくやってるわ」。貼りついたような笑顔で、コーネリアは言う。それだけだ。みんなは将来設計をする。私たちは今を生きる。命がけで、今にしがみついてる。

翌日の午後、私は赤と黄色の縞模様のシルクハットをかぶって、学校に舞い戻る。ドクター・スースの絵本「キャット　イン　ザ　ハット」のつもりだ。ここ1年、ときどきこれをやってきた。子どもたちに激しく動き回るゲームをさせて、ちょっとしたショーに仕立てる。

園児たちの中には、1年前から馴染みの子もいるし、親御さんたちの多くとは顔見知りだ。子どもたちの笑顔を見渡しながら、訪問のたびに、いつも思うことを思う。この子たちの誰が、群れから抜けだして、オーウェンと遊んでくれるだろう――気の抜けた微笑みと、早口で映画のセリフを呟く子どもの裏側に潜むものに興味を覚えて。この子がピエロの息子だというのが、助けになるかもしれない。とりわけ、みんな揃って一緒にはしゃげるお遊戯に私が引き入れることができれば。いつものように、私は「正常」の輪を作ろうとする。抵抗しがたい、くらくらする場所——オーウェンが目立たないで、そっと入りこめるように。輪の中でなら、友だちが見つかるかもしれない。

走ったりの、ジャグリングしたりの、子どもたちを肩車したりの1時間後、汗だくの私が、我が家の玄関にほうほうの体でたどり着く。

「どうだったの、ピエロのおじさん？」。コーネリアが、遅い昼食を用意していた。

「すごく受けてたよ、みんなにね。オーウェンもだ」

「誰か彼に近づいた？」

「いや、今日は誰も」

前日の夜遅くまで、レセプションのことについて話しあった。コーネリアのスピーチ、素敵なレセプション、自閉症児を持つ医師との出会い。今は昼食を食べながら、子どもたちみんなが次のステップに歩を進めていることを話題にする。「春以降、オーウェンはほとんどの子たちと縁が切れるだろう」。私が言う。「みんな前へ進んでいく。上に上がる。そういうことだ」

この学校は、つかの間の夢だった。毎日毎日、ほかの子に混じって、オーウェンも普通の子のように活動してきた。だがそれは幻想でしかなく、今、現実の厚い壁にぶち当たっている。

オーウェンの次のステップは？　当時、アイビーマウントは問題外に思われた。後戻りになる。その後1ヶ月かけて2、3校あたってみたが、どれもオーウェン向きじゃない。DCの公共システムは、ひどいものだった。選択肢はなきに等しい。

ひとつだけある。「丘の上の輝く都市」とはロナルド・レーガンの使った言い回しで、地道に問題解決に当たるジミー・カーターの陰気さを吹っ飛ばし、強気の楽観主義、あの魔法の言葉、「自信」の使い道を実験する時代へといざなう、殺し文句だった。

社会が変わるとき、時流に乗り、変革を体現する施設が、しばしば登場するものだ。ポトマック川上流を見晴るかす丘の頂に、その手の施設ラボ・スクール・オブ・ワシントンがひとつ、さん然と輝いている。

つぐないの物語というのはいつも人に訴えかけるが、この学校および創立者の物語は、カラシがきいている。ニューヨークに君臨するデパートメント王のイケイケ娘を主人公に物語は幕を開け、1960年後半当時、彼女は社会的野心に燃える国務省官僚の妻として、堅苦しいワシントンのプロパーな暮らしに収まっていた。すべてが順調に見えた矢先、息子が障害を持って生まれる。サリー・スミスは息子中心の生活に切りかえた。やがて離婚したサリーは、息子ゲイリーと、若干名の障害児に自宅で勉強を教えはじめる。彼女には才覚があった――ベニントン大学でマーサ・グレアムにダンスを師事し、ニューヨーク大学で心理学の修士号を取得していた。今や、使命がある。とりわけDCが、息子を情緒障害や知能障害の子と一緒に勉強するようほのめかしたあととあっては。息子はどっちでもないわ、とサリー。息子は機敏だし、ものによっては聡明と言えるが、ほかの子が学ぶような学習形態に馴染まないだけです。

息子に相応しい学校はなかった。それで、スミスが創ると、生徒が集まった。行き場のない子どもたちが、ぞくぞくやって来た。

需要に追いつかず、たちまち手ぜまになった学校は、10年間にわたってビルからビルを渡り歩いた。スミスはアメリカン大学教授の肩書きを持ち、学習障害、中でも一番ありふれた失読症について大々的に本を著し、学習障害（ＬＤ）の人口が――当時すでに児童の3％と推定されていた――急激に増加していると指摘した。ベストセラーとなった本の中で、スミスはＬＤへの偏見を払拭しようとし、ＬＤの子どもはリーディングや言語的な問題を、視覚学習やアートの才能を高めることで、補う場合があると主張した。20年を経て、このフレームワークは、裾野が広がって増加中の自閉症スペクトラムの子どもたちに当てはめることができる。

だが、はじめにＬＤありきだった。１９８４年にスミスが大ブレイクを果たしたのが、功を奏した。彼女はポトマック川を見下ろす石の城に新しい校舎を移したが、改修が必須だった。資金調達のガラ・コンサートを開こうと決めたサリーは、とある父兄に相談をもちかけた。「ピープル」誌のワシントン支局長だ。同誌で特集記事を組み、俳優やアーティストに「学校で苦労した」経験談を語らせ、あわせてしかけた電話攻勢により、スミスと支局長のデュオは、「学習障害功労賞」と銘うった賞を餌に、超大物カルテットをＤＣに呼び寄せた。

その秋、ガウンやタキシードに身を包んだワシントン市民１０００人が、ＤＣのダウンタウンに新築されたヘクト百貨店の、がらんとしたフロアに集まった。フォーマルなコンサート風に装飾されただだっ広い空間に、下院議長のトーマス〝ティップ〟・オニールが、コンサートの司会として登壇する。だが、その夜を仕切るのはサリー・スミスであり、ゲストのひとりひとりを「これぞ人生」的身振りで紹介する。スミスはそれを、ゲストとのインタビューから引き出した、情け容赦ない長口舌にひねりあげた。こんな感じだ。「［有名人の名前］はまぬけすぎて、絶対にひとかどの者になんかなれやしないと言われました……文字が読めないために3年生に戻され……テストの結果を恥じて用紙を隠し……でも、ある教師が教室の片隅に呼んで、力になると言ってくれ……」。そして、誰あろう、シェール、トム・クルーズ、ブルース・ジェンナー（オリンピック金メダリストの元陸上選手。性転換手術をして今は「ケイトリン」を名乗る）、そしてアーティストのロバート・ラウシェンバーグ（ポップアートの先駆け的な抽象画家）が壇上に上り、切り子細工のクリスタルの杯を受けとると、声を詰まらせつつ、長年障害を隠してきた事実をぶちまける。エイズを公表したばかりのロック・ハドソンが死んだ直後だった。恥と秘密の醜悪さが、人々の心にわだかまっており――克服すべき暗黒面だ。受賞者の話を謹聴し終えると、議員や閣僚の秘書たちが相当数混じる観客は、立ち上がり、声をからして喝采を送った。ラボ・スクールのコンサートは、翌朝全国の「ワシントン・ポスト」紙の文化面を飾り、その夜38万6000ドルの資金が集まった。

ほどなくして、丘の上の城に関する宣伝が、国内のほとんどどの学校よりも数多く、微に入り細に入り、うたれるようになった。PBS（アメリカの公共放送ネットワーク）は特別番組を組み、アートを失読症やADHD児童の教育への突破口とするスミスのモデルが、広く採用されだした。ラウシェンバーグは毎年学校に来て、創造性を通して「非従来型の学習者」の才能を開花させようとする美術教師を指導・激励した。

きら星のような著名人が毎年賞賛を受けに現れ、「学習障害」は「特異学習」に置きかえられ――政治的に正しい表現の偏狭さがおおむね不評の、権利擁護団体に後押しされた言いかえ――は、すぐさま純心なLD成功者軍団の支持をとりつけた。たくさんの父兄が、子どもを新しい目で見はじめた。「特異学習」？　言いえて妙じゃないか。従来型の学習過程は、ブロックされている。そこで異なる道を探し、補完する能力が発達していく。

言いかえによる、目に見える効能は？　より多くの父兄や発達障害専門の小児科医が、LDの症状を肯定的に認めるようになり、LDには劣るが、やはり増加傾向にある自閉症スペクトラムの子どもたちの人数を、しばしば急激に押し上げることとなった。すぐに全員が、1975年の個別障害者教育法や関連法により、「最も制約の少ない教育環境」、平たく言えば、子どものニーズに合わせた学校への、公的資金による就学を定めた法的権利の恩恵を受けた。

実際に結びあわされたのは、ふたつの大規模な発達障害コミュニティ、LDと自閉症スペクトラムだった。DCでの輝かしい夜から4半世紀後、強迫性障害（OCD）、双極性障害、統合失調症等の多種多様な病気は、LDや自閉症の遺伝的ないとこかもしれないと、遺伝学者が気づきはじめる。それらはすべて、脳の自己調整機能に由来した。どうしてこの障害の仲間内でこの症状が増えているのかは、誰にもわからない。ひとつの錨に繋がれたたくさんのブイのように、全部を繋げると、2012年までに、全人口の20％近くに、いずれかの症状が見られるようになった。

だが、サリー・スミスとLDが、最初に壁を越えた。1984年のガラ・コンサート後、ラボ・スクールや類似校の門前に、行列ができはじめた。そしてすぐに、列は地平線の彼方へと伸びていった。

•
•
•

1997年の春、ラボ・スクールの学習障害の生徒のうち、年少組の生徒の4分の1が、自閉症的な行動や症状を呈していた。オーウェンを入れるためなら、何だってやる。入学希望者の多く、とりわけスペクトラムの子どもたちにとり、受験が困難なのをスミスは承知している。合否判定のため、種類は問わないが何らかの潜在能力、もしくは適性を示すものが要求された。

私たちのテストのお師匠、ビル・スティクスルート医師は、適性検査の専門家で、深く潜行した能力であっても測定できる。神経心理学の検査官では国内のリーダー的存在である彼に課せられた使命は、単にオーウェンの隠れた知能を測るにとどまらず、見つけだすことだ。オーウェンは、注意力はあるらしい。今では相手を見るようになった。相手が笑えば笑う。アラン・ローゼンブラット医師が、あの日椅子の下で見たもの――オーウェンが遊び心を発揮した領分――が、育ち、活発になっていた。だが、ラボに入るのに充分な適性があるかどうかのテストは、どこから手をつけたらいいのだろう？息子は6歳になったばかりで、ほとんどしゃべらない。指示にもあまり従わない。どちらもあらゆるテストで必須の能力だ。スティクスルート医師が実施したテストは、オーウェンの能力を、その年頃の子の1～3パーセントの間に位置づけた。推定IQは75、知能障害スレスレだ。

年が明け、最初の2ヶ月に受けたテスト結果はあまりに悪く、スコアを送る価値すらない。

2月末、願書提出締め切り日の3月1日まであと数日を残し、キッチンで電話が鳴る。最後の運試しを思いついたスティクスルートからだ。1950年代、難聴の子どもに施したテスト――非言語性リーターテスト――が存在した。問題を読んだり聞いたりできない子ども用で、ブロックやその他の操作物のかさばる無骨なものだ。

でも、どこを探せばいいのだろう？　みんなで知恵をしぼる。スティクスルートはこの近辺の、ほとんどが引退した臨床心理士の古いリストを持っている。ひとりぐらい、引き出しの奥にリーターテストをしまいこんでいるかもしれない。私たちは電話をかけはじめた。何十件もかけた。翌日、我が家からほど遠くないコネチカット・アベニューのアパートに住む引退した心理士が、引き出しにあるかもしれないと応じてくれた。

コーネリアが駆けつけ、返す刀でメリーランド州シルバー・スプリングスにあるスティクスルートの診療所にオーウェンを連れて行くと、ビルが熱心に説明書を読む。この手のものは初めてだが、テストを実施し、結果を分析し、それを翌日の締め切り日までに、ラボ・スクールへ提出しなければならない。

スティクスルートはコーネリアをオーウェンの後ろに座らせ、邪魔にならないようにした。だが医師とオーウェンがフォーマイカ製の子どもサイズのテーブルをはさんで「操作用具」を扱いはじめると、コーネリアはビルの顔を観察できた。

彼女もまた、実験をしている。小学3年生用のプラスチックの椅子に座り、どれぐらい長く息をせず、もしくは瞬きもせずにいられるか？ ビルの表情の微かな変化も見逃すまいとコーネリアが見守る中、大きな麻袋から、医師がブロックを次々にとり出す。ルービックキューブの初期バージョンみたいだ。ビルはポーカーフェイスを保ち――試験官の職業技能のひとつ――何を求められているのかオーウェンは理解しようと努め、それから実行する。オーウェンのこんぐらがった聴覚プロセスでは、ビルが日本語をしゃべっているも同然だろう。

コーネリアの呼吸停止データのほうは、8分を記録した。それだけの時間がたつと、オーウェンの小さな肩が傾いて、前のめりになり、突然集中しだすのがわかった。パターンが見え――テーブルに散らばるブロック同士がどう組みあわさるか――素早く的確に組みはじめる。スティクスルートが袋から別のセットを出す――オーウェンは速攻で向きを変え、組みあわせて完成させる。するとスティクスルートがやっと目を上げ、おもむろに、意味ありげに頷く――「やったぞ」の万国共通ジェスチャーだ。

コーネリアの最後の実験は、数ヶ月溜めこんできた、あらゆる神経、あらゆる隠れた結節に染みこむ爆発寸前の感情を、どうやって音をたてず、涙と共にあふれ出させるかだった。

今秋、6歳半のオーウェン・サスキンドは、ラボ・スクール・オブ・ワシントンに入学する。次の11年間、そこが彼の母校となる。学校は彼の強みを見いだして、学習の足がかりへと押し広げてくれるだろう。それこそが幼稚園から高校まで、障害児に一貫教育を施すラボ・スクールの使命なのだから。

第3章 はまり役

ふたりで役割分担。
コーネリアは育み、教え、ゆく手に何がさえぎろうと支えてやる。

私のほうは道化になり、
声まねをして、
息子を引っ張りまわす。

パターンを認識するには、少し遠目で見る必要がある。パターンは暮らしや好みや偏見の雑音の中に、たやすく埋もれてしまう。愛が往々にして横やりを入れる。

つまり、親はパターン認識が不得意で、統計学者、医師、おもちゃ会社のマーケティング担当にはそれがわかっている。ちびっ子のすべてが、結局、ひとつひとつ違う雪のひとひらなのだと。そして、そうであれば、その独自性、わけても子どもたちが、親を選ぶにあたっていかに賢い選択をしたかについて、まばゆいスポットライトを当ててくれるもののほうへ、ついつい目が吸い寄せられてしまう。

ウォルトについては、私たちは黄金の組みあわせを探している。実社会を渡っていけるだけの能力、世界を見すえ、彼の意のままに変え……そして、やがては手に入れた力を、弟になり代わって、行使するときが来る。彼の揺るぎない独立心を喜ぶ理由のひとつが、それだった。

誕生日になると、ウォルトはときどき情緒不安になるという不都合な真実は、「家族の遺伝」（私もそうだ）または「法則性を証明する例外」（365日のうち1日しか起きない）のどちらかの引き出しに投げこまれる。彼はタフで、反抗心があり、はしっこい。そこから外れるものは、何かの間違いだ。

1997年の9月、ウォルトの9回目の誕生日が来た。オーウェンは6歳半。そして、パーティの終わりに、裏庭で友だちと大騒ぎしてさよならをしたあと、たまたま、ウォルトはちょっとだけぐずる。

落ち着きを取り戻し、涙を拭くと、ひとり居残っていた子――近所だから歩いて帰れる――ともう1度大騒ぎをしだしたので、コーネリアと私はキッチンに戻り、パーティの後片付けをする。オーウェンが裏庭からやってきて、私たちのすぐ後ろに立つ。

私たちを熱心に、代わる代わる見つめる。何か言いたいことがあるみたいだ。

「ウォルター（ウォルトのこと）は、大きくなりたくないんだよ」。平静に、オーウェンが言う。「モーグリとかピーター・パンみたいに」

ふたりして頷く。呆けたように、わが子を見下ろして。彼は頷き返し、どこか秘密の夢想の中に消える。

まるでたった今、雷がキッチンに落ちたようだ。

完全なひとつの文、それもただの「これが欲しい」や「あれとって」とは違う。そうではない、複雑なセンテンスであり、こんな文言は、デダムの最後の日以来、4年間発した試しがない。いや正確には、生まれてこのかた、ただの1度も。これはなにか違うものだ、まるっきり。

ふたりはしばらくなにも言わず、それから4時間ぶっ通しでしゃべり続けた。ひと皮ひと皮むいていき、今のできごとを検討しあう。

言語うんぬん以前に、これは彼ができるはずのない分析的考察だ。誕生日に泣くのは、成長したくないから。6歳の子が、普通そんな洞察をするなんて、まずありえないというだけでなく、コーネリアも私も見過ごしていた、エレガントな発想だった。

まるでオーウェンが、彼の内側で育っている謎めいた格子網《グリッド》に私たちを招き入れ、私たちが見過ごしてきたかもしれない日々のアイテムに目をとめて、貼りつけていった基盤《マトリックス》を、ちらっとだけのぞかせてくれたみたいだ。

そして、オーウェン世界のグリッドと平行して、注意深く並べられた、もうひとつのグリッドがある。ディズニーの世界だ。

夕食後、息子がふたりとも屋根裏の寝床に引き上げたあと、コーネリアが次の一手を考えはじめる。私は平行に並んだ面に、思いをはせている。妻は孤独について考えている。オーウェンは、そこにいる。「いったいどうして」。ほとんど独り言のように、彼女が言う。「お前はそこへ戻ってしまうの？」

妻が、私に聞いてるような気がした。記者たちに、何年もこの点を力説してきた。糸口は、どこかにきっとある。もし誰かの腹を割らせることができなければ、お前が下手をうったんだ。

ウォルトが地下室へぶらりと下りていく。つまり、オーウェンは今、ひとりで屋根裏部屋にいることになる。

つま先立ちで、絨毯敷きの階段を上がる。オーウェンはベッドに腰かけ、ディズニーの本をパラパラとめくっている——もちろん、字は読めないが、絵を眺めているようだ。私の使命は、手すりのほうに手を伸ばし、クローゼットの中へ、そしてそこにしまわれたイアーゴのパペットを掴むこと。アラジンのオウム、イアーゴはオーウェンのお気に入りだ。このキャラクターのセリフのエコラリアをしょっちょうやっているが、壊れたフードプロセッサーみたいにしゃべるギルバート・ゴットフリードが声をあてているから、特徴を掴むのは簡単だ。イアーゴを手にすると、ベッドの足もと——階段の最上段から数十センチしか離れていない——からそうっとスプレッドを引っ張り、その下にすべりこむ。この間ずっと、オーウェンが顔を上げることはない。イアーゴと私がベッドスプレッドの下にすっぽり潜りこむのに、4分かかる。

次に、かたつむりの速さでじりじり這っていき、ベッドの真ん中まで来る。

よし。

私はそこで1分ほどじっとして、開口一番のセリフをどうしようか迷う。4つか5つの文言が踊り回って、オーディションしている。

それから思った。イアーゴになれ。イアーゴなら、何て言う？

ベッドスプレッドの割れ目から、パペットを持ち上げる。

「それで、オーウェン、調子はどうだい?」。できる限りギルバート・ゴットフリードの声音で、私は言う。

「つまりさ、お前でいるのってどんな気持ち!?」

スプレッドのすき間から、オーウェンがイアーゴを振り返るのが見える。まるで、昔の友だちと鉢あわせたみたいだ。

「僕はハッピーじゃない。友だちがいない。みんなの言ってることが、わからないんだ」

こんな声を、聞いたことがない。自然で気やすく、ごく普通のおしゃべりの、伝統的なリズム。実に、2歳のとき以来だ。

5年ぶりに、私は自分の息子と話している。もしくは、イアーゴが。

役に徹しろ。

「で、オーウェン、おまぁぁぁえとオレが友だちになったの、いつだっけ?」

「『アラジン』をいっつも観るようになってからだよ。僕はいっぱい笑った。君ってすっごく面白いよ」

私の心はフル回転し――セリフのさわりを探して――何でもいい。オーウェンが巻き戻して観ていたのは、イアーゴが悪役の大臣ジャファーに、サルタンになれとそそのかす場面だった。

イアーゴに戻る。「面白いって? オーケー、オーウェン。僕がこう言ったときみたいに……ンー……そ、それで、あんたはお姫さまと結婚して、自分が王様になる」

咳ばらいか、低音を出そうとしてるみたいな、ざらついた声をオーウェンが作る。「さすがは私の、よこしぃぃぃまなとりあたまだ」

それはジャファーのセリフ、映画でイアーゴにかけるセリフで、ジャファーの声音――むろんピッチはいささか高いけれども、要素は揃っている。微かな英国なまり、不吉なトーン。

私は腹黒いオウムで、ディズニーの悪役に話しかけると、相手が返事をする。そして、笑い声がする。何年も耳にしなかったような、喜びにあふれた小さな笑い声。

●
●
●

9月末の平日、夕食をすませ、コーネリアと私は子どもたちを地下室に連れて行く。イアーゴの快挙から1週間がたっていたが、私たちはそのことしか考えられなかった。今夜、実験をしてみることにした。

マグナボックス社製26インチテレビ画面の前に集まるときは、決まっていつもオーウェンがアニメーション映画を選ぶ。今宵は、私たちが選ぶ。「ジャングル・ブック」だ。子どもたちの昔からのお気に入りで、コーネリアと私が子どものときに観たことがある。イギリスの小説家ルドヤード・キプリングの原作を基に、1967年に製作されたディズニー映画「ジャングル・ブック」の主人公モーグリ少年は、インドのジャングルで狼たちに育てられ、騒々しいクマのバルーと、過保護な黒ヒョウのバギーラに薫陶を受ける。1893年にキプリングが書いたシリーズ2作目の小説「カーの狩り」を大きく取りいれた映画の中で、モーグリは最終的に、大トラのシア・カーンが体現する自分の恐怖に打ち勝つも、しぶしぶながら、バルーによって人間の村に戻され、同胞との生活をはじめようとする。映画はキプリングの冒険譚同様、個と共同体の生存、自然の相互依存にまつわる教訓に満ちている。

一緒に映画を観だして数分後、代表曲のシーンに来た。「ザ・ベアー・ネセシティ」は、しゃべるように歌う曲で、メロディーの合いの手にセリフが入り――あまり見られないスタイル――セリフからはじまる。画面を一時停止して音量を下げ、家族全員立ち上がると、カウチのそばに寄り集まる。再生ボタンを押し、クマの声をあてたフィル・ハリスの声と口調を精一杯真似て、私が言う。「ほら、こんな調子さ、ぼうず。お前はただ……」

そして家族みんなで歌う。音量を落とした曲に合わせ、歌詞を正確に発しようと努める。

最低限の必需品《ベアー・ネセシティー》を探せ

それさえありゃ、生きてけるだけのもの……

岩の下や草むらに隠れてるぞ

映画の中で、バルーは大きな岩の片はしを持ち上げる。地下室で、私はカウチ・クッションの端を持ち上げる。

バルーがモーグリを見るように、私はオーウェンを見る。するとオーウェンが真っ直ぐ見返す——普通ならありえない。そして、それが起きる。タイミングぴったりに、オーウェンが言う。「アリを食べるの？」。モーグリのセリフだ。モーグリになりきってしゃべり、まるでテープ録音した声さながらだ。それから持ち上げたクッションの下に頭を入れ、アリをすくいあげるような素振りをする。

私はバルーの次のセリフに備える。「はは、食べてみろよ！　こそばゆさがたまんないぞ」

次にコーネリアが、用心深いヒョウのバギーラになって叫ぶ。「モーグリ、あぶない！」

私がクッションを下ろすと、落ちる岩をかわすモーグリそっくりに、オーウェンが飛びのく。

私たちが演じた役どころは、後から思えば実際、ピッタリの役回りだった。私はやんちゃで衝動的なキャラクター、コーネリアは用心深い、過保護な役。

数分後、クレイジーなオラウータンの、キング・ルイ――ジャズ・トランペッター兼歌手のルイ・プリマが声をあてた――がモーグリに、大人になることを歌いかける。ウォルトがスタンバっている。「人間の赤い火の秘密を教えてくれ」。耳を引っ張りながら、少年が秘密を囁くのを待つ。オーウェンがひるんで――モーグリが映画でするように――そして言う。「火のおこし方は知らないよ」。コーネリアが寄こす目配せに、私は何度も頷く。ふたりとも、同じふわふわした感覚を味わっている。抑揚と流暢なもの言いは、ほかのやり方ではオーウェンには呼び起こせない自然さだ。だが、それは文脈に、彼の反応のうちにある。

まるで、自閉症なんて存在しないかのよう。オーウェンの演技は、私たちに負けないのではない。私たちを越えている。私たちのは、もの真似だ。オーウェンは違う。動き方も、声のトーンも、感情も、メソッド法のごとく真に迫っている。

かくして、地下室のセッションがはじまる。ウォルトには鋭い記憶力があり、朝飯前だった。映画の好みはアクションものに移ったけれど、かつてはディズニーの名画で鳴らしていた。コーネリアはもの覚えの良さを発揮して、ウォルトに迫る勢い。私は真似が得意で、役に入りこめば飲みこみもよくなるようだ。

だが、オーウェンが上手だった。彼の記憶力は完全無欠だが、特性が違う。3歳で、話し言葉の理解力が崩壊した。あらゆるテストでそれはハッキリしており、のちに、オーウェン自身の回想でもそうだった。この場での彼の話し方を聞いたかぎりでは、90分間のディズニー映画の1作1作を、何度も繰り返し観賞しながら、オーウェンは、音とリズムをマルチトラックで聞き取り、記録していたらしい――πの数値を一桁ずつ、千桁まで覚えるように。もちろん、話し言葉には独自の微妙な音楽性がある。私たちの大半は言葉と意味に注意を向け、調べを聴かない。だがオーウェンはそれのみに何年も耳を傾けていた――イントネーションと抑揚は聴きわけるが、意味はわからない。日本語を知らないのに、黒澤明の映画を暗記するようなものだ。暗記し、そのあとでゆっくり日本語を学んでいく――もしくは、英語のおしゃべり――アニメーションのキャラクターがする大げさな顔の表情、彼らの置かれた状況、相手とのやりとりを手がかりに、謎の音に意味づけをしていく。私たちはそう推測するようになった。そもそも、赤ん坊はそうやって話し方を覚える。だが、広範な素材見本を持つ何十篇ものディズニー映画に働きかけて、記憶しようとするやり方には、微妙な違いが生まれる。オーウェンがせっせと溜めこんだ音源に対し、今度は私たちが文脈をつけてやれる。飛んだり、回ったり、汗をかいたり、うれしがったりして――「ジャングル・ブック」でやって見せたように。私たちは、とどのつまりは三次元の、血の通った生き物だ。息子に触れ、触れ返すことができる。厳密に言えば、私たちは、インタラクティブな存在だ。現実とディズニーの平行世界を、私たちは行き来している。

昼間、家族はそれぞれの生活を送る。ウォルトは毎朝自転車に乗って学校に行き、午後に帰宅。コーネリアは家事、請求書の支払い、子どもふたりの詰めこみ過ぎなスケジュールを切り盛りする。セドリックと仲間たちの本をほとんど書き終えた私は「ウォールストリート・ジャーナル」紙の編集と執筆を再開し、スーツを着こんで地下鉄に乗り、ダウンタウンの支局へ出勤する。

私たちが二重生活を送っているなんて、誰も知らない。夜、私たちはアニメーションのキャラクターに変身する。

•••

それは、もっとも奇想天外(extraordinary)な6ヶ月となる。つまり、「普通(ordinary)」よりも「特別（extra）」がたくさんあり過ぎて、追いつけないほどだ。コーネリアと私は、まったく新しい形で映画を観はじめた。それまで、私たちは何かを探していた――何でもいい、オーウェンが興味を持って飛びつき、触れあう機会ができるなら。今度は逆になった――望遠鏡の反対側だ。我が家には15本前後のディズニー・ビデオがある。どのシーンを選ぼうと、オーウェンはまず、ロールプレイをしたがる。そして、いともやすやすとやってのける。明らかに、全部記憶しているのだ。

私たちは映画を観るとき、鑑定するようになった。どの場面が、次の地下室セッションに使えるだろう？　そのあとは？　コレクションのラインナップは、1940年代の「ピノキオ」や「ダンボ」から90年代の「ライオン・キング」におよび、メニューもよりどりみどりだ。

冬から春にかけて、ほぼ全作品をロールプレイしてきた――喜び、苦難、悲哀の場面を、まんべんなく。

春になると、ディズニー・クラブは地下室から地上へ出てきた。キッチンや裏庭、網戸をめぐらせたポーチが舞台になる。

車の中でも待ったなし！　いつも、ディズニー映画のセリフが会話の発っ端となる。セリフを掴んで――投げつける。正しくやるには、フィーリングが大事だ。言葉と同じぐらい、声の調子に成否がかかる。かけ値なしに両方ともに必要で、セリフのリズム、抑揚、アクセントが再現できればできるほどいい。

なぜなら、オーウェンは相手に合わせてくるからだ。次のセリフを、いかにも楽しげに、パッと返す。蛍みたいに明かりを放ち、身構える。

バルーとモーグリと岩？　そう、肥沃な土壌だ。だが無数のシーンから、選べるキャラクターの選択肢はごまんとある――あらゆる機会、感情、瞬間が揃っている。オーウェンが尻ごみして、新しいことをやりたがらない——泳ぎたくないとか、自転車に乗りたくないとか——そんなときは定番「ジャングル・ブック」から、ジョージ・サンダースの超低音でしゃべるトラ、シア・カーンの出番だ。モーグルへの問いかけで、恐怖にまつわる短くて、鋭いやりとりがある。「『私が誰か、知らないとでも言うのか？』」

それが最初のセリフだ。オーウェンはそのとき何をしていようと、言い返す……モーグリになって。「『知ってるさ。お前はシア・カーンだ』」。完璧だが、それだけじゃない。オーウェンの姿勢も、映画のモーグリのように、男の子が勇気をふりしぼろうとするように、歩くにつれて肩が後ろに引かれる。「『ご名答』」。私はサンダースの気どったアクセントで切り返し、シア・カーンがそのときやっていたように、爪を眺める。「『それなら、誰もがシア・カーンを恐れて逃げ出すのを知っているだろう』」

「『お前なんかこわくないや。僕は誰からも逃げやしないぞ』」

「『ほほう、チビのくせに、肝がすわってるな』」

当然、この最後のセリフが最終目的地で、このやりとりの、刺激的などんでん返しだ。それを聞いて、オーウェンが笑う。私はわけ知り顔で共犯者めかし、ニヤリとする。すると大抵、オーウェンは怖がっていることに手をつける。そこが一番すごい点だ。実効性がある。

ただ楽しむのが目的のやりとりだって、しょっちゅうだ。ウォルトがバルーの声でこう言う。「『お前はたいしたクマになるぞ』」すると、オーウェンは兄を突き倒し、お腹に乗っかって座り、大声を出す。「『ああ、パパクマ！』」

就寝時間になると、コーネリアは、ダンボが木の上で寝たときの会話を持ちだし、ただひとこと、ティモシー・Q・マウスのように、「『さあダンボ、できるよ』」と言うだけでいい。すると、オーウェンは映画の文脈に入りこみ、木が持ち出された意味を考え合わせ、ベッドへと急ぐ。朝めしどきに犬のアニーを散歩させるときは、「101匹わんちゃん」一色だ。

私たちの交わす言葉が、誰かの書いた筋書きであったとしても、文字通り、それら作りものの言葉と物語を通し、私たちはコミュニケートしている。

・・・

1998年4月、セドリックと家族、彼とゆかりのあるふたりの若者――ひとりは荒廃したDC南東部の同郷、もうひとりはブラウン大1年の同輩――について書いた本が出版された。「A Hope in the Unseen（暗闇の中の希望）」と題し、セドリック、母親、そのほか13人の人物たちのあやなす物語を現在形で語るとともに、何が重要で何が重要じゃないか、キャラクターをどう見るべきか、読者を誘導する伝統的な解説文は排した。私がずっと実践しているジャーナリスティックな観点だ。物語には紆余曲折があり、読者は自分で思うところを決められる。私の考えでは、物語《ストーリー》とは、ロールシャッハテストのようなものであるべきだ。人々はそこに、あらゆるものを見いだす。自分自身も含めて。

結局それが、我が家でのやり方だ。オーウェンが見ているもの、例えば「美女と野獣」は、私たちの目に映るものとは違うのかもしれない。だが、ストーリーそのものは分かちあっている。私たちが分かちあえる数少ないものだ。

よそでもそんな風に簡単に行けば、どんなにいいだろう。ラボ・スクールで、オーウェンが教師や生徒と分かちあえるものは、ほとんどない。

最初の年は、たいへんだった。LDも自閉症スペクトラムの子どもも――スミスがよく言うように

――言語に関し、「脳が情報を整理する方法に障害」を抱えるが、失読症が苦労するのは概して文字を読むことに限られる。広汎性発達障害の自閉症は、名前の通り、より広汎な障害で、とりわけ話し言葉の聴力プロセスへのダメージが大きい。スペクトラムの子どもにとって、基本的な指示、例えば「マジックペンを集めましょう」とか「休憩時間だから並びましょう」とか「パートナーを探してください」などは、しばしば右から左に通り過ぎる。往年のコメディアン、ルシル・ボールの有名な、コンベアーベルトに載ったチョコレートのギャグ・シーンみたいなものだ。脳の適切な場所に言葉を箱づめし、理解したのちに、相応しい行動が起こされる――マジックペン集めにとりかかれ！　これらのプロセスのスイッチにもたつきがあると、チョコレートはうまく箱に入らず、ベルトを流れてくる新しいチョコは箱に入らないで通り過ぎ、ルシルみたいに、チョコを口いっぱいにほおばって、空の箱が散乱するはめになる。それでもチョコはやって来る！　そのとき、先生が言う。「オーウェン、何してるの?!」。彼だけの話ではないが、ストレスがたまるのも無理はない。

　オーウェンは教室での問題を抱えている。人の話を聞いたり、作業に加わるべきとき、ちょくちょく独り言を、キャラクターの声音で言う。ハロウィーンに近いとある日、彼はこのために厳しくしかられ、「タイムアウト（反省のためひとりにさせる罰）」をくらったとのレポートを受ける。

　自室の絨毯にむっつりして座っているオーウェンを見て、私は「王様の剣」を思い浮かべる。どのディズニー映画にも負けない豊かな土壌を持ち、「ジャングル・ブック」「アラジン」「ライオン・キング」同様、男の子が主人公で――ちょっとだけ困ったところがある。だが、孤児のアーサーにマーリンが示す愛情深い指導は、どんな子育て戦略にも応用が効く。ちょうどピッタリの場面があり、仕えている領主からお目玉をくらったアーサーが、ロンドン行きの機会を逃す。

　私はドアの前にしゃがみこむ。「『ロンドン行きを、とても楽しみにしていたのにのう』」。マーリンの声をあてた役者で、随分前に亡くなったカール・スウェンソンの優しいキンキン声を出す。簡単だ——典型的英国なまり。

オーウェンが顔を起こして、笑う。「『ああ、あなたのせいじゃないよ。あんなことを言うべきじゃなかった。僕はもうおしまいだ』」。すっかりアーサーになりきっている。

さあ行くぞ。

「『いいや、いい線いっておるぞ、少年よ。これ以上落ちようがない。あとは上に行くだけだ』」

「『どうやって』」

「『頭を使え。教育じゃよ、お若いの』」

「『それでどうなるの?』」

「『まずはやってみることじゃ。結果は後からついてくる。やる気はあるかの?』」

「『うん……ダメもとで』」

「『その意気じゃ! 明日からはじめるぞ。やつらを見返してやるんだ。そうじゃろ?』」

「『きっとね』」

オーウェンと私は、この手の会話を一切したことがない。だがマーリンとアーサーとしてならば、ある。意図的な、感覚的な性質を帯びたやりとり。文法は完璧、言葉の選択も。これは単にエコラリアの複雑な、インタラクティブなバージョンに過ぎないのか? それとも、本当に会話している? どこで線を引くべきか、区別がつかない。

だがひとつだけ、確かなことがある。映画——オーウェンが100回は観た映画——のキャラクターが通いあわせる暖かみが、ふたりに今、通っている。それを感じる。

アニメーション映画は、特にディズニーの場合、主題歌をポップにアレンジして、スター歌手のマイケル・ボルトンやエルトン・ジョンの歌うリプライズをエンディングに流すという手をよく使い、その間、クレジットが流れる。そのときだ、もう何度目かわからないほど観たあとで、コーネリアと私は、地下室からじたばた出ると、過去90分間、放りっぱなしにしていたもろもろに戻る。パスタ用に沸かしていたなべ、編集中の文章、友だち、親戚、情報源への電話、ありとあらゆる家事、スーパーへの買い物、犬に餌、散歩、風呂、寝乱れたままのベッド、刈っていない草、もしくは地上に出て、数分間の日光浴。ウォルトはもっぱら宿題だ。オーウェンはいつも決まって下に残る。ははん、音楽を聴きたいんだな、と納得する。リプライズが好きみたいだし、いつも最後の最後までいたがる。彼にとって、映画は画面が暗転するまで、完全には終了しないのだろう。放っておいた用事が気になって、誰もそこまでは付き合わない。クレジットは2〜4分程度だが、オーウェンは30分ばかり下にいる。

1999年の春になってやっと、オーウェンが最後の歌を半分、全部、3分の1と巻き戻すのを見て、この再点火と逆戻りに気がついた。数回それを繰り返している。ほかのいろんなこと同様、どうしてかは不明だ。ただ主題歌が好きなのかもしれない。

•
•
•

クレジットについては、オーウェンは、その、文字を読めないので、考慮しない。読めるとは言えない。努力していないわけではない。8歳で、アルファベットと、子音と母音の音を知っているし、「犬」「猫」「走る」など、ごく初歩的な音読練習を、週に1度、放課後にチューター（個人指導の教師）をつけて、細々とやっている。ラボ・スクールは、多くが失読症のLD児童と、自閉症や発達遅滞の生徒に共通する読書障害のためのテクニックを、多数揃えていた。

だが、そのうち、オーウェンのチューターが、何かがうまく作用してるようだと言ってくる。オーウェンの識字能力は、2年間は牛の歩みだったが、スピードアップして、正確になった。チューターは、ラボで新しい試みでもしているのかと不思議がる。

それで、あたってみた。いや、学校じゃない。

私設ディズニー・クラブが、1科目カリキュラムを増やしたらしい。「映画クレジット読解」の授業だ。

それは、実質的には自由研究で——オーウェンは自発型だと私たちは早めに気づき……それだけが唯一の学習方法のようだ。早期教育の基本形——着席し、話を聞き、暗記し、話しあい、しかるのちに進捗具合を測る(テスト)——はうまくいかない。5つのステップのうち、4つは壊滅的。暗記は、ままならない。興味を持ったときにだけ働く。

だが、オーウェンは、自分にこれほどの喜び、これほどの精神的な支えを与えてくれる色彩と動きを映しだす画面の背後にいる人々に、いたく興味を持ってしまった。いつ明かりが灯ったのかは、わからない。わかるのは、それが起きたということだけ。3つ目の面、グリッドが、最初のふたつ——現実世界とディズニーの、平行世界に加わった。3つ目のグリッドで、最初のふたつが繋がった。美術、声優、脚本監修、監督、キャラクター担当アニメーターそのほか、オーウェンが目ざめている間のかくも多くの時間、想像の世界へいざなう動く風景を作りあげた、キャスト、スタッフ全員のグリッド。造物主を探しているのではない。だが、それに近い。オーウェンは創造者《クリエイター》を探していた。

再生、停止、巻き戻し、再生、停止、巻き戻し、コマ送り。メソッドは論理的かつ計画的だ。部屋に家族がいるときは、やりたくないようなので、階段を上ったキッチンから、地下室を盗み聞きする。

その冬のとある晩に聞いたのは、こんなふう。最初に、オーウェンはキャラクターの名前を解析する。ひとつを選べ。アーーー……アーーーース……アーススサアア……アーースソオオ。これは「リトル・マーメイド」だということをかんがみれば、オーウェンならできるし、実際、「アースラ」だと素早く探りあてて終える。これはほんの口ならしで、次は海の魔女の声を演じている女優という、より難しい、未知の領域にいどむ。オーウェンは1分間テープを再生し、画面上に目的のコマが出たところで一時停止する。プープープ……プーパアアア……。

数分間格闘したあと、全部をつなぎ合わせる。パット・キャロル。その名前をそっと、ほとんどうやうやしく、数回繰り返すのが聞こえる。それからほかの、「アシスタント」や「アソシエイト」、「照明」、「監督」、「プロデューサー」などの役職。オーウェンはご機嫌で、集中しているようで、フレームをスクロールし、たくさんの映画からは選択肢がたんとあり、落ち着いて、熱心にとり組んでいる。私たちの仕事はただ、彼の邪魔をしないこと。

・・・

1999年6月初旬の土曜日、ウォルトはオーウェンと一緒にいる。ふたりは我が家から1・5キロほど離れたDCの公立図書館をぶらぶら歩いて、本の列をなぞっている。というか、1分前に私が最後に見たときは、そうだった。

男が声を上げる——抑えようと努めながら——のが聞こえ、振り返ると、騒ぎのもとが見えた。正確を期すと、最初に目についたのは、目玉を落とさんばかりにひんむいているウォルトの姿だ。

その「ヒソヒソ叫び声」の主である司書が、貸し出し用カウンターから早歩きで出てくる。「そこ、何をしている?!」

私のいる現代史の棚から現場までは距離があり、遅めの小走りで5秒ほどかかる。司書を見ると、眼鏡をかけた若めの男で、ウォルトを非難の目で見、次に私の視界の外の、どこか低い地点に視線を移し、それからますます目をまん丸にしたウォルトに視線を戻す。私が来ると、ウォルトは背を向け、図書館から走って出て行く。

ふたりが見ていたものが見えた。オーウェンのお尻とバタつく足が、棚の下段から突き出ている。本を押しわけ、ほとんど体全部、本棚の暗い空間に収まっている。

すぐ、それがオーウェンのはまっている20世紀フォックス映画「ページマスター」のせいなのが、ピンときた。ディズニーのお気に入りに、若干の他社作品——これと「スペース・ジャム」——も混じってきたのだが、2本ともオーウェンの、そして家族全員の、特異さが強まるばかりの暮らしぶりを映しだしている。すなわち、アニメーションと実写のコンビネーション。1994年に封切られた「ページマスター」は、オーウェンと彼の、めまぐるしく変わる現実に、これ以上ないほどおあつらえ向きの映画だ。主人公は、マコーレー・カルキン扮する好奇心の強いリチャード・タイラー少年で、嵐の夜、図書館に閉じこめられてしまい、クリストファー・ロイド演じる空想上のキャラクターに出会う。それが、魔法使いタイプのページマスターで、少年を書庫に連れて行き、本棚の間に隠された世界に招き入れると、そこでは「ジキル博士とハイド氏」や「白鯨」などの名作に命が吹きこまれる。少年の案内役は3冊のしゃべる本で、それぞれがジャンル——ファンタジー、アドベンチャー、ホラー——を代表し、おのれの恐怖に立ち向かう旅へと導く。

今日図書館に来た理由のひとつが、その映画だ。土曜日の午後にふたりの男の子ができるアクティビティを探していたら、オーウェンが図書館訪問の提案に飛びついた。

これが、私たちのロールプレイングのマイナス面だった。自然の制約を受けない。世界は今や、オーウェンの舞台だ。私は息子を書棚から引っ張り出し、怒った司書にしおらしく謝る。「映画のせいで、図書館に興味津々でして……きっとあなたも気に入ると思います」

表で、私はウォルトを捕まえる。ベンチに座って、頭を振っている。

「父さん、オーウェンはなんでああなの？」。訴えるように言う。

何と言えばいいのか、わからない。そういう星の下にオーウェンは生まれたのだという話を少しする。「彼が望んでそうなったのではないし、もし選べるなら、違う星を選んだに違いないよ。でもオーウェンは選べないし、私たちにもしてやれない。家族で支えてやらなくちゃ」

ウォルトは全部承知しているが、何の助けにもならない。彼は本当に怒っている。明らかに、前々から溜めこんでいたのだ。「あいつはどう行動すべきかなんて、わかっちゃいない。これっぽっちも！」

私は同意する。ふたりとも、ウォルトが正しいのを知っている。私はちょっとの間、ただ隣に腰かけて、落ち着くのを待つ。オーウェンと私が外に出て来たとき、ウォルトは怒っていた。オーウェンがそばの芝生で踊りはじめる。私は腕を兄の肩に回す。「お前は弟をほかの誰よりもわかっているね、ウォルト。オーウェンはああなんだ。難しいのはわかってるが、彼を受け入れ、肯定できる道を見つけてやらないと。みんながお前を受け入れるみたいにね。お前みたいな兄貴がいて、オーウェンは幸運だよ」

数分後、車で家路につき、「すべき」という言葉の回りで繋がっている「点」を意識した。

ウォルトがたった今使ったこの言葉を、私は近頃よく使う。1年前に〝A Hope in the Unseen〟が出版されて以来、講演をするたび、判で押したように、セドリックはどうやって、母校と地元について回る悪評や、致命的な行動規範の両方にうち勝ったのか、と質問される。理由は様々で、彼の受けたしつけ、母親、信念、それにつまはじきにされたことで、その地域の社会的な規範から距離を置けたのも作用している。だが、彼は例外だ。「ステレオタイプ（固定観念）の脅威と励まし」と呼ばれる現象に関する最近の研究で、文化的ステレオタイプ――アフリカ系アメリカ人は運動神経が良くて信心深い、アジア系アメリカ人は数学の天才――による決めつけが、人間としての基本的な能力が同一だった赤ん坊100人に成長後現れる大きな差違に、いかに貢献しているかを如実に示している。この世に生を受けたときから、そういった評価によって、他者の目に映る自分、自分の目に映る自分が形作られ、他人の目によって持ち上げられたりおとしめられたりしながら、私たちは能力を磨いていく。

これら「すべき」たちは、もちろん、素早く周囲の文脈と自分の立ち位置を値踏みする人間の、基礎的な能力から来ている。

それが、ウォルトとオーウェンを隔てる一番の資質だ。

大半の人と同じく、ウォルトは生まれつきの本能として、すでに常識的な振るまいを身につけ、アイデンティティを確立しつつある。

オーウェンの担当医たちによれば、オーウェンにこの能力が欠けているのは、自閉症の最も基本的、特徴的な障害だと言う。自閉症サークルでは、「文脈的盲目《コンテキスト・ブラインドネス》」と呼んでいる。

オーウェンには「すべき」の感覚がない。なぜなら生活を成りたたせる一瞬一瞬につきまとう好悪の目つきや表情、群衆の中に立つさざ波を、まったく読めないのだから。それはつまり、図書館でどう振るまうべきか――遊び場とは正反対――や、8つの男の子がもっぱらどんな映画を観ているのか、オーウェンは知るよしもないということだ。研究者は、質問を浴びせかける。この欠落は意志によるのか、それとも能力なのか、開発するのは可能なのか、もしそうなら、どうやって？　だが日々の事実はハッキリしている。増加をたどる自閉症スペクトラムの子どもと大人同様、オーウェンは身のうちからわきあがる、しばしばひどく謎めいたものに突き動かされ、形作られ、導かれている。誰にでも、自律的な衝動はたくさんある。ただ、私たちの衝動は、生じた瞬間に、電光石火の文脈査定にぶち当たるというだけだ。その衝突によってできる大気圏が、振るまいとなる。

ウォルトの怒りは、たった今図書館で起きたようなことを、これまでに何度も耐え、これからもたくさん起きるだろうと予測したからで、たぶんそれは正しい。11歳の主観では、それはつまり一生辱めを受けるか、少なくとも公共の場では、弟と距離を置かないといけないということだ。難しい選択だ。

一方、オーウェンは、どうしてウォルトが泣いているのか、首をひねっている。

•
•
•

ひと月後、1999年の夏、私たちはもうひとつの現実世界に足を踏みいれる。ときにそこは、「世界で一番ハッピーな場所」と呼ばれる。

ウォルト・ディズニー・ワールドへの3度目の旅で、オーウェンは9歳になった。この世界では、彼はもっとできる、もっと言える。うんとたくさん。

文脈的盲目？　突然、私たちには見えない文脈を、オーウェンがマスターしているのがわかる。マッド・ハッターにも、その文脈は見えない。

初日の朝、「キャラクター・ブレックファスト」と呼ばれる場で出会ったのが、彼だった。ありふれたホテルの朝食の席に、ディズニーのキャラクターが乱入するという趣向だ。パンケーキを食べていると、突然アリスが現れ、その後ろに、緑の山高帽をかぶったクレイジーな小男がいた。

オーウェンが何食わぬ顔で席を立ち、彼に近づくと、残りの家族は後ろに固まる。

「すみません」。オーウェンの声に、マッド・ハッターが振り向く。「エド・ウィンを知ってますか？」

ディズニー映画でマッド・ハッターの声をあてた元寄席芸人の名前だ。

「もちろん、彼はオレの友だちさ」。マッド・ハッターが、キャラクターの問答集から適当に返事する。

結局、彼らはずっとキャラクターで通さないといけない。オーウェンはじっと見つめて、つけ鼻とおしろいのメイクの裏側に、ヒントを感知しようとする。何も見えない。彼が追求する。

オーウェン「じゃあ、ヴェルナ・フェルトン――ハートの女王の声の女優は？」

マッド・ハッター（困って）無言。

オーウェン（同じぐらい困って）「『ジャングル・ブック』のウィニフレッド、『シンデレラ』のフェアリー・ゴッドマザー、『わんわん物語』のセーラおばさん、『眠れる森の美女』の3人の妖精のひとり、それに『ダンボ』の象4匹のうちの1匹――いじわるなやつをやった人！」

マッド・ハッター「ヴェルナ、誰？」

それから急いで出て行く、すごく大事な待ちあわせに遅れるみたいに。

オーウェンの勝ち。

私たちは大喜びした――もとい、有頂天だった――オーウェンの天下だ。ウォルト・ディズニー・ワールドの3日間は、やることがたくさんある。たくさんのアトラクション、たくさんのキャラクターに聞きたいことがある。もちろん、ほとんど誰もしゃべらない。俳優のメイク姿が人間のキャラクターの、アリスやマッド・ハッターやアリエルだけが返事できる。だが、短い会話――あるいは通りすがる話さないアニメーションのキャラクターに、オーウェンがかける質問――を通して、海底に築いた彼のアトランティス王国が、垣間見える。クレジットを読んで、文字の発音を学んだだけではない。名前を記憶してカタログ化し――ヴェルナ・フェルトンには5本の映画――そして頭の中に相互参照用の索引が作られる。キャラクターに出くわしたとき、聞きたいことはあまりにもたくさんある。

最初の50年、ディズニースタジオは、有象無象とりまぜた御用達の役者たちを起用し、セリフのトラックを吹きこみ終わったあとで、ミックスされた声に合わせ、アニメーションのキャラクターを、心血を注いで手描きで動かした。これらの声優は、舞台裏に引っこみ、小さな群れを作る。ヴェルナ・フェルトンを例に取ると、スターリング・ホロウェイ――「ジャングル・ブック」の蛇のカーや「ふしぎの国のアリス」のチェシャ猫、「ダンボ」の大きな耳の赤ん坊を運ぶこうのとり役――と、3本の主力映画で共演している。くまのプーさん――ホロウェイの声はつとに有名――は、ファンタージーランドに私たちがいた日の遅く、オーウェンにこれら全部を質問された。プーは頷いて肩をすくめ、オーウェンは彼を抱きしめる。コーネリアと私は、不思議な気持ちで見ている。何年もの一方通行の会話のあと、今、こうしてプーと話している。プーはわかったみたいで、オーウェンはハグでそれと察する。私たちは何回それをやってきたことか。すると、そこに立ちつくしていた私たちの目が、オーウェンの見ているものを見るように調整されていく。このキャラクターたちは、家族の一員なのだ。彼のファミリー。ともに成長し、頼りにし、学んできた。これはオーウェンにとって、お互いに関係を探りあい、絆を発見するための機会なのだ。

ずっと探していて、会えないんじゃないかとやきもきしていたグーフィーを見つけると、オーウェンは走り寄って、巨大な犬だか馬だか何だか知らないが、とにかくそいつに腕を回す。しばらく抱きあったままで、私が追いついて、オーウェンの体を引き離してカメラに向けたときも、まだグーフィーにしがみついてた。

それは元気づけられ、同時に謙虚にさせもする光景だった。私たちにも、ほかの誰にも、滅多に示さない感情豊かな愛情表現を、オーウェンはキャラクターたちに見せている。

コーネリアと私は、〈ウィルダネス・ロッジ〉のカフェで話しあう。彼らとあんなに強く、感情的な絆を持つのは健全なんだろうか？　危険はないか？　大人の目には映らないが、オーウェンが吸収している風景や真実があるのだろうか？

どこから手をつけよう？　ここは、自足完結した人工世界だ。午後遅くに目にした光景について、コーネリアが話題にする。〈トム・ソーヤーの島〉付近の沼の周りに群衆が集まり、水の中の何かを見ていた。何だろう？　群れに加わって、どうにか少しだけ見えた。小さな、たぶん60センチそこそこのワニだった。見物人たちが、アニマトロニックか本物か話しあっていた。結論は出ずじまい。

私は本物だと見た。「あれが唯一、3日間で見た生《なま》ものだ」。「あら、このビールもよ」とコーネリアが皮肉をいい、マグを持ちあげて、〈ウィスパリング・キャニオン・カフェ〉でアルコール類の販売を英断したディズニーの重役に乾杯する。

オーウェンが見せた感情が、「実在の人々との生の感情」に匹敵するはずがないさ、と私は持論にこだわる。「オーウェンにはわかってるよ、あのキャラクターたちが――彼らが本物じゃないって、心の底ではね」

コーネリアは肩をすくめる。「でもね、子どもって、物流面に無理があるって気がついたあとでも、長いことサンタクロースを信じるものよ。信じると信じないがしばらく同居するの。信仰心の不思議ってやつね」

問題なのは、と妻が言う。オーウェンがどう感じて、どう行動するかだと。何年間も毎日一緒にいる妻にわかるのは、ここでのオーウェンはすごく落ち着いて、沈着冷静で、自信ありげに見えるということだ。それに、独り言や手をヒラヒラさせたりする「ふざけた」自己刺激的な行動が目に見えて減ったが、そうした行動は、状況が複雑すぎて彼の手にあまればあまるほど、激しく誘発されるというのがだんだんわかって来た。「文脈的盲目」はストレスを生む。困難にあうと、彼は内側に引きこもってしまう。

だがここでは、全部が入れ替わる。オーウェンは文脈を理解し、大半の人が日常的に、無意識のうちにやすやすとやっているのと同様、素早く判断をつけて文脈に沿って動ける。もちろん、現実世界と同様に、話し、歩き、やりとりし、選択しなくてはいけない。だが今は、そういう一瞬の判断——ディズニーのどのテーマのアイスクリームを注文しようか、ピーター・パンのフライトにもう1度乗ろうか——は、彼の暗記している映画から出てきた実在の、確かな風景をよりどころにできる。映画が、彼のアイデンティティを形成しているらしい——現実世界が、ウォルトのそれを形作ってるように。キャラクターに何を感じていようと、ここでのオーウェンが、より注意深く、愛情深く、接しやすいことにふたりとも異論はない。それでも、ディズニーの手練手管に72時間どっぷりつかったあとでは、現実世界に戻りたくてしょうがない。

オーウェンなら、永遠にここにいられる。息子は我が家でくつろげるし、ここでもくつろげる。ふたつの場所。

•
•
•

3つ目の場所——学校——を、くつろげる場所リストに加えたいと、オーウェンが思いはじめている。

私たちみんながそうだ。1999年の秋、ラボ・スクールの3年目がはじまる頃、彼の学力が向上しているのがわかる――初歩のリーディングに加え、新たに簡単な計算もできるようになり――だがバラつきと波があり、友だち候補とのお付き合いも、気まぐれだ。だいたいにおいて、授業について行けていない――学校が不吉な警告をよこす――彼の心があまりにしばしば、映画の平行宇宙に飛んで行ってしまうせいだ。

この超集中は、PDD-NOS児が抱える問題のひとつだった。私たちは「自閉症」の単語は使わない、少なくとも公には。まだ世間は「レインマン」の強烈な印象に汚染されているように思えたからだ。ローゼンブラット医師がさりげなく言っていたが、彼の行動様式は、世間から深く隔絶する、より重篤な、または古典的自閉症児像にうまく当てはまらない。オーウェンは、椅子の下からローゼンブラット先生に誘いかけたあの最初の日から、関わりたいという意志が――そして、大事なことに、定期的な欲求が――ある。だが、私たちにわかりはじめたのは、これらのレッテル張りは効用をあてこむよりも、常にもっと戦略的、社会的、法的志向が強いということだ。子どもの「自閉症的な行動」――「せまい興味への偏好」――が、私たちが現実に直面していることだ。今では、多くの医学専門家が重宝しだしているスペクトラムというコンセプトの、危うい特質がわかりはじめている。一方では、オーウェンに似ているが、学校での活動にもっと積極的に参加して、より柔軟に、未知のトピックや新しい経験に移れる子どもたちの存在に目がいく。彼らは往々にして社交面に鈍感だが、先生の話を聞いたり、仲間からの合図を拾ったり、集団行動をするのがオーウェンよりもできるため、経験を積みながら改善していっている。

かと思えば、オーウェンに似ているが、中立的な専門語でいえば、より「没入している」子もいるのに気づく。オーウェンの精神科医、C・T・ゴードン博士の息子がそうだ。

ゴードンは、今では週に1度、オーウェンを診ている。彼のように、自分の子どもが自閉症だとわかったあとで、その道を専門に選ぶ医師は増えている。自閉症の増加傾向に伴い、医学界全体で、医者兼父親、医者兼母親が――一部には、息子や娘の症状には不眠不休、昼夜の別なく緊急対応できるように――リサーチや全国的な討論における中心的役割を担いつつある。ゴードンは組織を立ちあげ、新しい治療法や、原因解明の主張、最新の科学的発見を査定し、評価結果を会報に記載しており、会報は増す増す重用されている。没入度のより深いほかの自閉症児同様、息子のザックは発語せず、小さなデバイス、つまり、画面のついたキーボードに頼っている。7歳になる頃には、そのデバイスを使い、1分間で100語を打てた。だが、彼の情熱の対象はオーウェンとまったく一緒で、ディズニー映画だ。ザックは大がかりで複雑なローテーションを組むと、それを儀式化して、鑑賞のたびに新鮮な喜びを引き出している。ゴードンの捉え方――大半の専門家のように――は、このディズニー愛をツール、ご褒美として使い、そうでなければ手をつけたがらないような学校の課題や身支度を終えるよう、ザックにやる気をださせるというものだ。もちろん、「テレビを観る前に宿題を片づけなさい」という決まり文句は、どこの家庭でも繰り返し口にされている。だが健常児――専門用語では「定型発達」の児童――は宿題自体に何かしら面白みを見いだしたり、テストで「A」をとって喜んだり褒めてもらいたがったりと、もっと柔軟に興味を見つけ、広げていける。自閉症の子だと、例えば、特定のビデオなどに向ける情熱はディープで、おそらくは消しがたく、それ以外の、たくさんのことへの興味はたいがい、極めて薄い。思考に関しては自由裁量で、自ら選んだ分野に没頭し、ほかは一切締め出す。ある子にとって、偏愛の対象は電車の時刻表だったり地図だったりする。オーウェンとザック――ほかにもたくさんいるはずだ――の場合は、ディズニー映画がそうだ。

断《た》ってはいけない、とゴードンは言う。コントロールすればいい。ビデオをご褒美に使い、あることをし終えたら、一定の時間だけ観る許可を与える。それと、巻き戻しなし。ゴードンの見解では、巻き戻しは溝にはまった車輪よろしく、執着を深めるだけだ。ザックにはそうしている。視聴時間を決め、巻き戻しボタンは禁止。ビデオは動機づけの餌として、かなり重宝する。

私たちはすでにある程度、ビデオの視聴を制限していた。今度はそれに加え、学校での行動をポイント制にする。先生の話を聞いたり、アクティビティに参加したり、適切に振るまうと、ポイントをあげた。ポイントが貯まれば、その晩ビデオが観られる。ポイントが足りない夜は、残念。ビデオはおあずけだ。

学校での行動に、ささやかながら改善が見られる——劇的な効果はなし——が、ビデオなし令の日が2日続いたあと、コーネリアが夜中に目を覚ます。

ぐっすり寝入っていた私を、妻がゆさぶって起こす。「下で物音がしたわ」。時計を見る。午前3時だ。5分後、野球のバットを手に地下室に下りると、オーウェンを見つける。映画マラソンの最中だった。

オーウェンは平謝りだ。もう2度としないと言う。だが数日後の朝、観ていた痕跡を見つける。オーウェンはごまかすのがうまくなっただけだ。

ほどなく、我が家は低レベルのゲリラ戦に突入する——私たちから複雑な感情を引き出す神経戦。まるで、息子の供給線を断った気になる。学校は気が張り、ストレスが溜まる。彼がほっとできる避難所が断たれた。

ある朝、オーウェンを学校に送りに行く途中のコーネリアが私に電話を入れる。オーウェンはいびきをかいている。学校に連れて行く意味があるの、と妻が尋ねる。強力な武器を導入しなくてはならない。仕事のあと、私は金物屋に寄る。

その夜、地下室に全員集まって、新しい決まりを話しあう。大型テレビが収まるキャビネットに鍵をかけた。鍵は連邦保安官よろしく、私が持つ。

「ママと私でこの鍵を預かる。スペアはないぞ」

今やディズニーは規制の対象である。

第4章
椅子取りゲーム

たくさんの自閉症の子どもと同じく「文脈的盲目」のオーウェン（兄のウォルトと一緒）。ところが、いちばんのお気に入りの場所ウォルト・ディズニー・ワールドでは、文脈に明るく、リラックスして楽しんでいる。

コンセプトは、大幅な軌道修正だ。
オーウェンのこだわりと衝動を抑制する足しになればと、家のテレビを制限した今、アニメーションの本流を、学校に通す必要がある。ラボはアートを基本にすえた学習法について、あかずに喧伝している。私たちが地下室ではじめ、今では至るところでやっているように、彼らがオーウェンの自律学習法に手綱をつけられるか、お手並みを拝見しよう。家でやっているのは、映画の場面を演じること。演劇なら、ラボ・スクールのお家芸だ。

もちろん、「自律」部分が事態を少しばかり複雑にしている。オーウェンがはまっているものに、こちらが従わなければならない。１９９９年の秋が２０００年の冬になると、ディズニー映画などれでも、とはいかなくなった。オーウェンは「南部の唄」に深く入れあげている。

オーウェンはこの歌が大好きだ。ウォルト・ディズニー・ワールドのスプラッシュ・マウンテンでひっきりなしにかかっている。最後に長いジェットコースター型の急降下があるスリルたっぷりの乗物としては、オーウェンの初体験だった。怖さと面白さが一挙にスパークして、すべてが「満点」だった。コンピューターを使いはじめたオーウェンが、「リーマスおじさん」が歌うクリップを見つける。実写とアニメーションを組み合わせた初期の実験作のひとつで、笑うおじさんの周りを、青い鳥が飛んでいる。その組みあわせ――実写の俳優と、頭の周りを飛ぶアニメーションのキャラクター――は、オーウェンの人生そのもの、専売特許の文脈である。

•
•
•

彼のこの映画への執着は、私たちの「大幅な軌道修正戦略」には向いていないが、幸運な突破口が見つかる。オーウェンの担任のジェニファー先生は、過去2年間オーウェンの補助教員を務めるうちに彼と絆を結び、ちょくちょくオーウェンを膝に乗せて、自己刺激行動をなだめてくれる。(「南部の唄」でリーマスおじさんが白人の子どもに聞かせる) うさぎどん《ブレア・ラビット》のお話は、ディズニーの前から、アフリカ系アメリカ人に伝わる民話として、長い歴史がある。

充分いじる余地のあるお話だ。音頭を取ることになったジェニファーが、頻繁に電話をかけてよこすので、オーウェンの扱い方や、うまい戦略をたっぷり指南してやる。2000年の春には、定期的にお芝居の練習があり、美術の授業では小道具を作った。ジェニファーの指導のもと、オーウェンはキャスティング・ディレクターを務め、生徒たちの顔や性格に合わせ、くまどん《ブレア・ベア》やきつねどん《ブレア・フォックス》の役を振っていく。うさぎどんがタール・ベイビーと格闘するときの長ゼリフを暗記しているため、オーウェンが主役だ。

4月中旬の火曜日、ニューヨークの実験演劇を忠実に模したラボ・スクールのブラックボックス劇場に、児童や両親や先生方が集まる。部屋の中の誰ひとり、コーネリアと私がどれほど張りつめた気持ちで成りゆきを見守っているか、知る者はいない。私たちの二重生活が、ひとつになる。ディズニー・クラブが公のものになる。

オーウェンは期待にこたえた。たちまち、キャラクターになりきる。もちろん、自家薬籠中のものにしている。それはつまり、セリフを覚えるのに何の苦労もなく、タールの固まりに話しかけながら――「どうしたんだ、『よお!』って言ったんだぜ」――片腕がタールにくっつき、それからもう片腕も、そして足、最後には頭がくっついてしまい、その間もずっとしゃべりどおしで、客席からは笑いや、感心したうなずきが起こる。「どれぐらい練習したの?」。コーネリアの隣の母親が囁きかける。

「あなたには想像もつかないわ……」。コーネリアが、ひとりごちる。オーウェンの言い回しは、音節も含め、映画と一言一句違わない。

公衆の面前で演じる息子を見るのは、奇妙な体験だ。はじめてのパフォーマンス――まがりなりにも、そう呼べるならば。オーウェンは観客に格別注意を払っているわけではない。子どもの大半は、自分の親を探している――セリフを言いながら、観客と彼らの反応を、目の端で追っている。オーウェンは違う。だが、共演者たちに気を配っている。それは、子どもたちが大部分を映画から引用したセリフをしゃべっているからだと、私たちは知っている。

あの子たちがセリフから脱線すると、オーウェンも脱線する。

おおむね、門外漢が役を演じているわりには、劇はうまく行っている。もっと役を作りこんで正確にできれば、申し分ないけれど。地下室で家族がやっていたことを、今、ほかの子どもたちとやっている。これはもう、夢の実現だ。おさえがたい気分の高揚を感じるとともに、ここまで仕上げることの大変さも身にしみている。何ヶ月もかかって完成にこぎつけた。

だが、これは勝利だ。劇が終わると、全員手をつないでおじぎをし、大喝采を浴びた。オーウェンは落ちこぼれじゃない。このときは、みんなに追いつこうと必死になっていない。親たちが自分の子どもに拍手を送る。私たちがオーウェンにするのと同じぐらい、精一杯――コーネリアと私は、それが真に求めているものだと気がつく。オーウェンが、みんなに溶けこむこと。

出し物に続いて、父兄のためのレセプションが設けられる。父兄同士親交を暖めながら、私たちは勝利に酔いしれ、このいっとき、心配ごとは忘れる。みんなすごく感じがいい。だが、この学校に通いはじめて3年たつというのに、彼らの大半とはあまり親しくしていない――ウォルトの友だちの父兄や、オーウェンが通った幼稚園のいわゆる「定型発達」児の父兄とは、いとも簡単にたくさんの友情を築けたのに、随分勝手が違う。そこでの子どもたちが、オーウェンの友だち――真の友だち――

に進んでなろうとせず、それは今の同級生も同じなのは、また別の話だ。

・・・

サリー・スミスもまた、実現を夢みてきた物語を語る。

私は彼女の補佐を務める。

スミスはのっけから、コーネリアと私をガラ・コンサートの委員会に引き入れた。ジャーナリストのたしなみとして、連絡先を入手し、権力者やセレブが周囲に張りめぐらせた用心の網の目をくぐり抜けるのが得意な私たちに目をつけたのだ。コーネリアは手一杯につき、私にお鉢が回ってきた。スミスと私の間には、絆が生まれた。毎年、ガラについてたくさんの打ちあわせをした。それはサリーの情熱――執念と呼ぶ者もいるかもしれない――となっていた。

私たちは、学習障害の可能性のある成功者のリスト――学校で苦労したとインタビューで語った、誰かを知っている誰かからの情報、等々――を交換しあった。電話するのはもっぱら、私だ。1998年、苦労してレネ・ルッソの電話番号を手に入れたが、コンサートには来られなかった。私たちは当時売り出し中のスター、ヴィンス・ヴォーンに代打を務めてもらうことにした。

ガラの日はまず、受賞者たちを学校に案内し、そのあと大物後援者たちとの昼食会に参加してもらう。生徒たちの学ぶ教室を眺めながら、自分の子ども時代の写し絵を認め、想像と現実の均衡の中に、微かに緊張を覚えるゲストたちの姿を、私は何年も目にしてきた。

メイフラワー・ホテルの頂上で開かれた昼食会で、ヴィンス・ヴォーンが私に息子のことを尋ねた。私は、即答した――「自閉症なんだ」。軽いＬＤの、相当上背のある優しい性分のヴォーンが、私を不思議そうに見た。「学校には、自閉症の子がたくさんいるんですか?」

もちろん数は少なく、年々減っている。それが、私が自閉症と答えた理由かもしれない――口にしたのは、それがほとんどはじめてだった。PDD-NOS、古典的自閉症、アスペルガー。レッテル貼りのゲームは、あきあきだ。

すっかり首都の名物となった一夜、華麗なるガラ・コンサートは大成功だった。学校は裕福なワシントン在住の一家や、ラボ目当てでDCに引っ越して来た家庭のLD児童であふれている。難読症や注意欠陥障害の雲を追い払い、大勢が優良大学へ進学する。成果は、学校のいい宣伝になる。たとえ主な理由が、通学距離の短さにあっても。

2000年、私がジェームス・カーヴィル(クリントン大統領の選挙参謀を務めたことで有名)とケリー・マクギリスを表彰するガラの準備で忙しくしている頃、コーネリアは忍び寄る絶望を感じていた。春のうさぎどんの勝利は、秋まで続かない。オーウェンは進歩している――私たちの想像をはるかに越えて――だがほかの子たちは、もっと早く進んでいる。一番希望の持てる分野は美術だ。学校は子どもたちに好きな物を描かせ、オーウェンはディズニー映画らでお気に入りのキャラクターたちを、一種喜びにあふれた熱意で描くようになった。だが学校で示した自律的な情熱は、それが精一杯だった。劇の上演は、特別なイベントだ。それだけのエネルギーを日々のカリキュラムに還元するのは難しい。

ディズニーはまだ規制対象品で、鍵をかけてあり、学校での独り言は少なくなっている。だが芽ばえはじめた創造性に学校が応えてくれないとなれば、コーネリアの出番だ。

夕食のあとは、いつもならば地下室に行ってディズニーのロールプレイをする時間だが、コーネリアがオーウェンを部屋の片隅に呼びつける。「オーウェン」。手を取ってかがみこみ、目線を合わせて言う。「今度の感謝祭に、映画のお芝居をしましょう。好きなのを選んで、ケネディ家のいとこたちみんなと一緒に――あなたはプロデューサーと監督と主役をお願いね」

オーウェンの顔が輝く。それぞれの職務は、よくわかっている。上演作品は即決だった。当時のお気に入り、「ジャイアント・ピーチ」。ロアルド・ダール原作のディズニー映画で、実写とパペット・アニメーションの合成作品だ。パペット・アニメーションというのは、精妙な人形を使った技法で、ほんのちょっと人形を動かし、写真を撮り、またちょっと動かし、また写真を撮る。この「ストップ・モーション」方式は、すたれて久しかった――1930年代の「キング・コング」で、45センチのパペットを動かして撮ったのがこの方式――が、近年アニメーション映画がもてはやされてくると、ある意味、無数のコマを手描きするアニメーションよりもお手軽な、ストップ・モーション方式が息を吹き返した。

ディズニーの「ジャイアント・ピーチ」は、ダールの原作本と同じく中身の濃いおとぎ話で、深刻な問題が全部――恐怖、喪失、放棄、贖罪《しょく》、成熟――詰っており、両親と死別した孤児のジェームスを筆頭に、感情を揺さぶるキャラクターにもこと欠かない。ジェームスは、意地の悪いふたり組のおば、スポンジとスパイカーのもとに身を寄せる。おばはダール印の、ディケンズばりに悪夢的なキャラだ。魔法がからみ、庭に植えられた桃の木が、怪物級にでっかい実をひとつだけつける。ジェームスが這って入ると、大きな水気たっぷりの乗り物は海に漂い出て、中には人間サイズのしゃべる虫がいる。ジェームスは最初、引っこみ思案でうちひしがれ、虐られた子どもだったが、桃に乗ってジェームスの夢見た地、アメリカへ旅する道中、仲間たちを通して自分自身と、広い世界を発見する。

もちろん、主役のジェームスはオーウェンに演じてもらいたい。私たちはウォルトも巻きこんで、けしかける。「オーウェン、歌とセリフを全部暗記しているのはお前だけだ!」

オーウェンはちっとも乗ってこない。「ブライアンがジェームスだ。彼がピッタリなんだ」。ブライアンは、コーネリアの兄ディーンと妻キャスリーンの息子で、ウォルトよりひとつ年下だが、目下難しい時期を迎えていた。学校では問題を起こし、家では親に逆らう。いとこたちとアメフトをすると――ウォルトがキャプテンだ――ブライアンはいつも怪我をした。しばらくして、私たちは同意する。オーウェンがキャスティング・ディレクターだ。選ぶのは彼だ。

コーネリアは常々、英国植民地時代風の感謝祭をしたがっていた――ケネディ家の親族をウィリアムズバーグに集めて、家族会と保養を兼ねる。今年こそは実行に移すわよ、週末の目玉には劇のおまけつきでね。

感謝祭当日、ウィリアムズバーグ・インの広々とした、絨毯じきの宴会場に、一族が会する――総勢27人のうち、コーネリア、子どもたち、おば、おじ、それにコーネリアの両親の8人が近親だ。オーウェンとコーネリアは、それぞれのキャラクターを表すシンプルな衣装と、帽子、杖、チョッキといった効果的な小道具をひとつかふたつずつ作り、子どもたちに場面を演じるための、ごくやさしい台本をくばる。

そしていよいよ、示唆に満ちた照明がともる。ナレーター兼ステージマネージャーの私が役者たちを呼ぶと、廊下近くの舞台袖からひとりずつ前に出て、自己紹介をはじめる。

マット――オーウェンの信頼できる賢いいとこで、ウォルトより数ヶ月ほど年上――が一番手で前に進み出て、口は悪いが、責められて泣きどころを見せるムカデを演じる。帽子を被ってシガレットを持ったマットが、まだ舌足らずの12歳の発音で、役回りを言葉少なに説明し、ウォルトに番をゆずる。ウォルトが前に出、キリギリスのキャラクターとして自己紹介する。ヴァイオリンをたしなむ、世知に長けた節足動物だが、パワフルな脚で強烈なひと蹴りをお見舞いもできる。男の子と女の子の演じる9つ全部のキャラクターが次々に前に出て、残すはあとひとり。「最後に、われらがプロデューサー兼監督兼俳優が、ミミズを演じます」。私は盛大にアナウンスする。物語の主要登場人物中、一番おとなしいキャラに扮し、丸眼鏡をかけたオーウェンが前に出る。映画と本の両方で、ミミズは腹ペコのかもめを釣る餌としていやいや使われ、ミス・スパイダーがかもめを桃の翼代わりに糸で巻きつけて、持ち上がると一行は安全にアメリカへの途につく。

オーウェンは、おば、おじ、祖父母と、お馴染みの顔をひとりずつ見渡す。思い思いに、励ましの笑顔や頷きや目くばせを、優しさをこめて返してくる。ある意味、自分たちは全員オーウェンのためにこの場にいることに、年上の子どもたちは感づき、年下の子たち――一番下の、ミス・スパイダーを演じる4歳のいとこグレースに至るまで、なかには察する子もいる。グレースはオーウェンが、絨毯に貼ったテープのXマークを見逃して、他の子よりも観客席に近づき過ぎ、わずか1メートル足らずの場所に出るのに気がつく。だが、何も言わない。わきまえていた。オーウェンがごく簡単なことを助けられたり、直されたり、指導されるのを、ほかの子同様に見たことがあったとしても。

なぜならそれが「特殊な」子どもが現れた瞬間、暗黙のうちに起きることだから。自分と自分の家族が一番で、誰が上で誰が下だの、身内のドラマに血道を上げ、年齢順にこだわり、親族間の政治に明け暮れる、そんな力関係とは無縁の者によって、一族郎党、上から下まで全部がひっくり返される。なぜか？　なぜなら、オーウェンの違いぶりが、人間らしさを、暖かみを1分1分引き出して、オーウェンに自分たちと違わない部分を見いだそうと突き動かすからだ。みんなが善良な顔を見せる。

そして今、オーウェンは彼らの前に立ち、初めて、じかに話しかけようとしている。黙りこんで下を向いたのは、心の内のどこか――いつも彼のいる、見えない場所――を見つめて、何か、人に与えられるものを探すためだ。

「ミミズは」。静かだが安定した口調で、声を出す。「ときどき怯えて混乱します。そして、彼はうろ……うれやま……」。オーウェンが心の中で見て、解読しようとしている言葉がある。どこかで読み、聞いたに違いないが発したことのない言葉、そして寄り集まった20人の見物人の誰も、彼に答えを与えてやれない。だが、1秒の沈黙のあと、とりわけオーウェンに近しく、扱い方を心得ているマリータおばさんが言う。「うらやみ？」

オーウェンが顔を見上げて頷く。もつれた糸がほどけた。「彼はキリギリスとムカデと、彼のできないことができるキャラクターをうらやみます。だから、僕がミミズなんです」

オーウェンが社会的合図《ソーシャル・キュー》を見逃して、幸いだ。大人たちの目が涙で濡れているのを見ずに済む。そして、芝居がはじまると、みんなは突然役に入り込み、深くなりきって、オーウェンのリードで――本人としてリードし、セリフをとちった子どもの助け船を出し、ミミズとして悩み、おそれ――両者がひとつになって、旅と冒険と恐怖に立ち向かうおとぎ話を演じる。

舞台の進行中、歌をすっ飛ばしたことに気がつく。ああ、そうそう。コーネリアが大急ぎで歌詞カードを、もっぱら親にくばる。子どもは歌を知っている。映画のテーマが、歌にこめられていた。

ちょっとひと息ついて
まわりを見渡してごらん
みんなで一緒に、とっても、とっても遠くに来た
いまさらだけど
言わせてもらおう
どこにも行けなかったよ、君がいなかったらね

歌は力強く、親たちも歌詞カードで飛びこみ参加できたし、歌詞をそらんじているオーウェンが、どんな感慨を覚えているのかは謎ながら、踊る——腕を腰に当てたり、伸ばしたり、回したり——自分の解き放ったクレイジーな祭典の真ん中で。そしてこの、最後の歌詞「君がいなかったらね」がキリギリスとムカデの合図らしく、ミミズをうまいこと肩まで持ち上げると、子どもたち全員が集まって、オーウェンに触れたがる。声が上ずり——みんなが何年も溜めこんでいた感情を、ついに解放して歌い——部屋がパアッと明るくなる。

愛は一番素敵なもの
望んで手に入るとは限らない
愛こそあなたにいだくもの
われらは家族、われらは家族、われらは家族
われら全員と、君!

そしてこれが、2000年の感謝祭において、「ジャイアント・ピーチ」のプロットが改変になり、ミミズがヒーローへと転じた顚末だ。ダール、もしくはジェームスに、含むところはない。家族が必要な物語を手に入れたのだ。結局、私たちは勝者を愛でる社会に住んでいる。ただひとりをほかの全員より高く担ぎあげる。それがどう見えるか知っている。オーウェンは脇役を演じるが、私たちが彼を、昔ながらのお城のヒーローに仕立て——勝ち誇って、担ぎあげる。オーウェンは落ち着かない。これは彼のやり方じゃない。

だが私たちは、息子より図体がデカいのだ。

•
•
•

9月11日、コーネリアはCNNを観るため、テレビにかけた鍵をはずそうとする。ペンタゴンが炎に包まれている。ウォルトのいるシドウェル・フレンズ校からは6キロ、ポトマック川対岸のラボ・スクールからはたったの1・5キロと離れておらず、パニック状態のコーネリアはおととい、鍵をどこに隠したか思い出せず——おとといが突然、遠い昔に思える。

私は取材のため、遠く離れたところにいる。ひとりでなんとかするしかない。学校からふたりの息子を拾ったあと、隣人に鍵をボルトカッターで開けてもらう。この先、2度とテレビに鍵をかけることはないだろう。その時代は終わりだ。

もうひとつの時代も終わろうとしている。

感謝祭前、私はサリー・スミスの校長室に座っている。

彼女が言うには、ラボはオーウェンに合わないとのことだ。私は抗弁する。彼は彼なりに進歩していますと、日進月歩で。5年生クラスの「ギリシャの神々」クラブは楽勝だ。1997年のディズニー映画「ヘラクレス」を暗記して、興味を持っているからね。

「息子は映画を、現実世界を理解するツールに、どんどん活用していっている」。私はサリーに言う。

彼女はさも、わかるわ、と言うように私を見つめるが、動じない。「こういった子どもたちの多くは、教えづらいのよ。彼らの興味はせますぎるの。とりつくしまがなさ過ぎて——少なくても教室ではね」。

彼女は間をおく。「いい、社会的な合図を拾えない子は、あまりに分が悪いの。先生や同級生と容易にコミュニケートするだけの能力がないから、前に進んで行けないのよ」

言い争いはしないと、私はサリーに伝える。学校を運営しているのは彼女だ。学校が奉仕すべき生徒は、彼女が決める。もちろん、私たちはすべてを知っている。はじめは、資金集めの苦肉の策として開いたガラ・コンサートが、今は恰好がついた。功労賞をもらったセレブの子ども版のような生徒がどんどん増え、彼女が学校を創設した理由である自分の息子のような生徒は、減ってきている。

今年の学習障害功労者たちについて、少し話しあう。難読症のために磨いた驚異的な発語記憶力を、法廷で相手を打ち負かすのに駆使する弁護士、デイヴィッド・ボーイズ。シスコ・システムズのCEO、ジョーン・チャンバース。

社会に君臨する、ふたりの勝ち組。「そして、彼らが人生の初期に障害に苦しんだと知れば」。私は苦々しく響かないように言う。「特異学習児童たちの可能性について、随分見方が変わるだろう」

「そういうことが」。サリーは言う。「否定的な見方をねじふせていくことに、意味がないわけではないわ。やるだけの価値はあるのよ」

お開きの時間だ。サリーは、私たちの友情に変わりはなく、今後もガラ・コンサートを助けて欲しいと言う。私は椅子から立ち上がる。「あなたは、世間に見放された息子さんの生き場所を作るために、学校をはじめた」。私は上着をはおりながら言う。ゲイリーは、今は大人になり、オーウェンと同様、厳しい困難にあっている。「きょうび、息子さんがここに入れてもらえますかね?」

ケンカをふっかける言葉だ。抑えられない。オーウェンにはどんなに辛いだろうと、考えてしまう。この点は褒めてもいいが、彼女は受け流す。

「ねぇ、残念だけど」。静かに言う。「時代は変わるの。うちはニーズに応え、うまくやっている。もうオーウェンみたいな子の学校ではないというだけよ」

2002年の6月初旬、小規模な卒業式が予定された。オーウェンの5年生クラスは、中学に進級する。

ひとりを除いて。

選択肢は少ない。私たちはアイビーマウントに電話して、オーウェンが「退学を薦められた」と告げる。彼らは同情的だ。まるで、椅子取りゲームのようだった。自閉症スペクトラムの子どもには、音楽が止んでもわからない。息子さんの古巣の学校が、喜んで迎えいれますよ、と副校長が言う。

5月初旬、卒業のひと月前、オーウェンに打ち明ける。夕食を食べにでかけた席で、アイビーマウントに戻ると告げる。ラボで、2、3人の友だちができた。一緒に行動し、ちょっとした習慣ができはじめている。友情の大部分は、結局は、習慣が占める。息子はラボを自分の居場所だと感じている。「すごく楽しくなるよ、オーウィー」。ウォルトが腕を肩に回す。「アイビーマウント時代の友だちが、きっとまだいるよ」

オーウェンは眉毛をつり上げて、満面に笑みを浮かべた顔つきをする。彼はそれを「ハッピー・フェイス」と呼んでいる。泣きそうなとき、オーウェンはその顔つきをする。

卒業式の日、同級生たちがオーウェンの幸運を祈って作ったカードをくれる。5年間一緒だった子どもたちは、ミッキー・マウスや「シンプソンズ」の絵を描いた。「シンプソンズ」はウォルトの押しつけで見はじめ、はまっている。ロシアからの養子で、発達遅滞のある生徒のひとり、エリザベスは、こう書いた。「私はあんたの友だちよ、オーウェン。すごく寂しくなる。静かにしなさいと言われたときに、あんたをおとなしくさせるお手伝いをするのが好き。あんたが『ジャイアント・ピーチ』を好きなのは、いいことだと思う。あたしもディズニー映画とキャラクターが好き!」。もうひとりの友だち、セバスチャンは、ミッキーの隣にホーマー・シンプソンを描いて、「僕もホーマーも、君がいなくなって寂しくなるよ」と書いた。大半の子が、新しい友だちを作れるように願うと言い、みんなで一緒にサインしたカードには、「ウォルト・ディズニー・ワールドの百年の魔法」が叶いますように、とある。

みんながオーウェンを抱きしめて、さよならをする。初等部の校長ニーラ・セルディンが、「オーウェン・サスキンドは小学校の課程を修了」したことを証明する証書を手渡す。金のシールを貼って、卒業証書のように見せている。

オーウェンは騙されない。家に向かう車中、何も言わず、物音も立てない。ただ窓を見ている。「式」の間中、学校の裏の草地に座っていたコーネリアは、気を強く持とうと努めていた。絶対に他人に涙を見せたりしない。怒りと悲しみのダブルパンチを味わっていた。愛着のある場所――息子を入れるためにすごく奮闘した場所――から放り出されたオーウェンのためだけではなく、自分たちを教育するために存在する学校から不当に扱われたように妻が感じる、すべてのスペクトラムの子どもたちのために。

家では、コーネリアが午後の予定を立ててあげたとオーウェンに言う――ビデオ屋と本屋とアイスクリーム屋に出かけて、それから夕食にピザを食べる。どれもオーウェンお気に入りのスポットだ。

オーウェンはしばらく考えて、それから頭を振る。気が進まない。「地下室に行って、映画を観るよ。そのほうが気分がよくなるから」

第5章
脇役たちの守護者

最初にディズニー語をしゃべりだし、数年後には、ロールプレイの成果を舞台で発揮。いとこたちと「ジャイアント・ピーチ」をリハーサル。

地下室で、何かが起きている。

何かはわからない。

新しい家の新しい地下室は、通りからドアふたつ分下にある。前の家よりもやや広め――書斎のある裏庭付き――だが、そのほかは同じだ。オーウェンはいつもの習慣、同一性に安らぎを覚えるから、新しい地下室でもキーアイテムがすべて正しい配置になるよう注意した。ソファ、テレビ、ビデオライブラリー用の小さな本棚2つ。ビデオは全部オリジナルのケースに入れてあり、背表紙が見えるようにぎちぎちに押しこまれ、オーウェンだけがわかるシステムに基づいて並んでいる。

6月半ばの昼下がり、地下室の床一面に敷いた柔らかい絨毯――引っ越し直前に敷いたばかり――に腰を落ちつけたオーウェンは、棚から1本のビデオを取り出すと、前後をしげしげ見て、戻し、別のを取り出す。

私は階段の一番下から様子をうかがっている。数週間前にラボ・スクールを追い出されてから、よくそうしている。コーネリアもだ。ショックだったのはわかっているが、息子とちゃんと話しあう手だてがない。オーウェンが口をきくときはまだ主にニーズに基づいており、例外は、内面のどこか深いところから何かが湧きだすとき。だがそれはまれで、いつ起きるかは、わかりようがない。

それで、私は彼の行動を研究してあれこれ推測する。ディズニー映画のVHSテープのカバーは、大抵、主要キャラクター全員がモンタージュで描かれており、オーウェンにとっては家族写真、愛する者たちの集まりを見ているように感じるはずだ。ひとつずつカバーに見入っている様子は、どう見てもそうだ――手際よく、壊れものを扱うようにそっと、大切そうに、アニメーションの顔から顔へと視線を移す。息子はキャラクターたちを愛しているのか？　そうだとすれば、その愛の本質は、いずこにあるのか？

この頃オーウェンは私たちといるよりも「彼ら」といるほうが長いため、前の家より地下室で過ごす時間が長引いていて――それ自体が多くを物語る――ビデオを整理したり、それを観たり、子どもたち用に買い与えた新しいコンピューターでネットサーフィンをしたりと、自分の作業に没頭し、密かに目的を持って、何かのプロジェクトにかかっている素振りを見せる。

地下室へのおこもりを宣言する新しい習慣を、オーウェンが身につけた。「僕に用事があるなら地下室にいるよ」。今までのどんな話し声より、ごく普通の調子で、スラスラと口にする。まるきり別人の声のようで、いつもしゃべるときの、一本調子のアルトに比べ、1オクターブ低い。コーネリアと私は、ウォルトか私がこういうのを小耳にはさんだオーウェンが、マーリンやジャファーの声でディズニー映画のセリフをしゃべるみたいに、ロックオンしたに違いないと、当たりをつけている。だが、どうやって習得したにせよ、これは長足の進歩だ。何が欲しいかを直接的に伝える一人称のひとつ上を行くセンテンスで、相手に真意を考えさせる。「パパもママも、急用じゃなければ邪魔しないでね」

かくして彼は地下室へ。オーウェンの実年齢が、以前私たちが考えたより、またはときにはそう望んだよりも意味をなさないのは事実だが、ピンチを迎えると、ついそれをよすがにしてしまう。オーウェンは11歳で、子どもが自分の時間を持ちたがるお年頃なのさ、と頷きあう。

それは数週間ばかりもったが、やがてコーネリアが分離不安の虫に取りつかれ――下で一体何をしてるのかしら?――オンライン・チャットルームなど、もっと世俗的な心配も手伝う。その夜私は地下室に下りて、コンピューターの履歴を調べる。URLはどれもディズニーのサイトやインターネット・ムービー・データベースやイーベイで、安いビデオや映画初公開時のオリジナル・ポスター、何十年間もマクドナルドの「ハッピーセット」のおまけだったディズニー映画のフィギュアを探して回っている。私の感知できたプレデター《危ないやつ》は、シア・カーンとスカーだけだった。

私たちは探査灯をともし続ける——私とコーネリアのふたりだけで、目と耳は開いたまま、いつも笑顔で。収穫はささやかだ——どうして敵は手強い——オーウェンは詮索して欲しくないらしい。ラボでの最後の日々、目前の災厄を感じ取った彼は、エネルギーのありったけを使って、独り言や自己刺激的な空想を抑えこもうとした。先生が近づいて、「しゃんとしなさい！」と注意すれば、そのたびに海兵隊の歩兵よろしく、さっと気をつけをし、腕をピッタリ体につけ、目を見開き、アゴを上げた。まるで、荒れ狂う川をせき止めるみたいなものだ。1、2分後、激流が堤防に押し寄せる。だがこの時点で、それは寄せては返す潮流になる。1分間、考える。ディズニーの悪役は、どうして衣装が赤いんだろう。1分間、聞く。ゲティスバーグの演説について、先生が説明するのを。少なくても、オーウェンはスイッチをオフにできる。

私たちが近づこうとすると、彼はしばしばその手を使うようになった。つまり、初めて、とりつくろう能力を身につけたのだった。好きなときに秘密の世界にもぐり、表面に浮上したときは言われたことをやり、それからまた深くもぐる。

頭の中に湧きだす考えやイメージをコントロールするこの能力を、もっと伸ばしてやりたい。と同時に、私たちをさらにやきもきさせる。それは、親の所持品検査への自然な反応というより、息子が何か悩みを隠している証拠に思われた。

オーウェンの気持ちに手を届かせたい——思いをわかちあい、なぐさめてやりたい——との親心が、すべてに優先される。かくして、私たちは手がかりを集め、連携し、観察、ヒント、疑わしい事柄、そのほか何でもメモをとり、毎晩報告しあうことを、ここに誓う。

我が家にスパイがふたり。

６月21日、ディズニー映画の「リロ・アンド・スティッチ」が公開された。インターネットで情報を仕入れるようになったオーウェンは公開日を待ちわび、問題が起きるだろうことも予測していた。普通、ディズニー映画の公開初日は、ワシントン界隈の映画館からお気に入りを選んで、列の最前列に並ぶ。

今回は、そうはいかない。６月中旬にはすでに一家でニューハンプシャー州に来ており、これは今後しばらく夏の恒例として、ウォルトは夏中近くのキャンプに行き、私たちは湖畔の家で過ごす習慣となりそうだ。"Hope in the Unseen"が２年前、ダートマス大学で１年生の課題図書に選ばれ、私に夏期の客員教授の口がかかった。本の執筆に専念するため「ウォールストリート・ジャーナル」の記者職は辞めており、ダートマスが夏の間、湖畔の家を用意してくれるというので、わが家は正式に、気の向くままにスケジュールを組める生活をはじめた。

ますます自律的になるオーウェンの生活には好都合だ。それはつまり、６月下旬の夕方、車で１時間半ほどかけて、バーモント州フェアリーのドライブインへ息子とふたりして向かうことを意味する。その朝、オーウェンが地元紙の映画欄で「リロ・アンド・スティッチ」のスチール写真を見つけ――上映はそこでしかやっていなかった。

夕まぐれ、目抜き通りへと曲がると、自ら進んでタイムワープで封印されたような小さな町並が現れた。木枠でできたアイスクリームの屋台、白い下見板張りの役場、雑貨屋、ダイナー、そして極めつけ、アメリカでわずか２軒だけ生き残ったドライブインシアター・モーテルの１軒がある。ドライブインシアター・モーテルは、１９５０年代の発明で、人類という種に深く刻みこまれた原始的なニーズ――すなわち、封切り映画をベッドで観たいという欲求に、背中を押されて誕生した。ホテルの続き部屋には、スクリーンに面して1枚ガラスの窓がはめこまれ、ベッド脇のナイトテーブルには、例の、車の窓にかけて使うスピーカーが完備されている。そんな大胆な革新も、VCR、HBO、DVD、ペイパービューに取って代わられて久しいが、ここのドライブインは持ちこたえ――モーテルの部屋はおおよそ空室――フェアリーでは、ほかの小さな町同様、草ぼうぼうの小型トラック用駐車場から映画を観ることが習慣になっていた。

蒸し暑い夜、ディズニー提供によるエイリアン――知的かつ乱暴な、犬みたいな小動物――がハワイに不時着して、友だちのいない孤児（ディズニーはディケンズなみに孤児に関心が高い）の少女リロに拾われるお話を目当てに、車が押し寄せる。少女は拾った地球外生命体のスティッチと引き離され、カオスが起き、悪役が姿を現し、それから倒されて、最後にはスティッチを取り戻す。

映画の鍵となるセリフは、ハワイ語の「オハナ」が核になっている。家族を意味するが、より広い文化的な含みがあり、身うちと認めれば血縁でも任意でも、誰でもそう呼べる。劇中、生まれつつある絆をスティッチに理解させようとして、リロがエイリアンに言う。「オハナは家族のことよ。家族は、ただのひとりも見捨てないの」

前の座席でポップコーンをほおばっているコーネリアにも私にも、このセリフは特に印象を残さない。映画のできは、予定調和ではあっても悪くない。それに、私たちは何十本ものディズニーの名作映画のセリフを覚えるのに、すでにあっぷあっぷしていた。

8ヶ月後、2003年2月の第1週目にビデオがリリースされると、オーウェンはなんとしても購入者第1号にならなければ気がすまない。ビデオはすぐに地下室のお気に入り作品の仲間入りをし、ノンストップでかかるようになる。

アイビーマウントに戻って1年目の半分を回ったが、学業的にも社交的にもやりがいはなく、生徒たちの多くは、まともに人と繋がりを持てない。コーネリアの対処法は、オーウェンのプログラムに拍車をかけることだ。発達障害の子どもたちに教えるのが専門のアイビーマウントの音楽教師に、ピアノを習いはじめた。セラピストめぐりや放課後のアクティビティなら、まだこうして見つけることができる。だが友だちからのお誘いは、さっぱりだった。

オーウェン本人は、気にしていないらしい。スケッチ帳と鉛筆があれば幸せらしかった。それと、マジックペン。

3年前、オーウェンはラボで絵を描きはじめた——ラボでの数少ない得意科目が、美術の授業だった。

だが、これは話が違う。数日間で画帳を使い切り、新しいのをせがんでくる。「買ってあげたのはどうしたの、オーウィ?」。コーネリアが聞く。オーウェンはぽかんとして見つめ返す。わかった、またCVS(文房具や日用品も売っているドラッグストアのチェーン店)ね。さらに数日後、もう一冊をねだる。コーネリアは2冊のスケッチ帳を探して回る。どこにもない。どこかに隠したのかな?

サスキンド家諜報部の長官役は、コーネリアだ。1日の大半をオーウェンと一緒に過ごし、夜、成果を報告する。あの子は気が散ってた。ビデオをうんと観てる。学校でたくさん「おバカなこと」をやってるとの通知があった。私は聞き役だ。諜報員より分析官タイプなのだ。

「わお、やっこさんはホントにお絵かきに夢中なんだな」。天気のいい土曜日の昼前、妻に言う。「何をたくらんでいるのかしらね」。コーネリアは肩をすくめ、ウォルトを連れて午後の用事をすませに行く。

私との昼食がすんだあと、オーウェンが思いたったようにキッチンテーブルを離れ、自室に行く。

ちょっとして戻ると、セラミック製のメキシコタイルを叩きつつ地下室へ降りていき――スケッチ帳、鉛筆、アニメーションの大型本1冊を手にしている。

1分待ち、つま先立ちで彼のあとを追って、階段の下で止まる。絨毯の上に膝まずいたオーウェンは前かがみになって、恐ろしい勢いで本をめくっている。私は間合いをつめて、本が「ディズニー『リトル・マーメイド』の描き方」という画集なのをつきとめる。オーウェンに見つかるおそれはなさそうだ。熱中するあまり、花瓶を倒したって振り向かないだろう。

こっそり上から覗きこんでいると、ヒロインのアリエルを見守る賢いカニ、セバスチャンのページで、オーウェンの手が止まる。たくさんのセバスチャンが載っている――アリエルと一緒のや、単独のが20点前後、アニメーターがキャラクターをデザイン中の鉛筆書きあり、フルカラーで色づけされた映画の主要場面あり。手を止めたのは、本のお尻近く、小さなカニの顔が、口を開け、目を見開いて怯えた表情をしているセバスチャンのスチール写真だった。

スケッチ帳がサッと開かれ、黒い鉛筆が握りしめられる。オーウェンは写真から紙の上に、目線を移す。写真、紙、写真、紙。おもむろに、きつく握りしめた鉛筆が動きだし、鉛の線が紙を這う。子どもに限らず、普通ならまず顔――最初に目の行きがちなところ――から描きはじめるが、オーウェンは末端から手をつけ、カニの触手、それから爪と、ひと筆書きをする。それは旧式の写図器を連想させた。2枚のパッドの上に2本の鉛筆がかざされ、鉛筆は網目状になった機械仕掛けの器具と連動し、1本が動くと、もう1本が同じ動きで正確に、同じ線を描く。最終的に、ふたつのまったく同じ絵が、隣りあってでき上がる。

私の足もとで、それが起きている。オーウェンの目がひとつの線、ディズニーのアーティストが描いた線を追い、30センチ隣で、オーウェンの手がそれを写し取る。

だが、調子のはずれたところがある。オーウェンの体が、岩のごとく不動の片手を除いて動きはじめる。体全体がねじれてのけぞる——膝まずいた姿勢で動けるだけ動き、片腕は、セバスチャンの左爪と同じ角度で曲げている。5分後、鉛筆線が顔に辿りついたとき、私は顔をあげ、正面の真っ暗なテレビ画面に映るオーウェンの顔と、背後に立つ自分を見た。本の中のカニの表情が、テレビに映る息子の顔に、そっくり複製されている。もちろん、このシーン——声を失うアリエルを見守るセバスチャン——を観たことがある。何度も何度も、このテレビで。

そして、描きおえると、嵐が去ったあとのようになる。鉛筆を下ろし、背中を起こし、頭を回して目をすがめ、本のお手本とほとんど寸分違わぬレプリカを、横目で見下ろす。

私は腰が抜けそうになる。

息子は自分の名前すら、まともに書けない。それなのに、部屋に20冊あるアニメーションの蔵書のどこに現れてもおかしくないほど、ディズニー・キャラクターをしっかり描けている。

私は声をかけようとした——彼の作品を目のあたりにした今、何か言うべきだ——だがオーウェンが先に動き、飛び起きると、跳ねながら出て行ってしまう。私のほうを見もしないで、階段を上り、たぶん「マーメイド」の場面を演じに。

私はひとり、スケッチ帳の上に立っている。しゃがんで、めくりはじめる。キャラクターが次々に——マッド・ハッターの隣にラフィキが、それから「美女と野獣」の燭台のルミエール、そして、次のページにはジミニー・クリケットが現れる。表情はどれも真に迫り、大体どれも怯えている。何十もの絵が、ページからページへと続く。

物音がして、慌てて振り向く。黒いラブラドール・レトリーバーのアニーだ。「ここにいるのは私だけだよ、お前のお兄ちゃんをスパイしてるんだ」

私は絨毯の上にあぐらをかき、ページを繰《く》る。この絵には、どんな意味が？　キャラクターの表情は、隠れた、抑圧された感情の写しなのだろうか？　本をバラバラめくり、彼の感情にマッチする表情を探して、それから文字通り、感情を表に出しながら、描き写している？

30分も座っていただろうか、もっと長いかもしれない。私は彼の心の中にいる。もしくは、そう想像する。カーボンの微かな凹みに指を走らせ――バルーの笑い顔、泣いているドワーフ、「ダンボ」の空を飛ぶカラス――息子に触れようと、彼の涙と笑顔と突然の恐怖を感じようとする。これが自閉症の、やりきれない痛みだった。自分自身の子どもを理解できず、愛や笑いを分かちあえず、なぐさめられず、問いに答えてやれない。コーネリアはここで、彼の頭の中でときを過ごし――彼女が生んだこの子に、囁きかける。今、私もそこにいる。

時間をかけ、ページをめくる。すると、文章に行きあたる。スケッチ帳の最後のページの隣に、何か書いてある。いつもの乱筆で、ほとんど読めない。幼稚園児の、金釘流の字で書かれた一文だ。

「ひとりの脇役も見捨てない」

●　●　●

その夜、コーネリアはベッドに座り、枕にもたれ、待っている。

「オーウィーと水入らずの1日はどうだった？」

ことさらさりげなく、なかなか興味深かったと答え、スケッチ帳を手渡す。

「見つけたのね――どこに隠してた？」。コーネリアは最初のページを開くと、「ダンボ」のネズミ、ティモシー・Q・マウスの絵に息を飲む。「凄い、これ見た?!」。もう2ページほどめくり、目を見開く。「アニメーターよ――アニメーターになれるわ！」。当然、一日中そのことを考えていた。オーウェンの技法を見たあとでさえ――本を見ながらフリーハンドで絵を描くのは、アニメーターに要求される描画力とは別物だ。だがいい線を行っている。勝利の幻想に、あんまり飛躍し過ぎずにひたれる。生まれ変わり、勝ち誇ったオーウェンが現れ――やあおふたりさん、久しぶり、待たせてごめんよ――すべてを正す。

それからコーネリアは私がしたことをした。1ページずつ熱心に、どれも甲乙つけがたく表情豊かなキャラクターの顔を眺めていく。「怖がったり、驚いてる顔でいっぱいね」。数分後、まだ興奮冷めやらぬ様子でそう言い、最後の2ページに来る。

妻は文章を読むと、上を向いて、長く、よどみない息を吐く。「ミミズだ」

私も、腹を殴打され続けたみたいな息を吐く。「その通りだ。ずっと、くすぶっていたみたいだ、どこか深いところで」

ときおりミミズのことを、考えなかったわけじゃない。それに、2年前の感謝祭、オーウェンが、キリギリスとムカデと「自分のできないことのできるキャラクター」への嫉妬について語ったことも。それはもちろん、ヒーローのジェームスも含まれる。私たちはオーウェンに、ザ・主役のジェームスを演じてもらいたかったが、オーウェンは、違う、僕はミミズだ、と答えた。仲間たち――〈脇役〉、今なら彼があえて使った言葉だとわかる――の一番下っ端で、そして「ときどき怯えて混乱する」者でもある。ヒーローを演じて欲しかったのは私たちだけではなく、子どもたちさえ、フィナーレには、オーウェンをかつぎ上げた。

ふたりして数分間ベッドに静かに並んで横たわったまま、突然新しい、霧の晴れた視点で、過去数年間を急ぎ遡る。それは一方通行の会話に似て――独白《モノローグ》がたった今、対話《ダイアローグ》となった。オーウェンは私たち、そして彼が見はじめている現実世界に反応している。

ほかの子たちは、ヒーローの夢を抱いてどんどん前に進んでいく。オーウェンはスターティングブロックの脇役につかまった。そして彼は脇役、とりまきたちの守護者となり、ひとりも見捨てるなと要求する。たったそれだけを。世界なんていらない――ただ置いてけぼりにしてくれるな、と。

「それなのに、私と君とで、有名なラボ・スクールにかつぎ上げた。容赦のない、椅子取りゲームで負けさせるためだけに――かかっている音楽さえ聞こえない椅子取りゲーム。音が止んだことには、とうてい気づかない」

「今では気づいているわ」。コーネリアが言う。

•
•
•

話をするには、適切なタイミングを見はからわねばならない。その後の数日間、オーウェンと一緒にいる一瞬一瞬、コーネリアと私はタイミングを探す――ひとりになったとき、または落ち着いているとき、もしくは陽気な、あるいは普段よりおしゃべりなとき……。

そのかたわら、インターネットで元ネタを探す。もしオーウェンが映画か、オンライン・ビデオか何かを見てセリフを引用したのなら、それを会話のきっかけに使える。何も引っかからない。「リロ・アンド・スティッチ」の、オハナにまつわるセリフの後半部分だけだ。健常児なら、文の元ネタを明かして、何が琴線に触れたのか、何を考えているのか、説明できるかもしれない。オーウェンには期待できないし、どっちが優先なのかも知りようがない――「脇役」パートか「見捨てない」パートか。前者はアイデンティティ、後者は状況だ。ふたつがひとつになって、何か大きな意味を成している。

そして、千載一遇のチャンスがめぐる。「美女と野獣」を観ていたオーウェンが、一緒に観て欲しいとせがむ。一瞬後には、地下室でみんな一緒に、よく知っているオープニングを観ている。ある不吉な夜、ハンサムな王子が年老いた醜い女性を邪険に扱うと、女性は美しい魔女に変身し、王子をおぞましい獣に変える。その呪いは、彼が「人を愛することを学び、相手に愛し返される」ことによってのみ解ける。もう耳にタコができるほど聞いた文句だが、今では違って聞こえる。オーウェンのスケッチ帳の最後のページに記された文を読んで以来、すべてがそうだった。野獣は脇役か？　映画はつまるところベルの物語、彼女がヒロインだ。オーウェンは重要な場面になると飛び起きて、映画とシンクロして動き——鏡さながらに——それからソファに座り直す。そして、また立ち上がる。ウォルトは宿題をしに席を外す。映画は徐々に盛り上がり、最後の死闘をへて、ハッピーエンドを迎える。クレジットが流れ、私たちは2、3声真似をする——私が「まずい、暴徒だ！」《サクレ・ブルー》とルミエール（ジェリー・オーバック、芝居がかったフランスなまり）のセリフを言う。コーネリアはポット夫人（アンジェラ・ランズベリー、イギリス上流階級なまり）のセリフ「王子がやっと愛を学んだわ」を投げかける。オーウェンは立ち上がって、それぞれに勢いよく、受けのセリフを返す。私たちがキャラクターとして反応する。特別なことは何もない。ありふれたアメリカ人家庭が、ディズニーのセリフをかけあっている。

だが、どちらのキャラクターも、オーウェンのスケッチ帳に生き生きと描かれていた。

「ふたりは素敵なペアだわね……脇役の」。コーネリアが言う。

今まで、この言葉をオーウェンとの会話で使ったことはなかった。

オーウェンは速攻で返す。「ポット夫人とルミエールは大好き」

ふたりのことを教えて、と私が頼む。

「ふたりは脇役だよ」。オーウェンが言う。

「それはどういう意味?」。コーネリアがたたみかける。オーウェンはぽかんとする。

「脇役って何?」。かいつまんで聞き直す。

「脇役は、ヒーローが宿命を果たすのを助けるんだ」。オーウェンがはつらつと、舌先もなめらかに発言する。

1分間、どちらも何も言わない。私は頭をしぼって考えはじめる。オーウェンはそのセリフをどこかで以前聞いていたのか、たぶん、脚本家や監督が、場面を流しながら製作秘話を語る例の「メイキング」ビデオか、誰かが言うのを耳にしたのかもしれない。私はその考えを振り落とす――どうだろうが違いはない。正統派の、優雅な定義だ。

コーネリアはそんなことで気を散らせない。

「自分は脇役だと思うの、オーウィ?」。優しく尋ねる。ふたりの目線は同じ高さにあり、その瞬間、ふたりだけとなって互いの目の中を覗きこむが、やがてオーウェンが出し抜けに「ハッピー・フェイス」――唇を引き結び、大きな貼りついたような笑顔を作る。

「僕はそれさ!」。オーウェンが言う。声高に、楽しそうに、ピクリとも震えずに。「脇役なんだよ」言葉は平板に発せられ、わざとらしさはない。だが3語ごとに頷き、メリハリをつけて補う。

「そしてひとりの……脇役も……見捨て……ない」

•
•
•

キッチンのラジオが、ノンストップでかかっている。先週、3月20日にイラク戦争がはじまった。

記者たちが従軍し、逐一戦況を伝える。

私は耳を傾けながら、カウンターにすり寄って、プレッツェルやナッツ類をあさる――日が暮れていく。1週間前、48時間以内にアメリカ合衆国の要求をのまなければ侵攻すると、イラクに警告したことを報告するジョージ・W・ブッシュの演説を、国民が聞いた。今、軍はバグダッドへ侵攻している。

この時期、私はブッシュ政権のやり口と本性を暴露する本を書いていた。とりわけ9・11後、感心するほどあからさまに、恐怖の文脈をあおりたて――そして利用し――自分たちのイデオロギーをごり押ししようとする手口についてだ。主な情報源は、先頃解雇された財務長官ポール・オニールで、1万9000枚の内部書類をくれた。そのほかの事実ともども浮かびあがってくるのは、戦争の表向きの口実――サダム・フセインが大量破壊兵器を持っているという疑惑――は実際、秒読み前の侵攻の真の理由ではないらしいということだ。

裏庭の書斎で一日中書類に首までどっぷりつかっていたので、腹ペコだ。コーネリアが私を追い払う。「ジャンクフードを食べないで。今夜はごちそうなんだから」。言われなくてもわかる。コンビーフとキャベツのきつい匂いが、キッチンに充満している。

聖パトリックの日の、アメリカ式最新ディナーだ。ウォルトはシドウェル・フレンズの同級生たちとプエルトリコ旅行に行ってきたところだ。はや中学2年生になっていた。かの国の貧困地帯で家を建て、それから丸1日、ビーチで過ごした。我が家においてはそれはつまり、年中行事の聖パトリックの日の宴が、3月17日から今夜の3月24日に繰り下げられたのを意味する。ユダヤ系一家の大黒柱として、アイルランド系カソリックに宗旨替えさせられない限り、コーネリアが子ども時代から愛した伝統行事はすべて、誠心誠意お祝いする。妻はこれを、取りやめるつもりはない。

子どもたちがいつもの席につき、私がラジオをつけたときには、7時になろうとしていた。ウォルトは現代アメリカ史をまたがる戦争と平和について、より洗練された、答えの出ない議論に口をはさみはじめる。長男はまた、あの書類の山を見て、私のやろうとしていることを飲みこんでいる。オーウェンは「ライオン・キング」を数えきれないほど観たばかり。ハイエナがナチの突撃隊員よろしく行進している映画の1場面が、突然私の頭に浮かぶ。

そのイメージを追い払って目線を上げると、自分たちが変にかしこまった、ほとんど敬虔ともいえる姿勢で優雅にセットされたテーブルにつき、NPR（アメリカの公共ラジオ局）のレポートに聞きいっている。バクダッド近郊に位置するサダムの共和国防衛軍の拠点を、連合軍の飛行隊が攻撃する一方、アメリカ軍はイラクの首都80キロ内を移動中だという。

コーネリアが、ラジオを消してと頼む。私は飛びあがる――ああ、もちろん――ラジオを消し、コーネリアと私はキャベツのシチューに入ったコンビーフの大皿と、自家製アイリッシュ・ソーダブレッドを運んでくる。

妻が、お祈りを促す。ウォルトは毎夏キャンプで迎える夜に、監督派教会式のお祈りを唱えていて、コーネリアが家でもはじめたいと前々から考えてきた、もうひとつの子ども時代の習慣でもあった。

私たちはテーブル越しにみんなで手をつなぎ、ひとりずつ順ぐりにちょっとしたお祈りを唱え――

オーウェンの番になる。

「オーウェン、お祈りしてみる？」

オーウェンはコーネリアを不思議そうに見る。コンセプトがよくわからないみたいだ。「神様へ話しかけるの」と、妻。「それだけよ」

オーウェンが頷く。理解した。

「神様」。一瞬後、彼が言う。「世界中の人々が今夜、平和と名誉、自由と選択の権利を与えられますように」。話しやめ、私たちひとりひとりを見る。「そしてこのテーブルにいる私たちが、常にお互いの一部でありますように」

ウォルトが驚いて私を見る。「パパがやらせたの？」。私の垂れ下がった顎で、そうではないと納得する。コーネリアの頬は、もう濡れている。

私はウォルトを知り尽くしている——目を見交わすだけで相手の了見が手に取るようにわかる。弟はまだ、ろくにしゃべれない。そしてそこへ、窓が開く。

• • •

コーネリアと私は、もう何年も、ぐっすり寝ていない。いまでもそうだが、不眠の質は変わった。子どもたちが生まれてすぐの頃、眠れなかったときに近い。新しい命の、存在を叫び、自分をさらけ出す、そのすべての新しさがお互いを寝かしつけてくれなかった。

オーウェンは脇役たちを使い、何かをしかけている。あのセリフが、頭の中をかけめぐり続ける。朝目覚めるとそれについて考える。夜はコーネリアとそれについて話す。

オーウェンが私たちの見ていることを見ているのは、もう間違いない。あらゆるタイプの子どもたち——健常児、ラボ・スクールのクラスメートたちは前に進み、彼は見捨てられた。オーウェンは自分のキャラクターにミミズを選び、そして、脇役たちが現れる。スケッチからスケッチへ、ラボから追いだされたここ数ヶ月の難しい時期に。彼の対応は、それを受け入れ、痛みを受けとめ、見捨てられし者たちの守護者になることだ。もちろん、それは私の役目、私とコーネリアで、世間の批判的な目や喪失から守り、なだめながら人生のぬるま湯にひたし、私たちの用意できる範囲で自立させること。それはある時点で、失敗を運命づけられていた。どちらにもわかっていたと思う。だが、ほかにどんな選択肢があるというのか。社会的な本能や知覚力の保護膜もなく、心《ハート》を丸ごと、危険なほどむき出しのまま歩く、彼の周りをうろつく以外に。

むき出しの心臓《ハート》。そう、だが、その鼓動を、突然私たちも感じるようになる。オーウェンはアイビーマウントの級友たちに、脇役のアイデンティティを与えはじめた。重いかせをはめられた、たくさんの生徒たち――身体的な障害を抱える者や、大勢の言語失行の自閉症児たち。だが、彼らにはオーウェンがえりすぐった気質がある――この子は忠実、あの子は優しい、別の子は、陽気なおバカぶりを発揮して笑わせてくれる。すぐにオーウェンは脇役たちの殿堂を駆けまわり、それぞれに相応しいものを見つけてくる。

おとぎ話のヒーローはおよそ平板で、一本気の、親しみやすい単純な性格をしており、読者や観客が英雄の旅に一緒についていけるようになっている。同様に、その手のおとぎ話の脇役は、どれももっと個性的で生き生きしている。ディズニーの初期の映画でさえ、初代の脇役たち――グーフィー、プルートー、それからドナルド――は混乱し、もろく、愚かしく、高慢で虚栄心があったりするが、苦労して、大抵は痛い目にあったのちに、学習する。複雑な人間模様のスペクトラムは、脇役のほうに潜んでいる。

ディズニーには何百もの脇役ストックがある。ヒーローにはどれもとりまきがいて、普通は複数したがえている。とぼけたのや、おバカキャラ、愉快なのや、情報通。保護者っぽいやつ、愛情深いやつ、賢いやつ。

オーウェンは、脇役マニアになった。私たちにはついていけないぐらいだ。地下の絨毯敷きの穴ぐらで、脇役を使って語彙を広げ、それによって自分の感情を整理している。

私たちに対する気持ちもそこには含まれる。2月末のコーネリアの誕生日、オーウェンはビッグ・ママ――「きつねと猟犬」のふくろうで、孤児の赤狐トッドの面倒を見る――の絵を描いた。なぜなら、カードを手渡してオーウェンが言う。「ビッグ・ママは女性の脇役の中で一番優しくて、一番面倒見がいいからだよ」

6月の父の日には、マーリンの絵をくれる。隣に「パパは最高のパパ。〝ガイドフル〟でありがとう」と書き添えて。もちろん、気に入ったと伝える。そして賢い脇役マーリンで光栄だと。だが、「ガイドフル」という言葉は存在しない。どういう意味？

「愛情深くて注意深いガイドの脇役」。オーウェンはそんな言葉がなくても気にしない。彼の言語ではそうなのだ。

9月、ウォルトの15歳の誕生日にはオーウェンはアラジンの絵を描いて、一筆入れる。「僕の一番すごい兄さんに」。その頃までに、スケッチ帳は山積みになり、何百もの絵で埋め尽くされているが、これはオーウェンが描いた唯一のヒーロー、ただひとつの絵だ。オーウェンはしょっちゅう兄を観察している。一心に、目のすみで。仲間と一緒に家を出たり入ったりするウォルト、シドウェル中学校のチームの試合後、アメフトのユニフォームを着て泥んこのウォルト、女の子らしき相手と電話でおしゃべりをするウォルト。

誕生日の数日後、ウォルトは宿題の手を休めて、地下室の「ダンボ」観賞に飛び入り参加すると、クライマックスの、子象がでっかい耳を広げて天井まで飛び上がり、高慢ちきでいばりんぼうの、ダンボをのけものにした意地悪な象たちにピーナツを連射する場面までオーウェンに早送りさせる。ウォルトはいつも、この部分が好きだった。「最後にはいじわるな象どもが痛い目にあうんだ。な、オーウィー?」。するとオーウェンが笑う――「うん、ウォルター、ダンボが飛ぶね」

「あの象たちは、仕返しされて当然さ、なあ?」

「わかんない――そうなの?」

いろんな意味で、オーウェンが本当に知っていて、良くわかっている男の子は、兄だけだ。ウォルトだけが、唯一のお手本だった。

そして、ウォルトはヒーローとして描かれている。鉛筆を手にしたオーウェンが、以前私たちにこう言った――誤解の余地のない表現で――自分は、オーウェン自身は、脇役に属していると。

●　●　●

コーネリアはオーウェンの寝室に忍びこみ、バックパックを掴むと、起こさないように、ノブを回してそっとドアを閉める。ウォルトはすでに、爆睡している。秋はアメフトのシーズンだ。放課後の練習と、その後の宿題の夜ふかしでへたばっていた。コーネリアはたくさんの時間を、ひとりで過ごす。私は家の裏手の、書斎に改造したガレージにこもっている――そうじゃないときは、私はうわの空で――頭の中に何千枚もの政府の内部書類が泳ぎまわっている。ケツに火がついていた。本の締め切りが迫っている。

階段に腰かけたコーネリアは、オーウェンのバインダーをバックパックから引っ張り出して、算数用に色分けされた部分を開く。簡単な足し算、2足す2――ラボで3年前にやっていた計算だ。彼女は英語の科目に移る。同じことだ。最も初歩的な内容――猫が走る、犬が座る。ラボ時代、このレベルの教材をこなし、その上の段階へ進むため、どんなに息子が勉強したかは神のみぞ知るのだ。後退

――今の息子が置かれた現状――は罪でしかない。コーネリアはサリー・スミスについて考える。もし道端でバッタリ出くわしたら、何て言ってやろう。もし出くわしたなら。

気の滅入る教科別バインダーの隣の仕切りには、対照的に、地味ながら大切にしているおけいこと――ピアノの教本が入っている。オーウェンは週に1度、60代のアイビーマウントの教師ルスリーの自宅に通い、レッスンを受けはじめた。彼は着実に進歩を見せ、ある意味、私たちも進歩している。年に2回ある発表会の日、十数名の発達障害の子どもや大人たちが、ルスリーの地下室に集まり、初めて参加した私たちが部屋を辞すときには、わずかばかり変化していた。生徒の3分の1がダウン症、3分の2がスペクトラム、それ以外の障害者が若干名。どの生徒も、信じられないくらいよくやっている。アドラー先生の教室に25年間通っているダウン症の40歳の女性が、数知れない苦労の末に鍵盤を叩くのを見守るのは、魂の震える体験で、締めくくりにその生徒がぎこちなく立ってお辞儀をすると、ルスリーと同じ年頃の彼女の母親を先頭に、誰もが手が痛くなるほど拍手する。たぶん、すべての人がそこまで激しく感情を揺さぶられることはないかもしれない。だが、コーネリアと私は揺さぶられる。そしてそれはその女性を、あるいは長い生涯にわたり母親役を務め続けるであろう母親をあわれむからではない。もっと深いところでわかっている――愛情の絆は、あわれまれるものではない。かつてモーツァルトが、ベートーベンが、ショパンが書き散らした完璧な音符の連なりが――あるいはみんなが口ずさみ、頭にこびりつく、愛を詠いあげたポップソングが――特徴的な外見と、まといつく不完全さによって定義づけられる生を送らねばならない者によって、誠実に、揺るぎなく奏でられているという事実から、それは生じている。誰しもが、完璧に見せよう、栄光を勝ち取ろう、人の上に立とうと必死になる。それは人間の性《さが》だが、いずれ克服できるかもしれない。もしくは、そう思えてくる。12、13人の演奏家――大抵ディズニーの主題歌を1曲弾いて、大声で歌うオーウェンを含め――がぎこちなく集まり、満場の拍手を浴びて、ひとりひとりが完全無欠の創造物のように感じているのを目にするたびに。ある時点がくると、私は決まってコーネリアに囁く。「神がおわすとすれば、この部屋にいるよ」

薄明かりの下で、コーネリアはオーウェンの習った曲のピアノ教本をめくる。数年前には想像もつかなかった偉業だ。頭の中で、曲を奏でる息子がありありと浮かぶ。ピアノは伸びる。学業は落ちる。音楽と算数は、脳の同じ部分を使うんじゃないの？　意味が通らない。本を全部、バックパックに戻す。

●
●
●

翌日の午後、2003年9月下旬の水曜日、DCを北にのぼり、メリーランド州ケンジントンの商業地区まで行くと、裏道にひっそりと建つオフィスの駐車場に乗りいれる。オーウェンは週に1度、個別指導を受けにここを訪ね、3歳のときから教育専門家のスージー・ブラットナーに診てもらっている。

8年にわたり、コーネリアとスージーは姉妹のような関係を築いてきた。スージーはオーウェンのあらゆる段階、あらゆる紆余曲折を知り、学校で出された課題――バックパックの中身――に目を通し、等式問題や謎の言葉を何か視覚的な、もしくは生き生きしたものに、象徴や理論を現実的なものに変え、オーウェンを歩ませてきた。何より重要なのは、勉強中、オーウェンの注意を散らさない方法を心得ていることだ。「私を見て、オーウェン――目を見てちょうだい」。スージーはそれを、1000回唱えてきた。

今週のセッションではもう数分間余計に時間をとり、コーネリアはすぐに戻るからねと言いおくと、オーウェンを控え室に残す。

「スージー、私たちは後戻りしてるわ」。しばらくのち、子ども用の椅子におさまって、体高の落ちたコーネリアが訴える。向かいに座るスージーが、幼稚園児用に作られたテーブル上に、作業予定表を広げる。オーウェンがつまずいたのは知っていたので、早晩コーネリアが再びときの声を上げる準備をして、ここにやって来るのは予想がついていた。

「ラボに入れ、教育を受けさせるためにあんなに闘ったのは、何だったというの？　すべてを失っただけ？」。コーネリアがラボからの追放に打ちのめされ、再びオーウェンを引き受けてくれたアイビーマウントに感謝しているのを、スージーは知っている。だがもう1年たった。潮時だ。

「週に1、2時間しか取れないけど、もう1つセッションを増やせるかも」。スージーが予定表をどかす。学校が、オーウェンの学業レベルを無視しているわけではない。ただ低く抑えているのだと擁護する。学校側は自明の理から、社交術の基礎を築き上げることに、より重きを置いている。

その点は重々承知のふたりは、おし黙って座っている。健常者の世界では、保護者は半年に1度顔を合わせる小児科医と親密になる。コーネリアはクリントンの1期目の政権時代から、週1ペースでスージーと会っている。今ではもう、ふたりは言葉を交わさなくてもわかりあえる、ツーカーの仲だ。

コーネリアはオーウェンを迎えに立ちあがる。「オーウェンにも、もっといろんなことができるわ——〝社交的〟な単位で」

社交は普通、〝単位〟で数えたりしない。すべてはひとくくりだ。健常者は、欲求や好みに応じて交流する。内気だったり社交好きだったり、ひとりが好きな者もいれば耐えられない者もいる。人と関わるも関わらないも、当人の望みや、できるかどうか次第だ。

気質なのかしつけのせいなのか、線を引くのは誰にとっても難しい。コーネリアにとって、意志と能力、学習したものと元から内在するものの間との住み分けは、泥沼状態だ。オーウェンの感覚機能はあまりに調子外れで、もし望んでも、人とやりとりできないのかもしれない。そしてその障害が、人との触れあいの喜びを徹底的に打ち消すために、そういった能力に手を伸ばし、組み立てたいという意志や欲望が、敢えて起きないのかもしれない。もし、実際、組み立てられるとしてだが。であれば、親としては――何でもやってみる。

それが、コーネリアがスージーのオフィスから廊下を歩いて、オーウェンの長年の作業療法士、クリスティーン・スプロートとの予約を変更しに行く理由だ。クリスティーンは、知覚プロセスの複雑な問題――つまり、体と脳が様々な感覚から取りいれた情報を整理するやり方について、取り組んでいる。1970年代、この問題を研究する新軌軸の方法がひっそりと確立されたが、1990年代半ば、自閉症の作家テンプル・グランディンの評判によって脚光を浴びる。1947年生まれのグランディンは、50年代初めに自閉症と診断され、10代で〝締め付け機〟と自ら名づけたものを開発する。一口に言うと、いっぱいに詰め物をした棺桶で、レバー操作で圧力を加えていく。体の各部に同時に圧力を加えると、あたかも接続のはずれた感覚が繋がったかのように、落ち着いてすっきりした気持ちになり、1日をより快適に送れるようになった。ベストセラーとなった著書で、長年患ってきた過敏症と、締め付け機をはじめ、日々の暮らしを意志的におくる支えになった技法をグランディンが明晰に説明をつけたことで、状況が一変する。自閉症の人間が普段説明できないものを、人々が理解できるようになった。すなわち、彼らのものの感じ方についてだ。一般の理解が深まったという以上の成果として、コーネリアが今立っているようなオフィスが、たくさんできるきっかけになった。そこは、奇妙な形のブランコ、布でおおわれた板、投げたり転がしたりするボール、歩いて渡るための板などが、ところせましと置いてある。

クリスティーン・スプロートは元気いっぱいの若い作業療法士で、キャンセルが出て空きができたので、スージーの教室のあと、オーウェンを入れられるという。ＯＴ（作業療法）に新しいものは何もなく、周りの環境との関わり方も含め、特定のゴールに焦点を合わせて理学療法を押し広げるだけだ。最近活況を呈しているのは、親とセラピストが自閉症児について、ともに気づいたことから来ている。グランディンと彼女の機械のように、締め付けられたり、回転木馬のように回転したあとのほうが、より社交的になり、接しやすくなる。研究は随分されてきたものの、なぜそれが効果的なのか、またはなぜそれによって、感覚をよりよく統合するための潜在的なのりしろが刺激されるらしいのか、まだよく解明されていない。神経学的に、なぜ人がくたびれる運動をしたあとに特定の感じ方をするのか、完全にはわかってないのと同様だ。

だが、効果があるならば、やるべし。スージーの教室のあと、運動し、器具で一生懸命作業し、ほがらかなクリスティーンと一緒に笑う――本来は仲間たちと一緒にやるはずの――オーウェンを観察し、コーネリアは思う。「この子には友だちが必要だわ」

第6章
旅の歌

高校にあがる頃には、オーウェンは映画の主題や教訓を勉強に利用し、また、つらい日々のよりどころにした（パスカーニーキャンプの訪問日に、ウォルトと）。

2004年3月初旬の夕方、私は地下室にひっこむと、カウチに腰を落ち着ける。ここのところ、オーウェンとふたりきりで過ごす時間が増えて、映画を観ては脇役たちについてやりとりしている。オーウェンにとっては大した違いはない。

ひどいストレスに悩まされていた私には、いやしのひとときだ。ありていに言えば、例の1万9000枚の書類のうち、不特定数の機密書類を盗んだかどで合衆国政府の査察を受けていた。

1月初旬、『忠誠の代償』出版の2日前に、ポール・オニールと私が「60ミニッツ」に出演してから2ヶ月近くたつ。番組中、2001年1月の日付の入った、ブッシュ政権が初めて開いた国家安全保障会議の機密パケットの表紙がチラリと映った。私はその書類も、いかなる機密書類も所持していない――私がオニールから受け取ったディスクからは、それらはすべて取り除かれていた。だが表紙は例外だ。私はこの表紙を使い、ブッシュが政権について最初の数週間のうちに、9・11のずっと前から、ブッシュは父親の果たせなかった仕事にけりをつけ、フセインを打倒してイラクの油田を確保するため、何でもいいから理由づけをする肚づもりだったのをつきとめた。レスリー・ストール（同番組の報道記者）に、私が機密パケットを所持していないと放映時に注釈をつけるように、念を押した。番組側はしなかった。そして翌朝、財務省の職員が家に電話をよこした。職員はコーネリアに私の妻かと尋ね（しばらく躊躇したあと、彼女は婚姻関係を認めた）、それから裏庭の書斎にあると思われる書類を押収しに、エージェントを向かわせると告げた。

相手がこれを説明するのにかけた10秒間は、妻にとって「よくもそんなことを」衝動――オーウェンとの歳月でつちかわれた――を呼び起こすには充分で、夫は合衆国憲法修正第1条に守られており、「なんぴとたりともうちに来て何かを押収したりできません」が、電話番号を教えてくれれば、喜んで夫に伝えて折り返させます、と言った。

妻はNPRのインタビュー番組収録中の私をつかまえ、数分ほど、弁護士に相談するべきか話しあった。私は彼らに電話をかけ、かくて1時間に500ドルかかるワシントンの弁護士たちが、1月のビジネスデーの終わりまでに財務省に折り返し電話を入れ、法的な戦端が開かれた。3月初旬になり、オーウェンと私がテレビ画面の前に座っている間も、いまだにバトルが続いている。

「よお、相棒」

「やあ、パパ」

「何観てるんだい？」

「『ライオン・キング』だよ――好きなんだ」

「この映画の元が何か、知ってるかな？」

「『ハムレット』！」

私たちはよくこの映画の原典について話し、オーウェンは正解を言うのが好きだった。自分にとって大事な意味を持つ映画の背景を知ることで、満足感が得られるのだと思う。映画のクレジットの突っ込んだデータ――ジェームス・アール・ジョーンズ（ライオン王のムファサ）やジェレミー・アイアンズ（悪役で兄殺しのスカー）のキャリア――をあさるのと、同質の快感だ。これがライオン版シェイクスピアだという知識は、またたく照明の裏側、オーウェンの愛するものの作り手たちが隠れ、目配せを送っている場所を知ることだった。

あるいは私を喜ばせたいだけかもしれない。友だち――ウォルトと私たち両方の――が家に来たとき、オーウェンにこの「ハムレットが元ネタ」を言わせたがった。オーウェンは大抵、ほとんどいつでも私に言われた通りにする。私はみんなに、見かけに反して息子はもっと賢く、もっとできる子なんだと知ってほしい。そうすれば相手はもっと気を配るか、興味を持つか、尊重して扱うようになり、オーウェンはそれに報いるはずだ。北アメリカの誰もが幼い頃から親しんでいるはずの「ライオン・キング」に、オーウェンを結びつけたい。1回1回、そういうつながりを築いていくことが、私にとっての自意識の定義であり、自意識のない人間は、すみやかにかぎつけられ、食い物にされる。

そんなわけで、オーウェンが黒い革張りの椅子に足を投げだして、「ジョージ・ブッシュがパパに怒ってるの？」と聞いたとき、息子が世界情勢と、それがわが家に与える影響に気づいていると知り、有頂天になった。世界中のメディアからインタビューを受けたあと、私はわが子にもの柔らかく、心配させないような答えを強いられる。パパはただ自分のお仕事をしているだけで、大統領は大統領のお仕事をしているんだよ――単純かつ率直な答えで、どのインタビューでの発言よりもましだ。オーウェンが聞く。「僕たちは大丈夫？」。私はそうだと答える。オーウェンは映画に戻る。コーネリアと私が言うことを、息子は信じる。サブテキスト、思惑、隠された意味を勘ぐったりしない。

だから私も、そのすぐあとに、行進するハイエナのシーンを観ているとき、勘ぐったりしない。オーウェンがブッシュのことを聞いたのは、このシーンが来ると知っていたからか？　どうとも言えない。イラク侵攻数日後の晩に唱えた彼の祈りは、家の中を、そしてその外側を漂う緊張感を、彼が正しく感じ取れるのかという疑問を、完全に払拭する役に立った。じかに交わされる言葉はあまりうまく処理できない――ある意味刺激的すぎるのです、とオーウェンのセラピストが言う――だがコーネリアが私に何かを囁くと、2部屋分向こうから、微かに心配そうな声音で、ていねいだが切迫した「大丈夫？」という問いが聞こえる。「大丈夫よ、オーウィ！」。コーネリアが叫び返す。「パパとお話ししてたのよ」

画面上では、父の殺害後追放されたシンバが、ミーアキャットのティモンとイボイノシシのプンバァ（ローゼンクランツとギルデンスターン）と、腹を割った会話をして悩みを忘れる。オーウェンは笑って、アフリカン・テイストの歌「ハクナ・マタタ……それは俺たちの悩まない哲学、ハクナ・マタタ」と歌う。私もその場で一緒に歌っている。オーウェンが画面の前で踊れば、私も踊る。オーウェンはこの地下室にいるとき、悩みを忘れる。私も、彼の住む文脈——事件と印象がせわしなく過ぎゆく騒がしい地上の世界から、はるか下を流れるうす明かりのシンボルの河に入り、忘れてしまおう。

　オーウェンを地上に引っぱりあげて、会話による知識で成りたった世間と結びつけるのは、不毛かもしれない。「ハムレット」には、オーウェンの興味を引くとっかかりがある。それは天の恵みだ。彼に、誰が電球を発明したかとか、なぜ雨が降るのかとか、南北戦争はいつ起きたか（正しい世紀をいえたら点をあげよう）とか、7かける3はいくつかとか、質問してみたら、ポカンとして空《くう》を見つめるのがオチだろう。こうした一般知識はある程度、ラボでの最後の日々、新しくできた友だちと一緒に上の学校に上がるため、特に興味のない事柄を知る必要に迫られたとき、身につきはじめた。だがそれ以来、作文と算数の能力とともに抜け落ちてしまった。

　私はそれを正したい、息子を正したい。だが最近、コーネリアがこんなことを言う。もしかしたら、私たちはもっと、今のままのオーウェンとの時間をいつくしんで、毎日1分ごとに改善したり正したりするべきじゃないんじゃないかしら。

　私にとって、それは抑えがたい衝動だ。私は何でも直したい、ただそうしたくて、正したい。だが「ハクナ・マタタ」をオーウェンと一緒になって歌うと、私と私の修正衝動をなだめてくれる。映画はムファサの幽霊が、今では青年に成長したシンバのところに現れ、宿命を果たせとさしまねく場面に来る。死んだ父親の亡霊が、10代の息子の頭上をただよい、自分の存在意義を諭すのを、私たちは黙って観ている。

「ビッグ・ウォルターの夢を、また見たよ」と、オーウェンが静かに言う。私の父のことだ。もちろん会ったことは1度もない。オーウェンの目は、画面に向いたままだ。

前にも1度、夢に出てきたという。数週間ばかり前、オーウェンの部屋でアニメーションの本を一緒にめくっていたときに教えてくれた。ただこう言ったのだ。「ビッグ・ウォルターが夢の中に出て来たよ」。自分の立ち位置を掴むのに、1秒かかった。私は父の夢を見たことがなく、つねづねどうしてだろうと不思議でいた。オーウェンに、夢の中で父がどう見えたか、尋ねた。書斎の壁にかかる写真のおじいさん（45歳でがんになる直前の父の全身像で、微笑んでいる）そっくりだったよ。それが彼の言ったすべてだった。

今回、私は反応しない。オーウェンがもっと話す気になるような、完璧な言葉を考えつきたかった。それで、シンバが宿命を果たすのを、黙って観る。シンバのお伴たち――保護者っぽいサイチョウのザズーと、賢い長老のヒヒ、ラフィキ――が手を貸してやる。ふたりがシンバを前に歩ませる。オーウェンは堪能し、立ち上がって伸びをし、今、この地下の宇宙で、家族と寓話でできた安全な場所で、満たされる。

「ビッグ・ウォルターがまた夢に出て来たと言ったね」。私はさらりと言う。「それでどうなったの？」

オーウェンは私が続きを待っているのに、気がつかなかった。映画の余韻にひたっている。

「ええと、今度は年寄りで、白髪頭だった。人生をまっとうしたんだ。優しくて親切で、僕たちは話をして遊んだ。それから、僕を愛してるって言った」

●
●
●

5月第1週の土曜日、ウォルトは一計を胸に抱いて朝を迎える。

コーネリアと私は、ユタ州に数日間の旅行中だ。私の講演のためだが、ふたりの17回目の結婚記念日のお祝いも兼ねていた。血気盛んな高校1年生、青春ど真ん中のウォルトには、ゴールデン・ウィークエンドが待っていた。

そして——後日、判明するところとなったが——ウォルトはチャンスを最大限利用しようとした。近頃、ウォルトは実に生き生きしている。学業の手は抜いていない——シドウェルは厳しい学校だ——が、友人、仲間がいる。友だちの存在は、彼にはすごく大きい。兄弟同然だ。血を分けた弟を愛しているが、それはいつもたやすいわけではない。オーウェンと絆を結ぶのはひと苦労だ。ウォルトはふたりが大きくなれば、もっと楽になるのではと期待したが、まだ実現はしていない。私たちはオーウェンに関する心配事はほぼ全部相談しているし、大抵の子どもが親に話すよりも、ウォルトはざっくばらんに何でも教えてくれる。だが、私たちが見逃していることが、いろいろと起きているに違いない。よそのお宅が参加する行事はもれなく参加する——学校の集会、PTAの夜会、アメフトの試合。うちもみんなと同じ、いやそれ以上に関心があると示すため、コーネリアはそのうちの相当数を主催さえしている。だがあまりにオーウェンにかまけすぎて、ときどきウォルトがおろそかになる。だが彼は、いつでもしごくしっかりしていた。自分の面倒は自分でみられる。

エクアドル人のハウスキーパー、ユージニアが週末家に泊まる。ユージニアは早起きして、ウォルトとオーウェンがキッチンに降りてきたときには、朝食が整っていた。

ウォルトは壮大な戦略をすっかり練りあげていた。お隣の、オーウェンとおない年で素直な性格のネーサンと一緒に、ユージニアに車で送ってもらい、3人で映画を観に行く。ジョージタウンで私たちに初めてできた友人の子どもがネーサンで、DCでは唯一、オーウェンと仲良くしてくれる健常児だった。この美徳により、ネーサンは我が家では下にも置かぬもてなしを受け、実際ウォルトとたくさん共通点がある——気さくな子で、凄く優秀なアスリートでもあり、愛嬌があってみんなに好かれる。それに、オーウェンの面倒を実によく見てくれる。

ウォルトの計画では、この日の目的がそれだ。オーウェンの面倒をよく見てやる。鍵は、いつものごとく映画で、オーウェンは目下、ディズニーの新作「ホーム・オン・ザ・レンジ　にぎやか農場を救え！」にはまっている。何かが彼の心の琴線に触れるらしく、オーウェンはこの映画をすでに3回観ていた。しょっちゅう歌を歌っている。もう夢中だ。

みんなでシリアルをかきこんでいる間、ウォルトがオーウェンに今日の予定を話す——僕とネーサンと3人で「ホーム・オン・ザ・レンジ」を観に行くのはどうかな？　オーウェンはうっとりだ。「うん、いいね、ウォルター！」

その午後、ユージニアが車を出し、ネーサンも同行して、大いに盛り上がる。オーウェンもご機嫌だ。映画はまあまあだった——ディズニーの最高傑作とはいえないまでも、充分いけた。観るのが拷問というたぐいではない。オーウェンはもちろんお気に入りで、狙いは大当たり。弟に話しかける話題作りになり、普通の兄弟のように一緒につるめる。ただ、ディズニーじゃなければ駄目なだけだ。

帰宅後、オーウェンは地下室に行き、ウォルトがあとに続く。

今日の計画は、この瞬間のためにあった。

「面白かったかい？　オウ」

「すっごく。あの映画大好き！」

「僕もだ。なあ、お前の助けがいるんだけど」

オーウェンは期待に満ちた目で見て、それからとまどう。ウォルトからオーウェンに助けを求められたことはない。1度も。どうして兄さんが？

「ええとね、僕は今夜友だちを呼ぶかもしれないけど、パパとママに知られたくないんだ、その、家に帰ってきたとき」

オーウェンがゆっくり頷く。「どしたらいいの？」

「バラさないでくれ。いいか？　嘘をつけと言ってるんじゃない。ただパパとママが知る必要はないんだ」

オーウェンは数秒間みじろぎもせずに立ちつくし、それから頷く。了解した。

「ありがとな、相棒。恩に着るよ」

・・・

ウォルトはものごとを操れる。彼の専門だ。パーティのはじまりは、うまいことさばけた。ユージニアに友人を呼ぶと伝え、みんなには地下室に直行するように指示する。オーウェンは3階の私たちの部屋に押し込め、ピザと映画を用意しておいた。誰も上の階に用はない。地下室は大人数を収容できる。もしくは、ウォルトはそう考えていた。10時を回ると、フットボール・チームの先輩が顔を出し――誰かがウォルトを知る者に携帯メールで一報したらしく――そのあと先輩の友だちが大挙して押しよせ、若者たちは裏庭にあふれだし、地下室はごった返すので涼をとりに出たり入ったりし、書斎や洗濯室にまで押し入ると、そこのピンポン台の下に、オーウェンのバル・ミツバーのお祝いで残った酒の箱を、何箱も見つける。買いすぎたためにしこたまあり――大半はウォッカとジンだ。そして、あれよあれよ、80人、いや今では90人に増えた若者たちにかかれば、たちまち飲みつくされてしまう。すべてがあっという間だった。気がつけば、ウォルトはふたりの親友と、午前3時に絨毯の汚れを落としている。ゴシゴシ。笑う。そんなに酔ってもいない。なんて素敵な夜だろう。

ウォルトは翌日、1時間しか寝てないわりには気分爽快で、備えもばっちり——男の子にできる限り、愛想よく——リビングルームのカウチでひと晩寝たユージニアとおしゃべりする。

「たくさん友だちを呼んだのね?」。彼女が聞く。

「少しだけ呼んだら、予想以上に集まっちゃったんだよ」

ユージニアはウォルトを見る。「あなたはいい子じゃなかったの、ウォルター?」

「マソメノス(そこそこね)」。ウォルトが肩をすくめてニヤリとする。「わかってくれるかな、ユージニア。友だちがたくさんいるんだ」

日曜の夜に私たちが帰宅すると、ウォルトは満面に笑顔を浮かべ、念入りにお帰りを言う。ユージニアはしおらしい笑顔を見せただけで、無駄口はたたかずにさっさと退散する。ウォルトは目を合わせないが、帰るのを見送る。借りができた、でかい借りだ。

数日たっても、ウォルトはおとがめなしに家にいる。高1の社会的立ち位置に、この手のパーティが及ぼす影響は絶大だ。上級生が廊下で近づいてきて、「よお……いいパーティだったぜ」と声をかける。ウォルトは頷く。そうだ。問題ない。以前も順調だったが、今は絶好調だ。

そして、火曜日の夜、ベッドに腰かけ、仲間にパーティについてインスタントメッセージを送っていて、はっとなった。ウォッカとジンの空き瓶を取りかえなくちゃ。両親は断じて大酒飲みではない。2週間かそれ以上、消えたことに気がつかないかもしれない。ピンポン台の下のがらくたは、ほこりをかぶっている——クリスマスのオーナメント、本の箱、写真のアルバム——ときには何年も。

だが、寒気がして——なぜだか酒を補充することを思いつきさえしなかった——武者ぶるいをする。自分は晴れて自由の身ではない。まだだ。オーウェンがどれだけ目にしたかわからないが、確実に、ベッドルームの窓から裏庭のみんなを見たはずだ。起き上がって、オーウェンの部屋にふらりと足を向ける。「よお」

オーウェンは机に座ってアニメーションの本をめくっている。顔を上げる。

ウォルトは快活に――「すべて順調？」

オーウェンが見つめ返す。「うん」

そしてふたりはただ見つめあう。「オーケー、声をかけただけさ」。1秒後にはウォルトはベッドに戻り、ドアを閉め、懸命に考える。

私たちが不審に思ってオーウェンを問いつめない限り、ウォルトは安泰だ。なぜなら弟は、嘘がつけない。それにつけても、まったくなんて奇妙なんだ、とウォルトは思う。映画「ライアーライアー」の、呪いをかけられて真実しか言えなくなるジム・キャリーそっくりだ。嘘をつけないのは、あの映画同様に悪夢だろう。だが、ウォルトはそれについてもとっくり考えた。それで、「ホーム・オン・ザ・レンジ」を観たあとでオーウェンと話したとき、パパとママがパーティについて知る必要はないと強調しておいた。それだけだ。それは嘘にはならない。

土曜日、私の自転車が裏庭の物置にないのに気づいた。「ウォルト、自転車はどこにいった？」

ウォルトはキッチンから裏庭に出て、立ち止まって考える。だがほんの一瞬だ。友だちのひとりが遊びに来て、借りていったと説明する。私は取り戻して来いという。「問題ないよ、パパ。すぐ電話する」

だが、それから私は数軒先の茂みの中に、自転車を見つける。

ウォルトは自室でこのニュースを聞きつけ――私は正面玄関でコーネリアと話していたので、声がもれ聞こえてきた。ウォルトはドキドキする。オーウェンのところに行かないと。でも、何て言えばいい？　何よりしたくないのは、オーウェンに7日前のパーティについて話すこと、他言無用令の念を押すことだ。オーウェンがパーティを忘れたというのではない。10年前の火曜日に着た服だって覚えている。

時計の針が回りだし、恐怖にやきもきしながら、ウォルトは自分のチームメイト、味方になってくれる弟がいたら、どんなにいいだろうと考えはじめる。ケンカをする兄弟もいる。ウォルトは目の当たりにしたことがある。だが、それでも同じ側にいた――子どもチーム対親チームの。兄弟同盟のちぎりは深く、決してぶれずに、お互いを守りあう。ウォルトはオーウェンを愛している。弟に手を出すやつがいたら、文字通り殺してしまうだろう。だけど今は、普通の弟が欲しい。そんなことを考える自分が嫌になる。

それから、脳みそがフリーズする。「オーウェン、こっちに来て、私とママと話ができるかい？」。私が、地下室のオーウェンを呼びつけている。

ウォルトはできるだけそっと寝室を出て、ねずみみたいに静かに、階段の一番上に座る。1階下の角を曲がった私の部屋から、ぜんぶもれ聞こえてくる。私はオーウェンに、情報源と接触しているときのように話す。「やあ、ここに座って。聞きたいことがあるんだ」

ウォルトは全身を耳にして聞く。間がある。

「土曜日の晩、ウォルトはパーティをしたの？」

返答なし。

「オーウィ」。ママが言う。「本当のことを言っていいのよ」

返答なし。

ウォルトは拳を上下させる。だが息を詰めている。テレパシーでオーウェンに話しかける。「さすが俺の弟だ。がんばれ、オーウィー」

長い間がある。終わったのかな。オーウェンは解放されたかも。

いや、違った。「わかった、オーウェン。パーティのことは忘れてくれ。それはどうでもいいんだ」。

私が言う。

ウォルトは次の手を読もうとする。父さんは一体どうするつもりだ？

「私の質問はこうだ。土曜日の夜、女の子が家にいた？」

また沈黙。ウォルトは戦友テレパシーのボリュームを上げる。その手にかかるな、オーウェン。パーティと女の子はおんなじなんだ。パーティ＝女の子だ。ウォルトはその声につきものの顔つきを知っている。

「うん」。オーウェンは言う、ためらいがちな声で。ウォルトは引っかけようとしているんだ。

「そりゃあすごいぞ、オーウェン」。明るく私が言う。「たくさんの女の子？」

「うん！　たくさん！」

「だいたい、どれくらい？」

「41人」

・
・
・

コーネリアは、ハナミズキの白い花に気がつく——いいアクセントになるわ、と思う。歩道と車道の間のみすぼらしい芝生には。

歩道脇で車をアイドリングさせる。今朝の予約を9時半だと勘違い——10時だった——したため、シルバースプリングのダウンタウンにあるオフィスでチーム・オーウェンのメンバーふたりに会うまで、30分時間を潰さなければいけない。

ちょうどいい。どっちにしろ、何と言えばいいのかわからなかった。予定表には、今日の予約は「進捗レポート」と書きこまれているが、レポートするような進捗はなかった。

車のシートに座り、1年のこの時期を、どれほど嫌うようになったかつらつら考える。1学年を終えるほかの生徒たちは、夏休みと次の年度を心待ちにし、おそらくは、入学許可の分厚い封筒を破いて、栄光の未来に向けての予定を立てているのだろう。見渡せば、そこら中バカみたいに桜の花が咲いている。サスキンド家にとっては試練の時期だ。毎年、オーウェンが間違った学校にいるか、正しい学校にいて放り出されるところかの、どちらかだった。

毎日通っている学校は、オーウェンのニーズを満たしていない。このあたりで、そういう学校はなさそうだ。これまで何枚も、遠くはボルチモアやアナポリスまであたってきた。今日は、スージー・ブラットナーと進学先の選択について話しあう。彼女はオーウェンのような児童の個別指導に限らず、教育コンサルタントもしている。それに、オーウェンの長年にわたるテスト専門家、ビル・スティクスルートも同席する。コーネリアはオーウェンの神経心理面テストの最新版に目を通す——学校訪問に持参する包括的な報告書だ。全科目と、全体的な認識能力が低下している。多くの学校が、自閉症の子には難問だと知りながら、ＩＱ測定の努力を強いる。オーウェンは75近くを漂っている。知能障害との境界値だ。彼のピーク——視覚適性と言語分析は最高で90パーセンタイル——は、断片的才能と呼ばれる。ＩＱのスコアで子どもをタグ付けするのは違法にすべきだ、残りの人生をゴミ箱に捨てられてしまう。コーネリアはやさぐれはじめる。ディズニー映画30時間分から言語を発明する能力が、ＩＱに何の関係があるっていうの？　スコアって、何のためよ？　もしくは脇役のコンセプトとか？

どうなのよ？　世間とくそいまいましい物差しめ。腕時計を見る――時間だ。しばらくのち、コーネリア、ビル、スージーがビルのオフィスに落ち着く。コーネリアはビルのこともスージーと同じぐらい好きだった。本当の家族のようで、３人で情報を共有している。そのため話しあいはスイスイ進み、コーネリアは苦労しながらついていく。

「それで、最新ニュースは？」。ビルが聞き、コーネリアが訪問した５つの学校の評価をひとつひとつあげていく。過去３ヶ月の間にメリーランド州で３校、ＤＣで１校、バージニア州で１校を訪ねた。それぞれ何かしら引かれるところがある――ここはコンピューターを活用した授業、あそこは充実の美術プログラム。アナポリス近くの学校は自宅から１時間以上かかり、ラッシュ時には倍になるが、強力な学科プログラムが売りだ。バージニアの学校は、生徒数に対する先生の人数が理想的だ。

スージーはどの学校もよく知っている。長所と短所は、コーネリアの見立てとだいたい一致する。「オーウェンには向かないわね。彼は高い能力を示してる点もあるわ、特に一対一の指導を受けた場合はね、でも苦手なものに関しては、同様に手強い」

一同が頷く。みんな、重々承知だ。「それぞれの学校から、オーウェンに必要な部分のいいとこ取りをして、ひとつにまとめられたらいいのに」。コーネリアがくやしそうに言う、「そしたら一発なのに」

「できるよ。自分でやるんだ」。ビルが応じる。

ジョークなのか確信が持てず、コーネリアが笑う。

「いや、本気だよ」

「ホームスクールのことを言ってるの？」

「そうだ」

「冗談でしょ」

冗談抜きで、スージーも同調する。「ねぇ、あなたなら適任だわ」

突然、コーネリアは席を立ち、急用を思いだしたといってドアから失敬したくなる。だがビルとスージーが実現の仕方を説明すると、気が変わる。ホームスクールと言われて連想したのは、オクラホマ州の宗教的狂信者たちだ。だが違った。ふたりは、スペクトラム児童の親たちが、ますますそちらを選択していると説明する。コーネリアの購入できる教材があり、講座も受けられ、ウェブサイトだってある。スージーが助けてくれる。ビルもだ。

オーウェンを定期的に診ている6、7人の専門家チームが、この地域のベストなのは、疑いの余地がない。今、ふたりの名誉あるメンバーが、コーネリアに立ちあがれと、オーウェンを代弁して進めている。

「オーウェンに何が必要か、どうやって通じあうか、あなた以上にわかる人はいないわ」。スージーが言う。

「ほかに道がないときもある」。ビルがたたみかける。

終始、ビルとスージーがテーブル越しに、興奮気味に意見を交す——そうしたら彼女はこれができる、それともあれを試せる——「彼女」は聞いている。それで、ふたりが話している当人——コーネリアの人生についてはどうなの？　これが正しい道かどうか、決して定かではない。とりわけ、オーウェンにとっては社交性が重大な障害なのに、ホームスクールは社会的に孤立している。コーネリアは毎日、一日中オーウェンといることになる。文字通り。ときどき、自閉症は息子を飲みこんだ野獣で、息子を取り戻そうと、彼を引っ張り出そうと、日夜闘っているような気がする。コーネリアも飲みこまれてしまうかもしれない。自分と自分の人生まるごと。彼女の頭に去来するのは？　「ピノキオ」の怪物クジラ、モンストロと、オーウェンのあとを追って腹の中を下っていくジミニー・クリケットの自分だ。誰か、私の頭の中からディズニーのイメージを追い出して！

彼女は正気に戻り、時計を見る。時間超過だ。あわただしく立つ。「これは大きな1歩だわ——良く考えて、たくさん調べなくちゃ」。ビルとスージーが頷き、おずおずと彼女を見上げると、コーネリアがどんな反応をするか、気にしていなかったという信号を出す。ふたりがコーネリアをパートナー、研究仲間、身内として見るようになったのはわかっている——それは、満足感があると認めよう。だがこの場では、みんなが同じ議題をしゃべってるのではなかった。これは彼らにとっては仕事だが、彼女にとっては人生だ。ふたりには、これは貢献だ。彼女には、人生のかかった献身だ。「ありがとう、ふたりとも。本当に、とっくり考えなくちゃ」

通りに出たコーネリアは、3つのことを決める。ひとつ、コーネリアは夫にこのことは言わない。なぜなら彼はモチベーションスピーカー・モードに入って、「君はなんでもできるさ」と言うだろうし、首を絞めてやりたくなるからだ。ふたつ、静かな車に座って、ひとりで考えないと。3つ、自分に囁く。「誰にも見つからないところへ、このまま走っていっちゃおうかな」

•
•
•

10代の少年が生いしげるやぶの中から現れ、ステージ代わりの小さな芝生エリアにすっくと立つ。剣、さや、それに15歳と16歳の体にはピチピチの胸当てと、貧相な衣装を身に着けている。見物客がざわめく。小道具の配置がおかしい。父兄が集まっている。

これは「森の中のお芝居」、ウォルトの参加しているキャンプで毎夏催されるたくさんの出し物のひとつだ。キャンプとお芝居の伝統は、透きとおるようにきらめくニューハンプシャー湖を臨むこの山腹において、1世紀あまり続いている。

ここでのウォルトがまぶしいほどに輝いているので、自宅での彼の暮らしに何が欠けているのだろうと、思い悩まないわけにはいかない。ウォルトにとって、ここ数ヶ月が安穏だったとはいいがたい。オーウェンが兄に不利な証言をしてから、1ヶ月の謹慎を申し渡された。私たちにしてもいい気はしない。実際、うかつだった――完全な、親の盲点だ。パーティがあったかどうか、詰問したときのオーウェンの反応――口元で戦争が起こっているみたいに唇をギュッと結んでいた――は、何かが起きた明確なサインであり、それはウォルトの引き起こしたことだった。実にうるわしい兄弟関係ではないか。パーティのことで怒って気をもむあまり、私たちは間違いを犯した。はじめて、ウォルトが年下の共犯者と兄と弟だけの取り決めを作ったのに、私たちが1発でぶち壊した。

ウォルトがどこ吹く風だったというわけではない。堪えてはおり――本人いわく「大人になった」――先祖返りが持ち味のキャンプ・パスカーニーで3度目の長い夏を過ごしに、さっさと北へ発ってしまった。ここは、進歩主義時代の1895年以来、たいして様変わりしていない。大勢――キャンプを創設したエール大の男たちも含め――が、ラルフ・ワルド・エマーソンと並んで、自立、無私無欲、他者への気づかい、素朴、信用、謙虚、もうひとつおまけに自立、といった価値観に共鳴した時代だ。ウォルトは早速ひとつ目と、どんじりの価値観を受け取って、それから毎年、残りを埋めていった。変化はすぐに現れた。12歳で最優秀ファースト・キャンパー賞をもらったとき、3日間私たちに打ち明けなかった。注目を避け、静かに好きなことをやりたい、何ごとにつけ仰々しいのは勘弁、というスタイルを、ここ数年で身につけていった。きょうだいが障害を持つ者に、しばしば見られる傾向だ。彼らは賞賛を集めがちだ――早いうちから、サバイバーズ・ギルトでいっぱいの大人たちにほめそやされ――だがそんなのはありがた迷惑でしかない。うっとうしい父親とうっとうしい弟によって、わが家で毎日繰り広げられる即興劇の生活が、109年間微調整されてきた「一事が万事」式規則と儀式の確固とした組織へ、進んで飛びこませたのはいなめない。

そこが今、ウォルトの立っている場所であり――青い「P」の字がついた白いタンクトップに、青いしまの入った灰色の七分丈パンツというマッキンリー政権時代の最新ファッションで決め――観客の中の私たちを探し、山肌にしつらえた半月状の階段席を見渡している。

やっと、目が合う。息子は微かに頷くと目をそらす。

親へのあからさまな笑顔がないのはその場にふさわしい。これは悲壮な劇であり、まじめに演じられるべきだ。演目は「ヘンリー五世」――若き王が国を戦争に巻きこみ、最終的に破滅で終わるシェイクスピアの史劇だ。

コーネリアと私は、どうしたらいいのか途方にくれている。ふたりはオーウェンを、メイン州にある自閉症児用のキャンプに送り出した。彼らはオーウェンのスケッチ帳に度肝を抜かれ、カウンセラーやスタッフとの電話とメモによるやりとりを繰り返した末、オーウェンの「行動」に対応できそうだとの見過しがついた。

この気持ちのいい8月初旬の午後、私たちはほかの人々と同化できる。ウォルトはその感覚を満喫している――そうしない手があるか？　そして、私たちもだ。息子のため、自分たちのため。

キャンパーたちが劇のひと幕を演じはじめる――通しではないが、かなりの部分を――演目同様、選んだのは機転のきくキャンプの監督助手だ。助手はコーネリアに、この演目は、とりわけ子どもたちの共感を呼ぶだろうといった。ジョージ・W・ブッシュ、そして今では1年数ヶ月におよぶイラク戦争との、歴然とした共通点が多々ある。

彼は正しい。わがままな若き王――側近に脇を固められた――の、父との確執や、欲得づくのフランス攻略。それらの通奏低音によって、両者がつながる。400年前の演劇が、固有名詞を変えれば、戦争へ突き進んだ昨年を描写した記事として「ニューヨーク・タイムズ」に載ってもおかしくない。傲慢、尊敬を求める若者、そして、つまるところ、オイディプス王の悲劇という普遍的な主題。芝居の冒頭を見ながら、もしここにオーウェンがいたら、なんて説明したらいいだろう？　と考える。手早く一幕劇《ノヴェラ》を書き、そしてそれを、ディズニー・キャラクターの声で演じてやらねばなるまい。だが、それこそまさに、私たち――コーネリアと私の両方――が、このまれな幕間劇《まくあい》によって解放されている、絶え間ない胸算用だ。私たちは、傾斜のきつい芝生に寝そべり、オーウェンをどうやって私たちと現実世界に繋げるか、負荷は少ないけれどもきりのない緊張から自由でいる。

もちろん、これは一大戯曲だ。場面は急展開し、聖クリスピンの祭日、軍を集結させたヘンリーが、この日の聖戦は後世に残る歴史になると一席ぶつ。

われらの名が、やがて当たり前のように人々の口の端にのぼるだろう――
ヘンリー王、ベッドフォードとエクセター、ウォリックとトールボット、ソールズベリーとグロスター――
あふれ出る杯をくみ交わすたびに、新たに語りつがれていくだろう、
善き父親からその息子へと。

そして、ついに有名なこのくだりへ……
物語の中のわれわれは、記憶に刻まれていくだろう――われら少数、幸運なる少数の、われら

兄弟の一団《バンド・オブ・ブラザース》は。

10代半ばの少年たちが、剣を握りしめ、アジンコートの闘いを演じる。幼稚園の遊び場で磨いた剣さばきで——突いたり振り回したりしながら、笑いをこらえ——やがてトールボット役の少年が叫ぶや、勝利の瞬間に倒れる。みんなは役に戻ると、祝福と嘆きが交錯する。盟友のロビー・ヘンリーが、ウォルト演じるグロスターを従え、合計6人で死んだトールボット——ヴィクラムというきゃしゃなキャンパー——を肩にかつぎあげ、中央の通路に運ぶ。小さな谷間はしーんとなる。過去と現在、文学と生活が、しかけ罠のようにパチンとあわさる。時間と場所から文脈を切り離せば、避けがたい運命を垣間見たように感じる。彼らはこのひととき、自分たちの子どもではない。彼らは若者だ——今この瞬間にもファルージャやカブールで命を落としている者たちの年齢に、すぐに追いつく。行進しながら、そっと挽歌が斉唱される。

「*Non nobis, non nobis, Domine Sed nomini tuo da gloriam*（われらに帰せず、おお神よ、なんじの御名にこそ栄光あれ）」。ラテン語の謙遜と感謝の祈りだ。

突然の謙遜と感謝の念にかられるのは、私たちだ。ここでのウォルトは喜びを覚え、解き放たれている。子育ては、愛し、手放すことだとよく言われる。浅い呼吸で見つめる親たちに混じって、私たちも愛し、手放す。

「あの子を見てよ」。コーネリアがそっと言い、耳に息がかかる。行進するウォルトの目は感情を隠し、1点にすえられている。そして、私たちは感じる——お馴染みの空虚さを。悲しく甘く、人生の時計がときを刻むのを感じる。はじかれたように、私たちは精一杯喝采し、引き裂かれる思いを胸に声援をおくる。ウォルトに聞こえますように。ここが息子のいるべき場所、彼がどの星を追いかけようと、すべての家庭、もちろん我が家をも繋ぎとめる、くびきに捕われない場所だ。ひとりの少年は、しょっちゅうひとりでさまよい歩くので、その子のニーズにあわせて私たちの世界をなりふりかまわず形作るよう求める。かたや、兄弟の一団にまじり、今おじぎをしている少年は、私たちの恐れる、裁き、命令し、制御不能な力をふるう現実世界に挑発され、自分を形作ろうとしている。

私たちは兄を応援しよう。だが弟が、その道を辿ることはできない。

• • •

まず、オフィスに立ち寄ることにする――話をすっかり聞くために。

メイン州にあるオーウェンのキャンプの責任者が、網戸越しに私に挨拶をする。「どうぞ中へ。話しましょう」

温厚そうな中年の男性で、短パンで野良仕事に出るよりも、銀行の融資係のほうが似つかわしい。昨日、電話で彼から呼び出しを受けた。

「私どもではオーウェンを手に負えません」。責任者が言う。「思ったよりも、もっと気が散りやすいですね。頭の中でいろんなことが起きているようです。優しい子ですが、それが問題ではありません。カウンセラーの手にあまるのです」

私は言い争わない。「そうですか、5日もちました――ましなほうかもです」。何か前向きなことを言おうと、そう言ってみる。それから、オーウェンがどう思うか考えて、自分がまぬけに思える。私たちは背伸びしすぎ、気が変になりそうな成りゆきによって放り出された。オーウェンは春にバル・ミツバー（ユダヤ人の男の子が13歳になると受ける儀式）のスピーチを堂々とこなしたと思えば、気まぐれに内にこもり、自分の居場所すらほとんど気にとめない。もちろん、キャンプ側はスケッチ帳に感心した――しない者がいるか？　私はたぶんオーウェンを高く売り込みすぎ、今本人がそのツケを払わされている。

「彼に言いました？」

「荷物をまとめるように言いました」

私が歩いて行くと、オーウェンは小屋の外で、自分のトランクに座っている。

「行かなきゃいけないの？」

「そうだ、迎えに来たよ」

腰を上げ、そこへ立ちつくす。何かが彼の心をかき乱している。今では、彼の沈黙を破らないことを学んだ。

「いつか戻ってこれるって、約束してくれなきゃ帰らない」

一瞬、言葉につまる。彼らがオーウェンを呼び戻してくれる可能性はゼロだ。

「もちろんだよ」

ああ、彼に嘘を言うのは嫌だ。何でもうのみにする。この子に嘘をつくのは犯罪も同然だ。

私たちは5分間、車の中で押し黙っている。それが10分になる。オーウェンはただ窓の外を見て、ラボ・スクールのにせ卒業式のあとと同じ顔をしている。メイン州の海岸線が過ぎ去る。15分経過。

彼が歌いはじめる。

僕とおいで、のんびり行こうよ
青い空のはるか向こうへ

星たちが自由にめぐるあそこまで
決っして楽な旅じゃないけれど
僕から離れないで、気楽にいこうぜ
　僕がついてる

ああ、たくもう。「ホーム・オン・ザ・レンジ　にぎやか農場を救え！」の歌だ。２００４年の春に公開され不発に終わったディズニーのアニメーション映画で、あらすじは、ロザンヌ・バーとデイム・ジュディ・デンチが声をあてる雌牛たちが、「楽園《バッチ・オブ・ヘブン》農場」を救うため、悪い牛ドロボウの詐欺師を出し抜こうとする。ラッキー・ジャックという名の、賢くて短気なジャックラビットをはじめ、よく練られた脇役が、たくさんでてくる。

　オーウェンは映画がこけたことを知っているが、気にしない。お気に入りで、ティム・マッグロー、ボニー・レイット、k・d・ラングの歌うプレイリー・バラードのサウンドトラックを愛聴している。オーウェンは映画を観る。オーウェンは映画に生きる。

　この歌を選んだ意味について、あれこれ思いめぐらせていたせいで、違いに気がつくまでちょっとかかった。オーウェンは、キャラクターの声で歌っていない。彼自身の声だ。いつも歌うのとは、完璧に違うトーン。

そうさ、道のりは長い
険しい道だよ、まったくね
だけどダーリン、君に誓おう

僕が連れて行ってあげる
道がどこへ続くとも

道のりは長い、長い道だ、まったくもって。

それから5時間、アパラチアン・トレイルの最北端を西に走る間、オーウェンはこの歌を20回ばかり歌う――5番まで、そっくり全部。

フェアリーと湖畔の家に近づくと、とうとうたまらなくなって、頼みこむ。

「オーウェン、いいかげんにしてくれ。死んじまうよ」

オーウェンがこちらを見る。

「オーケー――話しあおう。なんでその歌を歌ってるのか、教えてくれ。なぜそんなに好きなんだい？」

「旅の歌だからだよ。旅の歌が、一番好きなんだ」

●
●
●

コーネリアと私は、その晩桟橋で話しあった。キャンプのことで、妻は動転している。オーウェンはハッピーじゃない。なんとか修復し、正す手だてはないかしら？　それが、私たちのやりかた――妻が策をこうじ、私が売りこむ。

1週間後、私はキャンプの責任者と電話で話しあう。迎えに行った際にオーウェンが言ったことを伝える――戻りたがっていると。長丁場だ。おだてにはじまり、懺悔、理解、かんしゃくまで行って、それから懺悔に戻る。オーウェンは過去2、3度キャンプを経験していたが、毎回、オーウェンの手助けをする「黒子」を雇っていた。これは私のミスです、と監督に言う――オーウェンを「黒子」なしに送ったのは――でも数日前に、付き添い役を見つけました。私は電話相手を根負けさせる。向こうはただ電話を切りたがる。

そんなわけで、夏休み最後の2週間、オーウェンはフランクとキャンプに舞い戻った。フランクは高校の上級生で、ふたりは幼な馴染みだ。フランクはオーウェンの行動、映画好き、こだわりを全部わかっている。

1週目は順調だ――フランクはオーウェンに付き添って、作業をさせる。専任のカウンセラーとナビゲーターみたいなものだ。スポーツ、アート、工作の手引きをして、班の仲間との会話をとりもち、「シンプソンズ」のミスター・バーンズやスミザースのもの真似をさせると、子どもたちにとりわけ大受けだった。キャンプ全体のリレー競争があり、フィナーレの障害物競走ではカウンセラーが子どもを抱えて――大抵は各班で一番小さい子――ゴールまでのラスト180メートルを走る。オーウェンが障害物競走の選手に割り当てられ、大柄なフランクはオーウェンを抱きかかえて走り、彼らの班が見事優勝する。フランクがあとで言うには、「オーウェンを抱っこしたときほど早く走ったことはないよ」。コーネリアと私は、何日もその話題で笑いあう。内輪の笑い話だ。

だが、最終週のメインイベントでは、フランクがオーウェンを抱えて走ることはできない――タレントショーに向けて、全員が気合いを入れて準備にとりかかった。フランクはオーウェンに、演目は決めたのかと聞く。オーウェンは、決めたと答える――歌を歌うよ。それだけだ。伴奏か何かいる？いらない。フランクは100回以上、もっと詳しく教えてと尋ねる。収穫はゼロ、歌の題名さえわからない。カウンセラー仲間は首をひねって心配している。ほかの子たちは、みんな練習している。ショーやスキットやミュージカル作品は、「才能に恵まれて芸術的な」者たちの集まるキャンプへの期待に応えるべく、入念じゃなければいけない。フランクに言えるのは、「オーウェンは歌を歌うってさ」

最終日の夕食後――そしてさよならのキャンプファイヤーの前に――約150人の子どもたち、カウンセラー、スタッフが、広々とした舞台のある大きな、波形鋼板の張られた録音センターに集まる。全員がTシャツを着てあぐらをかき、間合いをつめて座る集団のど真ん中を、オーウェンはフランクと隣りあって、班の子たちと陣取る。ショーは3分の2まで進み、クリップボードを持った舞台監督が歩いてきて、フランクに合図をおくる。「オーウェン、あなたの番よ」

1分後、壇上のオーウェンがマイクを手に、参加者たちの海を見渡している。

ためらいは、理性的なことだ。誰も、自分を受け入れてくれない者たちに、開けっぴろげになんてなりたくない。誰だって恥はかきたくない、からかわれたり、舞台ですべりたくはない。オーウェンの頭は、そういうふうには働かない。ある意味、もっと明快に動く。気分がのるかそるか。のったら、波に身を任せる。

それが、今彼のやっていることだ。波が寄せるのを待ちながら、視線は顔の海へ向け、パターンをスキャンする。中には、独り言を言うおかしな子どもがのぼせあがって大失敗の巻、を予測して、「あーらら」という顔をしているのもある。だが、数秒のうちに彼の目が何をスキャンしようと、同時に、脳内世界のどこかで、同じ数だけのキャラクター――150人ほどの、主に脇役たちから成るコミュニティ――が、孤独と喪失の大人びた感覚とともに息づく場所をも見つめている。もし波が来たら、ふたつのコミュニティは繋がる。

やっと、唇にマイクを寄せる。

地平線の向こうには
驚きでいっぱいの暮らしが待っている
だけど進むのは、1日に1歩ずつさ

歌はもちろん、「この道の先には」――苦い今年の夏の、オーウェンのテーマソングだ。この歌を、リバイバルのトーチソング（失恋や片思いの歌）みたいに歌う。大声で、明日なんてないみたいに。オーウェンにとっては本当にないのだ。だからこそ束縛されず、精一杯今を生きている。それは、「文脈的盲目」の裏面だった。

アート好きのキャンプの子どもたち――それぞれに何がしかの才能に恵まれた温室の花たちであり、明日の輝けるスターを夢見、自分が成功者になれるかどうか、絶えず思いわずらっている――には、オーウェンは勇気があり、自由に映る。

半分歌い進む頃には、彼らは立ち上がってはやし、スタンディング・オベーションとなった。彼らはオーウェンの体験してきたことは知らない。もし聞いても、答えられないだろう。だが歓声を浴びながら、オーウェンが深々とお辞儀をすれば、それ自体が一幕劇だ。

●　●　●

階段を上って、子どもたちが寝ているのを確かめてから、コーネリアは3階のベッドルームに行き、照明をつける。裏庭の書斎から、天窓を通して淡い黄色の明かりが見えた。それを合図に――前もって取り決めていた――私は母屋に入り、階段を上がる。子どもたちを起こさないように、ヒソヒソ声で話しあう。この件について、これ以外のやり方で話すのは不適切に思える。

今年の秋は、コーネリアの姉リジーにとって、辛い秋になった。ひどい悪性タイプの乳がんと闘っている。コーネリアは9月と10月の週末、ワシントンとコネチカットを何回か往復した。姉妹5人と兄弟3人のうち、未婚の女性はリジーだけだ。だが、10代前半の総勢12人のいとこたちにとっては快活な、ものしりのおばでもある。

子どもたちは誰ひとり、全容を知らない。ただ、リジーおばさんが病気で、この1年ばかり闘病しているとのみ知らされている。

過去10年あまりの医者通いで、まごついた自閉症専門医からむしのいい希望的観測を聞かされてきたコーネリアは、おためごかしに対する許容度がどんどん減っていった。

ものごとを自分の望む姿ではなく、ありのままに見ようと、努力を重ねてきた。私は仕事においてはそれができる。私生活では、簡単じゃない。

ふたりは落とした照明の下で、ベッドに腰かけている。「週末を持ちこたえるとは思えない」。コーネリアが事実をぶちまける。「ついていてあげなきゃ」。眠りこむまで、妻の頭をなでてやる。

翌日、金曜日の午後遅く、コーネリアは少ない荷物を小さなスーツケースにもくもくとつめ、財布と携帯電話を掴む。玄関口で、私たちは抱きあう。私はお姉さんに、思っていますと伝えてくれるようことづける。コーネリアが、子どもたちにはリジーに会いに行くけど、あとで電話するとだけ話しておいてと言う。ドアを開けると、誰かが階段を飛び降りてくる。

一瞬後、ＣＤを手にしたオーウェンが、玄関口に立っている。

一番の宝物――「ホーム・オン・ザ・レンジ」のサウンドトラックだ。

コーネリアに手渡す。「6番目の曲をかけて。おばさんに、僕からだって伝えてね」

●
●
●

ソーシャルワーカーのリジーは、ブリッジポートのアパートに住んでいる。看護師と家族の者が出たり入ったりしていたが、今はリジーと、泊まりのコーネリアだけだ。リジーはまだ49歳。リジーのひとつ下のコーネリアとは、何年間も寝室をわけあった。今、再びわけあっている。

コーネリアは、弱っていくリジーを力づけにきた。疲労が、砕ける大波のように姉を飲みこむ。リジーは妹を抱きしめるが、恐怖と明日への不安がとうとう彼女を圧倒しようとしている。「どう感じるべきか、わからないの」。涙を浮かべ、コーネリアに言う。

最後まで、「すべき」がリジーを捉えている、私たちみんなと同様に。

姉と妹はひとしきり泣いていた。やがて、コーネリアがオーウェンからの預かり物があるという。リジーはベッドに横たわり、コーネリアがCDをセットする。「この歌をかけてって言われたの」歌がふたりに降り注ぐ。

そうさ、道のりは長い
険しい道だよ、まったくね
だけど、ダーリン、君に誓おう
僕が連れてってあげる
道がどこへ続くとも
いつになるかはわからない
一生かかるかもしれない――

大いなる未知へ向かっているのさ
もうすぐそこを自由に歩き回れるよ
でもその日が訪れるまで
ひとりぼっちで旅しなくてもいいんだよ……
道のりは長い
すごく険しい道だ、ほんとにね
だけど、ダーリン、怖がらないで
だって僕がそばにいる
足りない力をわけてあげるよ……
道中ずっと
そばにいる
この道がどこへ続くとも

どう感じるべきか、やはりかいもくわからない者から緊急に送られた歌を聴いて、リジーは嗚咽《おえつ》をあげ、重荷から解放される。

「オーウェンに、ありがとうって伝えて」。コーネリアに囁く。「あの子はいつだって私の天使よ」

数分後、彼女は眠りに落ち、すぐに昏睡状態に陥る。それから意識を取り戻すことはなかった。2日後、彼女はこの世を去る。

•
•
•

葬儀の終わった月曜日、コーネリアはオーウェンに、本をまとめてバンドで結ぶように指示する。11月初旬、ふたりは朝の散歩に出ると、800メートルばかり歩いて、チェビー・チェイス・サークルにほど近いバプティスト教会に向かう。

教会の地下に、使われていない部屋がある。コーネリアはペンキを塗ってもいいという条件で、月500ドルで借りた。

ウォルトは今、ワシントンDCシドウェル・フレンズ校の高校2年生だ。学校の友だちと一緒に土曜日を一日つぶし、軽量コンクリートブロックの壁をオーウェンの指定通りのペンキで塗ってやった。チーム・オーウェンに加わった臨床心理士のダン・グリフィン博士が、オーウェンに学校を命名させてはと提案する。

オーウェンはそうした。それで、この日の朝、9月のはじめから、ふたりは毎日、広さ3×5メートルの、窓がひとつついた小さな部屋、正式名「パッチ・オブ・ヘブン学校」のフックに上着をかける。

手間のかかる少年ひとりを教育するための学校――運営者は母親だ。私たちがもしもっと証拠を必要としていたなら――最後の駄目押しに――この夏がくれた。圧倒的で反論の余地がない。私たちの息子は、アニメーション映画、主にディズニー作品への愛着を、自分のアイデンティティを形成し、大半のティーンエイジャーや大人にさえ触れることも、制御もできない感情にアクセスするための言語へと変えていた。だが、基本的なスキル――リーディング、数学、一般知識、受け答え――を切磋琢磨しないといけない。高校に入学して、将来に活路を見いだしたいのであれば。それには、オーウェンの愛する映画へのほとばしるような情熱を利用し、結びつけ、あるいはそれを手がかりに、やってみるほかかない。とうとう問いが、投げかけられた。現実世界において、現実とは果たして何なのか、正確なところどれほど学べるものなのか――ディズニー映画を通して。

ペンキ塗りたてのブロック壁に囲まれ、コーネリアとオーウェンは答えを探す旅に出る。

第7章

魔法の処方箋

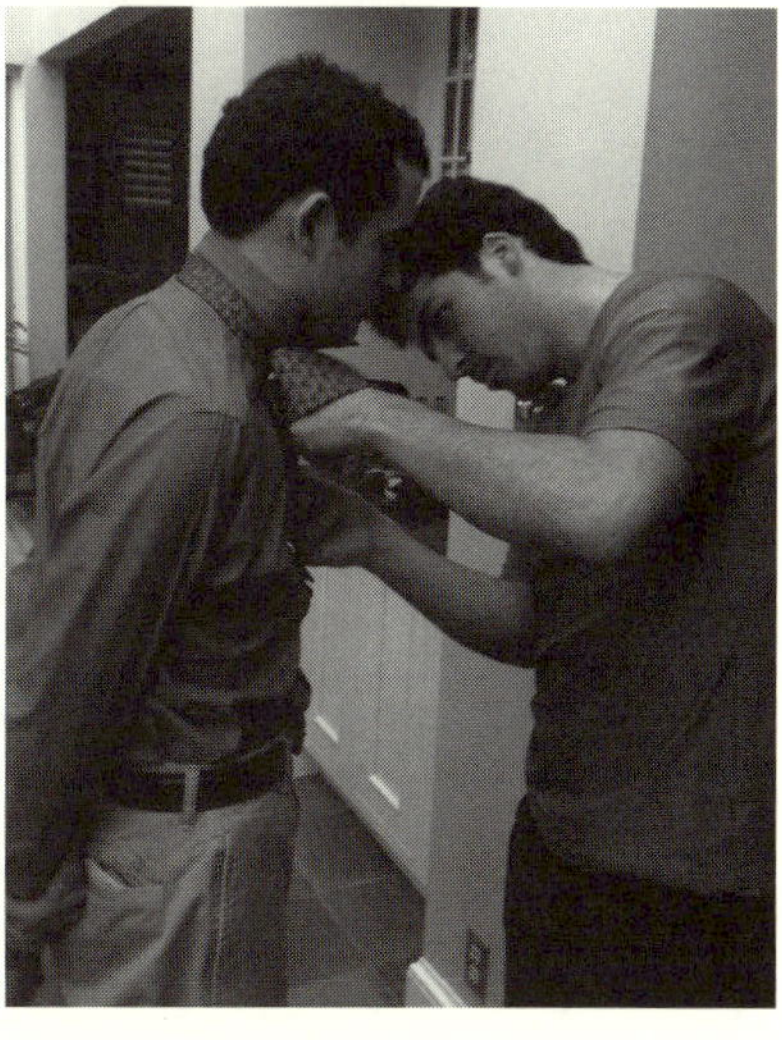

オーウェンはウォルトの一挙一動に注目し、つつましく兄の跡をたどっていく。だが、兄は弟こそが「最高の師」だという。

灰色の金属製ロッカーの前に立ったオーウェンは、自分で描いて、テープでしっかり扉に貼りつけた自作のイアーゴの絵を見つめる。オウムの声が、頭の中を走り抜ける。

オーウェンはイアーゴにまつわる、ある秘密を育てていた。自分だけの秘密だ。ときは2005年の秋、「パッチ・オブ・ヘブン学校」という名の実験をはじめて——そして彼の中で秘密の世界が形作られはじめ、はや1年になる。だが、その世界は、自分だけのものだ。

オーウェンはイアーゴのクシャッとした顔を作って呟く。「わかった、わかった。まあ聞けよ、ジャファー」。ヒソヒソ声で、ほとんど音を立てない。

「独り言禁止、オーウェン——話すときはいつも、会話をするのよ」。コーネリアがコートをロッカーにかける。彼女のロッカーには、オーウェンが描いた「きつねと猟犬」のビッグ・ママの絵が飾られている。「イアーゴの話がしたいなら、一緒に話しましょう」

オーウェンはコーネリアを見て、ちょっと迷う。「ううん、いいんだ」。そう言って、明るい茶色の木製机と、キャビネットにはさまれた濃紺のソファにポンと座る。床には、白いうずまき模様のついたフレンチブルーの絨毯が敷いてある。どれも去年の秋、コーネリアがイケアに買い出しにいって選んだ品だ。

ザ・コンテナ・ストア（収納用品の専門店）でL字型の教師用デスクを買ったとき、2台のロッカーに目をとめた。新学期フェアの宣伝用ディスプレイに、小道具として使われていた。店員に売って欲しいと頼みこむと、「すみません、売り物じゃないので」と言って断られた。コーネリアは食い下がり、1ヶ月間2、3日おきに電話して、とうとう陥落させた。

高さ1・5メートルのありふれた学校用ロッカー2台は、この空間を、オーウェンが毎日通う単なる部屋ではなく、本物の学校らしく見せるための、重要な小道具だ。

この呪文が解けないように、1年をかけ、たくさんの備品をひとつひとつ組み立て、揃えていった。ホワイトボードから、コーネリアの表情まで。毎日、彼女はフックに母親の皮をつるそうと、最大限努力している。一旦教室に入れば、口調も集中度も、オーウェンがキッチンで目にするのとは、明確に分けるように心がけた。思いやりがあっても毅然として、そう前置きしない限りおちゃらけは無用、だが成績にはきわめて関心があり、ときにはオーウェンが答えに辿りつくまで見守る余裕もみせる。平たく言えば、教師だ。

だが、オーウェンが長年の性癖を出すとき——1、2分たつと気が散って心がさまよいだし、独り言をつぶやいても、まごついたり、いらついたりしない先生だ。生徒がどっちの椅子に座っているかで、彼女は甘い夢にも悪夢にもなる。酸いも甘いもかみわけた——母親だけに可能な——教師として、生徒を掌握する。たったひとりの生徒を、毎日毎分。

この1対1の親密度はたまたま、ロヴァース式行動療法においても、多大な関心を寄せて子どもを励ますグリーンスパンのフロアタイムにしても、自閉症スペクトラムの子どもにとって、一番有効だった。コーネリアは両方のやり方を取り入れた。適切に振るまったり、課題を終えたら、もちろんご褒美が待っている。また、レッスンプランを前にしたオーウェンの気を引き立てようと、熱をこめて鼓舞もするし、さらには息子のたび重なる脱線にも——それが、学習すべき事柄と関係があれば、付きあいもする。

なぜならふたりがこの場にいるのは、そのためだから。かねてから目をつけていた、メリーランド州ロックビルの障害児専門の高校に入るため、必須科目を攻略中だ。目標校への準備が整うまでの道のりは遠いが、ホームスクールをはじめて1年、オーウェンは驚くほど伸びている。コーネリアはゴール達成のためなら何でもする覚悟のある一方、この努力が、唯一優先順位が上にくるものを台無しにしないよう、細心の注意を払っている。母と子の絆のことだ。この手の手厳しい上下関係の毎日には、つきものの危険だった。そのためコーネリアは変化をつけようと、校外学習に加え、代理教師や専門家たちの授業を、カリキュラムの一部にできるだけ組みこむようになった。

本日――2005年9月12日の月曜日――のスケジュールは、ワシントンDCのスミソニアン自然史博物館を白昼見学し、午後は斬新な遊びが得意なセラピスト、ダン・グリフィン先生を訪問する。明日の11時には、オーウェンが5歳のときからお世話になっている作業療法士のクリスティーン・スプロートとロッククライミングをしに、ロッククリーク・パークへ。水曜日の午前中に2時間授業したあと、コーネリアとオーウェンは残り1日を外出し――メリーランド州ベセスダのYMCAで、障害を持つお子さんのいるインストラクター、ジョアンの水泳教室に参加。それから、昼食後、アイビーマウントを半分引退したルスリーと、彼女の自宅でピアノのおけいこに励む。そして木曜日には、精神科医C・T・ゴードン医師とのセッションがある。医師もまた、木曜日の午後にソーシャルスキル・グループを設け、そこでオーウェンと自閉症スペクトラムのふたりの男の子に、対人面の基本スキルを教えている。

ゴードンのセッションから翌日の金曜日は、スピーチ・セラピストのジェニファーを教室に招く。1時間ほどスピーチスキルのレッスンをしたあと、近くの商店街へくり出して、サンドウィッチ店「サブウェイ」で、列に並んでお昼を注文、といった実践練習をする。オーウェンが4歳からついている個別指導教師スージー・ブラットナーは毎週学校に顔を出し、コーネリアには教師のいろはを教え、オーウェンにはリーディングと数学を教える。

だが、どの日においても、一番大切な2時間は、この気持ちのいい秋の朝のように、コーネリアがオーウェンを集中させ、知識を身につけさせようと奮闘する午前の授業だった。

実験は、大きな成功を収めつつある。なぜなら、この教室で1年教えるうち、コーネリアは魔法の処方箋をしたためるエキスパートになったからだ。勉強を活気づけ、輝かせ、関連づけるきっかけを、アニメーション映画の中に見つければいい。コーネリアはオーウェンの話す言語を知っている。1度彼の頭の中に入りこんで息子のレンズを通して見れば、あとは絵あわせゲームの要領だった。教育上、もしくはセラピーのゴール、あるいは単にオーウェンと意思疎通するための手段を見つけたいときは、ディズニーのとっつきが眠る場所――オーウェンが物語を、精神の奈落にもぐりこませた魔法の洞窟――を探り、それを使って彼を引っぱり出す。コーネリアはそれができる。妻と私で、セラピストたちにもやり方を手ほどきしてきた。そして、それはうまく行っている。

「いい、オーウェン、今度は海賊を勉強しますよ」

オーウェンは頷くと、一心にコーネリアを見つめる。コーネリアは何が来るかわかっている。

「いいわ、やりなさい」

「さあ、よく聞けよ、ジェームス・ホーキンス」。アイパッチよろしく片目をつぶり、オーウェンがはじめる。2002年に公開されたディズニー・アニメーション版の『宝島』、「トレジャー・プラネット」で、ブライアン・マレーが声をあてたジョン・シルヴァーのセリフだ。「お前には大物の素質がある。てめえで舵を操り、てめえの航路はてめえで決めろ。どんなスコールが降ろうとも、突き進め！　いずれ、お前の切りひらいた航路が試され、真価を発揮するときが来る。そんな日にゃ、まぶしいお前をこの目で拝みたいもんだぜ」

およそ26秒かかった。コーネリアが笑う――とても笑わずにいられない――この心に響く1節を暗唱するとき、オーウェンは喜びに包まれる。電流が走り、「まぶしいお前」のところでボルテージは最高になる。

まるでオーウェンの全存在に、一本筋が通ったようだ。感覚と、ここが肝心で、感情的な芯の両方が、医学用語でいう「統合された」状態になる。そして、幅広い話しあいのできる状態になったのを見てとり、まずは映画の時代設定を尋ねる。「未来、だと思う。でも過去と未来の両方みたいな感じ」。オーウェンは言う。

コーネリアが続ける。「その理由は、オーウェン、彼らが乗っている海賊船が、どの時代のだから?」オーウェンはよくわからない、だが知りたがる。そこがポイントだ。それで、教科書——青少年向けの『『知』のビジュアル百科』シリーズのベストセラー、『海賊事典』をひもとく。ふたりは18世紀の、いわゆる海賊の黄金時代について読む。エドワード・ティーチ(「黒髭」)やウィリアム・キッドをはじめ、北アフリカ海岸が縄張りで、1802年にトーマス・ジェファーソン大統領が宣戦布告したバルバリア海賊まで、多彩なキャラクターの宝庫だった。これらの海賊は、ロングジョン・シルヴァーやキャプテンフック、2003年のディズニー映画「パイレーツ・オブ・カリビアン/呪われた海賊たち」の登場人物たちのモデルなのは、言わずもがなだ。

30分後には、1700年代に船で輸送されていた積み荷から、ジェファーソンの宗教観、故郷モンティチェロにある彼の墓碑銘に至るまでを学んでいた。

それから休憩——コーネリアはオーウェンに休みが必要なタイミングを知っているし、呼び戻すべきタイミングも心得ている——次の授業は、コンピューターの操作法、特に、テキストのコピー&ペーストの練習に30分ばかりかける。コーネリアはオーウェンに初歩のコンピューター・スキルを手ほどきして来たが、スペルチェック機能は、彼にとっては天の恵みだ。

次の停車駅、数学。毎日、コーネリアはオーウェンの得意分野からはじめる。パターン認識は、伝統的に自閉症の子の好物だ。今日のワークシートの問題は、8、16、□、32、□、□。オーウェンはそれぞれ24、40、48と穴をうめ、それから規則を書く。8の加算。あともういくつか問題をやるが、これを解けるからといって、喜ぶのは早い。これは「スイスチーズモデル」といい、得意と不得意が隣りあわせになっている。子どもは大抵、チェダーチーズのひと固まりだ。スペクトラムの子どもは、問題を理解し、それから穴に落ちる。オーウェンに、「1ドル出したらお釣りはいくら?」みたいな初歩の引き算をさせてみるといい。彼には解けない。

概念的な思考の要求される文章問題は、悪夢でしかない。認識できるパターンは見当たらず、1語1語は解読、発音、理解がいっても、オーウェンにすれば、出題の意図を等式に変換できるつながりの糸が、隠れて見えない。

それで、コーネリアは等式問題を出す。3+6=9。オーケー、オーウェンはパターンがわかるし、頭の中で数を数えられる。じゃあ、オーウェン、コーネリアが言う。それを文章題にしてみましょう。

しばらくオーウェンは黙って座っている。

「できない。ママ、手伝ってくれる?」

コーネリアが首を振る。「できるわよ、オーウィ。時間をかけていいから」

1分が過ぎる。また1分。目は、部屋の中を飛びまわる鳥を追うかのごとくさまよう。オーウェンが何かをひとつにあわせようとしている。

彼が書く。ラッキー・ジャックはダイナマイトを3本持っていました。古い納屋でもう6本見つけました。あわせて彼は何本のダイナマイトを持っていましたか?

大絶賛の嵐――そう、これは母親の分の称賛と、先生の分の称賛だ。ついでに、この先生は生徒を抱きしめるのも許されている。

よろしい。では続けましょう。

コーネリアは次の式を書く。19ドル＋10ドル＝29ドル。

オーウェンが笑う。今度は手早くやっつける。すでに頭の中で処理していたようだ。イアーゴは宝箱から見つけだした19ドルを持っています。10ドル足すと、彼はいくら持っているでしょう？ 小学5年生用の問題だ。オーウェンは14歳。だが、これは進歩だった。

オーウェンは笑って、両腕を波打たせる。

「何がそんなにおかしいの」。母親が聞く。

「何でもない」。彼はクスクス笑う。「ただおかしいんだ」

・
・
・

コーネリアには、何が起きたのかよくわからない。誰にもわからない。だが、月曜日のその午後遅く、家に帰るとオーウェンは地下室に飛んでいく。いまだにそこが彼の避難所だ。もどかしそうにインターネットを開くと、グーグル検索する。1本指で「アラジン　脚本」と文字を打ちこみ、クリックを数回繰り返した末、海賊版の脚本サイトに行きつく。愛好家が、何度も繰り返し映画を観て脚本に起こしたもので、実際の撮影台本ではないものの、場面設定のト書きとキャラクターの描写が、本物の正確さには及ばない以外はそっくりだ。オーウェンはその日習ったコンピューター・スキルを駆使して、台本のページをスクロールし、〈コントロール＋C〉を押してテキストをコピーしてから、ワードファイルを作成して貼りつける。「アラジン」の台本を取りこんで、所有権を奪った。オーウェンにとって、これは死海文書を持ち逃げしたのも同然だ。

年季の入った読書家が、読みつけた本を繰るように、オーウェンは一定のスピードで着実に、ファイルを自信たっぷりにスクロールしていく。内容はすでに全部、頭に入っている。
1年前、オーウェンがイアーゴをロッカーに貼ろうと決めたとき、コーネリアと私は揃って首をひねった。イアーゴを、アイドルを貼るのが定番の、学校のロッカーに？　オーウェンいわく、イアーゴは、ほかのどんな悪の手先キャラとも違う。「ディズニーが初めて『お笑い担当』の役をふった悪の手先キャラなんだ。ユーモアのセンスがあるやつは、誰だっていいところがあるはずだよ」。その後何年も、繰り返し聞かされることになる言葉だ。ほとんど一字一句、たがえずに。
今、オーウェンはその件を処理中だ。脚本の前半部分、アラジンが迷路に閉じこめられ、仲間の囚人に会う場面でスクロールが止まる。実は、弱々しい年寄りの囚人は、ジャファーが化けていた。映画の出だしでは、老人がアラジンに伝説的な「魔法の洞窟」について教え、洞窟に入ってジーニーのランプを持ってくる「強い足と強い背中」を持つ者が必要だと頼む。アラジンが承知すると、老人は地下牢の隠し扉を開いて、運命の地へと道案内する。
老人に化けたジャファーが最初に登場する箇所の冒頭に、オーウェンはスペースを空けて文字を打ちこみはじめる。

スマッグス「**話を聞け。ここを脱けだせるぞ**」

老人はもはや、ジャファーの変装ではない。個性を持った新たなキャラクターだ。これからこの新天地で、オーウェンは新しい場面を構築しはじめる。

イアーゴは地下牢に頭を突っこみ、すぐにも処刑される身のアラジンを観察する。

スマッグス「この地下牢の奥深く、宝箱が眠っている」
イアーゴ「お宝だと。やばい、やばいぞ。俺はそいつに目がないんだ」
老人はオウムに、もしアラジンと自分の脱走に手を貸せば、分け前をやると言う。
スマッグス「お前は本当は悪いやつじゃない。ただ悪者の下で働いているだけだ。この宝物があれば、自由になれるぞ」
イアーゴ「俺が悪くないって、何でわかるんだよ？」
スマッグス「お前は面白いからの。ユーモアのセンスがある者は、誰だっていいところがあるはずだ」
アラジン「お前を僕の相棒で友だちにしてやるよ」
イアーゴ「ずっと本当の友だちが欲しかったんだ」

オーウェンは1度も台本を書いたことはないが、頭につまっている。頭の中を流れているものが、ページ上に吐きだされ、まるで、映画はこうだったかも、こうあるべきだったのでは、と主張しているようだ。数年後、「アラジン」の台本を変えたこの夜のことを話したときでさえ、オーウェンは解決すべき問題があったと言った。随分前から、オーウェンはこのオウムを秘密の話し相手に変えていた。何年も前のあの晩、ベッドスプレッドの下から私はそれをこの目で見た。だが、悪者の手下を大事な友だちにはできない。無数に映画を観てきたある時点で、善と悪、人の適応力についての洞察が、形を取った。いつとオーウェンにはわかっているか？　いや、わからない。実際にあった状況で実在の人物を観察して、当てはめたのか？　それもわからない。わかるのは、オーウェンが密かに筋を変え、悪者の手下が寝返って、地下室から囚人を解放し、ヒーローが宿命を果たす手助けをした、それだけだ。

・・・

地下室の、子ども用に用意したコンピューターの脇に、印刷物が山と積まれているのを見たのは、それから数週間先だった。1990年のディズニー映画「ビアンカの大冒険 ゴールデン・イーグルを救え！」の脚本だ。私は脚本《ホン》が印刷されているのに驚いた――これまで1度もない。だが1枚目が何か変だし、フォーマットがずれている。

オーウェンが、脇役の殿堂の中でもひいきにしているエリマキトカゲ、フランクのセリフだ。本編のヒーローで、密猟者のマクリーチから巨大なワシを守ろうとする少年をよく知っていると、フランクが力説している。

フランク「心の底はわからないよ――俺はシンリガクシャじゃないからね、意味がわかるかい――でもあの子のことは、すごくよく知ってる。それともうひとつ――俺はいつも、本当のことしか言わないぜ。とにかく、マクリーチがあの子に、偉大な鳥が死んだらしいって悪い嘘を吹き込んで、鳥を探しに走っていったあの子を追っかけたんだよ」

セリフは何ページも続く。実際には、変更箇所が1つと、追加の場面がふたつあり、あわせて、映画の致命的な問題を解決している。事実上話がちっとも進まない主要シーンで、フランク――お笑い担当の重要なキャラクター――が意味もなく、漠然と登場したり消えたりするのだ。

ページをめくっていき、私は安堵と父親としてのプライドに包まれるとともに、一抹の深い悲しみも覚えた。想像したよりも豊かで複雑な内面世界をちらりと覗いた途端、その偏狭さが瞬時に見てとれる。オーウェンはこれを、誰も知らない映画の、印象薄いキャラクターの声でしか表現できない。

だがそこには、セリフには、喜びがある。それは間違えようがない。ただただ純粋で、善だ。確かに、オーウェンは幸せな気分になれる。

その夜、コーネリアと私は脚本をじっくり読みこんで、これは変化の最初の兆しだと、強い望みを抱きはじめる。オーウェンが全身タイツみたいにまとっている、もろいリテラリズム（直写主義）を脱ぎはじめたのかもしれない。ディズニー映画の脚本を、コーネリアと私がオーウェンを見つけて合流できる場の、土台の一部に――オーウェンと私たちふたりで――組み入れ、基礎学力でどんどん栄養を与えていった。イアーゴの脚本の存在は何年も知らなかったのだが、この驚くほどこみ入った「ビアンカの大冒険　ゴールデン・イーグルを救え！」のリライトは、同じ急激な進歩を示している。

オーウェンはここでは繰り返しても、模倣してもいない。創作している。彼の中でどんな変化が起きて、自分を駆りたてているのかはわからないが、慣れ親しんだ物語に手を加えはじめ、オーウェンが人生でたくさんの時間を過ごす風景を改造している。

夜中、キッチンに座り、コーネリアは訓練された目で脚本を調べ、オーウェンが学校で習った知識を場面づくりに生かしている箇所を見つける。たとえば、この映画のメインキャラクターはほとんどネズミだが、エリマキトカゲはねずみを食べることを、オーウェンは学んだ。コーネリアがフランクを使って、トカゲについて調べさせたためだ。セリフを書き直し、うまくこの問題に対処している。

3匹のうち、1匹のネズミが言った、「盲目じゃなくて良かった」

フランクがジョークで返す。「腹が減ってなくてよかった」

コーネリアはあきれて天をあおぎ、脚本をキッチンカウンターの下に置く。「オーウェンは地下室で、自分の小さなホームスクールを開いてるみたいね。どっちのほうがためになってるのかしら——日中に私と学ぶほうか、夜にひとりで学ぶほうか」

「ふたつがとうとう手に手を取って動きだしたみたいだな」。私が言う。「そうね、それは前向きな見方よね」。彼女が答える。「でもどうやったら、アニメーション映画や、あの子の頭の中の声とは違うものを、これだけ明晰に書かせることができるかしら?」

おりを見て、ふたりであいつと話をしようか、と私が聞く。脇役が描かれたスケッチ帳を見つけたときみたいに、うちに秘めた思いを説明できるかどうか、聞いてみる。

「いいえ、あなたがやって。それはセラピーみたいなものでしょ。私はあの子の先生だもの」。コーネリアが顔をしかめる。「それに明日、学校があるから早起きしなきゃ」

すぐ、私はシステム・キッチンにひとり脚本とともにとり残される。最初に思ったのは、見つけた場所に戻し、私が見たことをオーウェンにけどらせずに、話すちょうどいい頃あいを見計らうというものだった。または、情報源から政府の書類を渡され、痕跡を隠すみたいに、見たことはだんまりを通す。そして、その思いつき——この場合には不適切な思いつき——にひるむ。

嫌というほど秘密と関わった私は、もうウンザリだった。去年から続いた連邦政府の調査は終わった。私の手元に書類を残す権利についての争いは、弁護士たちに任せてある。確かめるすべはないが、彼らは私が盗聴されていると確信していた。私は新著にとりかかり、9・11への対応が、国家と政府をいかに再構築していったかを主題に選んだ。それはつまり、去年の私は日なたと日かげの間を歩いてきたという意味だ。諜報部員たち——隠ぺいとミスリードのゲームのプロ——と内密に話し、拾い集めた情報の断片をパターンに当てはめ、大きな真実をいぶりだそうとしている。

だが、この家のキッチンの主は私だ。オーウェンの秘密のマトリックスで何が起きているか、知る権利がある。壊れもの扱いは止めなければ。口の重い密告者よろしく押しどころを間違えたら殻に閉じこもるかも、とビクつくのは。

翌日の放課後、私はすぱっとオーウェンに脚本を手渡す。

「お前が手を加えた部分を読んだぞ、オーウェン」

息子は脚本を見て、私を見る。私は彼の秘密の世界、自分がコントロールしたい場所に押し入っているのをわきまえていた。だが息子を知るには、そこで起きていることを知らないといけない。

オーウェンはみじろぎする。「僕はまだ『ビアンカの大冒険　ゴールデン・イーグルを救え！』を愛してる！　何も悪いこと、してないよね？」

私は虚を衝かれた——息子は愛するディズニーを、脚本を変えたことで裏切った気がしている。

大丈夫だ、１９９０年に作られた映画と脚本は手つかずだからと私は言う。

「お前は、自分自身の創作をはじめたんだ——フランクをもっと面白くて、生き生きさせてやったのがそうだよ」

私たちはオーウェンの部屋に立っている。息子は上着を脱ぎ、バックパックは床に投げだしてある。金曜日の儀式、ビデオ店を訪ね、ピザをほおばる時間が迫る。

私たちはしばし、ただぼうっと立っている。

「フランクは、むげにされてる。脇役の何人かはちゃんと扱われてない」。オーウェンが言う。「ヒーローが宿命を果たすのに、もっと重要な役目を与えたんだ」

オーウェンは間をおく。ほかにも考えがあるようだ。私は待つ。

「パパ、フランクはもっと、言いたいことがあったんだよ」

・・・

夕まぐれ、両親を後ろにしたがえた子どもたちが次々に到着し、我が家の玄関先をうめる。彼らは全員、ハロウィーンでお菓子をせがむにはとうの立ちすぎた14歳だが、ホラーや、10代のしらけた雰囲気とは無縁の、手のこんだ派手な衣装を着ていた。ディズニー・キャラクターの仮装がちらほら、シンプルな幽霊がふたり、プリンセスさえいる。「ホーム・オン・ザ・レンジ」の脇役で、機転のきくノウサギのラッキー・ジャックに扮したホストが、みんなに早いとこホットドッグを食べてくれとせかす。「なるたけ早く出なくちゃ」と、オーウェンが言う。「今夜は僕らの夜だ」

オーウェンは普段そんなに押しが強くないし、リーダーシップもとらない。だがこれは毎年オーウェンが主催しているハロウィーン・パーティで、もう6年にもおよぶ伝統行事なのだ。何ヶ月も前から、最後の1分に至るまで計画を立ててある。毎年、1年で一番好きな夜だ。ゲストは感謝している。この子たちはあまりパーティにお呼ばれしない。オーウェンの忠実なる「健常」児の友だち、お隣のネーサン以外、みんな自閉症だ。

オーウェンがみんなに対し「友好的」と表現するには、「友情」というものへの一般的な概念に、少々手直しが必要だ。ゲストのうち、数名はアイビーマウント時代の友だちで、中には過去数年の間にお泊まりした子もいる。年に1度、この夜だけ会う子が2、3人。ふたりの少年ブライアンとロバートは、ソーシャルスキル・グループの仲間だ。だが、千客万来。オーウェンいわく、「脇役はひとりも見捨てない」

当初から、コーネリアと私はこのハロウィーン・パーティを毎回、子どもと大人両方のために開いてきた。この頃には、父兄全員とは顔見知りだ。言葉を交わさずとも、子どもから絶対目を離さず、心の内深くで何が起きているか、合図を見逃すまいと集中し、未来が見えないという不確かさと常に闘うプレッシャーを、お互いの中に認めている。

これを丸ごとわかっている同志知己を得るのは、祝うに値する——というわけで、ホットドッグのつけあわせに、輸入ビール、ワインの瓶、ケサディーヤ、チップス、ワカモーレが供される。「みなさん、リラックスしたらいかが？」。子どもの食べ残したお皿を集めながら、コーネリアが言う。「僕がウォルターと子どもたちを連れてくよ」。私がつけ加える。「みんなは1時間ほど骨休めしたらいい」。これは、感謝のうなずきを呼ぶ。ああ、それで充分だよ。

ママたちのひとり、スーザンが私を隅に呼ぶ。娘のミーガンは、美しい黒髪を持つ14歳の女の子で、言葉を話さない。ミーガンはプリンセス——アリエル——の仮装を何年もしている。お気に入りのキャラクターなのだ。「ミーガンは滅多に私から離れないの。この辺は不案内だし」

「大丈夫だよ、スーザン。あいつとよく見てるから」。数メートル向こうでホットドッグをほおばっているウォルトが、まかしとけ、と頷く。

しばらくして、足もとの落ち葉を踏みならし、オーウェンを先頭に、一行は外へくり出す。だがこの子たちの間では、誰が先で誰があとかは、ほとんど意味をなさない。ふつうの子どもがやりがちな手段、優劣でお互いを計ったりしないからだ。この子は腕を急にバタつかせ、あの子は独り言をブツブツ言いっぱなし。かわいいお嬢さんは言葉が話せない。そんな集まりだったらどうなるの？　古いバプティスト派の賛美歌みたいになるのさ。「天国はわけへだてしない」

そうだ、この子らにとって、今夜は天国だ。アメリカが独自開発したお祭り。繊細な感覚を痛めつけられ、白い目を浴びるのになれた自閉症児は、遊び方をわかっている。お気に入りの物語にしがみつき、その中を生き、そのうち、新しくなった世界にいる自分たちを想像しはじめる。

工芸品ばりのジャック・オー・ランタン、柵に張ったクモの巣、空気でふくらんだガイコツで飾られた通りが続き、まるで町内祭りが延々と伸びていくようだ。この界隈の古いレンガ造りの家には、ワシントンDCの公務員、弁護士、ジャーナリストといった人々が多く住みつき、元演劇関係者も若干いる。2、3ブロックごとにお化け屋敷が出現して、近所のトリック・オア・トリーターたちを引き寄せる。

仮装した人混みの間を、子どもたちはすいすいぬって、彼らの目には、今は適切かつ想像力豊かに飾りつけられた背景を泳いでいく。

ここでは、ウォルト・ディズニー・ワールドに行ったときのように、オーウェンは独り言も、セリフの暗唱もしない。セリフを唱えて映画を呼び出す必要はない。映画の中を歩くオーウェンは笑って、超がつくほど気合いが入っている。

それゆえ、最初に問題に気がついたのは、ラッキー・ジャックだ。

オーウェンが、まん丸に見開いた目をウォルトに向け、「アリエルがいない」

ウォルトが私の袖を掴む。「ミーガンがいなくなった!」

完全なパニックの瞬間。どこにいるんだ。通りは混みあっている。近くのロッククリーク・パークには、深い森がある。「探しに行く」。私は声を張り上げる。「誰かみんなを見ててくれ」

いつもは視線をさけるオーウェンが、兄をひたと見すえる。「今夜、兄さんがヒーローだよ」。一本調子で言う。ウォルトが頷く。ふたりの相容れない世界(オーウェンは母親との二人三脚で、毎日自分の想像力にあらがったり共闘したりし、今や高校のアメフト選手で人気者のウォルトは、体格がよくてチャーミングでハンサムで、野心に燃えている）が、ひとつに混じりあう。ウォルトは走り出し、すばしっこく確信に満ちて、人混みに消える。

人混みが増えたようだ。ウォルトが行って2分たち、それから5分になる。

「あの子は話せない」。私はそっと、ひとりごち、素早く考えをめぐらす。あの子は自分がどこにいるかわからない。森で迷子になっているかもしれない。警察を呼ばなけりゃ。

オーウェンが私をじっと見つめる。まるで私の目の背後を捕らえようとするみたいに。

「心配しないで、父さん。ウォルターがヒーローになるよ」。オーウェンが言う。

「オーウェン、それは映画の話だろ。これは現実なんだ！」

彼は黙り、「リトル・マーメイド」をとっつきに選ぶ。「ウォルターはエリック王子にすごく似ているよね」。オーウェンは映画のヒーローについて話し、2、3きわだった共通点をあげる。「ウォルターは楽しいことが好きで、勇気がある。エリックみたいに、でしょ?」

「そうだな、オーウェン。そうだと思う」。今、ディズニーの映画の話をするのは、一番やりたくないことだ。

彼は私の肩に手をかけ、もう1分が経過する。子どもたちがソワソワしだす。私はミーガンの母親に何と言おうか考える。すると、みんながいっせいに目撃する――人混みから現れたウォルトが、ミーガンの手を握っている。

アリエルの帰還がグループに歓迎される。オーウェンはとんちゃくしない。兄を見ている。ウォルトとオーウェンはハイタッチする。「兄さんはヒーローだ、ウォルター。ヒーローは、何でもできるんだ！」

2週間後、夕食の席の会話が、いつもの話題に転じる。手描きアニメーションの復権と「手描きアニメの新たなる黄金時代」への野望を、オーウェンがあかずに繰り返す。

みんなは拝聴する。オーウェンはこの件について情熱を注いでおり、論より証拠に、家中息子が描いた絵でいっぱいだ。お絵かきマニアがはじまってから3年たち、それはつまりコーネリアと私宛の誕生日カードと旗日のカードが、3セットに増えたことを意味する。ウォルトも自分のコレクションがある。みんなが飾りたがり――どれもとても個人的なアート作品で、その日のために選ばれたキャラクターが描かれ、脇には感情を声に出すことが困難な者からの、強い感情のこめられた文が添えられている。

それに、天井に届かんばかりのスケッチ帳の山がある。何十冊にもなった。オーウェンの喜びが奈辺にあるのかはまだ定かではないが、何時間でも鉛筆を握りしめ、脇役キャラたち、今では悪役とヒーローもときたま織りまぜて、正確さの増していくばかりの模写を重ねている。はたからわかるのは、絵を描くときは、オーウェンの顔が、大抵紙の上に形作られていく表情を反映していることだ。どれを描くかの選択――手描きキャラの神殿から――もまた、しばしば何を感じたいかで決められているようだ。声帯模写同様、感情を表現するための言語にしていた。

世界の残りは、もちろん、反対方向に向かっている。1995年にピクサーの「トイ・ストーリー」が劇場にかかって以来、コンピューター・アニメーションの波は大きくなるばかりで、一向に衰える気配はない。サンプルはランダムで小規模ながら、私たちの知る自閉症スペクトラムの子どもたちには、同じ効果を発揮しないらしい。オーウェンは3DCGのアニメーション映画を観て、いくつかは楽しんだ作品もあったが、息子の愛には報いてくれないようで、それで、彼は繰り返し古典へと回帰し、「ホーム・オン・ザ・レンジ」のような手描きのアニメーションをいつくしんでいる。

3Dによるリアルなコンピューター・アニメーションは、オーウェンが毎日直面している刺激過剰な現実世界に似すぎているのかもしれないという仮説を、コーネリアと私は立てている。だが、それ以上のものがある。手描きのキャラクターは、感情表現がより豊かに描かれやすい。その誇張された表現をもってしてこそ、オーウェンの壁を破って心に届く離れ業をやってのけたのであり、それは小さい頃から今に至るまで続いている。彼が言葉を失った日々から、その絆は年月を耐えてきた。「キャラクターたちを感じることができるんだ」。オーウェンが言う。

かくしてバル・ミツバーの年以降、それがオーウェンの選んだ使命となる——「伝統的な手描きアニメーションを、特にディズニーにおいて復活させる」。オーウェンは出し抜けに、ちょくちょくこれを口にする——少なくとも1、2日おきに。彼にとっての公民権運動といってもいい。このスローガンは、オーウェン版の「勝利を我等に《ウィー・シャル・オーバーカム》」なのだ。大抵の子どもは映画館にかかったり、DVD化されたものをただ観るだけだが、オーウェンはアニメーションのウェブサイトもこまめにチェックしている。息子は、彼の手描き世界が衰退しているのを知っている。

むろん、コーネリアと私は心から同情し、そしてそっくり同じ反応をする。「心配いらないよ、オーウェン。手描きアニメーションは復活するさ」。オーウェンは私たちの言うことを何でもうのみにする——これは彼の神経系統の美点でもあり欠点でもある。たとえ、それが彼のこよなく愛するもので、ただひとつ調査をおこたらない分野であり、世間の評価は反対方向を向いているのが、わかっていてさえも。

夕食——ダイニングルームでのちゃんとした晩さん——の席、私たちは「信用して、うまくいくから」を俎上に載せ、オーウェンは「でもどうして」（どうしてコンピューター・アニメーションがとって替わったの）と「でもどうやって」（どうやって手描きアニメーションが復活するの）のコース料理にむしゃぶりつく。

ウォルトはやりとりが、別の夕食にも持ち越されるのを眺めている。ハロウィーンの晩を、ウォルトがまだ引きずっているのはわかっていた。ウォルトがミーガンを見つけるとオーウェンが信じて疑わなかったことについて、数晩前に彼と話しあっていた。それは、おりにふれ、私たちみんなの恐れる悪夢だった。オーウェンを見失い、傷つけられるという悪夢。そして、ウォルトが——小さい頃は消防士になるのが夢だった——無口な少女を無事に連れ戻したとき、どう感じたかを聞いた。

つっこんだ話はしていない。ウォルトは忙しい男だ。若さあふれる17歳で、誰もが経験する試行錯誤の限界に挑戦し、私たちの手のうちを飛び越えて、様々な冒険にくり出している。だがあの夜のイベント、そしてオーウェンの抱擁が、彼をゆり戻したようだった。

「聞けよ、オーウェン」。私たちの「心配ない」デュエットをさえぎって、ウォルトが言う。「業界は事実上、週に2本のコンピューター・アニメーションを送り出している。もしお前が手描きアニメーションの復権を望むなら、前に出なきゃ。音頭を取れ。お前は全人生をアニメーションに入れこんで来た。なにか映画のアイディアはないのか？」

オーウェンが頷いて、ウォルトの言葉を聞いたことを示す。大きく、ハッキリと。

兄が、彼のヒーローが、挑戦状を突きつけている。これは、オーウェンには新しい領域だ。オーウェンは顔をしかめる——唇をすぼめ、アゴを突きだし、目線は下へ——言葉を呼び出しているのだと、私たちはみんな知っている。ジャンプの助走と同じだ。

「ひとつあるよ」。おずおずと、オーウェンが言う。「12人の脇役が、ヒーローを探すんだ。旅に出て障害にあい、それぞれが自分たちの中にヒーローを見つける」

　ウォルトが歓声をあげる。私たちはグラスを掴む。オーウェンは映画のタイトルは言わなかった。でも――ひとつになって――みんなで乾杯する。「脇役に！」

•
•
•

　メリーランド州タコマに診療所を構えるダン・グリフィン医師を訪ね、オーウェンと私は地下の通用口に続く階段を、足もとに注意しながら降りていく。12月の、とりわけ寒くて荒れ模様の午後、クリスマスの1週間前だ。大型の氷雨《アイス・ストーム》をともなう暴風が、東海岸に忍び寄ってきていた。だがどんな天気だろうと、この地下の診療室は、オーウェンにとって避難所、安全な場所になっていた。

　グリフィン先生はいつものように抱擁で迎えてくれ、おのおのいつもの椅子に座る。コーネリアはホームスクールをはじめたとき、的確な運営上の判断を下し、週1のグリフィン先生への通院は「あなたの担当ね」と言った。

　オーウェンはこの臨床心理士のもとへ13歳のときから通いはじめ、コーネリアは何度もここを訪れている。だが妻には息抜きが必要だし、はなからアクション満載の、ときにとっちらかったグリフィンのスタイルは、私との相性がばっちりだ。

　どんなセラピストよりも、この心理士は、つまるところ、一種の「ディズニー・セラピー」、より広義には「こだわりセラピー」と呼んでもいいかもしれないが、それを定着させた。コーネリアと私が、ウォルトも巻き込み自宅でもう何年もやってきたことだ。オーウェンに広汎な知識を教える架け橋に、ディズニー映画の台本《スクリプト》を使うコーネリアの方法と、パッチ・オブ・ヘブン学校で使う自家製教育ツールキットを、グリフィンは定期的に監修している。

毎週、ダンの診療室では、オーウェンにソーシャルスキルとライフスキルを教えるため、スクリプトを試している。違いがひとつ。コーネリアも私も、訓練を受けた教育者でもセラピストでもない。一方、ダンは高度な専門知識を身につけた専門家であり、15年間、手一杯の患者リストのなかで、おびただしい自閉症スペクトラムの子どもたちを扱ってきた。

私たちがかかったたくさんのセラピスト同様、グリフィンははじめ、オーウェンのディズニー映画への執着を多少は憂慮したが、ほかの者たちと違い、興味を示した。グリフィンはセッションの記録をとっており、何年もあとになって私たちに見せてくれたので、当時の彼による所見をすっかり知ることができた。博識な他者から見た私たちの、はじめての検閲なしの姿だ。


オーウェンの余暇の過ごし方について両親と交わした最初の対話で、彼が心底ディズニー映画、特に40年代と50年代のディズニーの古典と、90年代初期のヒット作に目がないという点に注目した。ご両親が言うには、ごく幼いときからのお気に入りの遊びは、ディズニー映画を観て、じっくり眺め、それから場面を再現することだそうだ。セリフを全部暗記していて、全パート、全部の声音《こわね》を演じられる。深くてせまい興味を示すのは、たくさんの自閉症児の典型ではあるが、私は驚いた。私の診たこれまでの子どもたちは、車、ポケモン、科学や歴史の神秘的な領域にとても興味を持っていた。だが、ディズニー映画はそれらとは一線を画す。なぜならそれは、人間関係を描き、複雑な感情を有しているからだ。

私は早々に、この興味をとり入れて実験しようと決めた。まずは単に、語用論的なもの言いでは意思疎通や自己表現が困難な子どもと繋がる手段として。私が好きだったディズニー映画から、お気に入りのシーンをオーウェンに教え、再現してみてと頼むことからはじめた。それならば彼と会話ができる。例えば、「ヘラクレス」で、気落ちしたフィルが、トレーナーの腕をからかわれるシーンを知っているか、尋ねた。オーウェンはそのシーンを知っているどころか、台本を完璧に頭に入れており、声を模写してみせるのに衝撃を覚えた。それにも増して驚いたのは、感情を正確に再現したことだ。例えば、ある場面で、自分が嫌になったフィルを、ヘラクレスが諦めるなと励ます。オーウェンはフィルの絶望、ヘラクレスの同情と励ましを、真に表現しているようだった。オーウェンは本物の感情をセリフにこめ、あたかも本当に危機に瀕しているものの正体を、感情的な意味を、把握しているようだった。この手の情緒面の鋭敏さは、一般的に自閉症児の強みとはみなされていない。私がとりわけ感心したのは、オーウェンがフィルからヘラクレスにシフトでき、それぞれの感情をおさえていたことだ。

ご両親のひとり――ロンだったか――が、私に、数名の専門家から、オーウェンが過度にのめりこむのをやめさせるようアドバイスされたと言った。なぜならそれは、自己刺激的で忌避的――社会的な交流を避けるのに使って、代わりに空想世界にこもる行為だからだ。専門家がそう見るのはわかる。だが私はこう考え、たぶん口にさえしたはずだ。「そうとは言い切れない」。別の方法は、映画をオーウェンが適切な行動をとったときのご褒美に使うことだが、もっと統合した方法で使えると、私は考えた。オーウェンみたいな子どもには、しばしば社会的な状況で生き残るすべを教えるのが関の山だ。だが彼のディズニーへの愛を利用すれば、効果的に、もしくは打撃を受けずに人と関われるだけじゃなく、実際に関わりたいという意欲を喚起できるかもしれない。そう思いついたのは、オーウェンがディズニーを演じたとき、彼と私がより強く繋がったからだ。ふたりで映画について話していると、仕事という気が全然しなくなり、楽しい共同作業みたいだった。演じるとオーウェンはご機嫌になり、私が興味を持つのがうれしい素振りを見せる。ほかのやりとりと比較したら、もう夜と昼みたいに違う。演じる前のオーウェンは、丁重で礼儀正しかったが、従来の意味あいで「自閉的」に見えた――心ここにあらずのときがある。だが演じていると、完全に生き生きとして、ここにいる。

天啓は、私、オーウェン、ロンとのセッション中に起きた。我々は会話における補足的な質問の仕方を練習していた。便利なスキルに思われたが、ちっとも進まない。ロンと私はレポーターと取材に応じる者を演じていた。ふたりは義務的にとぼとぼ歩みを進めており、オーウェンはどうみても興味を持たなかった。みんなの目を覚まそうと、ロンとオーウェンが、ディズニーのセリフを持ちこんだ。「アラジン」のジャファーのシーンで、私はロンがすごくうまくシーンを演じるのに吹っ飛ばされた。驚いたのは、オーウェンが生き生きしただけでなく、ロンもそれまで見たことないほど活気づいて見え、ふたりの結びつきは電気的だった。喜びに溢れ、熱中し、突発的で、笑いあい、普段よりもっと、有機的に結びついているようだった。部屋中が喜びにうち震えていた。

● ● ●

ダンが触れた天啓の瞬間は、私とオーウェンと一緒にやった3ヶ月前のセッション、2005年9月に起きた。その次のセッションで、私はダンに、脇役とヒーローに対するオーウェンの見方、「脇役の守護者」としての役割、物語の構造を自分のアイデンティティの確立に使っているふしがあることを、全部説明した。オーウェンはどう見ても、一番深い感情、恐怖、熱望を、脇役たちに投影している。

10月の頭まで、ディズニーのセリフを応酬しあうセッションが続いたあと、オーウェンに脇役を守り、助言を与える役目を務めさせるという妙案を、ダンが考えついた。話しあいの末、「ライオン・キング」に出てくる若いシンバのお目つけ役で、誇り高いがナイーブなサイチョウ、ザズーに白羽の矢を立てる。オーウェンの返事はこうだ。「ザズーは学ぶことがたくさんある」

オーウェンが彼を教えることになった……自分自身を教える手段として。

すなわち――

ザズー教育

私こと、オーウェン・ハリー・サスキンドは、よき友人ザズーのため、刺激的かつ教育的な経験を与えるという困難だが有意義な役目をつとめることに同意する。このプロジェクトはたくさんの準備と作業を要するが、楽しさ満載で、ザズーには計りしれない恩恵をもたらす。2005―2006年度にかけて、プログラムを施行することに同意する。

ザズーの学習要綱は以下を含むが、これだけに限らない。

1. 実生活
2. 集中法
3. 指示に従う

4. 健康
5. 質問する
6. 友だちを作る
7. 楽しむ
8. 人を愛す
9. 科学
10. 他者を助ける

署名　○○○○○○○○○○○○○　オーウェン・サスキンド
保証人　○○○○○○○○○○○○○○
保証人　○○○○○○○○○○○○○○

オーウェンは鳴り物入りで契約書にサインした。続いてダンと私が、保証人としてサインする。

・・・

12月初旬、本日のセラピー・セッションがはじまり、ザズー教育の進捗状況について話しあう。今日の焦点は、契約条項6番、友だち作りだ。

注意深くお膳立てしたアクティビティの場で会う以外、オーウェンは友だちがいない。隣人のネーサンとは、週に1晩、我が家で開く美術教室のときに顔をあわせる。教室は、ラボ・スクールでメディアアーツを教える20代の男性に任せていた。大柄で陽気なウィスコンシン州出身の男で、ふたりの少年に短編のパラパラアニメを作らせている。ゴードン医師のソーシャルスキル・グループでは、自閉症スペクトラムの少年で、やはりかなりの映画通、ブライアンとロバートとも顔をあわせている。

だが、ザズーに友だち作りを指南する段になると、とたんにたくさんの助言があるみたいだった。「友だちを作りたいなら、お前が先に友だちにならなきゃいけない」。ウォルトのサマー・キャンプで使われたセリフをすくいとって、オーウェンが言う。コーネリアがオーウェンに何度か言った言葉だが、彼が唱えるのを1度も聞いたことがなかった。

「それから相手が興味を持っていることに興味を持たないといけない」。オーウェンがつけ足す。「そうしたらお前が興味を持っていることに、相手も関心を示してくれる」

ダンは長いキャリアの中で、子どもたちが同じことを言うのを何度も聞いてきたかもしれない。だが、この瞬間を特別にしているのは、オーウェンがアドバイスに気持ちをこめていたことだ。ソーシャルスキルの使い古した教訓をただ繰り返すのでなく、オーウェンは本当に自分のものにしているようだ。ダンは「ふたつ目の質問ルール」――より質問をしぼって会話を続ける――を行使して、突っこみを入れていく。「いつそれを試した？　誰と一緒だった？　どう感じた？」。こんな具合に、3人で2、3項目を話しあう。

オーウェンはザズーが、契約条項8番――人を愛する――で問題を抱えていると言う。「シンバを失望させ、恥いっている」からだ。シンバはサイチョウの監視の目をくぐって、危機に陥った――最終的にムファサの死へと行きつく危機だ。

小さな子どもがふたりいるダンは、過去数ヶ月オフの時間を費やして、オーウェンのお気に入りたちを研究してきた。ダンは危険を冒し、ザズーとシンバのかなり複雑な関係性についてくわしく説明させようと、オーウェンに尋ねる。自分自身の期待を裏切り、大切な人をがっかりさせたとき、どんな気持ちがする？　オーウェンが考えている間、私はダンに口パクで「フーィール」と伝える。すぐに私の考えている場面を察したダンは、オーウェンに「ヘラクレス」でフィルに起きたらどうするだろうね、と尋ねる。

オーウェンが笑いはじめる。「やっていい？」

私たちが頷く前に、オーウェンは席を立って走り、ヘラクレスの可能性について疑う群衆にフィルが話しかける場面の、全員のパートを演じる。

フィル「こいつは本物の金の卵さ」
男「おい、あれはアキレスを訓練したやぎ男ピロクテテスじゃないか？」
フィル「気をつけてものを言えよ！」
屈強な男「ああ、そうだ。あのかかと落としは絶妙だったな！　急所をはずしてたぞ！」
フィル「お前のかかとをいてこましたる！　そのマヌケなにやけ面を消してやるぜ！　この――」
ヘラクレス「おいフィル！　フィル！　フィル！　落ちつけよ、フィル」
屈強な男「何様のつもりだ、いかれてんのか？　まったく」
太りじしの女「お兄さん、あたしらはプロのヒーローを求めてんだよ。アマチュアはおよびでないの」
ヘラクレス「ちょっと待てよ。待ってくれ！　チャンスをくれなきゃ、ヒーローだって証明できないじゃないか」

ダンはのちに、この感動的な瞬間をメモに書きつけ、オーウェンがあの場面のフィル、ヘラクレス、3人のエキストラに感情移入できたことに、どれほど驚き、感じいったか話してくれた。

その日のセッションの終わりに、ダンが私を脇に引きよせる。「オーウェンみたいな自閉症の子どもがあれをできるなんて、聞いたことがない――いい意味で、どんどんおかしくなるよ」

●
●
●

コーネリアが、家の裏手にしつらえた私の書斎に腰をかがめて入ってくると、オーウェンの白黒デッサン帳を机に置いた。2006年の2月が終わろうとしている。

いいたぐいの急用だと、ピンとくる――何か希望の持てることがあったんだ。

「これを読んで。最後のページよ」

画帳の最後のページを開く。コーネリアはオーウェンに、自分の出てくる物語を作る宿題を出していた。

「男の子は、将来と自分の人生について、おびえている……」

物語がはじまる。何度かひねりがあった末、少年は森に迷いこみ、石を見つける。魔法の石だ。太陽にかざすと、未来が見える鏡に変わる。少年は石が気に入る。いろんな未来の自分が見え、どれもエキサイティングだった。だが川を渡るとき、少年は足をすべらせて石をなくしてしまう。

「でも、かまわなかった」。物語が終わる。「彼は石をもう必要としない、自分の未来が明るく、喜びに満ちていると知っているからだ」

「行く準備ができたと思うの」

「そうだな。他人に引きつぐ覚悟はできた？」

コーネリアが微笑む。はじめる前は、どんなにホームスクールを嫌がり、自分の生活がなくなってしまうに違いないと震えあがったことか。「でも、本当に寂しくなるって気がついたわ。今までふたりだけでやってきたんだもの。だけどあの子は準備ができた。私たちが頑張ってきたのは、このため――ほかの子どもたちと一緒にさせるためだったのよ」

次の週――2006年3月の第1週、オーウェンの15歳の誕生日の数日前――以前から狙いをつけていたメリーランド州ロックビルの学校、キャサリン・トーマス・スクール（KTS）で面接があると、オーウェンに伝えた。そこにはラボ・スクール高等部の元副校長、ローナ・シュワーツによって昨年新設されたばかりの、高校教育課程がある。シュワーツが校長をつとめるKTSはラボによく似ているが、より幅広いタイプの子どもに門戸を開き、生徒の3分の1はスペクトラムだ。

かなり小規模――せいぜい40名――だが、今後増える予定だと、オーウェンを連れて訪問した私たちに、ローナ・シュワーツが言う。校長じきじきに校内を案内してもらう。広々とした建物は、半分ほど埋まっている。オーウェンは頷きながら、彼にとって学校を象徴する部屋をチェックしていく。教室、図書館、実験室、音楽室、美術室、体育館を見てまわったあと、校長室へ行き、全員で腰を下ろして面談をする。

サリー・スミスの下で働いていたローナは、目前のオーウェンが、どういった子なのかはあくしている。学校は高校1年生から高校4年生まで教える用意があるが、現在は2年生までのクラスしかうまっていない。オーウェンは秋から1年の3組に入ることになると説明する。「それでどうかしら？オーウェン」

「いいです！」。オーウェンは貼りついたような笑みを浮かべる。「ここは僕の学校だと思います！」。

みんながクスクス笑う。私は、こんな調子のオーウェンは見たことがない。まるで契約成立直前のセールスマンみたいだ。落ち着いて、澄んだ目をして、いっそチャーミングだ。コーネリアはとまどった表情の裏で、内心私と同じことを考えている。オーウェンはものすごく、ここに入りたくてしょうがないんだ。ローナはオーウェンと私たちに、1日学校で過ごし、様子を見たいと言う。「お子さんに適した場所かどうか確認するためです」

次にシュワーツと話しあったのは、オーウェンの1日体験入学のあとだ。最悪だった。オーウェンは廊下を行ったり来たりし、腕を振りまわし、「ひどく興奮」したと言う。教室を通りかかり、ソーシャルスキル・グループの友人ブライアンを見つけると、授業の最中に歩いて行き、今度この学校に入るよ、と大声で話しかけた。

すべては突然、虫の息になる。私たちは慌てて弁明する。「これはいつものオーウェンじゃありません……私は毎日一緒にいたのでわかりますが」。コーネリアは言う。「息子はとてもナーバスになって、張りきりすぎちゃったんです」。確かに面談では落ち着いて見えたわ、とローナが言う。もう1度、お試し日のチャンスをもらう。

2回目の体験入学で、オーウェンの態度はやや改善したが、まだ不足だった。だが、3回目の体験入学のあと、ローナが「格段によくなった」と知らせてきた。3日が4週間に延長される。私たちにとって、それは針のむしろのひと月だった。

だが、彼は合格した。オーウェンに吉報を知らせると、有頂天になって、こう言う。「僕は本当にこの学校が好きだ」。ホームスクーリングでは、私たちはいつも、いわゆる社会的側面について心配していた。友だちとの日々の交流がなく、大人とマンツーマンで過ごす時間が多すぎる。過去2年間、コーネリアと私はできるだけ多く、子どもたちと一緒のアクティビティや、「お泊まり会」の予定を組んできた。たとえ、友だち候補の望みが少なくても。そして、彼らはおおむねそこにとどまっていた――友だち候補。私たちとオーウェン共通の望みは、ＫＴＳ高校で、彼と似た子どもたちに混じれば、ついに友だちができるのでは、ということだった。

体験入学でオーウェンの行動がプレッシャーのあまり不安定だったのは、どれだけ入りたがっていたかの現れだったのだろう。

そして、まもなくパッチ・オブ・ヘブンの備品――机、書類棚、ホワイトボード――が、クレイグスリスト（アメリカの掲示板サイト）にアップされる。最終的には、セドリックの昔のご近所で、息子を町の学校に無理して通わせるよりもホームスクールを選んだ母親に、コーネリアはすべて寄付した。ロッカーはいらないというので、地元の教会に残すことにした。

彼らの役目は終わりを告げた。

・・・

６月の明るい朝、目を覚ましたオーウェンは、ベッドから出て、ビデオデッキ一体型の小さなテレビにビデオを差しこむ。今のご時世――すでにＤＶＤ、ネットフリックス、ビデオストリーミングが席巻中――では、時代遅れのセットだ。マサチューセッツ州デダムでオーウェンとウォルトが小さい頃に使っていたのと同年代の代物だった。

それが、オーウェンの好むやり方だ。慣れ親しんだ形状と機能が、彼を安心させる。ビデオ映像の規格は、ＤＶＤのものとはわずかに違う。アスペクト比や画素数など、ほとんど意識しない程度だが、オーウェンには大違いだ。それに、巻き戻し機能があった。ビデオデープはコマ単位で巻き戻しができる。一時停止、逆再生、それから再生とコントロールでき、表情のうんと細かい変化や、発音時の口の形を個別に見られる。

オーウェンはときどき、まだそれをやっていた。もう必要はないが、テレビ画面を鏡代わりに、言葉を発するときの口の形を真似たり、体の動きを画面に合わせたりする。もしくは驚いたりおびえたり、優しい表情のカットを数秒分、何度も繰り返してかける。キャラクターの感情を感じたくて、何度も何度も。

ポータブルテレビが自室にあるのは、好都合だった——今年お許しが出た——ビデオを挿入し、リモコンを掴み、ベッドに戻る。最近、彼は新しい習慣をはじめた。早朝、特定のシーンを音量を落として観て、その日1日に備えるのだ。

今朝は「アラジン」だ。ベッドに腰かけ、リモコンを画面に向けて、早送りボタンを押す。1分ほどかかる——倍速ボタンを押して、速度を上げる——終わり近くまで。

ジャファーとイアーゴが破れたあと、速やかに話の風呂敷きがたたまれる。アラジンは3つ目の願いをどうするか、決めなければいけない——王子になって、ジャスミン姫と結婚するか、約束通りジーニーを奴隷から解放するか。ジーニーは前者を薦める。「これは愛ってやつだ——1万年たってもあんな子にはめぐりあえないぞ」。アラジンは後者を選ぶ。「お前の自由を願おう」。すると、ジーニーは歓声を上げて、お祝いに飛びまわる。

ジーニー「ああ、いい気分！　俺は自由だ！　とうとう自由の身だぞ！　旅に出よう。世界を見るんだ。俺は……」

ジーニーはスーツケースに荷造りするが、見下ろすと、すごく悲しそうなアラジンがいた。

アラジン「ジーニー、僕は――さみしくなるよ」
ジーニー「俺もだ、アル。誰が何と言おうと、俺にとってあんたはいつでも王子だよ」

オーウェンは巻き戻しボタンを押す。もう1度観直す。そして、もう1度。脇のナイトテーブルには、過去2、3日で描きあげたカードの山が載っている。彼のセラピストやそのほか――音楽の先生、美術の先生、水泳のコーチ――パッチ・オブ・ヘブンで過去2年間、毎週会っていた先生方へのお礼のカードだ。彼のチームメンバー。

各カードには、脇役の絵が描かれてる。

臨床心理士のダン・グリフィンは、オーウェンのために、ラミネート加工した単語カードでパラパラ漫画を作ってくれた。お気に入りのディズニー・キャラクターの絵が、教訓――人の話を聞こう、笑えるときはいつでも笑おう、自分でどうしようもないことに、くよくよするな――と共に、1枚ずつ添えてあり、オーウェンはどこへでも持ち歩いた。オーウェンは「ライオン・キング」のラフィキの正確な模写を、ダンに贈る。カードには「ダン先生、友だち作りと、人気者になるのを手伝ってくれてありがとう。僕の尊敬する賢人です」と添え書きしてある。

おのおのに合わせ、注意深く絵を選び、手書きで文字を書いた。ラボ・スクールのメディアアートの教師で、毎週夕方家に来て、オーウェンに紙に書いた絵をフラッシュビデオに変換するやり方を教えてくれたトニー・リエルには、ヴィヴィッドなロイヤルブルーのジーニーを……とのつまり、ジーニーも脇役だ。

オーウェンやほかの子をハイキングに連れだして、自然に親しませ、物語を作って内面の感情をさらけだす手助けをしてくれた精神科医のC・T・ゴードンには、1993年のハンナ・バーベラ作品

「ラングワートの森／ぼくらは小さなレスキュー隊」のコーネリアスの役をおくる。コーネリアスは「若い毛皮族」を森の中の冒険に引きつれ、教育するキャラだ。

年配の、優しいスピーチ・セラピスト兼臨床心理士シャロン・ロックウッドは、オーウェンと一緒に映画を観て、日常生活に応用できそうな場面を分析し、不安に対処できるように手助けしてくれた。いろんな意味で、一番母性的——優しい話し方、如才なく、同情的——なセラピストのため、シャロンはよくコーネリアにあてがわれるキャラクター、「きつねと猟犬」のビッグ・ママをもらう。

リストはまだ続く。ひとりひとり、脇役の殿堂入りを果たす。

午後早く、彼ら——全キャスト——が伴侶同伴で到着しはじめる。友だち連れの者もいる。暖かい日よりで、裏庭では花が満開だった。素朴なイタリア&アイルランド音楽の演奏家で、料理も得意なダンが、パプリカとソーセージの料理を持ってくる。シャロンは精神科医の夫連れで、大きなスイカの皮にフルーツサラダを盛った料理を持参した。

コーネリアがパッチ・オブ・ヘブンの年鑑をまわす。20ページほどの小さなハードカバーを手作りし、オンライン印刷したものだ。オーウェンと撮った彼らの写真の下に、活動内容が書いてある。

来客たちは喉を潤したり、紙皿を平らに持ったままおしゃべりに花を咲かせ——裏庭の石畳のパティオを行き来し、ペアになったり群れたり、渦を巻いている。オーウェンはどことなく超然とした様子で中央にたたずむと周囲の人々を見渡し、ときおり陽光が、わけても女性のイヤリングや男性の腕時計に当たると、面白い形で反射する様子に見入る。ある種の順列に従っているように、一方が大抵先に笑い、それから順番が入れかわる。誰も赤いものは身につけていない。女性がたまに男の腕をさわるが、反対はない。高い梢で鳥がさえずっている。遠くの道を、車が行き過ぎる。クリスティーンは「ホーム・オン・ザ・レンジ」のきれいでとっぽい牛、グレースみたいに動く。カードにそのキャラクターを選んで、オーウェンはよかったと思う。

「オーウェン、オーウェン？　時間よ」。コーネリアだ。お皿に載ったケーキを片手に勝手口から出て来ると、オーウェンにお礼カードのフォルダーを手渡す。

彼はカードをひとりづつ配って歩く。言葉少なに――ただ明るく、「これはあなたのカード！」と言って。だが、何も言う必要はない。カードが彼の代わりに話してくれる。

何年もあと、これらの日々の思い出話ができるようになってから、オーウェンが私に言った。「高校に行けることになって、興奮してたんだ。本当に行きたかったからね。でもセラピストや先生がいなくなることに、おびえてた。みんなは僕のことをわかってくれていたから」

自分のカードを読む面々を代わるがわる見ていきながら、オーウェンは強く実感していた。これは彼のためのパーティだ。みんなが集まったのは、彼のためだ。かつてのウォルトと同じく、オーウェンは高校入学を控えている。本物の高校、高校が備えているべきものは、全部あった。ここのみんなが助けてくれた。

オーウェンはアラジンの声を聞く。彼の心の中にある声だ。彼はヒーローじゃない、断じて。だが、彼らを恋しく思うに違いない。12人の脇役たちが、うち揃い、太陽の下で笑っている。

第8章
不幸中の幸い

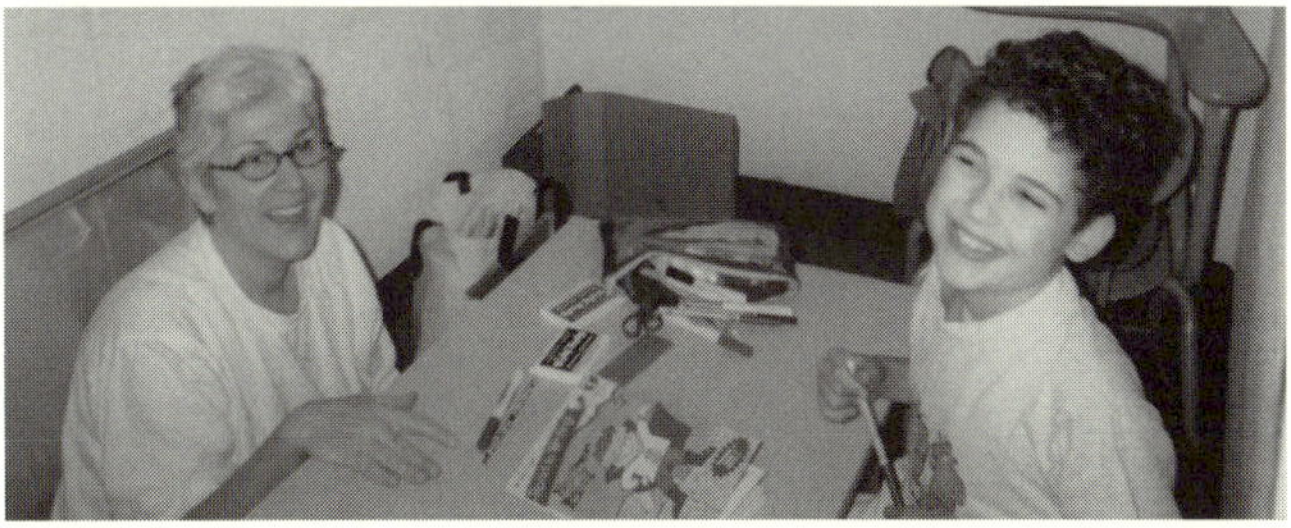

20年近くかけて、「チーム・オーウェン」のメンバーはゆっくりと、息子の能力を伸ばし、次に、社会に出て行くための自信づくりに手を貸してくれた（上：ダン・グリフィンと。下：7歳のオーウェンを教えるスージー・ブラットナー）。

コーネリアが寝ている乗客に目をやると、羽毛のつまったダウンジャケットの襟が、頬に柔らかな段差をこしらえている。くたびれたジーンズの膝の間で揺れているのは、中味がはち切れそうなバックパック――アメリカのどこに行っても見かける、高校生の必須アイテムだ。

彼は確かに、高校生らしく見える。居眠りしているときだけではない。夕食後、ドアを閉めた部屋で宿題をする。毎晩のように、ふたりの友だちのうちの一方に電話し、むだ話をして、それから大抵もう一方に電話する。母親が登校時間に起こすと、うめいて「あと5分だけ」と言う。

２００７年11月初旬、清々しい朝の8時7分。メリーランド州ロックビル行きの州道出口までは、あと10分ほどだ。16歳となったオーウェンが、その地にあるキャサリン・トーマス・スクールの高校2年生に進級して、数ヶ月たつ。

毎朝30分の運転中、普段のオーウェンなら寝入ったりしない。だが昨夜は夜更かしした――今日、数学の大事なテストがある――車内の暖かい子宮の中で安全に眠る息子の浅い寝息を聞いていると、コーネリアもほんわかする。オーウェンは満ち足りて、意欲にあふれて見える――それが、コーネリアの望んだことだ。オーウェンの母親は、あらゆる心配事を抱えている。古いものと新しいもの、加えて、体は早く育つが、心――情緒、知性、アイデンティティ――の大部分が、見ることも届くことも叶わないところにとどまったままの10代に、果たして思春期の伝統的な悩みが訪れるのか、来ないのか。だがコーネリアの不安は、毎日朝と午後の送り迎えをするごとに、少しずつほどけていく、あまりにも長い間連れ歩いたため、旅の道連れみたいな気のする胃のしめつけ感も、一緒に。

頻繁に往復したためボルボが勝手に自走できてしまいそうだが、コーネリアはオーウェンをつついて起こす――「もうすぐよ」――あと2、3度曲がれば学校だ。

「数学テストの準備はバッチリ?」。自身も数学は苦手だったコーネリアが尋ねる。オーウェンは代数を習って2年目だ。父親が手伝っている。

「ううん、えーと、大丈夫だよ、ママ」。不機嫌そうにはき出した声は、低くて変にむきだしだ。ときどき、朝起きた直後、まるで体が自閉症であることを忘れて眠りから覚めたみたいに聞こえるときも、こんな声をする。ただの幻想のひとつと、コーネリアには重々わかっている。スペクトラムの子が、あまりに普通――表情、言葉、しぐさ――にするので、突然呪いが解けたように見える瞬間がある。もちろん、チクリとくる。自閉症は呪いではない――それはありようだ。そして、この頃までに、コーネリアはそんな気分の高ぶりを寄せつけない防波堤を築いていた。

車を降車ラインにするりとつけると、オーウェンがドアを開ける。「放課後またね、ママ!」。けろっとした明るい声は、ほとんど歌わんばかりだ。コーネリアの頭の中の声が言う……学校でも、オーウェンがあの声を使えたらいいのに。

だが、彼女に何が言えるだろう? 学校での様子をコーネリアは知るよしもないし、そうあるべきだ。ときが来れば、子どもは母親から巣立っていかなくてはいけない。そう書かれていない本がどこにある?

数分後、コーネリアは学校からほど近い商店街のカフェ、「パネラ・ブレッド」の仕切り席に落ち着く。KTSの校長ローナ・シュワーツとの待ち合わせまで、45分ある。紅茶とマフィンを前に、コーネリアは妹たちからの昨日の電子メールの返事を、短いテキストで送る。ホームスクールの試みが終わってはや18ヶ月、コーネリアは自分の人生をおおかた取り戻し、それは絶好のタイミングだった。いや、最悪と言うべきか。今年初め、コーネリアの中年の弟ががんで死んだ――2004年に亡くなった姉と同じく。それから2ヶ月前、父親が息を引き取った。やはりがんだった。コーネリアは心が折れて、ちょっと無感覚になっていた。今年は1日24時間、オーウェンのためにいてやれなかった。

オーウェンは何とかKTSに居場所を、救命艇を見つけた。ラッキーだった。不幸中の幸いだ。

コーネリアはハンドバッグから6ページ分の丸めた書類を取り出す。オーウェンの去年の年度末内申書で、高校1年間の全科目が記録されている。

日付を見る。2007年5月。やっぱり、弟のマーティンが死んだあとの、間の悪い時期だった。だが目を通すぐらいはしただろうか？　マーティンの件だけではない。ここ数年、あまりにたくさん不毛な進捗レポートを受け取ったので、彼女はもう見る勇気さえ出せなくなった。

とはいえ急いで詰めこまないといけない。ローナがじきに来る。重要項目――直接的な評価――を拾い読みしたコーネリアの目が、驚きに見開かれる。おおむね好評価だった。しばしば気が散って、注意されないと授業に集中しない。懸命に勉強しないといけない。抽象的な考えが苦手だ、特に数学において。だが、それがまさにオーウェンだ。英語のテストは悪かったが、「音読の時、役ごとに声を当てて読むのがすごく楽しそうだった」

コーネリアは読み進める。コンピューターのクラスでは、技能にばらつきがあるが、「ディズニーの脇役について、素晴らしい発表をしてくれた」。演劇クラスでは、「役の掘り下げに目覚ましい才能を発揮」し、「役者としては、演技法のデモンストレーションで、創造性以上の域をみせた」

ある教師は、年度の出だしは「単独での学習能力は限定的で、しょっちゅう教室を徘徊する」と書いたが、年度末には「最小限の注意と徘徊」まで進歩し、自習もできるようになったと評価していた。

コーネリアは書類を丸めて、注意深くハンドバッグに戻す。13年と4つの学校を経て、これはコーネリアが受け取ったはじめての前向きな内申書かもしれない。希望を抱きたくはない、すぐに打ち砕かれるのがオチだから。だがこの学校では、明らかに前進している。オーウェンの誠実さと努力が、ほとんどすべての評価で報われている――いつも宿題をし、進歩が目に見えない科目でも、全力であたった。学力を向上させ、彼の焼けつくような想像力を学業に結びつけ、不安の抑え方を教えたパッチ・オブ・ヘブンの何が効いたにせよ、今オーウェンは自走している。各教師のコメントに見られるひとつのテーマは、彼の「進歩したい」という意欲だ。彼は本当に進歩したがっている。

ニューヨークなまりの人物が近づいてくるので、顔を上げる。ローナ・シュワーツがコーネリアを抱きしめてブースに座ると、手にはすでにコーヒーが注がれた保温マグカップがあった。短い黒髪、大きな黒目、すばやい笑顔を備えたはしっこい女性だ。

ふたりは数回顔をあわせており、すぐに本題に入る。KTSに戻るまで、20分。ローナは、やっと3年目に入った、生まれて間もない高等部の最新情報をくれる。2年生が29名、3年生が18名、それに新入生が15名と盛況で、学校は現在62名の学生が在籍している。種々雑多な集まりで、そのうち大体4分の1ほどがスペクトラム、残りは注意欠陥障害・多動性障害(ADHD)が大半と、重い医学上の問題を抱える生徒が若干。中には当然ながら、感情面の抑制に問題のある生徒もいるが、ひどい情緒障害のある生徒には、ほかを当たってもらう。KTSは、本質的に、この地域において、ほかの特別支援学校のどこにも合わない子どもたちのための学校になった。

年に3万5000ドル近くかかる学費は公立学校としては法外な額のため、生徒の大半は、ワシントンDCかメリーランド州の資金援助を受けている。

うちは自己負担で支払う3分の1の保護者グループに属す。だがこれだけ小規模な学校においては、お金の効用を実感できる。生徒対教師の比率は4対1で、教師はアーティストから引退したプロまで15名、大半が熱意に満ちている。標準的な高校教育課程に準拠しているが、スリム化してペースを落とした。生徒の中には、オーウェンも含め、高校卒業資格の取得に向けて、まい進している。そのほかの生徒は修了資格コースだ。

オーウェンはよくやっていると、ローナがコーネリアに太鼓判を押す。本当に。ローナは1年目の成長ぶりに触れるが、一番の成果は、友だちができたことだと、ふたりともわかっている。オーウェンは、ひとりの生徒が入学するのを知っていた——ソーシャルスキル・グループのスペクトラム少年、ブライアンだ。ローナは大まかに、もうひとりの素晴らしい友だち、コナーとオーウェンをどう引きあわせたか、説明する。小学校からKTSに通うコナーが、オーウェン同様映画ファンで、優しくて明るいことも知っていた。だがオーウェンに水を向けると、もう友だち（ブライアン）がいると言い、別の子を仲間に入れたらその友情を失うのではと、おびえてしまった。

シュワーツ校長は、以前にもスペクトラムの子たちに見られた反応だとコーネリアに言う。彼らは不確実性と落とし穴のリスクより、コントロールの利く同一性を選ぶ。オーウェンを校長室に呼んで、ベン図の重なりあう円を描くと、ブライアンとコナーは重なりあっても個を保ち、ふたりともにオーウェンの円と重なりあえることを示した。重なる部分には、オーウェンの好きな色を塗らせた。彼はグリーンを選び、シュワーツはそこが友情の生まれるところだと説明する。

コーネリアにわかっていたのは、オーウェンもコナーもブライアンも映画狂で、自分たちを「映画の神々《ムービー・ゴッズ》」と呼び、映画を媒介にトリオを結成したということだ。

オーウェンの人生で、最高のできごとだろう。長年友だちを求め続けていたが、今はふたりもいる。「どんな経緯だったのか、あなたがどうやってコナーを見つけてきたのか知らなかったわ」。コーネリアが言う、テーブルごしにそっと手を伸ばして、ローナの手を握る。「ありがとう」

•
•
•

とうとう、うまくいった。オーウェンにぴったりの学校。鍵は、彼にあうコントロールされた環境のもと、学校の1日——授業、友だちとのお昼、アクティビティ——を送れる点にある。コントロールされ過ぎてもいない、絶妙なさじ加減。そして、KTSは生徒たちが一番必要とする調整をほどこした。自分たちのペースで進んでいくチャンスを与えたのだ。この年代の健常児よりも、オーウェンたちにとって、ペース配分は死活問題だ。学習障害の子どもについて、その点を心得ている人はたくさんいる。そのためテストの際は、延長時間が与えられる。

健常児にとって、延長時間はたいして必要ではない。彼らは素早く、柔軟に対処できる。問題を解けるにせよ解けないにせよ、次の質問に移る。学習障害の生徒は、情報を処理してひとつにするまでにばらつきがあり、そのため延長時間が重要となり——独特な学習法を通して、自分たちの隠れた知性に辿りつき……テストで結果を出すことができる。自閉症児たちについては、さらにかけ算して考慮してやらないといけない——読み書きともに、彼らが情報を処理する方法はかなりこみ入っており、潜在的な知性はしばしばもっと深く沈みこんでいるか、ばらついて出てくるからだ。

それはつまり、KTSの各教室で、様々な方向に様々なスピードで進む子どもたちに対し、交通整理が行われることを意味する。だが充分な時間が与えられれば、彼らはしばしば思いもつかないような道筋をたどって、正しい答えへ行きつける。

学業においては、そんなあんばいだ。だが似たような力学は、学校内で起こるすべて、あらゆる高校で形作られる小さな社会に当てはまる。ここでは何が違い、何が必要か？　KTSではすべて、社交も含めて一日盛り分ゆるめ、スローダウンさせなければいけない。

生徒の多くが社交面では石橋を叩いて渡る注意深さ、霧を取り払うのための遅延スイッチを持ちあわせている。そしてそれは、優しさに変換される。攻撃性とは、結局、比較問題に基づく自信またはフラストレーションの過剰な流れから生じる。その最後の理由により、発達障害の子どもたちは、普通の形でのヒエラルキーを作らない。高校ではつきものの、絶え間ない優劣争いや順位争いが存在しない。彼らの心臓は力強く真っ直ぐ脈打ち、そしてたぶん、ほかの者たちより少しばかり、あけすけだ。

そして、日に日に実感するのは、ローナがコーネリアに言ったことだ。この注意深くコントロールされたエコシステムで、オーウェンは花開いている。

• • •

２００７年12月初旬のある朝、７時10分にオーウェンは目を覚ます。７時15分にはベッドを出て、７時25分には朝食をすませ（彼は早食いだ）、７時45分にはシャワーを終えて服を着、７時50分には車に乗り（今日は父親の運転）、８時20分には学校に着く。

それは、何の変哲もない日だった。もしくは1年後、オーウェンが日常生活の細部をそう説明した。これも、抜群の記憶力のたまものだ。オーウェンはたくさん覚えていられる。覚えていたくないこともひっくるめ。

そして、この冬らしい日、ごったがえす廊下をぬって、ロッカーに向かう。帽子の中に手袋をしまい、上着の腕にニットの固まりを押しこんで、ロッカーに吊す。それから教室に行き、ブライアンとコナーに合流する（同じ教室だ）。３人はドリームワークスの新作アニメーション、２００７年のホリデー・シーズンに公開されたばかりの「ビー・ムービー」の話をする。彼らの意見では、観るところなしだった。オーウェンはしばらくぶりに昨夜「白雪姫」を観たと言う。今でも名作だ。ブライアンも「白雪姫」は好きだ。オーウェンがグランピーの声真似をする。コナーとブライアンが笑う。ふたりには第一声から、グランピーだとわかる。ふたりとも、ほかのドワーフのセリフで息をあわせる。

1時限目は音楽だ。オーウェンは音楽室に行って、着席する。心はあっちこっちへ移動する。「白雪姫」。グランピー。コナーはどうして「スーパーマン」映画の1作目が好きなんだろう。オーウェンは部屋をひと回りする。ドラム、ピアノ、そのほか2、3種類の楽器がある。ほかの生徒もすぐにやって来る。男子5人と女子ふたり。

オーウェンは生徒と交わらない。礼儀正しくふるまい――常に礼儀正しい。だが彼はひとりを保つ。彼にはふたりの友人がいる。

隣に座る男子生徒――ウィリアム――はスポーツ青年で、体格はウォルトほどもある。すごく人気者だ。ウィリアムが、机ごしにオーウェンのほうへ身を乗りだす。

「よお、オーウェン、教えときたいことがあるんだ」。ウィリアムが囁く。「お前がどこに住んでるか、知ってるぜ」

オーウェンが振り向く。ウィリアムの表情が読めない。感じのいい顔で、ジョークを言ってるのかもしれないが、オーウェンはよくわからない。オーウェンの父親はいつもこう言っている。「もし冗談を言ってると思ったら、そうだと仮定しろ。冗談として応対してみて、違ったらわかるから」

「からかってるのかい?」。オーウェンが聞く。

ウィリアムは首を振る。ジョークじゃない。

「でな、聞けよオーウェン、お前の両親を知ってるぞ。そうさ。それだけじゃない。両親はお前を愛してない。お前を捨てて行くつもりだ。ある日家に帰ったら、家には鍵がかかっているぞ」

オーウェンは胸のうちにパニックが湧きあがるのを感じる。彼は嘘がつけず、他人が彼に嘘を言っているかどうか、簡単に区別できない。これはおそらく、子どもでも大人でも、自閉症の者が直面する一番の脅威だろう。彼らは何でもうのみにする。オーウェンは嘘が何かは知っている、もちろん。だがそれにあっても彼にはわからない。

「両親は僕を愛してるよ。僕はいい人間で、大きなハートを持ち、アニメーション映画が好きで、大抵はディズニーのが好きだ」。盾をかかげて身を守るように、オーウェンはありったけの決意を奮い起こして言う。

それはただ、脇をさらしただけだ。「ああ、お前はいつもディズニーの話をしているな。お前が好きだってのは知ってる。実際、お前のことは全部知ってるぜ、オーウェン」。ウィリアムが続ける。「言っただろう、お前がどこに住んでるか知っているって。もし両親に告げ口してみろ、家に行って火をつけてやるからな」

オーウェンは1日を乗り切る――世界史、数学、美術、昼食、科学、体育、英語――ぼうっとしながら。彼の目は左右に激しく動き、頭ではウィリアムのセリフがせわしなくループしている。ウィリアムは本当に父さんと母さんを知っているの？　もし両親に話したら、家を焼く？

●　●　●

2008年4月の朝、コーネリアと私は車に同乗している。オーウェンは後部座席に座り、景色を眺めている。

オーウェンはぐちゃぐちゃだ。理由はわからない。ただ彼がぐちゃぐちゃなのはわかる。学校はどうかと尋ねると、例の貼りついたニッコリ笑いをして、眉を上げ、左右に引きつった唇から歯をのぞかせる。「学校はすごい！　全部が絶好調！」。オーウェンは毎回そう言う、しれっとして。だがオーウェンは、食事をしない。眠らない。私たちは堂々めぐりだ。もう何ヶ月も続いている。薬のせいかもしれない――少量のプロザック（抗うつ剤）では、成長に追いつかないのかも。もっと増やすべきだろうか、もしくはほかの薬を試そうか。

そして、オーウェンがディズニーの話をしない。私が声帯模写をしたときでさえ、乗ってきてかけあいをしてくれない。私はオーウェンのお気に入りの父親役をやる――ムファサ、トリトン王――そして、私のもの真似ゼリフは宙ぶらりんになってしまう。

月曜午後のダン・グリフィンとのセッションも同様だ。ディズニーは棚上げされる。オーウェンの反応は、うわすべりだ。

今日は3人で相乗りしている。学校から、朝の面談に呼びつけられた。理由は言われなかった。ただオーウェンがおかしな振るまいをしているとだけ告げ、学校に来たときに説明すると言う。私たちはダンにも来てくれるように頼んだ。

午前9時、子どもたちはそれぞれ1限目の教室にぞろぞろと向かい、私たち3人――ダンはちょうど着いたところだ――は、会議室にぞろぞろと向かう。ローナが難しい顔で現れる。オーウェンのソーシャルワーカーと一緒だ。（KTSの生徒はおのおの小さなソーシャルスキル・グループに属し――普通は3、4人ずつ――ソーシャルワーカーが舵取りをする）

ローナが単刀直入に切りだす。オーウェンが鉛筆で、同級生を突こうとした。皮膚を破らなかったため、ケガはない。「ですが、これはまったく彼らしくありません」。彼女が言う。「コーネリアのご家族が続けて亡くなり、おふたりが辛い経験をされてきたのは承知しています。ご家庭では、すべてうまくいっていますか？」

コーネリアが驚く。「オーウェンが鉛筆で誰かを突こうとした？　そんなことをオーウェンがするはずがないわ」

ローナは一部、同意する。「私たちの反応もそうでした」。そう返すと、もう少し細部の説明をする。科学のクラスで、オーウェンを「からかって」いたらしき生徒がふたりいた。「ですが、この種の反応を引きおこすようなことは、何もありませんでした」

私はローナに、自宅では特に変わったことはないと言った。少なくとも、私たちが感知したものは何も。ものごとがオーウェンにどう作用するかは、えてして不透明だ。ウォルトが今年家を出て大学に入ったことへの、潜在的な影響があるのかもしれない。たぶん、薬のせいかもしれない。

重苦しいセラピーになりそうだ、とダンが言う。それに、たいした進展はなしだろう。オーウェンはディズニーと「バットマン」シリーズの最初の2作（ティム・バートン監督作）を交換したようで、ひっきりなしに観ていると、ダンはローナたちに言う。2作とも、かなり暗い映画だ。「オーウェンは映画を通して、内面を伝えてきます」。ダンがつけ加える。「たぶんこれは、ただ反抗期に入ったという印なのかもしれません。違うかもしれませんが」

私たちはみんな、急激な変化の訪れる10代の心を読むのがいかに難しいか、だが子どもが健常者の場合、成長に伴う痛みがどんな形で現れるのか、まあだいたい察しがつくといった、もっと一般的な話をひとしきりする。親元から離れ、自分の限界を試し、性に目覚め、大人世界を軽蔑する。『ライ麦畑でつかまえて』でホールデン・コールフィールドがひと通り経験する基本コースだ。それら全部をスペクトラムの若者、オーウェンに当てはめるには少々難があり、せいぜい、あて推量の域を出ない。

「彼の内部で起こることに関しては、まだあいまいなこととしているのです」。私は不満まじりに言う。

「そこには世界がある——私たちの行けない場所が」

「ご存知のように、私たちは学校でのオーウェンが好きです」。ローナが少しあと、沈黙を破って言う。「知っています」。コーネリアが、まだオーウェンのイメージを修正しきれずに言う——世界一優しい子が——同級生に手を出すなんて。「目についたことがあれば、何でもいいので教えてください。私たちもそうします。鉛筆の件については、何か手を打ってみます」

・・・

角を曲がった長い廊下の奥では、音楽教室に座るオーウェンが息をしようとしている。

ウィリアムが友だちのトニーを仲間に引きいれた。ふたりはオーウェンを毎朝待ちうける。悪だくみの罠がしかけられ、脅されているのを誰かに明かせば、破滅が待っている。その中で、ふたりが即興で手を加える余地は、たっぷりある。毎日、新たなひねりが加えられる。

「よおオーウェン、昨日の夜、お前ん家の前を車で通ったぜ」。ウィリアムが囁きかける。「俺を見なかったか？　もう少しで放火するところだったぜ。俺に嘘ついてんじゃねぇかと思ってさ、もう親に言ったんだろうって。言ったか？」

オーウェンは首を横に振る。「僕は嘘をつかない」

「わかった、じゃあクソ食らえだ」。もうひとりが反応する。

「その言葉は嫌いだ」

「わかった、じゃあクソったれだ」

オーウェンはウィリアムの顔を見ない。緊張した体が頂点に達し、ピアノ線のように張りつめると、もうひとりの少年――オーウェンの後ろに座るトニー――が、彼の肋骨を強くつつく。肺から風がもれて「んーふ」と声が出る。

「やめてくれ」

「オーウェン、何か問題でも？」。先生が聞く。いつもの音楽教師は秋に退職していた。この先生は代理で、音楽の教師は初めてで――たくさんの能力が要求される授業を、もてあましている。

「いいえ、何でもありません」。オーウェンがしゃがれ声を出す。

隣と後ろの席からクスクス笑いが聞こえる。

ウィリアムがトニーを連れこんで以来、オーウェンはそこら中でおびえている――次にウィリアムが誰を引きこむか、わからない。昨日、科学の授業で彼が鉛筆で突いた生徒は、ふたりのうちのひとりですらなかった。ただ、ふたりを知る少年で、少しだけ彼らのように振る舞いだしただけだ。オーウェンは地獄が広がっているように感じ、科学クラスの少年は音楽教室で起きている風をとらえて、仲間に加わろうとしている。

音楽の教師が、みんなに楽器を持つように言う。年末コンサートまで1週間もなく、それぞれ自分のプレゼンテーションの練習に余念がない。終業ベルが鳴ると同時にオーウェンは教室から走り出て、ふたりから見えないところに来ると、廊下を歩きはじめ、呟く。「さあ若いの、元気出せ。ぶち返すんだ。さあ、このならず者をやっつけろ。こいつは楽勝だよ、ちょろいカモだ」

オーウェンの声ではない。ダニー・デヴィートのタフガイ口調――「ヘラクレス」のフィルだ。オーウェンはディズニーを捨てていなかった。地下に潜らせ、乱暴者たちに、ほかの攻撃材料にされるのを防いでいた。オーウェンはもっぱら、フィルに頼っている。フィルは彼に、アドバイザーよろしく語りかける。必ずダニー・デヴィートの声で、映画のあるセリフを唱え、ふたりで話しこむ。相手がならず者で、楽勝だというこのセリフは、オーウェンが何度も繰り返すフレーズのひとつだ。今日、オーウェンは映画の次のセリフ、ヘラクレスの返事を加える。「あんたはいつも正しい、フィル。夢なんてルーキー用だ」

それからフィルの決め台詞が続く。「違う、違う、違うぞ、若いの。諦めないのがルーキーだ。お前を諦めていないから戻って来たんだぞ。俺は遠くまで行ってやる。お前はどうだ?」

そして一日中、オーウェンは会話のその部分を呟く。ひそひそ、ほとんどきこえない声で、100回ばかり。それが恐怖をうち消す唯一の手段らしい。

• • •

5月中旬の午後、送迎エリアに意外な人物がいた。

「ウォルター!」。オーウェンが叫んで、車に走り寄る。生徒を迎えに並ぶ車の6台目からウォルトが飛び出してくると、ふたりは駐車場で抱擁しあう。

オーウェンは全力で抱きしめる。「お手柔らかに、相棒。大丈夫か?」

オーウェンが頷く。「会いたかった」

「俺もだ」

背後で数回クラクションが鳴り、ふたりはアイドリング中の車に飛んで戻る。

「それで、どうだい。変わりないか?」

オーウェンが頷く。「大学、終わったの?」

ウォルトが大学を早めに切り上げて来たと説明する——週末に卒業式があり、数週間家で過ごしたあと、キャンプに出かけてカウンセラーの仕事をする。車は数センチずつしか進まない。Uターンは禁止。列を進み続けるしかない。前方に、人混みができている。放課後の迎えの儀式が、注意深く振りつけられている。事故防止と身体障害の子ども数名の補助のため、教師かヘルパーが全生徒を車までエスコートする。

オーウェンは人混みの中にウィリアムを見て、心がはやりはじめる。これはチャンスだ。一語一句文字通り、オーウェンは両親に言ったら家を焼くと言ったウィリアムの言質を考える。だがあいつは、兄さんに関しては何も触れなかった。オーウェンにとって、これは暗号解読だ。そしてすでに、頭の中でウォルトが何をするか思い描いている。ウィリアムの体格は立派だが、ウォルトのほうが上回り、筋肉隆々で体重は90キロあまりある。オーウェンの概算によると、ほとんどヘラクレス並みだ。だがヘラクレスのことを考えると、若干齟齬《そご》が生じる。ディズニーのヒーローのうち、悪役を殺した者はひとりもいない、少なくとも名作群では。悪役は自分の欲や憎悪、あるいは「ライオン・キング」の場合、悪の手下にかかる。ヒーローは、純粋な悪に対してだろうと決して殺しに手を染めない。トラックを前方にゆっくり進め、ラジオをいじるウォルトをオーウェンが見つめる。もし殺したら、兄はもうヒーローじゃない。そして、ディズニーの論法からはずれることになり、さらに困ったことになる。

オーウェンは助手席の窓からウィリアムをじっと見つめ、視線に気づいた相手が、驚いて見返す。何だこれは？　獲物がにらみ返している？　オーウェンはウィリアムと目を合わせたことがなかった。敵は車内の運転席に座るオーウェンによく似た大男に目をやってから、待ち行列の人混みに戻る。

ウォルトがハンドルを操り車が離れると、オーウェンは体中の力が抜けていくのを感じる。

コーネリアと私が夕食後の皿を食器洗い機に並べていると、オーウェンが明日の午後の全校コンサートで弾く曲を、リビングルームのピアノで練習しているのが聴こえてくる。私たちは興奮を抑えられない。これは長年の練習のたまものだ。ピアノ教師のルスリー・アドラーに5年間、毎週レッスンを受けている。今弾いているようなクラシック曲を、オーウェンは数曲弾けることができた。

翌日、コンサート会場であるKTS体育館の座席に座り、私はコーネリアにオーウェンが「ハティクヴァ（イスラエルの国歌、希望の意）」を見事に弾ききるとふたりとも確信していること、完璧に弾いたらもう2度と弾かなくていいと私がうけあった以上、なおさらだ、という話をする。

学生が入って来て、大半が両親の隣に座る。数名の演奏者は前の席に、残りは番が来たら前に呼ばれる。オーウェンは後者に入る。彼の番はプログラムの最後のほうだ。

だがオーウェンはしゃちほこばって、ソワソワして見える。ほかの生徒が演奏し終えても、拍手しない――普段は拍手が大好きなのに。そして、名前が呼ばれたとき、彼はただ座っている。まるで聞こえなかったみたいに。観客数約120名と、なかなかに大所帯の中央に私たちは座っているので、コンサート監督には彼が見えない。

「オーウェン、出番だぞ」。私は囁く。「名前を呼ばれてる」

オーウェンはただ座って、前を見ている。前にいる教師のひとりが彼を見つけ、歩いてくる。「さあ、オーウィー」。コーネリアが言う。「本番よ」

長い間《ま》のあと、彼は立ち上がり、楽譜を手に、ピアノに向かっておずおずと歩いて行く。腰を下ろし、楽譜を開いて譜面台に置くが、それから何も動きがない。ピアノのそばの舞台下で、出番待ちの生徒のグループが、怪訝そうに彼を見上げる。

20秒が過ぎたところでやっと、途切れがちながら弾きはじめる。何とか弾き終え、飛び上がるように立つと、まばらな拍手の最中に席まで走り戻る。次の生徒がアナウンスされたときは、ほとんど椅子に座っていられない。「もっとも才能ある生徒のひとり」による、自作自演の歌。ピアノのそばに立っていた、大柄でハンサムな若者が、センターステージに立つ。自信と活気に満ちあふれて見え、うぬぼれぶりは、KTSのような学校では異彩を放つ。障害児がその手のこわもてを発散させるのは、すごくまれだからだ。

だが、彼はまんまと成功させる——実にノリのいい騒々しい歌を、巧みに歌い、手拍子を打ち、ついには会場中が立ち上がり、彼にあわせて手を打ち鳴らし、はやしたてる。それがショーのフィナーレとなった。

オーウェンが席で固まっているのに、私はほとんど注意を払わない。その子に目を奪われていた。「彼はどこに『問題』があるんだろう」。私は呟く。「このままMTVにだって出演できそうだ」

・・・

「パーティをキャンセルしようか?」。コーネリアが私に聞く。

「いや、やろう。ほら、人間は食べなくちゃ。だから私は夕食を食べて、仕事に戻るよ」

コーネリアは私を哀れみの目で見たが、たぶん私が地下室にこもっているほうが、妻にとっても平和だった——最新の本を書き終えるため、今はそこにおこもり中だ。カウチで寝るほうが、書斎で寝るより楽だった。すべての本同様、最後に向けて、怒濤の闘いがはじまっていた。処女作のときは、コーネリアにからかわれた。「男がお産を経験するようなものね――案外、楽しめるかもしれないわよ」。目下執筆中なのは4冊目の本で、妻はもう、おちょくったりしない。

私は死人みたいに見え、気分はそれよりさらにひどい。コーネリアは遠巻きに見守り、私が食事をとっているか確認し、夫はいつこの世に帰ってくるのかしらんと思っている。

それは、6月7日の土曜日のことで、キッチンはテレビCM並みに、きっちり区画整理されている――あらゆる種類の鍋が、世界中から集めた食材で煮立っている（どれも「ホールフーズ・マーケット」で購入可能だが）。レンタルした大きなテーブルが、カウチと椅子を壁ぎわに寄せて作った空間に置かれ、リビングルームを占領していた。コーネリアは映画クラブに入っており、会員は全員女性だが、年に1度、連れあい同伴のディナーパーティを開くときだけは、その限りではない。それが今夜だった。

「7時までにシャワーを浴びて、髭をあたってね」。コーネリアが私に指図する。私はおとなしく頷いて、下にひっこむ。

地下室では、どれほどたやすく自分を見失えるものか、身をもって実感しはじめた。洞窟みたいで、地面の高さに申し訳程度についた窓にはブラインドが下ろされ、壁――木のパネルの下には石、レンガ、セメントの層がある――は、音を通さない。

この数日間、私はオーウェンを自室に追い払った――「父さんが地下室を乗っ取った」――そして、この陽光まばゆい午後は、自転車で近所のマーケットに行き、母親のお使いで重たいクリームを買ってくるよう命令した。不要不急の仕事だ。だが1時間ほどあいつの時間をつぶせる。

私は聖なるソファに落ち着く。１９８０年代の初頭、ニューヨークで私たちが付きあっていた当時、独身時代のコーン（コーネリアのこと）が初めて買ったものだ。上質な作りで、25年たった今も、極めていい状態を保っている。私たちもだ。オーウェンとの長い、山あり谷ありの格闘から、現在の汚染された政治環境のただ中に新著が発売されたときの時事バトルの一件まで、結婚生活に襲いかかるストレスは、山ほどあった。だがこの闘いは、何か益があるとすれば、私たちの絆を深めた。

それに、この頃ふたりとも、ツキが回ってきたように感じている。理由は何もないし、その逆の状況ならたくさんある――オーウェンのとっぴで、頭の痛い行動を筆頭に。だが、ものごとはうまくいくもの、という可能性にかけたある種の信頼、それが、私たちのむさぼり飲んでいる杯だ。人事を尽くして天命を待つ。そうすればきっと来る、不幸中の幸いが。

昨秋の、コーネリアの父親の晩年を例にとろう。それは、突然やって来た。ベーナズィール・ブットー（パキスタンの政治家、元首相）が、念願叶ってパキスタンへ帰国することになり、その随行取材の準備中だった私に、コーネリアが待ったをかけた。父親が長くないと知り、何とか延期できないかと言う。いささか後ろ髪を引かれつつ、私はそうした。おかげで、カラチの車列パレードに自爆テロ犯が突っこみ、140名の死者、500名の負傷者が出たとき、ブットーの傍らにいるのをまぬがれた。彼女は最後の瞬間、スピーチを手直しするためにプレクシガラスの仕切りの背後に移動して、この攻撃を生きのびた。私は、彼女についていかなかったはずだ。

2ヶ月後の12月下旬、タリバンの支配下におかれた西パキスタンの街クエッタで、彼女と膝を交えた。あの日も自爆テロに追い回された。あれが、彼女にとって最後の本格的なインタビューとなる。9日後、女史は暗殺された。

その頃までに私は帰国、休日を家で過ごしていた。アフガニスタンから命からがら出国したあと、家族4人揃って暖かい家の中で無事に過ごせ、感無量だった。

クエッタでの長い午後、友好的な将軍の要害堅固な邸宅で、ブットーは汚職疑惑について、また父権的な国家でどうやって2度も首相になりえたのか、そして人生のプラスマイナスについて語った。せんじつめれば、何ごとも貸し借りの問題、誰が誰を助け、誰が誰にどんな借りがあるかが問題になる。家族のためだろうとお国のためだろうと、そこにトラブルの元がある。間違った計算式だ。「でも、ものごとが本当に動くのは、人々が、それはまやかしであり、真の姿は、お互いに助けあっていると自覚するときです。それが、世界のことわり《The Way of the World》なのです」

それで、アメリカに戻ったとき、次回作の本の題名を"The Way of the World"にすると決めた。たぶん、もっとましな題名もあっただろう。だが私はそれを選ぶに至り、ブットーの言葉は、まさに核心を突いていると思う。世界にとっての真実？　そう願おう。だが、私の一番よく知る私自身と、家族の人生にとっての真実か？　誓ってそうだ。

夕食会は、単に腹を満たす以上のものがある――彼らは素敵な友人たちだ。飲んで笑って、私が寝てから何日たつか冗談を言って。午前2時までに、コーネリアは床につき、私は地下室へ戻る。

本の内容が、頭の中を駆け抜ける――キャラクターとプロットが展開し、アフガニスタンの少年と情報局長官、権力がときに主義を見失う過程を記録した書類とその暴露の、500ページ近いパズル。すべてがうまく、きっちり出そろったが、それら全部を繋げ、私たちを自分よりも何か、より大きなものに結びつける最後の総括を、あと10時間で書きあげないといけない。最後の論考を手短にまとめあげる、文字通り締めの3ページを、昼までに。すべての断片がひとつに収まるとき、パズルはどんな姿をさらすだろう？

意識の途切れがちな朝まだき、ごちそうとワインと不眠が私に追いついた。気がつけば、地下のトイレで便器にしがみついている自分がいた。これがそうなのか――朝、映画を観に下りてきたオーウェンが、便器を抱えたまま、こときれた私を発見する。弱気の虫が過ぎ――そしてとある死が回避され――たとき、オーウェンが私を発見する胸の痛むイメージと、パズル思考が彼に向かう。

あいつは一体、どうしちまったんだ？　はまっているのはどれで、欠けているのはどれだ。基本的なレポート作業だ。いびつな箇所、あわないピースは？　ひとつずつあわせていき、こっちやあっちにはめてみろ。どこかに収まるはずだ。

最近、オーウェンが独り言を言うのをよく耳にする。いつも、フィルの声みたいだった。静かに、目立たないようにしているが、ダニー・デヴィートのギシギシ声だとわかる。なぜフィルか？　ええと、彼はヘラクレスに闘い方を仕込む、攻撃的な小男だ。オーウェンが――攻撃性を持たずに生まれた子が――何かの抗争に巻きこまれているのか、それに向かっている？　どうして鉛筆で突こうとしたのか？　あの子の気質とは相容れない――私の知っている限り――から、何かの状況に刺激されたに違いない、彼をとんでもなく緊張させる何かだ。

オーウェンが不安になっている場面をもろもろ思い返し、コンサートの日に行き当たる。オーウェンはリビングルームで目を閉じたまま、10回あの曲を弾けた。それに、決して聴衆の前で固まらない。リビングルームとあの体育館の違いは何だろう？　体育館では、何が起きていた？　だいたいの出演者は覚えている――オーウェンとコーネリアと舞台上の人物以外、私はほとんど注意を払っていなかった。それが私を、会場を支配した驚異的な子どもに引き戻した。そして、その記憶には、ほかのみんなが立ち上がって手拍子をとっていたとき、オーウェンが座って床を見つめていた記憶が付随している。

数日後、本が輪転機にかけられた。私は数日分の長い睡眠をとったところだ。オーウェンは地下室を取り戻した。私たちはソファに並んで座っている。

「最後に歌った少年は誰だったかな？　知ってる？」

オーウェンは目を合わせようとしない。「ううん」

「たくさんの演奏者がお前の音楽クラスにいたんじゃなかったっけ？　クラスにいる？」

間があく。「うん」

「それで、その子は音楽クラスに1年いて、それでもその子を知らないって？」

「もう行っていい？」

「話すまで駄目だ」

1時間かかって、やっと「1度だけ言ったら、もう2度と話さなくていい」というところまで来た。私は誠実さを示して同意する——息子と交わす約束。そして破る。何度も。「ああ、1度だけだ」

オーウェンは5分間、黙って座っている。そして、話しはじめる。手早く、渦を巻いて。一部始終を。それは彼の頭の中で、1日ごとに分類されている。オーウェンは何と言われたか、その言葉を言いたくない。私はあらいざらい、すべての言葉を聞く必要があると言う。そしてそれから、その言葉を息子に向かって繰り返し、ひと言発っするごとに、殴られたような衝撃を感じる。「家を焼いてやる！」。「私たちを殺す！」。そして「人に言ったら殺す！」

オーウェンは泣いていない——彼は滅多に泣かない——が、震えている。言ってしまった。「そしてそれから、それから、それから、それから」。脅しと呪い文句を、ひとつずつ吐き出した。

すべてのつじつまがあう。ふたりの悪童が、オーウェンを罠にかけ、もて遊んだ。オーウェンは言う。もう少しで、ウォルトに言うところだった。もう少しで、浅はかにも——おい、僕はそれほどマヌケじゃないぞ――だが、ウォルトがその子を殺してしまうのを恐れたと、オーウェンが言う。私の目に、一部始終がありありと、送迎エリアでたった今起きているかのように、その光景が浮かぶ。オーウェンがウォルトに言わないでくれて、助かった。「だが、さぞかし辛かっただろう。話せる相手が誰もいなくて」

そしてそれから、息をつめて、オーウェンはフィルのことを話す。彼は私たちには言えなかった。それで、フィルに話した。もちろん……闘いに向けて、フィルに鍛えてもらう。

「フィルに話せた――それが助けになった」。それからもうひとりのトレーニング係の脇役、ラッキー・ジャックにも。それに、ジミニー・クリケットも。「ジミニーはお前の良心にしたがえっていった。それから、『両親に打ち明けろ。わかってくれる』とも」

私は、どうしてジミニーの言うことを聞いて、私たちに話さなかったのか聞いた。「この数ヶ月、お前はずっとひとりで震えていた、1分1秒」

オーウェンは腕を私の首に回す。私は息子をしっかりと抱きしめ、そして一瞬後、綿のシャツを濡らす彼の涙を感じる。「あいつらが家を燃やすのが、怖かったんだ」

上の階で、正面玄関が開く音がする。コーネリアだ。まもなく、3人全員が地下室に揃う。

彼女は烈火のごとく怒り狂い、それから素早く蓋をする。車を持ち上げて子どもを救い出す女たちみたいに、妻は猛烈な勢いで立ちまわる。輪が素早く広がる。その日の午後、ローナ・シュワーツが我が家に来る。オーウェンを苦しめたふたりの少年があそこにいる限り、オーウェンは学校に戻らないと、私たちから校長に言う必要はなかった。オーウェンが自分の口で、そう伝える。コーネリアが殺人的にらみをきかせ、ローナを動かす。秋までには、ふたりはいなくなっているだろう。

オーウェンの精神科医、C・T・ゴードンは珍しく休暇に出ていて、そのため私たちは控えの医師、ランス・クロウソンを引きいれる。学校や各方面の推薦を受けた人物だ。彼が指揮を取る。何よりもまず、オーウェンは今、強迫性障害（ＯＣＤ）と闘っていた。脅しとののしり言葉を何度も何度も頭の中でリプレイし、恐怖で萎縮してしまっている。

薬を処方すると、ランスは私たちを専門家にまかせ、そのセラピストは曝露反応妨害法、ＥＲＰと呼ばれる認知行動療法の一種を、オーウェンにほどこしはじめた。それは少しずつ、恐ろしい考えや言葉に患者をさらしながら、平静を保ち、パニックや萎縮状態に陥らないように慣れさせていく、という方法論だ。これはいわば、定型発達の人々が何年もかけて経験することで、ごく幼いときからはじまるため、感覚が鈍って面の皮が厚くなる。

衝撃と感覚麻痺の枢軸――そして反応を引き出すために、どんどん過激になることが要求される――は、あまたの社会理論家が、現代のテクノロジー時代のジレンマと見なしている。私たちは、「メディア文化」と一般に呼ばれる暴力とセックスと恐怖の競技場《キルクス・マクシムス》の中を生きる。オーウェンは、もちろん、今回のトラウマに苦しんだ。だが、その特徴――嘘、脅し、ののしり言葉――は、私たちが彼から切り離そうとしてきたたぐいの、極度な精神的打撃だ。

コーネリアと私はこれについて夜ごと、果てしなく議論する。一方では、オーウェンは17歳になったばかりで、高校に通っている。彼は世間の波を避けては通れないし、私たちにも防ぎようがない。もし、ものごとがうまく働けば、そこで彼は生きていく。もう一方では、私たちはショック状態で、自責の念にかられている。オーウェンを利用するのはいとも簡単で、その危険は自立への階段を上るごとに高まるという私たちの恐れが、残酷な形で確認されてしまった。

「この学校にあの子を入れるためにあれほど心血を注いだ結果が、これだなんて」。7月の夜ふけ、過去を振り返るひととき、コーネリアがこぼす。

私が何度も繰り返して思うことは？　オーウェンがスケッチ帳に書きつけた、自分は「脇役の守護者」という言葉だ。私はいつも、それは私の役目だと思っていた。

私たちは、メリーランド州の郊外にある診療所に、オーウェンを車に乗せて通いはじめた。そこではシェリーという中年の臨床心理士が、オーウェンに、ふたりの少年が彼に言ったことを、ひとつずつ言わせる。彼の体が硬直すると、医師は彼をなだめる。そして、もう1度そのプロセスを繰り返す。

カール・ユングの用語では、「シャドウ」と言う。正確には、去年の秋、ディズニーの悪役たちを突き動かす貪欲さ、情欲、権力欲、嫉妬心について、オーウェンが微に入り細をうがって説明したセッションで、グリフィン先生が私に教えてくれた。

私は、ユングのシャドウについては初耳ですと言った。ダンは、私の心理学のヒト型多目的サーチエンジンとしての務めを果たし、その夜注釈を送ってよこした。


一般的な性と生の本能は、もちろん、ユングの持論中、随所で言及されている。それらは、シャドウと呼ばれる元型の一部だ。シャドウは私たちが人間以前、動物だった過去、生存と子孫を残すことにのみ関心があったとき、そして自意識を持たない時分までさかのぼる。シャドウとは、エゴの「暗黒面」であり、私たちの行える悪事は、しばしばそこに蓄えられている。実際のところ、シャドウは道徳とは無縁だ――善も悪もない、動物のように。動物は子どもをいつくしみ、食糧のために残忍な殺しができるが、どちらも選択しているのではない。ただすることをしている。その行為は「イノセント」だ。だがわれわれ人類の見地では、動物の世界が残忍、非人間的に映り、そのためシャドウは自分たちがそよとも承認できない自分自身の一部の、ゴミ箱扱いにされる。

シャドウのシンボルは、蛇（エデンの園のやつ的な）、ドラゴン、怪物、悪魔。それはしばしば洞窟または池、つまり無意識の集合体への入口を守る。次に君が悪魔とレスリングをする夢を見たら、それは自分自身とレスリングしているのかもしれない！

ダンはキャリアの初期に、ユングから多大な影響を受けたと言う。もちろん、オーウェンが影の国《シャドウランド》を忍び足で歩いているのはもうずっと前から承知で、お気に入りの悪役と、より暗い人間の衝動について熟考し、理解しようとしている。彼は人間が嘘をつき、だまし、いじめ、傷を負わせ、殺しあいさえすると知っている。これらは事実上、彼の記憶するどの映画にも出てくる要素だ。だがオーウェンはそういった人間の二面性について、自分が所有でき、操作でき、支配できるディズニーの抑制の効いた風景でのみ、向きあえるようだ。

過去半年間は、抑制の喪失がすべてだった。オーウェンは映画から学ぶ――それが彼の流儀だ――だが人生は映画と違い、リモコンをかざして巻き戻すことも、停止することも、解読もできない。それは自分に向かって素早く、多くのスペクトラムの者が処理できるスピードよりも、素早くやってくる。暗黒面が立ち現れ、毎朝、音楽教室で角を突きあわせる。彼の理解できる理由もなく、注意深くコントロールされた生活――私たちとオーウェンによって――が、カオスに投げ込まれる。

・・・

3年生になったオーウェンは、おっかなびっくり学校に戻る。あちこち跳ねて、まだそれとわかるほど動転している。

悪童たちはもういないが、同じ廊下を歩き、同じ教室に座る。残滓《ざんし》が、至るところにある。

だがそれとは対照的な、ふたつの宝物、つまり、コナーとブライアンにしてもそれは同様で、登校初日、変わらず教室でオーウェンを待っている。〈映画の神々〉の再結成だ。

　私たちみんなと同じく、３人にはそれぞれ違う個性があるが、いくつか、いわずもがなの特徴を共有している。社会的合図《ソーシャルキュー》を拾うのが苦手で、習慣と思考に融通がきかず、個を一般に敷衍《ふえん》するのが苦手、馴染みのないシチュエーションにあうと迷子になり、注意力と受容性言語（受け取る言葉の理解）に困難を抱える。

　表出性言語（自分が発する言葉）となると、話は別で、３人全員の内面から湧きたってくるのは、映画を通してアクセスできる世界だ。ローナが描くベン図のように、〈映画の神々〉の３つの円は、重なりあう部分がたくさんある。

　ブライアンは、「きかんしゃトーマス」おたくだ。イギリス製の子ども用シリーズで、唯一の人間であるメインキャラの車掌さんを、リンゴ・スターとジョージ・カーリンが交替で演じていた。残りは機関車——トーマス、パーシー、エドワードなど——が線路を走りながらつつましい人間ドラマを演じ、排障器のすぐ上に凍りついた顔（笑顔、しかめつら、驚き）を浮かべて感情表現をする。まさに、この構成とシンプルさ、路線運行の繰り返しと、簡単に見分けのつく感情、その点こそが自閉症の子どもたちのハートを掴んだゆえんだ。

　コナーも「トーマス」が好きだが、今は卒業し——それが正しい言葉だとして——スーパーヒーロー映画のアリーナに上がった。たくさんある。彼はその手の映画なら何でも知っている。ブライアンがトーマスのすべてを知っているように。

　そして、ふたりともディズニー作品が好きで、そこが、ベン図において2少年の円がオーウェンの円と、重なる部分だ。オーウェンがその分野の第一人者だが、全員ディズニー語を話せ、ふたりは彼の専門知識に一目置いている。ちょうど、オーウェンがトーマスに関するブライアンの博識ぶりと、スーパーヒーロー映画に対するコナーの類を見ない知識に敬意を払うように。だが、彼らの友情が3年目に入った今、3人の輪がお互いに混じりあいはじめている。まるで、映画の神様の命により、あたかも隣りあうテリトリー——主に映画のテリトリー——に、お互いが踏み入ろうとしているようだ。健常な10代の少年が、より3次元的な世界で、より本格的に、大胆にやるのと同じだ。

初日の午前8時半、3人が会うと、オーウェンの気持ちはたちどころに晴れた。彼はふたりを抱きしめる。校舎が違って感じられたと、あとで私たちに話してくれた——「いじめっ子たちのいる去年と同じみたいに感じた、でも違ってた」。コナーとブライアンがいるべきところにいて、笑って待っている。目が左右に離れ、巻き毛で、180センチ近くあるコナーが、「ムービーゴッズが戻った!」とはしゃぐ。黒髪と広い背中の持ち主ブライアンは、背はオーウェンと同じぐらい、いつも——ハッピーでも、ナーバスでも、混乱していても、うっとりしていても、関係なく——笑みを浮かべ「三銃士《オール・フォー・ワン》だ!」と言う。

ふたりとも、同じことを知りたがる。オーウェンはヒース・レジャーが出演した「ダークナイト」をもう観たか?　クリスチャン・ベールをバットマン役に迎え、クリス・ノーランが監督を務めるシリーズ第2弾がこの夏を制したのは、レジャーの演技によるところが大きく、彼のジョーカーがあまりに暴力的で始末に負えないので、7月中旬の映画公開まであと数ヶ月というときに亡くなった彼の死に貢献したと信じる向きもあるほどだった。彼の最後の演技はまた、幻惑的であった。「ある者は」ブルース・ウェインの執事アルフレッド（マイケル・ケイン）が言うように、「ただ世界が燃えるのを見たいのです」という事実以外、さしたる理由もなく大惨事をもたらす極悪人から、誰も目を離せなかった。

オーウェンは、映画が暗く、残忍で、彼が好きな映画のうち、もっとも暗い2作——ティム・バートンのバットマン映画——をはるかにしのぐと聞いていた。ジャック・ニコルソンがジョーカーを演じる1作目と、ダニー・デヴィートがペンギンに扮するもう1本は、影があって陰うつだが、暴力をコメディタッチと非現実性で薄めてある。

だが、初日に戻ったばかりのオーウェンは、まごついて、立ち位置が不安定だった。ベン図の境界を越えて、頷く。「うん、観てみるよ」。オーウェンは、ふたりとも大喜びだ。

「そしたら映画について話そうぜ！」。コナーが叫ぶ。

週末、オーウェンと私は自宅近くのコネチカット通りにあるアップタウン・シアターに行く。パッチ・オブ・ヘブンの教会の地下室からは、数ブロックの距離だ。

こんな映画は観たことがなかった。オーウェンはスクリーンを穴が開くほど熱心に観ている。ジョーカーが鉛筆を、男の眼窩から脳みそに突き刺して殺す。私はオーウェンが鉛筆で彼を苦しめる相手を突き刺したことしか考えられない。劇場を出たいか、尋ねる。

「ううん」。彼は言う、ほとんど独り言のように。「大丈夫」。これがERPの成果なのかもしれない。千もの衝撃を投げつけられても平静を保ち、距離を置く方法を学ぶ。

オーウェンが何を考えているかはわからない——普段はこの手のことから目を背けていた——だが今は違う。そして、椅子に座る私の中では、映画と現実が衝突しあっている。私はこの夏を、ジョン・スチュワートの「デイリー・ショウ」からラッシュ・リンボーのラジオ番組まで、インタビューに費やした。私の本"The Way of the World"を宣伝するためだ。本の主人公は、世界中を駆けめぐり、テロリストの手に大量破壊兵器が渡るのを防ごうとしているアメリカ合衆国の情報局長官。恐怖を利用し、文明の基準を下げて無政府状態を作りだすというテロリストの宣誓——われわれの後生大事な主義主張なぞ、都合次第で簡単にひっくり返せる——は、レジャーのキャラクターが映画で発しているのとそっくりだ。

ジョーカー「わかるか、俺が見せてやる。いざとなりゃ、やつら……〝文明人〟たちな、あいつら互いに牙をむくぜ」

そして、このセリフ。ここでは、検事長のハーベイ・デント——法のチャンピオン、社会のお手本——が、傷つき、病院のベッドで横になっている。

ジョーカー「俺が計画的に見えるか？　俺が何者か知ってるか？　車を追いかける犬だよ。追いついたって、先のことなんか考えちゃいない！　いいか、俺はただ、やらかすだけよ、ギャングはプランがある、警官はプランがある、ゴードンもプランがある。な、やつらは策士だ。策士は世界をコントロールしようとする。俺は策士じゃない。策士にものごとをコントロールしようなんて試みが、いかに無駄か教えてやろうとしてるんだ……。ちょっとした無秩序を導入するのよ。権威をひっくり返しゃ、世の中はひっちゃかめっちゃかさ」

翌日の日曜日、オーウェンがこのセリフを丸々、ヒース・レジャーのジョーカーそっくりに暗唱しているのを聞く。

愕然とした。もう1度やってくれと頼み、コーネリアを呼んで聞かせる。コーネリアは映画を観ていないが、火種は間違えようがない——オーウェンの実生活との繋がり。

裏のテラスに行って、話しあう。

「いじめっ子に話しかけているのかもしれない」。コーネリアはいきりたっている。「なんておぞましいの」

私たちは1時間ほど話しこむ。9月の暖かい日差しが暮れはじめる。コーネリアが丹精こめた美しい裏庭で、夏の終わりの虫たちが、花の周りをブンブン飛びまわる。

ヒース・レジャーの長いセリフを暗唱したのは、そうやってトラウマを骨抜きにし、無力化してるんじゃないか、と私が言う。これまでずっと、ディズニーを使ってきたのと同様、オーウェン流の特別な自己セラピーの道具、羅針盤と六分儀なのでは。「今、あの子は人生の暗い側面と向きあおうとしている。彼なりのやり方でね」

「そうね……確かに」。コーネリアが言う。「考えてみると根は深いわ。コントロールの喪失。あの子の喪失であり、私たちのでもある。私たちは、あの子を守ってやれない。そしてあの子が自分で自分を守れるとは思えない。それはつまり、私の愛してやまない者——人生そのものぐらい——が、何度も何度も傷つくってことよ。そして映画はただの映画に過ぎない」

•
•
•

フロリダ州ネイプルズのホテルに来ている私たちは、テーブルにカードを広げる。

今年のクリスマス休暇は、予定通り子どもたちと旅行に出ることにした。4人が揃って顔をあわせるのが、なによりだ。オーウェンにとっては辛い学期だったが、徐々に回復してきている。ヒース・レジャーが助けになったのかもしれない。セラピーがゆっくりと確実に、効果を発揮しているのは確かだ。

そして、セラピーの宿題がある。カード遊びはそのためだ。20枚のカードが、天井からつり下がる明かりに照らされた小さなテーブルの上に並んでいる――5枚づつ、4列。それぞれの手には、似たようなカードがある。ババ抜きに似た、カードあわせゲームだ。カードには、ののしり言葉が載っている。オーウェンが〈くそ《SHIT》〉と書いているカードを、〈くそ〉の山の上に出す。「もう1枚〈くそ〉がいるんだけど」。オーウェンが、しおらしく言う。

ウォルトが笑いはじめる。

「オーウェン、それおかしいよ」

「この言葉、嫌いだよ」

「わかってるわ」。コーネリアが言う。「でもこうやって、あなたがその言葉にひるまなくなるようにするの」

私はレニー・ブルース（コメディアン。放送禁止用語を連発した）の例を持ち出す。ウォルトも乗ってきて言う――似たもの親子だ。「威力をはぎとっちまえ」

コーネリアが〈あばずれ《BITCH》〉のカードを見つける。オーウェンが頭を振る。「その言葉は嫌い」

ウォルトの番だ。テーブルを見まわす。「〈くそったれ《FUCK》〉がどうしてもいるんだ」と言って、吹き出す。私たちも笑い出す。オーウェンはみんなの顔を見まわして、笑いはじめる。

オーウェンは2度とこの手の言葉は使わないに違いないが、1度でも、トラウマ的な災難――今から1年前のあの朝、音楽教室ではじまった――を口にしたことで、オーウェンが社会に出て行くとき、威力をふるうかもしれない醜い現実のリストから、それらの言葉を除外できる。

●
●
●

月曜日の午後は、私が家を空けていない限り、まだ私の受け持ちだ。２００９年の2月末、オーウェンと私はグリフィン先生との3時の予約に間にあうように、車を走らせている。

未来はいささか手にあまる。オーウェンの中の光と影の、微妙な遊び――私たち誰もがやること――そして、世間は危険に満ちている。去年の秋、テラスに座るコーネリアが言ったように、「私たちはこの子を守れ」ず、息子は「自分で自分を守れない」と、自分でわかっている。

オーウェンの結論。前に進んだって、たくさん傷つくだけだ。彼の羅針盤は振り切れ、ヒース・レジャーとののしり言葉のセラピー・ゲームから……ミスター・ロジャース（同名子ども番組の、善意にあふれたパーソナリティ）まで、行ったり来たりしている。

クリスマス休暇から戻ると、この羅針盤が後ろ向きに回りはじめたことに気がつく。全面的な退行だ。成長、変化、大人の世界、または未来を暗示するものは何でも、タブー視しはじめた。高校生活と、10代のきまじめな無謀さは、落とし穴と不確かなことだらけで、心許ない。オーウェンは現実世界を見た。これっぽっちも、関わりたくない。

日を追うごとに逆行していくレースを、コーネリアは砂をかむような思いで見ている。ずっと、オーウェンに携帯電話を使わせようとしてきた。彼はあらがう。バックパックに隠して電源を切ってしまう。また、「きかんしゃトーマス」を復活させ、赤ちゃん時代の古い絵本を、ピンポン台の下の箱から引っ張り出してくる。

もしこれが続くようなら、コナーとブライアンとの非常に望ましい相互作用が、ぐずぐずになってしまう。

退行は、とどのつまりは防衛反応であり、要塞を築いてそこに引っこむようなものだ。ちびっ子時代に逃げても駄目だと私たちが言っても、効き目はない。私たちも問題の一部だ。オーウェンは私たちが彼を前に押しやろうとしていると考える。それは理解できる。実際そうだからだ。

もし私たちがアドバイスできないのなら、誰ができるだろう？

そこで、「ヘラクレス」のフィルが返り咲く。ダンの診療所へ運転しながら、考えていた人物だ。フィルは、結局、悪ガキたちが言ったように、私たちに愛されていないかもしれないとオーウェンが恐れ、逃げずに闘わなきゃいけないと感じたとき、心の中で交わす奇妙でダイナミックな会話に選んだ相手だ。

だが、今ではいろんな種類の脇役に、私たちは詳しくなった。

ダンの所に着くと、グリフィン先生とちょっと話があるから、待合室にいるようにとオーウェンに言いつける。

閉めきったドアの背後で、ダンと私は密談を交わす。フィルについて話しあう。ダンはフィルの一件を全部知っている。退行についても知っている。基本的に、この時点で、私たちの知っていることは、すべてダンの耳に入っていた。

「聞いてくれないか、アイディアがある。オーウェンみたいに、将来に不安を抱いている少年の問題を、賢い脇役の声を使って解決させるんだ」

ダンはすぐに理解する。乗ってきた。「どの脇役？」

ダンの右肩の上あたりの壁に、額に入って、オーウェンの描いたラフィキが飾ってある。

私は指差す。

彼が頷く。「断然、ラフィキだな」

私はオーウェンを呼び入れ、全員が席に着く。オーウェンはカウチの上、私は隣の袖つき安楽椅子、ダンのデスクチェアーは車輪つきで、こちらへ近づける。

「よし、オーウェン」。グリフィン医師が言う。前屈みになり、手で顔の前の空気をふちどっている。「君みたいな少年がいるとしよう、ほかの子たちとは違って、将来がこわい。成長するのが。そして小さな子どもに戻りはじめた」。間をおく。「ラフィキなら、何て言うだろう」

間髪おかず、オーウェンが淡々と言う。「僕はマーリンのほうがいい」

ダンがつかえる。「むむ、わかった。それじゃあマーリンだ！」

「聞くのじゃ、少年よ。知識と知恵こそが、本当の力なのじゃぞ！」

そして、オーウェンが続ける……声優カール・スウェンソンの声音で。「覚えているかの、お前を魚に変えたじゃろ。水は、未来みたいなものだと考えてごらん。泳いでみるまでは何もわからん。じゃが泳げば泳ぐほど、理解するようになる。深海と、自分自身の両方をな。だから泳げ、少年よ、泳ぎなさい」

ダンは目を見開いて私を見る。彼は「王様の剣」を何度も観たことがある——だが、引用部分の心当たりがない。私は首を振る。映画にはない。確かに、マーリンが自分とアーサーを魚に変える場面はある。それがオーウェンに、こんなセリフをアップデートさせる引き金になったのだろう。だがこれらの言葉はどこから来たんだ？

ダンがマーリンにもっと質問をすると、オーウェン「みたいな少年」が、賢く優しいアドバイスを受ける。10分後には、私たちの及びもつかないほど、完全に悟った、上下逆さまの世界を、オーウェンは生きてきたのだと認識しはじめる。今、私たちもそこにいる。マーリンはオーウェンが今まで決して——そしておそらくこれからも——見せたことのない深みとニュアンスをもって話している。それは、少なくともマーリンなしでは、決して見せることは叶わない。彼の中で、自閉症に影響を受けない、別個のスピーチ機能が発達しているのか？　それとも、たぶん、スピーチ能力を発達させる自然の神経回路を妨げ、新しく線を引いた、自閉症の反応なのだろうか？

45分後、ダンと私はめまいを感じながら部屋を出る。私はオーウェンを家に連れ帰る。ダンは素晴らしい瞬間を反すうし、診療ノートに記録する。彼は、あれは良好な反応だと結論づける。翌日は休みをとった。

その日の午後遅く帰宅すると、コーネリアに話すのを待てなかった。彼女はすぐに理解し、突破口を見いだすと、早速体系づけたがる。

「ねぇ、私はあなたがどんな専門家のふりもできるって知ってるわ、でも、あなたは精神科医じゃない。ダンにメールして、心理学の文献をあたって、そんな声を使う事例を調べてもらって」

その後、ダンが送ってくれたリンク先には、実行機能の発達にあたって、「内語」と呼ばれるものが行使されるという最近の文献があった。内語とは、理由づけ、立案、問題解決、過去と現在の連結、そのほかの認知機能を包括する用語だ。最初に理論化したのは20世紀初頭、旧ソ連の心理学者レフ・ヴィゴツキーで、幼少期の自律的な発語からはじまり――つまり、成長とともに言葉を発しはじめ――そして、学齢期前には「考える」手段としてそれを内面化する。最近の研究で、自閉症の児童は内語に障害があり、そのため早いうちから実行機能が傷つけられた可能性を示している。実際、人工的に健常児に内語の障害を負わせる――雑音やトントン打ちつける音等で気を散らせる――と、各種の問題解決テストで自閉症児とだいたい同じ結果となる。

相当数の自閉症児が映画やテレビのセリフ《スクリプト》を記憶して暗唱し、そのため広く使われる用語――「スクリプティング」――は、セラピストや臨床心理士が一般に、無目的にただ繰り返す行動であり、頻度を減らして矯正すべきものとみなしている。

確かに、学校や公共の場でオーウェンが適切に行動できるようにしようと、私たちはスクリプティングをたくさんやった。だが、オーウェンが私たちの即興劇を一助に、この重要な内語を形成し、発達させる手段――おそらくは成功した手段――としての、スクリプティングそのものの価値を自ら見いだしたのは、論を俟《ま》たない。

彼の内面的な対話は、実際、年ごとに豊かになっているようで、実行機能に限らず、感情面の管理、それどころか情緒面の成長さえ担っている。

翌月のダンとのセッションで、マーリン（またはマーリンとしてのオーウェン）が、私たちを「内語」のツアーに連れて行く。

ほかのも乱入してくる。オーウェンはニーズに合わせて、もっぱら賢いか保護者的な脇役の声を選ぶ。彼「みたいな少年」にオーウェンが手を貸して、困難と向きあわせる、という名目で。

オーウェンの洞察は鋭い。その多くが、最初は映画のセリフから引き出されている。だが、マーリンの最初の出現時のように、彼らはスクリプトを越えて、進化する。キャラクターの声――ラフィキ、セバスチャン、ジミニー・クリケット――は、それぞれ優しく教え諭す。どれも、マーリンと同じやり方だ。オーウェンは潜在的なスピーチ機能にアクセスして、そこで、さもなければ所有していないらしい認識を呼び出して述べる。

家では、コーネリアと私はそれをバック・トゥ・ザ・フューチャーの瞬間と呼ぶ。いくつかの面で、私たちははじめの頃の、地下室でのロールプレイングの日々に戻っていると、妻が指摘する。当時、私たちはスクリプトに固執して、正しいセリフを見つけ、合図を待ってコミュニケートしなくてはならなかった。今度は即興でやるぞ！

いつものように、コーネリアの体系づけに照らして進めると、心配ごとをきれいに取り去ってくれる。即興アイディアに、ダンが飛びつく。セラピー・セッションで、オーウェンの生活に関連する場面を想定する——迷子になったり混乱したり、罠にかかったり、欲求不満になったり、友人をなくしたり。それからセバスチャンをそこへ投げ入れ、オーウェンに——セバスチャンとして——どうしたらいいか、尋ねる。

舞台演劇との比較は、それだけにとどまらない。ダンとのセッションで、私たちは劇場のいわゆる「第4の壁」を打ち破ったとも、コーネリアが指摘する。それは舞台と座席を隔てる見えない壁で、役者が——まだその役柄のまま——舞台から降りて、観客とやりとりをするときに崩れる。

わが家では、それが普通になりはじめる。かつてやっていたディズニーのセリフ合戦の、最新版だ。いつでも何か問題が持ち上がれば、オーウェンにこう聞けばいい。「ラフィキなら、何て言う?」明らかに何年も彼が心のうちに抱えていた内的な対話が、今私たちによって引き出され、形作られていく。

●
●
●

一方ダンは、毎週目にしているものを後押しし、反映する理論とセラピーを探しまわる。物語療法——患者の行動と態度を形作るのに物語を使うテクニック——にはじまり、自分たちの居場所である世界に秩序の感覚を覚え、未来のできごとを予測する構成概念を、幼い頃からどうやって発達させるかを系統だてるパーソナルコンストラクト理論まで、あらゆるものを調べる。

2009年の春。セッション中、大部分は室内にいるオーウェンが、つかの間席を外す休憩中、私は息子の近況をダンに伝え、どのキャラクターが一番うまく当てはまるか、話しあう。濃密な1時間だ。休憩は、遊び場でタイムアウトをさせるみたいなもので、ダンと私が段取りについて密談できる。それからオーウェンを呼び戻す。

マーリンが、驚くには当たらないが、第一人者の座を守り続ける。映画「王様の剣」は79分間の物語で、老人マーリンが10代の少年を人生の深い真理に導く。ストーリー構成は最も整然としている。マーリンのパートナーで脇役の、フクロウのアルキメデスが、若いアーサーの知識を磨き（読み書きを教える）、マーリンが情緒面の成長と、人格形成の指導に当たる。

だが、どこでマーリンが終わり、オーウェンがはじまるのだろう？

3月中旬のセッションで、どうやって、また、オーウェンの内側のどこにすみついているのか、マーリンの口から説明できないか、ダンが両者の境界線を手探りであたってみる。これは、結局、オーウェンの治療だ。オーウェンが、この臨床心理士の扱っている患者だ。

ダンは注意深く考える。まずはオーウェンに話しかけることからはじめるべきだろう。

ダン「オーウェン、マーリンに質問できるかな？」

オーウェン「もちろん」

ダン「マーリン、あなたはしばしば素晴らしい洞察を掘りおこすことができますね。どうやるのですか？　一体どこから、そういった洞察は来るのですか？」

オーウェンはカウチから立ち上がり、ダンを叱りとばす。

かんしゃくすれすれの口調を帯びたマーリンの声で、返事が返る。「魔法使いにパワーの源を聞いてはならぬ！　わしから魔法を奪う気か！」

第9章

福転じて福

ディズニーのストーリーを人生の指針に。

怒れるマーリンとしてオーウェンがダンを叱った数分後、私たちは車に乗って、家路につく。

最後に探りを入れてから、1年経つ。

「それでオーウェン、お前の映画について、あれからもっと考えてみた？」

オーウェンが眉根を寄せてこちらを見るので、私も怒れるマーリンの逆鱗《げきりん》に触れたのかしらんと思う。

だが違った。息子の声だ。オーウェンは窓の外を見る。「構想中だよ」

12人の脇役がヒーローを探す映画のアイディアについて息子が語って以来、たぶん、私は年に1度問いかけている。脇役たちの旅を通し、そして彼らが出会う障害を通し、どうやってそれぞれが自分自身の中に、ヒーローを見つけるのだろうか。

何か書きとめているか、オーウェンに尋ねる。

「頭の中でやっているよ」

1分、待つ。

「ジェームスが自分の頭の中に入るみたいに？」

「ちょっと違う」

「歌詞は何だっけ？」

「知らない」

「もちろん知ってるだろう」

「ジャイアント・ピーチ」の代表的な歌だ。たくさんのレパートリーからただ1曲、オーウェンが決して歌わなかった歌。彼の実生活と悩みにもっとも近しいのに、省略するのは妙だった。コーネリアと私は、歌がある種、根本的な形で彼の琴線に触れ、秘密の場所に入り、そしてそこに封印されたものに届くサインと受け止めた。

それで、私は運転しながら歌う。

僕の名前はジェームス
お母さんがそう呼んでた
僕の名前はジェームス
だからずっとその名前だよ
ときどき僕は忘れる
寂しいときや怖いとき
だから頭の中に入って
ジェームスを探すんだ

オーウェンは私と一緒に歌わない。ただ窓の外を見て、顔を背ける。

「頭の中に入って、オーウェンを探すの?」。私は聞く。

車内はしんとする。

「ときどき」

「彼はそこで、どうしているの?」

「彼は大丈夫だよ」

カチッと音がして、鍵が開くのを感じる。

「じゃあ、脇役たちは」

「彼らは大丈夫――男の子と一緒にいる。暗い森の中にいるんだ、全員」

「男の子は、内なるヒーローを見つけた?」

「まだだよ」

「どうやって見つけるか、見当はついている?」

オーウェンは押し黙る。メリーランド州タコマパークのダン・グリフィンの診療所から、ワシントンDC北西部にある自宅まで、約15分のドライブだ。

最長で、まだ10分あるぞと暗算する。青信号をいくつか、わざと逃す。車のブーンと響く音と振動、過ぎ去る風景、閉じた窓が、音を遮断する。表情を読むのに目を見る必要はない。走る車はいつでも彼の急所だ。数分が過ぎる。もう5分近くしか残ってない。

オーウェンがゆっくり歌いはじめる。ジェームスの歌の残りだ。

ここから遠く離れた都会を、僕は夢見る
とっても、とっても遠い
はるか遠くにある
都会には人々がいて、僕に優しくしてくれるんだ
だけどそこは、とっても、とっても遠いんだよ
はるか遠くにあるんだ

私たちは家のそばまで来る。もうグズグズできない。

「都会って、どこのこと?」

「カリフォルニア」

オーウェンは間を置く。

彼が私を見ないといいんだが。私が微笑んでいる理由を探ろうとして、呪文が解けてしまうだろうから。最近、オーウェンの友だちや親戚が、彼のスケッチ帳を見て、アニメーターになりたいかどうか聞くと、素早く、いつも判で押したように同じ答えが返ってくる。「僕はカルフォルニア州バーバンクにあるディズニー・アニメーション・スタジオに入って、アニメーターになりたいんだ。そして手描きアニメーションの新たな黄金時代を築く」

「バーバンクだ」

あとふたつ、曲がり角がある。家に着いたら、この窓が閉じてしまう。脇役たちの物語、オーウェンの脇役の友人たち（賢いの、混乱したの、博識なの）が内なるヒーローを探す物語は、彼が自分について考え、アイデンティティを映す鏡のようなものなのは間違いない。もし脇役たちの目的地もまたバーバンクなのであれば、おそらく、象徴と現実――オーウェンの人生の、パラレル平面――が交わることになる。だが、ただそこへ到着して終わりではあるまい。脇役は、この内なるヒーローを呼び出すため、何かをするはずだ。

「それで、そこで何が起きるんだい――バーバンクで」

「彼と仲間たちが、脇役が旅をする映画を作るんだ。伝統的な手描きアニメーションでね。映画は人々を感動させて世界を救う」

私は混乱する。「それは映画なの、現実の人生なの？」

「両方だ」

私は1分間間をおいて、よく考える。チャンスは1回しかない。

「暗い森の中で、自分たちの内なるヒーローを探そうとする空想上の少年と脇役たちのアニメーション映画が、本当の少年によって作られ、それが、本当の少年が内なるヒーローを探す方法なの？」

「その通り、手描きアニメーションで」

「それで、それがお前なのかい？」

「そう」

車が車寄せに止まる。彼は突然私を振り向くと、貼りついた仮面の笑顔を浮かべ――キンキン声で、強調する。「わかった?!」――そして、ひと息に飛び降りて、ドアを閉める。

• • •

２００９年９月13日、ウォルトは21歳の誕生日を迎え、私たちはスカイプでスペインにいる息子とチャットした。大学の海外留学１年目をはじめたところだった。向こうは午後の11時――彼は６時間未来にいる――をまわり、セビリアの夜はこれからが本番だ。家族みんなで誕生日の歌を歌う。ウォルトが笑う。愛しているよ、みんな。

すべてが順調だ。ウォルトは私たちに、セビリアのアメフトチームの入団テストを受けたと報告する。そこはクラブとセミプロの中間的なチームで、ヨーロッパ中をまわって試合をするアメフトのリーグに属し、選手は地元の愛好家が大半と、少数のアメリカの大学生で構成される。そして、息子はテストに受かった。快挙だ。作戦会議《ハドル》でもまれれば、きっとスペイン語の上達に役立つだろう、それは確かだ。聞いて、もう行かなきゃ。留学生仲間が呼んでる。彼の誕生日だ。夜がいざなう。

コーネリアと私は、スクリーンが暗くなるのを見つめる。息子が不在の誕生日は、もちろん寂しい。

だがウォルトが広い世界にはばたくのを見るのは、ゾクゾクする。あまりほめそやさないように、自重しないと――息子のすることすべてに、偉業を成し遂げたみたいな反応をするのはNGだ。ウォルトにいつも釘を刺される。「僕のことで騒ぎすぎないでくれ――ほかの学生だって普通にやってるんだから」

そして、息子が正しい。アメフトの件を除けば、ウォルトは留学体験のいろはの「い」を実践中で、最近の大学生では珍しくもない。

翌日の朝早く、コーネリアと私は、メリーランド州キャビンジョンのデリに腰を落ちつける。キャビンジョンはポトマック川の崖沿いの飛び地で、ワシントンDCの北部にあり、月に1度、デリから2、3軒先のオーウェンの精神科医を訪ねに行く。今回は私たちだけだ。ときどき、そうしている。オーウェンなしのセッション。そうすればオープンに話ができ、戦略を立て、私たち2名のチームで共有する知識を少し越えて、探索できる。そして、オーウェンが最終学年に進むにつれ、話しあうことはたくさんある。

1年と3ヶ月前にいじめが発覚したとき、私たちはランス・クロウソン医師を引き入れ、彼を気に入った。彼は情に厚く思いやりがあるが、実務的だ。必要なのは？ すべきことは？ 正解はあるのか？ コーネリアと私は長年をかけて、たくさんの知識を蓄えてきた。そのため、よく同僚のように扱われる。ある点までは、それは好ましい。だが、結局私たちは医者ではない。だからこうして訪ねて来る。デリの錬鉄製のテーブルをはさんでハート形の椅子に座り、静かにクリームチーズをベーグルに塗りつける。

コーネリアが尋ねる。「暇なとき、ほかのカップルは何してるのかな？」

「さあね、ゴルフかな。ブリッジかも。フォンデュ・フォークで食べる、進歩的なディナーパーティとか」

「来年、巣が空っぽになったらそれをしましょうよ。楽しみだわ」

彼女のトーンは明るく、おどけているが、キー音は諦め調だ。ふたりはベーグルを黙って食べる。

パッチ・オブ・ヘブンでのヘラクレス級の努力は、オーウェンを高校に入れ、そこで大学教育課程に進める準備をつけさせるのが狙いだった。ここ数年、いくつか大学施設をあたってみた。学生は寮に住み、体系的なサポートを受けられ、全般に学業は軽めにしてある。多くは大学っぽい小さなキャンパスか、大学内に設けられている。ゴールは大半が、卒業ではない。実際とある大規模校は、大学生活経験《College Living Experience》の略称であるCLEと呼ばれている。中には学位をもらう学生もいる。だが8万ドルの授業料を支払い、主に得るものはそれ——経験だった。

そんなものに用はない。「あの子は大学への備えができていないわ」。コーネリアがぽつりと言う。「あと1年で準備できるとも思わない」

数週間前、学校で知りあった保護者たちに電話して、移行プログラムをはじめる可能性について話しあった。〈映画の神々〉を含めた少数の生徒たちで、来年、少なくとも週に数日間、グループホームに住む。誰か、おそらくは青年を雇い、メンター、コーチ、教師、そして彼らがライフスキルを身につける助っ人役を務めてもらうという構想を、コーネリアが練った。おずおずとではあるが、保護者たちは興味を持った。もちろん、一大事業になる——パッチ・オブ・ヘブンより大きい——家を借りて、スーパーバイザーを雇わなければいけない。それに、アクティビティやカリキュラムを作成・実行しなければならない。まるまる1から作りあげなければならず、コーネリアは自分がやることになるだろうと承知している。

安易に横やりを入れるべきでないのはわかっていた——男の立場から、「こうやれば解決できる」

と言う提案が、喉から出かかる。結局、大部分が妻の重責となる。かなり長引くかもしれない。「大学を出ずに、地下室にひきこもる――それはオーウェンにも私たちにもよくないわ」。その点についてコーネリアは断固譲らず、それは正しい。だが、息子はどこへ行ける？　あるいは、もし家にとどまるなら、毎日彼をどう扱えばいい？

「ねぇ、まだ1年あるよ」

「9ヶ月よ」

数分後、ランスのオフィスで、最新情報をざっと伝える。彼の処方、主に微量のプロザックは良好だ。副作用はない。8月の前回の訪問のとき、夏の間、散発的な発語があり、前触れなしに「ノー！」とか「その言葉は嫌いだ！」と叫んだことを、コーネリアが伝えていた。いまだにいじめの影響が残っている。だが過去1ヶ月は、聞いていない。

ランスは、今後もときたまそういった叫びは起きるだろうが、過去1年は順調に回復しており、OCD用に飲んでいる薬はやめるべきだと言う。

オーウェンが最終学年をはじめるにあたり、前途に不安を覚えていそうか聞く。ちっとも、というのが返事だ。

「あなた方は、どうですか？」。なにげなく彼が言う。私たちは笑う。

コーネリアが予備的なオプション、保護者ミーティングと、移行プログラムを作る可能性を、かいつまんで説明する。

ランスはすぐに、それが大仕事になるのを見てとる。「しばらく実家にいるのも手かもしれない」と彼は言う。「日課ができて、仕事に就いて責任が持てれば――それと、専用の玄関があれば。たくさんの若者が、そうやって成功している」

「あの子を追い出したいんじゃないのよ、ランス」。コーネリアは言う。「過去、彼が家の外に出ると、成長するのを見てきたわ。困難に遭うと、彼は奮い立つの」

「オーウェンはどう思ってるのかな？　彼とは話した？」

これが私に口をはさむ機会を与えた。春にオーウェンが映画のアイディアについて語ったときから、ランスの見解を聞きたいと思っていた。

「オーウェンは心配してません。カリフォルニアでディズニーのアニメーターになろうと思っています。そこで、私たち脇役みんなが内なるヒーローを探す映画を作り、それが世界を救う」

「彼の志は、低くないですね」。ランスが笑う。

私は、今後の見通しへの自分の迷いについて話す。オーウェンが最初に自閉症の中に消えてしまったとき、私たちは親として子どもが将来大成するという夢を捨て、息子自身が夢を持つことについて、考えてこなかった。私たちがしなかったなら、どうしてオーウェンにできるだろう？　追い求める価値ありと社会が見なすもの、大きな見返りや、伝統的な思春期の目覚めとともに、夢がどれほど遠いのか、世界がどんなに大きくて競争が激しいかを理解するはずだという、世間一般の共通認識的な感覚を、何年もかけ、オーウェンは少しずつ身につけてきた。

ランスが頷く。そう、もちろん。オーウェンのギャップは、自閉症に共通の特徴です。規模の把握、そして測定は、ぜんぶ文脈《コンテクスト》の計算なのです。

コンテクストなら、私の得意とするところだと感じ、彼の眺めている山が、どんなに高いかを思う。私は順を追ってランスに説明する。オーウェンがたったの4歳のとき、“A Hope in the Unseen”を執筆中だった私がロードアイランド州プロビデンスにおもむくと、当時すでにブラウン大の若者たち――先見の明のある若きアーティストや、画才のある数学の天才たち――はアニメーション分野に押し寄せていた。1995年に「トイ・ストーリー」が世に出たあと、それはビデオゲーム業界まで広がっていった。いまだにその熱は引いていない。

コーネリアが割りこんで、補足する。「すべての親は、子どもが失望しないか心配するわ。オーウェンの場合、倍も心配なの。あの子はまだ希望に満ち満ちて、社会がどれだけ厳しく人を裁くかなんて、わかっていない。彼は自分の全存在を、あの夢に預けているようなのよ。私たちはただ、あの子に傷ついていてほしくないだけ」

ランスが元気づける。「本のタイトル、何でしたっけ――〝暗闇の中の希望〟？　それは、われわれの本能です」。医師は若者が10代の時期、これとどう向きあうか――レッドスキンズのクォーターバックにはなれないと気づく過程について話す。「男の子は、それと折りあいをつけます。それから女の子が、どっちにしろあなたが好きだといい、ふたりはその後、仲良く暮らすのです。自然と解決する人生の一部ですね」

オーケー、それは一般的なポイントだが、日々頭を痛めているのは、何が同じで何が違うのか、自閉症に従来の概念が適用できるのかできないのか、線を引くことにある。発達心理学の専門家として、ランスは15年以上にわたり何千人もの自閉症スペクトラムのティーンや青年を診てきた。

「ねぇ、先生はこれを前に扱ったことがあるでしょう」

彼はあった。「反対の者もいるが、私のポリシーとして、いつも彼らに夢を見させ、彼らのできることとできないことを、自分なりのやり方で学んでもらっています。広くて悪に満ちた、世界の仕組みをね」

「私たちは、夢見ることを許されます」。ランスが言う。「彼らにもその権利がある」

全員、しばらく黙って座っている。

「たくさんの者が、夢を見続けるでしょうね」。私は言う。「文脈的盲目のまま、しごく満ち足りて」

医師が頷く。「そうです。でも、それは別に悪いことではありません。それゆえに、彼らの夢は死なない。それは幸福への道かもしれない」

●
●
●

12月中旬、雪の降る日曜日。ワシントンDC北西部に住むモーリーン・オブライエンが、自宅脇に建つ珍しい2階建てアトリエの玄関口に立っている。背の高いこの屋敷そのものが、エキセントリックだ。毎週日曜日、モーリーンと10代のアート系少女5人が、ここで至福の時間を過ごす。

私たちはこの場所に、秋の大半を通った。そして今日、いつものように、オーウェンが到着すると、モーリーンたちから大歓迎を受ける。大きな目と赤毛の持ち主モーリーンは40代後半、子持ちにして絵描き、写真家、書家、製図家、彫刻家であり、近所の私立学校でアートクラスを受け持っている。自閉症の息子がいて、移行プログラムに興味を示す友人に、彼女を紹介された。今年の掘り出しものだった。

モーリーンは、彼女のアトリエと同じぐらいエキセントリックで、オーウェンを創造性豊かな同好の士と見なし、息子を「画家」と呼ぶ。彼女もそうだ。同じく画家の卵の女の子たちも、絵の具の飛び散るテーブルから顔を上げて、1階と、2階のロフトからオーウェンの名前を呼ぶ。ここは画家たちの館で、アンティークのシャンデリアと暖炉があり、釘の刺さる場所ならどこにでも芸術作品が飾られ、カットフルーツとクッキーが用意してあり、階段わきの壁には紐に通したビーズと張り子の人形が吊り下がり、その下の片隅に、特別快適そうな椅子が鎮座している。それが、オーウェンの座る椅子だった。脇には小さくて背の低いテーブルがあり、過去3ヶ月の間に、モーリーンがみつくろったオーウェン用の画材が載っている。

9月の日曜日、初めてオーウェンがアトリエを訪ねたとき、彼のディズニー・キャラクターのスケッチ帳を見たモーリーンは——絵を美術作品とみなして——文字通り、彼の頭の中に踏み入った。翌週、彼女は彼に分厚いディズニー・アニメーションの本を持ってこさせた。ディズニー・アニメーションのテクニックは、様々な芸術の伝統技術、違った年代の違ったスタイルに材を取っており、モーリーンはたちまち脱構築できる。オーウェンの描くキャラクターのパターンを見て、彼の感情がわかる。

何回目かの日曜日のあと、モーリーンとオーウェンの間で話がついた。オーウェンは彼女のところに来て、描きはじめる用意ができている。ふたりは彼の持ってきた本をめくって、模写するキャラクターを選ぶ。彼女はオーウェンに芸術的な自主性を持たせ、様々な画材——木炭、水彩、油絵——を使ってムードと感情を強調する色を選んだら、自然を背景にしたキャラクターを描くように薦める。言いかえれば、アートをものせと。地下室で何年もの間独学し、自己流のテクニックを強迫的な完成度にまで高めてきた末に、オーウェンはコーチに出会った。

雪を払い、コートをかけ、自分の机に座って、オーウェンは絵を描きはじめる。むさぼるように。私の携帯電話が鳴る。現在追いかけているネタの情報源からで、数分間外で話を聞く。中に戻り、90分後に迎えに来ると伝えると、モーリーンがオーウェンの最近作を何枚か腕に抱えてきた。目を通しはじめた私は、ぎょっとする。カンバス自体目をみはるものだが、それに驚いたのではない。数メートル先のオーウェンが、トリトン王をスケッチしながら、静かに、自信ありげに、机の脇にたたずむ女の子とおしゃべりしている。可愛いブロンドの女の子だ。

そんなことは、起こりえない。魅力的な女の子が近寄るか、またはただ通り過ぎるだけで、オーウェンは文字通り顔を背けてしまう。数年間その調子だ。ランスとダン・グリフィンに相談してみた。ふたりの説明は要領を得ず、断片的だった。性は自閉症スペクトラムには、複雑な駆け引きだ。10代の健常者なら、魅力的な女の子が通り過ぎると、頬が赤らんで心臓の鼓動が早くなる。自閉症の10代の神経システムにとって、これは神経に障りすぎ、突然すぎ、耳障りすぎる。彼らは背を向けるか、反応を押さえこむ。

ある者は、しごくゆっくり、慎重に段階を踏んで性に目覚めていき、そして30歳でやっと初体験を迎えるかもしれない。オーウェンがどのあたりに該当するのか知るのは難しく、謎だ。だが、この暖かくて安全な場所で、アートがサーモスタットの役割を演じ、ある感覚をひとつの方向——本の中の感情豊かな表情——に導いている。そして、それをもう一方に解放しているらしい。オーウェンは頭を下へ向け、アリエル——美しいヒロイン——の父親、トリトンを描いているんだと女の子に説明する。女の子は、アリエルと一緒に育ったわ、あなたみたいにね、と言う。そしてそれから、オーウェンは女の子に、何を描いているのか尋ねる。

今度は部屋の向こうから、別の女の子——ふんわりしたペザントブラウスを着た、やはり魅力的なアート系の少女——がやって来て、オーウェンはアリエルについての思い、アリエルの動機と恐れを彼女に話す。決して頭を上げずに、目は鉛筆の線を追っている。

隣でオーウェンのカンバスを持ち上げていたモーリーンは、私の注意がそれたのに気づき、オーウェンたちの会話を聞く。ある意味、オーウェンは御しがたい感覚を管理し、はめをつける方法を、彼女の領土で学んでいる。成り行きを見守る私をモーリーンが見つめ、それに気づいた私が振り返る。

「あの子たちはオーウェンが好きなのよ」。モーリーンが言う。

「息子は好かれるのが好きみたいだ」

彼女が頷く。「彼はアーティストでいるのが好きなんだと思うわ。それが彼だから。女の子たちの目には、そう映っているの」

• • •

オーウェンは、自力でやらないといけない。

神経科学者が自閉症に魅了される理由について語るとき、自閉症の脳で変異がどう作用しているか――何が違うか――を調べることにより、変異のもと、つまり定型脳への理解が深まるという点をあげる。彼らの関心には、サブテキストがある。過去10年間で、有名な、脳の機能マップ――前頭葉はこれ、左半球はあれ――という理解の仕方から、脳とはもっとダイナミックで適用力があり、様々な領域と何億もの細胞が瞬間的に繋がって、「神経の」通り道を作ってしまう、想像が及ばぬほど不可思議なものだという見方にとって変わった。

これは、とても賢い人々でさえ、謙虚にならざるをない。勢いがあり、賛同者が広がりつつあるひとつの説に、彼らも目に見えるほど色めき立っている。困難にあうと、脳はみずから道を見つけるのだ。

はじめの頃、オーウェンを毎日生まれ変わらせると見得を切ったとき、コーネリアが――子どもと触れあうためなら何だって試してみるほかの無数の親たちと同じく――やっていたのは、脳の即興能力の実験だった。のちに、「神経の可塑性」と呼ばれる性質だ。

科学がママたちに追いつく。実際、それはそれほど珍しいことではなく、今は自閉症にスポットライトが当たっている。自閉症は広範囲に及ぶため、脳の大部分が影響を受ける。言語化プロセスの欠損の原因、パターンの認識能力を作りだして高める方法、それに特定タイプの記憶の間には、明確な繋がりがある。それら3つの核となる機能――言語プロセス、パターン認識、記憶――は、定型脳においては探査も測定も難しくなる。

だが、自閉症によって、神経のギアがそれらの機能を高めたり消し去るやり方、そして脳が――ある意味障害にぶつかり――せわしなくギアを変えようとする過程が見える。その過程を観察することで、科学者たちは脳の本質的な可能性を学べる。発見原理とでも言うべきか。

これは全部、親たちにとって、意外な理由で重く受けとめられた。自閉症の人間は、劣るのではなく、違うだけで、やっかいな困難を抱え、同時にそれゆえの強さを備えているという考え方ができるからだ。だが、理由を知ること――なぜ人がそういうありようなのか――は、日々の苦闘のなかの「何」と「どうやって」に比べたら、つましい価値しかない。何が、よりよき暮らしを送る助けになるのか、そして、どうやって、それを管理するのか。自閉症は劣化、という刷りこみをくつがえすための、親たちのたゆまぬキャンペーン活動だ。

よく引きあいに出されるハイゼンベルクの不確定性原理――原子の観測によって生みだされるエネルギーが、運動の軌道を変える――と符合するような、測定が結果を変化させる親子関係の例が、いくつかある。今度は、その定数を濃密な、1日24時間のオーウェン観察という特別な環境で掛けあわせれば、私たちはたちまちにして、どのリファレンスがいつ有効か、またどうやって軌道修正させ、いつ息抜きをさせるか、オーウェンをなだめすかすことにかけて、他の追随を見ないエキスパートになる。

10年半にわたり、私たちはふたりの学んできたことを、専門家たち――教師、精神科医、セラピスト――に伝授し、彼らが私たちの知識と、彼らの専門知識をすりあわせられるように仕向けてきた。要は、彼らは私たちではない。もし、ものごとがふたりの望むように運べば、ディズニー映画の知識に乏しいかもしれない人々と、生産的かつ楽しく付き合うオーウェンの能力が育つにつれ、この情報の絶え間ない交換の必要性は、減っていくはずだった。結果は、今のところ微妙だ。

だが、選択の余地はない。もしオーウェンがわが家をあとにし、どこかの王国に住むなら、たとえそこが境界で仕切られ、注意深く統制された地であっても、彼をよく知らない人々や、彼に進むべき方向性を与えたり、自分探しを手伝ってくれるエキスパートではない人々と、きちんと付き合えるようになる必要がある。

オーウェンは、自力でやらないといけない。

もちろん、幼い頃からの、最近さらに強まる傾向にあるディズニー愛の活用は、なにがしかの神経可塑性の証明ではある。彼の脳はディズニーを使って、自閉症の妨害を回避し、道を見つける。ディズニーを使った脳の発見。彼がディズニーを使って彼自身を発見するように。

その集中力、エネルギーと知識を、馴染みや興味のない領域――話題、人々、様々な場所――に適用する方法を、オーウェンは発達させたり、発見できるだろうか。そこに、自閉症児を教えようとする難しさがある。どうすれば、彼らの孤島――どんな趣味にせよ――から追い出し本島に合流させられるか。

だが、日曜日の朝、モーリーンと、彼女の画家たちの館で、橋がかけられた。橋の一部は、スケッチ帳とカンバスの上に構築されている。彼の描画力が上がるにつれ、絵をガチガチに締めあげていく手綱――恐ろしいほどの正確さを緩める手助けを、モーリーンがしている。毎回、ウォームアップとしてキャラクター・スケッチからはじめさせた。彼女は言う、「そう、完璧ね、でも今度はほかのキャラクターを選んで、どこか新しい場所へ連れて行き、まごつかせて、何か新しい色と質感を与えましょう。周りに何かを置いてみて」

ディズニー・キャラクター、つまり彼のアルター・エゴが、新天地を旅して回る。彼らの描き手も一緒だ。そしてそこへ、女の子たちがやって来る。

25年間、モーリーンはアトリエに来る10代のアーティストたちを交流させ、組みあわせてきた。どこよりもスケッチ帳の上で生き生きとする、スペクトラムの子どもたちを含めて。日曜日の2時間の教室中、モーリーンは子どもたちが席を立ち、お互いの作品を見て、感想を述べるように促す。

それが今、起きている。女の子が代わる代わる、オーウェンのいる快適な部屋の片隅に立ち寄って、肩越しに覗き込む。指輪をいっぱいはめた手が、次々に彼の机の端に置かれ、少女が身を乗り出すと、下を向いたままのオーウェンに髪がかかり、彼の絵を見てどう感じるか、このキャラクターやあのキャラクターが、子どもの頃に彼女をどれほど怖がらせ、歌わせたか、また、オーウェンがなんと素晴らしいアーティストか、感想を伝える。

数週間後、モーリーンがオーウェンの耳に囁く、「あの子たちに作品を見に来て欲しかったら、あなたが彼女たちのところへ見に行きなさい」。そして、彼はそうする。果物と花の静物画、乗馬の木炭スケッチ、それに、ホームレスの女性たちと、寂しげな子どもたちの淡い色合いの絵。女の子たちに、それぞれの絵の感想を伝える。口数は多くない。だがひと言ひと言が、オーウェンに思春期が訪れて以来、かわいい健常者の女の子たちに話しかける初めての言葉だった。

女の子たちが彼の机に寄ってくるのと同じ頃——2010年のはじめ——彼は通年科目である歴史を熱心に勉強し、4年生の学業に身を入れている。教師から送られた成績表は、いつも通り、可と不可が入りまじる。宿題をすませ、テストの準備は余念がない、だが「集中するように始終注意」しないといけない。

　別のメモでは、「答えをはしょらないで全部言うように、しきりに励ます必要あり」と指摘している。歴史の授業では、アメリカ合衆国史の、国民が代々受けついでいくべき最低限の主なできごとを網羅している。国家の誕生から、奴隷制、南北戦争、悪徳資本家、大恐慌、ふたつの世界大戦、ケネディ大統領、そしてベトナム戦争まで。

　どのトピックに関しても、オーウェンはあまり好きじゃなかった。歴史の曲がり角はいつも、試練か悲劇が待っている。コーネリアか私がディズニー映画との関わりを見つけられたもの以外、どれにも要点を見いだせなかった。ずっと昔に起きて、彼の生活とは何の関係もない。章ごとに、醜い真実がオーウェンを傷つける。彼は顔をそむけ、最低限を学ぶ。

　だが、教師の評価欄の末尾に、何か奇妙な点がある。「オーウェンはアートの才能を利用して、歴史上の事件を理解・記憶しています。あるとき、オーウェンは一方に貧しい農民と奴隷、他方に工場の労働者の漫画を描きました。漫画の細部は正確でした。でも特筆すべきは、漫画のキャラクターの豊かな表情で――それぞれに抱える問題の意味を、完全に表現していました。漫画はしばらく教室の掲示板に貼っておきました。絵を見た者は全員、表情がいかに真に迫っているか、感想を漏らします」

　残りの行のすべてが、一行目に集約される。モーリーンの美術教室から伸びた橋が、学校に渡され、そこでオーウェンが、彼のアートを活用しはじめた。モーリーンによってつちかわれ、彼女の「根城」の女の子たちに励まされた才能を、理解しがたい歴史のトラウマと勝利、彼が憎悪するものでさえも飲みこむ手だてにした。彼の脳が道を見つけ、残りが従った。

　そして、私たちはずっと蚊帳の外だった。

「ダイニングルームから椅子を数脚持ってきてちょうだい」。コーネリアがキッチンから叫ぶ。彼女はコーヒーとデザートを取りに行っている。私はダイニングルームの椅子を、居間に移動する。

・
・
・

チーズケーキを手にしたコーネリアが、隣に座る。「すごく高くつくパーティになるわよ」。皮肉を言う。

「ふむ。どれぐらい？」

「知らないほうがいいわ」

「そうだな。その通り」

これが、私たちの毎日の送り方だ。私は収入に専念。妻は支出を担当。どちらの業務もそれぞれストレスが溜まるが、コスト面の分析では、収支はとんとんといったところか。オーウェンが3歳になってからこっち、気持ちのくじける、決して満たされない自閉症の要求は、不動の底なし状態のままだ。何が実際に効き、あるいは助けになるのか、本当のところわからないため、不要なものを取り除くのは不可能だった。

すべてを試すしかない。そして、私たちはそうしている。食事療法、グルテンフリー、聴覚処理テスト。これは、違うノイズを耳元で鳴らしながら、高速のコンピューターテストを何時間もやるというものだ。多くの家庭が破産する。離婚率は高いという噂だが、統計データは取られていない。だが、すべての家庭が絶えざるプレッシャーにさらされている。コーネリアは冗談で、休暇は精神医療保険でカバーすべきだと言う。そうならいいのに。今のところ、ウォルト・ディズニー・ワールドを7回往復している。今やこちらが電話すると、電話コンシェルジェみたいな人物が応対し――コールセンターのピカピカなオフィスが頭に浮かぶ——ラスベガスの上得意を相手しているような勢いでまくし立てる。「お戻りはいつになさいますか！」

だが、休暇なんて高額な出費の丸め誤差みたいなものだ。私たちはオーウェンのためになるならと、年に9万ドルを費やしている。実際、平均よりも少しだけ足が出ている——自閉症の各団体によると、自閉症児に必要充分な教育とセラピーを施すには、年に6万ドルほどかかるという。

私たちの年間平均を17倍してみたら、それはどちらも口にしたくない金額になる。だから、話さない。ただ前に進み、そういうものだと悟り——そしてたぶん、まだ当分続く。

だが、それが私たちの今夜理解したいと望むことだった。未来——ずっと先の未来——がどんな姿を取るかの、ある程度の予測。

ドアがノックされ、チーム・オーウェンが到着しはじめる。15分後、6名全員がくつろいで、歓談している。臨床心理士のダン・グリフィン医師は、精神科医のランス・クロウソンとまみえ、興奮している。ふたりは面識は1度もなかったが、オーウェンはじめ、ふたりが共通して診ている患者のレポートを交換しあってきた。ほかの面々はあらかたその道の大家として、互いに面識があった。そして全員、オーウェンを通じて繋がっている。教育専門家のスージー・ブラットナーは、オーウェンが3つのときから勉強を見ている。ビル・スティクスルートが最初に彼をテストしたのもその頃だ。もう15年になる。この6人に加え、全員が知遇を得、定期的に話題にものぼるもう6人が、過去何年かにわたって出たり入ったりを繰り返した。

この場にいる者といない者たち両方ともに、コーネリアと私の子育てを助けてきてくれた。それは神妙な気持ちにもさせるが、雇われ専門家と同僚と友人の線引きを、曖昧にもする。それでコーネリアは、6人全員が出席する2時間分の会合が、高くつく——事実、約1500ドルかかった——と冗談まじりのセリフを吐いたのだ。この関係は、取引以外の何ものでもないように思われる。私たちは惜しげもなく支払い――オーウェンの友だちの父兄とは対照的に――そのうちの何人かとは、親しく付き合っている。結局、私たちには、健常者の世界でいい立ち位置を占める一員であり、自閉症の知識をわんさと貯めこんでいるという共通点がある。

喫緊の課題は、次に打つ手について――どうすれば、自閉症の世界と健常者の世界を、オーウェンに合わせてひとつにできるか――5ヶ月後の卒業までに。議題は実現可能なプラン、グループホームのセットアップ、私たちがすでに見た、そして見るべき大学教育課程と、次々に進む。マサチューセッツ州ケープコッドのリバービュー校が、スペクトラムの生徒向けに、高校と大学の教育課程を設けているとの情報を、コーネリアが小耳にはさんだ。ランスは反対だ――そこに通った子どもを知っている。彼が言うには、年に6万5000ドルの学費をかけて、「3年後は地下室に戻る――何も変わらない」

コーネリアの熱意がしぼむ。「オーウェンは将来どんな生活を送るのかしら？　もし地下室に住むなら、住めばいいいわ。いつも私たちがいて、死ぬまで彼の面倒を全部みて、そして長生きできますようにと神に祈る。ただ、20年後にどうなってるか、予想がつかないだけよ」

だが、誰にだってわからない。自閉症スペクトラムの幅が広いほど、結果のスペクトラムも幅広い。なかには結婚する者もいる。大半はしない。仕事を持つ者もいる。そして静かに暮らし、よすがにしているルーチンにしたがい、厳格に統制された生活を送る。グループホームに住んで、別々の仕事をする者もいる。彼らの多くが愛を求めるが、報われない。恋愛は難しい、誰にとっても。

「若者の多くが――あんまり若くなくても――実家で暮らします」。ランスは言う。「両親と――ときには高齢の両親と――同居しながら、地下室へ行く別々の玄関を設けるなどして、独立させます」

地下室が持ち出されるたびに、コーネリアが肩を落とすのがわかる——50歳のオーウェンが地下室でビデオを観ている図なんて、歩く悪夢でしかない。私もコーネリアと同じ気持ちだ。

だが確かな進歩を、とりわけパッチ・オブ・ヘブンと高校入学以降は示している点で、全員が同意する。

「でも、オーウェンは常にテストの成績が悪い」。ビルが言う。「それが……彼を引き戻す。人は彼の成績を見て判断し、それは間違いであっても、反証するのは難しい。四角い釘と丸い穴（場違い、不適任者のこと）で言えば、オーウェンみたいな子は、釘ですらない。彼らは球体だ。彼らは転がる、しばしば鮮やかに。だが、独自の軌道と独自の法則でね。それをテストしてみろと言うんだ」

1時間中、そして次の1時間も、ダンはどんどんディズニー・セラピーの話をしていく。私たちでそう呼ぶようになった。もちろん、オーウェンのディズニー映画への執着は、全員が知っている——各自、課題のひとつとして取り組んでいる。スージーはコーネリアを助け、ディズニーを使ったパッチ・オブ・ヘブンの授業プランを練った。大抵がオーウェンの贈った脇役の絵を、オフィスに飾っている。だが、ダンの診療室で起きていることに専門家同士が意見を闘わせるのを、初めて耳にできるチャンスだった。

まるで、コーネリアと私はその場にいないみたいだ。鋭い質問が矢つぎばやに放たれる。答えには、専門的な用語が含まれる。冷静な頭脳がブンブンうなる音が聞こえてきそうだ——6人の様々なエキスパートたちが自閉症スペクトラムの患者を診てきた経験は、述べ100年分になる。

「教科学習に映画を使ったこと自体が、ポイントではないの」。スージーが言う。「オーウェンがそれを、情緒的な成長のガイド役として使ったやり方よね。そっちがもちろんより重要で、より混みいった挑戦だわ」

全員が頷く。

最近の、オーウェンが、もちろん様々な声にチャネリングしてだが、彼の述べた驚くような洞察について、ダンが挙げていく。ラフィキは、なぜ変化がそれほどやっかいで、それをどうなだめるかについて、ジミニー・クリケットは良心の意味について、そして「頭の声」とどう会話するかについて自説を開陳した。

ダンが先週のセッションを反すうする。オーウェンのような若者に、マーリンだったらどんな助言を与えるか、ダンが尋ねた。若者は高校が終わること、そしてその先について、不安がっている。「それで、マーリンになった彼が言うんだ。『聞くがよい少年よ、卒業の歌を口笛で吹くのじゃ、毎日少しだけな。その日が来る頃には、お前は準備ができていようぞ』」

この時点で、みんなはコーネリアと私の存在を思い出したようだ。

ビル・スティクスルートが私を振り向いて言う。「本を書くことを考えたことはあるかい、『ディズニーの知恵、オーウェン・サスキンドから父親へ』」

●
●
●

私はすっかり答えようとして、やめる。ただ礼儀正しくこう言う。「うん、その件についちゃ考えたよ」

「ディズニーの知恵」というフレーズが引っかかった。

私は部屋を見渡し、ひとりひとりの視線を受け止め、呟く。「でもディズニーの知恵かどうかは、定かじゃないんだ」

もちろんおりにふれ、私たちは本の執筆について考えてきた。だがオーウェンが充分歳をとり、完全に関われるようになるまでは駄目だ。そして、ディズニーは知恵の宝庫、という内容でないのは確かだった。

だが次の数日間、あの日の集まりについて、そしてあの質問について、何度も考える。とりわけ、コーネリアと私がそこにいないかのように全員で話しあうのをはたから聞いていた、あの瞬間。それは、レポーターが夢に見るたぐいのものだ――その道の専門家たちが、真摯に問題を評価し、できれば自分たち自身で解決策を見つけようとする。レポーターの存在は、会話を損なわない。だが彼らの延べ1世紀分の経験、それにオーウェンとの長い付き合いをもってしても、部屋にいた誰ひとり、彼らが見てきたものについて、はっきりとは把握していなかった。

コーネリアと私は知っている。ディズニーの知恵などではない。それは、家族――ときに賢く、しばしば愚かしい――と、私たちの暮らしの中で生まれる物語のパワーだ。ディズニーは生の素材を供給し――一般に利用可能で、どこにでもある――それを、私たちの手を借りて、オーウェンが言語と手段《ツール》の中に組みこんだ。創造性とエネルギーさえ充分ならば、これは多少の興味と訓練をもって、可能だと私は確信している。

オーウェンが選んだ愛情の対象は明らかに、神話、寓話、伝説への扉を開いた。グリム兄弟にならい、ディズニーは昔話の広大なレパートリーをすくい上げ、鍛え直す。あらゆる文化が語ってきた「美女と野獣」の類型、それは3000年前の古代ギリシャ神話「キューピットとプシケー」までさかのぼり、そして確実に、それより前にも存在しただろう。これらは人類が常に、世間を渡るため、自分たち自身に語ってきた物語だ。人々は典型的な話を取りこみ、それらを使って自分たちの道を切り開いてきた――そこに知恵が蓄えられる。これは、ほんの一例に過ぎない。

問題は、私たちの例をどうやったら、情熱の対象のいかんに拘わらず、よその家族や子どもたちに敷衍《ふえん》できるか——それが、チーム・オーウェンの話していることのようだった。どうやればうまくいくだろう？　方法論があるだろうか？　たとえ話から分析へ翻訳可能か、そして、それを困っている人々に応用できるだろうか。結局、彼らはプロフェッショナルだ。これが彼らの生業なのだ。彼らの診療所を訪れる親子をくる年もくる年も診察し、答えを探し求める。そして1日が終われば、自分の子どもの待つ家に帰る。

しかし、自閉症に関して、ディズニーが特異で予想外の地位に転がりこんできたことはいなめない。ウォルト・ディズニーは初期のアニメーターたちに、音を消しても理解できるように、キャラクターと場面は非常に生き生きと、はっきり描かなければならないと説いた。たまたま、これは聴覚プロセスに問題を抱える人々にとって、福音となった。映画を巻き戻し、何回も再生できるようになったここ数十年は、特にそうだ。

コーネリアと私が目にした最新のリサーチでは、自閉症の特徴は、通常の習慣作用、つまり私たちがものごとに慣れていく方法の欠落にあることを示している。通常、人は様々な情報を取っておくか捨てるか選別し、そののちに保存する。私たちの脳はそのようにして馴染みにあるものに慣れてゆく。いい映画を3回観たあと、またはとっておきの1本を10回観たあとでは、もうお腹いっぱいになる。だが多くの自閉症の人々は、お気に入りを100回見ても、1度目と同じ感覚を味わう。とはいえ彼らは鑑賞中、新しい細部とパターンを、1回の視聴ごとに探す——いわゆる高度な系統化——一部のスペクトラムの人々には、それは特殊な能力の土台となる欲求だ。ある意味、著名音楽家が2、3のコードに1週間かけ、または映画製作者が短いシーンを果てしなく編集し直すのと大差ない。自閉症の世界では、これはしばしば「過剰学習」と呼ばれ、アートの世界では、かのウィリアム・ブレイクがものした「ひとつぶの砂に世界を見る……そしてひとときに永遠を見る」という名言がズバリ的を射ている。異論の余地がないのは、たくさんの自閉症スペクトラムの子どもたちが、ディズニー映画と絆を結んでいることだ。近年、少なくとも私たちのサークルでは、自閉症スペクトラムの家族が一番頻繁な──人は疲れ知らずと言うかもしれない──ウォルト・ディズニー・ワールドのビジターだ。中央フロリダ（ディズニー・ワールドの所在地）に引っ越す者さえいた。

そして、普及率の問題がある。世界中の誰もがこぞって観るほど、ディズニーは成功を収めた。万人が等しく同じ体験をし、それがやがて、私、コーネリア、ウォルト、そしてオーウェンのセラピスト全員に、ひとつの疑問を抱かせた。同じ映画を観たのに、オーウェンはどうやって、私たちの到達できる一番深い洞察に追いつき、さらには越えていけるのだろうか？　だからこそ、彼の取ったディズニーの様々な利用法──分析ツールと感情表現の絵筆の両方に変えて──に意義があるのかもしれない。それは、比較する能力があることを示している。もし彼がディズニーでそれをできるなら、ほかには何でできるだろう？

そしてオーウェンは、ただの、ひとりの子どもに過ぎない。私たちの家庭は保守的ではないかもしれない。自他共に認める気の違った両親と、物語への執着──それらが寄ってたかってオーウェンのもともとの傾向を促進し、増幅したかもしれない──が、彼がちまたにいる自閉症スペクトラムの人々と、基本的な神経アーキテクチャを共有することを、私たちは疑っていない。２０１０年、自宅のリビングルームにセラピストたちが集まっているとき、アメリカ合衆国には２００万人の自閉症患者が存在し、そのうち50万人が子どもで、10年後には、トータルで４００万人に達すると予想されている。よく引用される「88人にひとりが自閉症」の下に隠された、より驚くべき数字だ。男子と女子では４対１の比率で男子が多いため、54人にひとりの少年の計算となり、流行疫学上、それは数えるほどしか前例のない割合だ。比較すると、ダウン症は691人にひとり。世界各地における自閉症の発生率は、驚くほど均一だ。全世界規模の累計では、数千万人にもなる。

一途な興味が、いかに潜在能力を伸ばしうるかをもし適切に提示できれば、可能性の再評価へつながる。つまり、たくさんの人々が生産的な暮らし方を発見する助けになるとしたら、その可能性はいかばかりかという話だ。代替手段としての連邦政府による補助金は2010年で約500億ドルに達し、今後急速にその金額が上がるのは必至だ。

それが、セラピスト集会後の日々、大かれ少なかれ密かに私が胸算用していた数字だった。1週間後、コーネリアと私が一緒に外出したとき、はじめて真険に、本の執筆をもちかけた。

私はコーネリアの反応を予測して、先手を打とうとする。もし出版すれば、これまで競合し、かつきっちり分けていた私たちの生活の両面――仕事と私生活、公と私――が、ひとつの大きくて頑固な、心のこもった混乱へと統合されてしまうだろう。妻は頷く。もちろん、彼女は全部承知だ。ワシントンDCのレストランのテーブルに座り、私は線引きが崩れることについてまくしたて、たまらず彼女が私のモノローグをさえぎる。「それで、それの何が悪いの？」

コーネリアはまじめくさって私を見る。「助けが必要な人々の力になれるかもしれないわ。私たちが必要としていたように」

私がしないといけないのは、ただ頷くことだ。

第10章 映画の神々

彼のヒーローにして、ディズニー・アニメーションのレジエンド、グレン・キーンとご対面。キーンいわく「大事なのはストーリー」。

2010年3月6日、午後1時40分。オーウェンが19歳の誕生日を迎える数日前、私たちはバースデープレゼントの真っただ中にいる。朝からニューヨーク市に来て、観光し、ケネディ家のおばに会い、一緒にピザを食べたあと、すぐさま「メリー・ポピンズ」の午後の部のマチネーに直行した。あと20分で開演だ。ぎゅうぎゅう詰めのスクラムの中にいる私たちは、タイムズスクエアに建つニュー・アムステルダム劇場の華美なロビーを、数センチ刻みで進んでいる。コーネリアと私――オーウェンをはさんで――の頭には、同じ思いがあった。ここには以前来たことがある。1990年代半ば、ディズニーがブロードウェイのミュージカルにはじめて進出したとき、これはオーウェンの天国になるぞと思った。演劇とは、俳優と観客の間で交わされる会話だ。お気に入りのキャラクターたちと濃密な内緒話を交わし中のオーウェンは、ほとんど頭の中で小さな劇を演じているようなものだ。舞台の上で、役者たちがオーウェンの愛する映画に命を吹きこむ。まさにおあつらえじゃないか。

この仮説は、1996年のブロードウェイ・ミュージカル「美女と野獣」で最初に試された。ベルが彼女のオープニングナンバーを歌いはじめると、当時5歳のオーウェンは、まるでおぼれかけているみたいな、ひどいパニックに陥った。私は息子を急いで外に連れ出した。コーネリアはウォルトと彼女のふたりの姉妹、その子どもたちと一緒に席に残った。私たちは混乱し、ふいになったひとり100ドルのチケットをなげいた。これは、オーウェンがいとこたちと一緒にできて、興奮をわかちあえ、孤立せずに済む絶好の機会になるはずだったのに。

ロビーで落ち着くのを待ってから、劇場後方のスイングドアの前に行くと、オーウェンを抱えあげ、ドアについた小窓から中を覗かせた。おおよそ卓上テレビ画面ほどの大きさのガラスのフレーム越しに、オーウェンは野獣やベル、コグスワースやルミエールらキャラクターたちが踊り回る姿を遠目で眺めたが、音は遮断されていた。ガラスに鼻を押しつけたオーウェンを、私は腕が震えはじめるまで持ち上げていた。

最初、これは音量のせいだと思った——劇伴があまりに大き過ぎたせいだ。自閉症のスペシャリストたちが、過剰刺激と呼ぶものに当たるのだろう。

それから数年かけて、原因はもっと根深いところにあったと認識しはじめた。ディズニーの映画群、われらが盟友——息子に筋道を与えてくれる——は、オーウェンに対し、独自の影響力をふるう。彼らは大げさなダンスでオーウェンに近づいた。その動きを熟知しないと、飛んでくるひじ鉄で鼻血を流すはめになる。オーウェンにとって、「美女と野獣」は、でかくて心を許せる仲間、何十回もの観賞を通して安定した関係を築き、信頼のおける1作となっていた。突然、ぺてん師が劇場の舞台に現れるのは、彼を竜巻の中に放りこむようなもの——コントロールの深い喪失にほかならなかった。まき散らされたもの、それは、アニメーション映画のキャラクターたちと端正に磨きあげた関係であり、彼らは映画そっくりの装いでオーウェンをかどわかそうとした。

この知覚実験の2回戦——映画対演劇、自閉症対定型発達——は、ここ、ニュー・アムステルダム劇場が舞台となる。1997年、市のタイムズスクエア再開発計画の仕上げに、ディズニーが買い取った由緒ある壮麗な芝居小屋。彼らは上演権と、修復のために数百万ドルをつぎこみ、この場所に典雅なおもむきを取り戻す条件つきで、99年間のリース契約にサインした。

だが、人は金の葉っぱをあしらったコーニスのために劇場へ足を運ぶわけではない。お目当ては出し物であり、そして「ライオン・キング」をもって、ディズニーはとうとう、暗号解読に成功した。つまり、アニメーションのヒット作を、劇場のヒット作に変じてみせた。「美女と野獣」は映画にかなり近づけてあり、商業的には成功したが、評価はかんばしくなかった。「ライオン・キング」では、真のオリジナル劇にすると決め、プロット、テーマ、キャラクターは映画から拝借しても、ほとんどすべてにおいて逆を行った。舞台監督のジュリー・テイモアはもともとは人形つかいで、高さ3メートルの、人間が操る象やキリンのパペットをデザインし、通路を練り歩かせた。動物のキャラクターの肩部分に仕込んだ骨組の下で、俳優たちは自在に動ける。歌と会話にはアフリカン・テイストをより効かせて、舞台に臨場感を持たせた。

そうそうあることではないが、批評家と観客、双方が劇を気に入った。オーウェンも気に入った。少なくとも2002年の春に私たちみんなで観に行ったときと、その後数ヶ月間は。彼が遠ざけだすのを見たとき、私たちは理由を理解しはじめた。それは「美女と野獣」の際のような知覚の衝突ではなく、数ヶ月をかけた押しくらまんじゅう、映画と肩を並べようとする演劇の、奮闘の末だった。愛する映画のほんのちょっとした変更でさえも、オーウェンにとっては黒板に爪を立てるようなものだと、その頃には私たちも学んでいた。お気に入りのキャラクターの改悪バージョンや、「アラジン」のぶざまな続編「ジャファーの逆襲」などのまがいものを、オーウェンはいみ嫌った。

だがその時点でオーウェンはまた、以前よりは柔軟性を身につけ、平行世界——ディズニー世界と現実世界——の間を行き来する練習をして、腕を上げてきた。とりわけ、彼と一緒に映画を現実世界へ連れてくるのがうまくなった。例えばうさぎどんや、「ジャイアント・ピーチ」のキャラクターを自分自身が演じるのは、問題なかった——頭の中で絶えずかかっている映画を、現実の盤面上で、ただ演じるだけだからだ。

だが他人によって演じられる芝居は、オリジナル映画でも、オーウェンの表現する現実でもなく、ふたつの世界の間に割りこんできた侵入者だ。愛する映画と並んで、テイモア版の劇が長い間共存できたのは、大きな進歩だった。オーウェンは不協和音に対処できるようになった。予想通り、結局は映画の勝利に終わる。ニュー・アムステルダム劇場のロビーで私たちが40ドルをはたいて買った本、

『ライオン・キング ―ブロードウェイへの道』は、オーウェンのベッド下のコレクションとあいなり、埃にまみれている。

だが、ビロードの椅子に座って「メリー・ポピンズ」の上演を待つ私たちは、気楽に構えている。1964年の映画版は、実写とアニメーションの組み合わせで、人間の役者たち――オリジナルはジュリー・アンドリュースとディック・ヴァン・ダイク――が中心だった。私たちの知る限り、舞台俳優が手を加えたオーウェンの愛する脇役は、誰もいない。

一番肝心なのは、これをいい誕生日にしたいということだ。それが真の目的だった。もし、オーウェンが舞台を気に入れば――もし今度こそ思惑が当たれば――この日が素晴らしい1日となり、何ヶ月、いや何年も、息子と一緒に好ましい思い出に浸れる。だからコーネリアと私は、味わえる興奮のひとつずつをかみしめる。今日はオーウェンの日だ。そしてここは、ディズニーの劇場だった。

客席照明が落ちて天井に引きあげられ、席につく時間だと観客に合図する。隣に座るオーウェンを見ると、熱心にプログラムをめくっている。

正直にいえば、最初、彼はこのアイディアに、すごく乗り気というわけではなかった。それで、コーネリアはオーウェンの愛する彼女の姉妹、アリスとマリータを、コネチカット州からピザ・ランチに呼び寄せた。

オーウェンはこの時点でも、まだプログラムをめくっている。出演俳優がたくさんおり、オーウェンは配役表に目を通しているようだが、ほぼ全員が舞台俳優だ。緊張を和らげようと、何か馴染みのあるもの、よすがにできるものを探している。パンフを読む息子を見て私は満足する。ページをめくったオーウェンが、息を飲む。

「嘘!」

「何、オーウェン。どうしたの？」。コーネリアが反対側から、何も不測の事態は起きてないことを願って尋ねる。

「ジョナサン・フリーマン――彼が海軍大将を演じてる！」

私は頭をフル回転させて脈絡を探す。そうだ、海軍大将。「メリー・ポピンズ」に出てくる帽子をかぶり、頬髭をはやした人物で、チェリー・ツリー・レーンの屋根から大砲を撃ってくる。

フリーマン？

「父さん？　ジョナサン・フリーマンは『アラジン』のジャファー役の声優だよ！」

場内でこれを知っている、もしくはこれほど気にかけているのはオーウェンただひとりだと、確信を持って言える。

カーテンが上がる。しばらくして、ちょい役のフリーマンが登場し、大げさなイギリス軍人のアクセントと大げさな身振りで、煙突掃除のバートに挨拶してみせる。

ほの暗い明かりの中で、オーウェンの顔が見える。まるで有名な世捨て人、何年も行方を捜していた消息不明の人物を見つけたような顔つきをしている。

舞台はまずまずだった。オーウェンは一心に観て、ウキウキしているようだ。映画で有名になったシャーマン兄弟作曲の歌を口ずさむ。

2度目のカーテンコールで役者たちがおじぎをしている最中、オーウェンが目をギラギラさせて、私のシャツの袖を掴む。

「楽屋裏に行って、彼に会える？」

そこが、私たちが次の1時間を過ごした場所だ。主役級の役者たちが、サインやiPhoneの写真をせがむ少数の熱狂的なファンの脇を通る。オーウェンはまったく注意を払わず、つま先立ちになり、首を伸ばしてステージドアに注目している。

それから、私たちだけが残った。コーネリアは私を見て、眉をあげ、「それでどうする？」という顔つきをする。

「たぶん彼は、別のドアから出て行ったんだ」。私がぼやく。

ふたりしてオーウェンを見る。すでに貼りついたような笑顔を浮かべている。彼の仮面。「大丈夫だよ、父さん。問題なーい」。オーウェンは頭を大きく上下させて「なーい」と言う、誰かが胸を殴ったみたいに。

私はフェルトのローブをくぐって、警備員の肩を叩く。彼はちょっと驚くが、私はすぐに切り出す――ジョナサン・フリーマンを待っているんだが。警備員は若いアフリカ系の男で、黄色い「ライオン・キング」のシャツを着こみ、フリーマンを知っているらしく――「ああ、彼はいい人だよ」。だが、怪訝に思う。フリーマン？　もし私たちがフリーマンに伝言を書いたら、と私は警備員に尋ねる。それを控え室に置いておいてくれる？　彼はしばらく考える。「いいよ、別に」。警備員が返事をする。

それから重ねて言葉を交わし、オーウェンのことを匂わすと、みるみる相手の表情が変わる。実に、驚くばかりだ。私たちは、どれだけ遠くへ来たことか。私たち全員がだ。１００年前であれば、オーウェンに、もしくはダウン症の子どもに、どんな運命が待ち受けていただろう？　やりきれない、実際。多くが捨てられるか、もっと悲惨な目にあった。ＪＦＫの妹は、ロボトミー手術を受けさせられた。今なら、発達障害の子どもが困っていると、誰かにひと言言おうものなら、相手は最優先で手を貸そうとする。当然私は、要りようなものを持っていない。警備員は奥に行って、メモ帳とペンを持ってきてくれる。

私はコーネリアとオーウェンに、近所のレストランに行くように指示し――少しあと――ディズニーの出し物のメモ帳を膝にのせて、近くの階段に座っている。1時間かけて、このことづてを正しく書けたら、いい時間の使い方をしたことになる。

日が暮れるにつれて風が強まり、ミッドタウンのがらんどうの屋内に、ゴミを吹き飛ばす。そこには野性味がある。舞い上がるゴミが、そびえ建つ街の広がりを実感させる。私にとっては、汚い階段に腰かける自分を、だが。

オーウェンの障害が、私を本来の自分よりもましな人間にしたというのは、少し違う。彼を助け、その矯正に焦点を置く限りにおいて私は目を光らせ続けているが、息子はそうなるべくしてなったと、今ではわかっている。子どもたちのためなら、私は何だってやる。失敗して、自力で立ち上がるすべを学ぶほうがいい――そのほうが強い人間になる――場合であろうとも。そしてウォルトは21歳にして、私の助けを切実に必要とする場面は、もはやない。

だがオーウェンはまだ私たちを必要とし、生涯そうかもしれない――もしくは、そう私たちが自分に言いきかせているのかもしれない。

この、オーウェンを救いたいという欲望、子どもが困ったときにすべての親が感じる衝動は、確かに、息子のためであるのと同じほど、私、そしてコーネリアのためになっていた――私たちが必要とすること、すなわち一体感と、価値あることをしているという感覚。長い年月をへて、それが今の私たちだった。だが、ゴミの渦巻きを眺めていると、いつの間にか、恥知らずな普段の私から、なりふり構わない状態にまで落ちぶれてはいないとは、言い切れなくなってくる。

高尚かつ容赦のない眼力で有名なニューヨークの心眼からは、私もゴミに見えるはずだ。私はここで、職業俳優宛に、20年前にあてた声の仕事に対する家族からの愛のことづてを書いている。売りこみ文句を思案する。コーネリアはよく、ピュリツァー賞のことは絶対触れるなと言う。節度がないわ、と言う。他人が言う分には構わないけど。私もまったく同意見だ。
それはさておき。

親愛なるジョナサン、
私はロン・サスキンドと申します。ピュリツァー賞を受賞したジャーナリストです。ですが、あなたこそが、私の家族にとっては真のヒーローです。18歳になる私の息子オーウェンは、幼い頃からあなたの声のお仕事のファンでした。息子は自閉症スペクトラムの少年で、自分の選んだ情熱の対象と、アートを通して世界を理解します。私たちは楽屋裏であなたをお待ちしましたが、すれ違ってしまったようです。
ですが、来週の水曜日は彼の誕生日です。もしあなたが1分ばかり、彼に電話してくださったら、オーウェンに一生分のスリルを与えることができます。ジャファーとイアーゴは、長年我が家に住み続けています。オーウェンはすべてのセリフを――愛情を持って――暗唱でき、50年以上にわたるディズニーの殿堂の、声をあてた役者全員をそらんじています。
ですから、もしあなたから返事をもらえなくても、感謝します。
ご多幸を祈って、
ロン・サスキンド
紙面の一番下に、私の携帯と自宅の電話番号を書き記すと、警備員に手渡した。

・・・

4日後、私たちは電話機のまわりに群がる。拡声機能はオンだ。

「オーウェン?」

「はい?」

「ジョナサン・フリーマンだ」

私はフリーマンと前日に話をしていた。彼が私の携帯に電話してきた。親しみやすい、60歳の独身男で、年季の入ったブロードウェイ役者にして、ディズニーの常連だ。数分間感謝の弁を浴びせかけたあと、私は彼に、電話をくれるいい時間は、夕方早く、オーウェンの誕生日を祝って、親子3人水入らずで自宅で食べるディナーのあとだと伝えた。呼びだし音が鳴ったとき、私たちはオーウェンに、何気ない素振りでお前に電話だと言い、3階の踊り場に置いた全機能つきの大きなモトローラ機のまわりにがん首をならべた。

ジョナサンの声を聞いたオーウェンが、黙りこむ。電話を見つめている。

「オーウェン?」。フリーマンが言う。

「はい」

「そこにいる?」

「あなただなんて、信じられない」

それから、もっと大きく、

「あなただなんて信じられない!」

「誕生日おめでとう、オーウェン。ディズニーの大ファンなんだってね」

コーネリアと私は、彼の横に立っている。彼は私たちを見る——目を見開いて——そして、何かを訴えるように私を見つめる。

私は息子の瞳の中に映るものを見る。昔の家の、ベッドルームにいる私たち。ベッドスプレッドの下から私がパペットを持ち上げて、オーウェンと対面する。あれが私たちの、大事な瞬間だった。彼はそれを置き換える許可が欲しい。

「やりなさい、相棒」

オーウェンが態勢を整える。腕を腰に当てる。

「オーケー、オーケー、ジャファー、聞いて、あーんたが王女と結婚すりゃいい……」。そらきた、ギルバート・ゴットフリードのクレイジーなスタッカートが爆発する。

今回、ジャファーの声はモトローラを通して聞こえてくる。「イアーゴ、さすがは私のよこしまな鳥頭だ」

オーウェンは文字通り、地面から浮きあがる。跳ねて、くらくらして、飛ぶ。

「なんてこった、ギルバートと話してるみたいだ。つまり、オーウェン、私はギルバートを知っている。私はみんなと知りあいだからね」。フリーマンが言う。

オーウェンは、彼の思いつく限りの映画のキャストについて尋ねる。ジョナサンは精一杯、最新情報を教える。サルタンを演じ、１９９９年に亡くなったイギリスの役者ダグラス・シールを、ともにいたむ。

「彼はとてもいい人だったよ、オーウェン」。フリーマンが言う。それからふたりでジョナサンの良き友人、アラン・メンケンの話題で盛り上がる。「アラン・メンケンを知ってるなんて！　彼は史上最も偉大な作曲家です！」。オーウェンが主張する。

「オーウェン、彼に君がそう言ったって伝えよう――大喜びすると思うよ」

それからふたりはセリフのかけあいをする。オーウェンがセリフを繰り出すと、大抵イアーゴだが、ジーニーの長広舌やサルタンのひと言も差しはさまれる。ジョナサンはもちろんジャファーを受け持ち、やがて止めると、クスクス笑う。「オーウェン、助けてくれ……私の次のセリフは?」。オーウェンがジャファーをやり、それをフリーマンが繰り返す。シンフォニーだ。

20分後、ジョナサンが消耗する。「オーウェン、私はヘトヘトだ。ついていけない。なあ――教えてくれ。君はこの映画が好きだろ。映画のどこが好きなんだい?」

しばしのやりとりがある。オーウェンは様々なキャラクターの、好きな点をあげる。ジョナサンはそれを、映画に対するオーウェンの考え、テーマに橋渡ししようと試み、それをふたりは話しはじめる。

コーネリアと私は、やりとりを聞いている。

妻が私の腕を掴む。

「何だ?」

「わからない? ジョナサンは私たちの通ってきた道を、駆けあがっているわ」。彼女が囁く。「10年分を一気に。テーマに迫るセリフと奥深い意味づけにはじまって」

現在まで。

「善と悪の闘いの話じゃないのかな」。ジョナサンがかまをかける。「そして最後に、善が勝つ」

「そうだね。いい線。でもそれ以上のものだと思う」。オーウェンが反論する。

オーウェンが深くダイビングをするときの顔つきがある。下を見つめ、目玉が内側にまるまるようになる。今、それをやっている。

ジョナサンにはオーウェンの姿が見えないが、彼が考えているのを感じとったに違いない――誰もしゃべらない――そして一瞬後、オーウェンが浮上してくる。彼の声はやわらかく、浮き世離れしている。
「本当の自分を、ついに受け入れることだと思う。そして、自分に満足すること」
電話機から、ため息と鼻をすする音がする。「何てことだ。今の今までそれが見えてなかったとは」

・・・

3ヶ月後、コーネリアはメリーランド州郊外にあるシナゴーグの会堂に座っている。年に1度、オーウェンの高校がこのホールを卒業式に使っていた。

ウォルトがコーネリアの脇に座り、両家の親族が2列分の席を埋める。3年前のウォルトの高校卒業式と、さらにその前、ふたりのバル・ミツバーに集まったときと、同規模の派遣団だ。

コーネリアは左右を見渡し、みんなが席におさまって上機嫌なのを確認する——徹底した計画のたまものだ。フライト、ホテル、週末のイベントスケジュール。式まであと5分、すべて順調、計画通り。彼女は役割に慣れてきた。働きかけ、画策し、組織し、手配し、工夫する——何年にもわたって、ふたりの息子のために——そして、フィナーレの舞台監督をつとめ……夫が舞台に立つ。ウォルトの6年生の卒業式にはじまって、私は息子たちの卒業式で、何回か話をした。毎回、コーネリアがここに上がらないことを後ろめたく感じる。妻はたくみな演説家だが、もともと表だったことを好まないたちだ。これは妥当な分担作業だろう。私はこれが得意。彼女はその他何でもが得意。

そして、ついに報われるときが来たと、コーネリアは感慨を覚えずはいられない。しゃにむに努力を重ねてきた16年間——実質、成人後の人生の大部分だ——の末、オーウェンが晴れて高校を卒業する。正真正銘、本物の卒業式だ。息子は卒業証書をもらう。

学校はオーウェンにとって、快適なところ――たぶん、完璧な場所だった。いじめの悪夢を防げたものか、彼女はしばしば頭を悩ませた。学校がもっと早く把握することはできたのか、すべきだったのか、またはそもそもどうしてあの2少年がこの学び舎に行きついたのか。だが発覚後、学校は間違いなく積極的に動き、それからの2年間、オーウェンを気にかけ、注意深いことには模範的だった。

とりわけ最後の1年、彼は花開いた。たぶん間もなく終わりが来ることを意識し、前途が不確かな分、集中したのだろう。学校の提供するすべてを謳歌していた――体育から美術から毎晩の宿題から、つい先週のプロムまで。彼のタキシード姿――コーネリアの祖父のお古、J・プレスのタキシードはサイズピッタリ――はりゅうとして、親がわが子を見違える瞬間だが、当人は気づきもしない。ただ微笑み返し、前に進む。

コーネリアは来年度の移行プログラムを、オーウェン、ブライアン〈《映画の神々》〉の3人のうちのふたり)、そしてもうひとりの少年、ベンの3人だけでとりまとめた。ベンの母親は、モーリーンを紹介してくれた人だ。ベンはオーウェンより1歳年上で、すでに仕事があり、地元のスーパーマーケットで食料品の袋づめをしている。やることはたくさんあった――オーウェンの仕事探しの件も含め、今進行中の大事業だ。

高校の最終試験は、前途の多難さを苦々しく物語っていた。スティクスルート医師が言ったように、テストはいつも、頭が痛い。革新的テストの達人の彼でさえ、オーウェンの不揃いな、巧みに隠された能力をテストするのに苦労している。

世間は学校の職業適性査定課ほど、創造的でも忍耐強くもなければ、注意深くさえない。そこが今年の春先、最終レポートを送りつけてきた。検討すべき職業としてリストアップされていたのは、切符のもぎり係、清掃のアシスタント、養苗場や温室での植物の世話、それに――絵画への造詣の深さから――子どもや大人やお年寄りのお絵かき教室のアシスタント。その最後の職種のみ、オーウェンが磨いてきた能力――画才への評価を示している。

ひと月前、とりわけ間の悪いときに私はコーネリアからレポートを見せられた。耳に響いてくるのはただ、オーウェンが最初の頃に脇役について語った言葉だ。彼らは見下されている。ひとりの脇役も見捨てない。

私の反応――必ずしも解決策とは限らないが――は、一線級の著名人を卒業式のゲストに招くことだった。テスト結果がどうであれ、この子たちはどんな卒業生よりも遠くまで旅してきたことを、生徒たちに見せ、みんなに見せつける、それが私流のやり方だった。ゲストスピーカー探しの闘いは、すでに春中続いていた。私は前年、KTSの卒業式で式辞を述べたし、今年は単に卒業生を見送るひとりの父親になろうと考えていた――オーウェンが「威風堂々」と歩む場に同席することだけが、私の望みだった。だが、ジョナサン・フリーマンとの電話による愛の宴があった次の夜、オーウェンが難題をふっかけた。「父さんは、ウォルトの卒業式で話した。僕の卒業式で、父さんに話してほしい」はたして、学校は2年続けて同じ人物が式辞を述べることに難色を示した。そこで、代案として、私が前ふりで紹介できる人物を探しはじめた。

最初の電話――ダスティン・ホフマンのオフィス。悪いね、彼は映画の撮影中だ。いい話だ、でもお断り。

2ヶ月と100本の電話の果てに、最後の頼みの綱は、メリーランド州のバーバラ・ミカルスキ上院議員を残すのみとなった。アメリカ合衆国における障害者支援の先鋒と目されている。議員は、たぶん来られると思った。だが駄目だった。

私は疲れ、怒っていた。「つまり、彼らは式辞を述べてもらうに値しないってことか。誰ひとり、自分の人生の1時間を犠牲にして、あの子たちのために、一生の思い出に残る式にしてやる気がないとは!」。私はコーンにぶちまけた。

コーネリアは私の肩に手を置いた。彼女の声は、こちらの気を鎮めてくれる。「よく考えましょうよ。子どもたちにとって、バーバラ・ミカルスキなんて、どうでもいい存在よ。父兄は議員を知っているかもしれないけど、子どもたちは知らないでしょ」。コーネリアに何かがひらめくのがわかった。「卒業生は18人だけだわ。あなたは学校に行って、スピーチ・ライティングのワークショップを開き、ひとりひとりに短いスピーチを書かせるの。あなたは卒業式の指南役にまわり――あの子たちを主役に仕立てるのよ」

●
●
●

角帽を被り、ガウンを着た18人の生徒たちが、舞台の端に6脚ずつ3列に並べた折りたたみ椅子に、わいわいはしゃぎながら座る。その様子を見ていたコーネリアが、ウォルトに囁く。「スピーチはちょっとしたものよ――父さんが家に持ち帰った原稿コピーを、いくつか見たの」

「おやじは今夜働かなくてすんで、ほっとしてるのは確かだろうね」

「あなたのお父さんから、ひと言ふた言あるのは確かでしょうね」

彼は笑う――ウォルトはもう21歳だ。彼は私たちを1個の人間として見はじめている。

9メートル東、そして1・2メートル上方で、私はほんの2、3言、主にウォルトとの同一性を望むオーウェンのために話をする。そして、「今夜は18名の卒業生総代がいます」

ひとりずつ、学生たちが演壇に来る。私の手元には、スピーチのコピーがある。ほとんどが2段落分の長さで、それぞれ自分の原稿を携えている。2、3人が固まってしまい、代読を私に頼む。私はひとりの代読を引き受けたが、残りは前に出、何人かは驚くほど堂々としていた。

ロビーという男子が、KTSで自分は「自信を持って歩み、たとえ破滅的な因子を抱えていても、自分でいることに幸福と誇りを感じていると、世界に」示すことを学んだ——だが鷹のように空を舞うためには、支援と愛と情熱が必要だとスピーチした。

ティニーシャという女子は、前の学校でいじめられたことについて話し、でも「今、私には抱きしめあえるたくさんの友だちがいます」

オーウェンより1年前に、ラボ・スクールから追い出されたミッキーという男子は、KTSで、友情について学んだことを話す。「僕にとって良い友人の条件とは、辛い時期にそばにいて、困っているときに友を助けることです。僕は良い友人です、なぜなら僕はいつも、そばにいますから」

エレーナという女子が、やはり友情におけるレッスンについて、「教室で学んだスキルと同じくらい重要なのは、自分自身について学んだこと」だと表明する。

〈映画の神々〉のひとり、ブライアンが、「優しさと共感」を示した先生方に感謝する一方、〈映画の神々〉2番手のコナーは、彼の「大人の男への完全な脱皮」の過程で、「大胆で知的で面白い人間になることについて話し、そして「俺たちニュースキャスター」のロン・バーガンディーの決まり文句で締めくくる。「キャサリン・トーマス・スクール、粋にやろう」

3番目の〈映画の神々〉、オーウェンは自分の貯蔵庫から1本の映画を引っぱりだし——マーリンのイントネーションで、「知識と知恵こそ、本当のパワーなのじゃ！」——そして、物語についての物語で締めくくる。

随分昔、僕は魔法の石を見つける男の子が主人公の短編を書きました。石は鏡みたいで、覗きこむと、未来が見えます。ある日、男の子は石をなくすけれど、悲しんだりしません。なぜなら未来は明るいと彼は知っていたからです。ＫＴＳは僕にとって、ちょっとその石みたいです。ＫＴＳは、未来を覗く手助けをしてくれ、そして前途には明るく、素晴らしいことが待っているのが見えました。ここを去るのは、魔法の石をなくすようなものです。でも大丈夫、なぜなら今ではもう、僕は知っているからです。未来は素晴らしく、そして喜びに満ちていると。ありがとう、ＫＴＳ。

私の座る位置、話し手たちの脇からは、聴衆の顔をよぎる表情の数々が、誰よりもはっきりと見える。これが、話者たちの大半には見えない、または素早く処理できないことのひとつだ――そして今日、それは彼らの魅力となる。どんな話し手にとっても、聴衆の前で完全に正直になることはまれだ。なぜなら、彼らはみんな、気にかけるから――私たちみんながそうだ――聴衆が何と思うか。それでなければ、どうして演壇に立ったりする？　そして、一瞬ごと、顔から顔に現れる反応を見て、プレゼンの種類にかかわらず、切り口を変える。なぜなら少数の例外を除いて、およそすべての話者は、聴衆に受けたいと思うからだ。

この日、総代は18人いる。それぞれの話し手は、単に彼らの知る一番の真実を述べている。だからこそ、こんなにたくさんの畏敬の念に打たれた顔が、舞台を見上げる。彼らの知る一番の真実が述べられる瞬間を待って。だから、そう、それぞれの卒業生たちは、敬意を払われてあまりある。最後に、聴衆が拍手を送る段になると、彼らは止めようとしない。

彼らは止められない。

1週間後の2010年6月24日、オーウェン・サスキンドは、とうとう故郷に辿りつく。私たちはまだ、ワシントンに住んでいる。だが彼は頭の中、心の中で、ここにずっと住みついていた。ロサンゼルスが市だと、もしくはカリフォルニアが州だと知るよりも前に。

車がアイドリングする間、オーウェンは黙りこくり、せわしない息をして後部座席に座っている。警備員が私のIDを持ってブースに消え、3つのパスを持って戻ってくる。ひとつは私に、ひとつはコーネリアに、そしてひとつはオーウェンに。

「ディズニー・アニメーション・スタジオにようこそ」。彼は明るく、楽しそうに言う。「前方、右側に駐車してください」

フリーマンが電話で話をつけてくれた。私の次の本――経済の下降とオバマの台頭についての――のために、連邦準備制度理事会元議長のポール・ボルカーを訪ねて、ニューヨークに飛ぶ用事ができた。そこで、彼に電話した。フリーマン、そうだ彼がいた。私はボルカーとのランチに、大きな平たい箱を持ってきた。彼はそれを見ても、何も尋ねなかった。私は説明しなかった。中には縦横60センチの、アラビア風の貴人とペットのオウムの絵が入っている。その後、私は街を大急ぎで横断してディナーに向かい、外で男を待った。彼の青い目と表現豊かな眉毛が、箱に入った絵にマッチしている。ジョナサンと私は、3時間ほど話をした。彼はいつぞやの電話に深く心を動かされていた。私は彼に、オーウェン・サーガのすべてを話し、そしてジャファーと肩に乗せたイアーゴのポートレートを手渡した。フリーマンはバーバンクに電話を入れた。

私たちがここに辿りつき、ロイ・E・ディズニー・アニメーション・ビルディングの正面玄関を小さく見せる、コバルトブルーの魔法使いの帽子を見上げている構図の裏には、そんなからくりがあった。

現実はさらに複雑で、映画のセリフで話す無口な少年および、内なるヒーローを探す脇役と関係がある。コーネリアと私は、そのすべてを数千字でものし――オーウェンの物語――前もってそれを送っておいた。

そのため、先方はどんな人物が来るのか承知している。

世間の意向を無視するのがオリジナル性の本質だとしたら、オーウェンの信条はとんでもなくオリジナルだ。彼の心の中で、ディズニーのアニメーターは世界一偉大な人々だ。大統領と法王たち、どいたどいた。

ディズニーの広報担当を長年つとめるハワード・グリーンが、かわいい金髪の女性アシスタントを従えて、正面玄関の受付で私たちを出迎える。この人物こそジョナサンが電話を入れた相手で、そのあと、私たちのオーウェンに関する巻物を読んで、今、こうして私たちに門戸を開いてくれている。コーネリアと私は至福の中におり、一足ごとにその感覚は強くなる。私たちは、ことの重さを知っている。自宅の地下室からこの地まで、どれだけ長い道のりだったことか。オーウェンはほがらかに、ハワードに挨拶する――ディズニー・ファミリーの一員同士として――恩義の感覚などはなく、そのあとはもう、彼を待ちかねているはずのクリエイターたちのことで、頭がいっぱいだ。

私は感謝の意を表すよう息子をつつこうかと迷う。ハワードが今回の立役者だ。だが私は口をつぐんで、オーウェンに向きなおる。カーキズボン、しま模様のポロシャツ、そしてスタイリッシュな茶色の靴という服装で清潔感をかもし、熱心かつビジネスライクな様子でスケッチ帳を抱えている。ウォルト・ディズニー・ワールド詣では、彼にとって深い意義がある。この場所は、一層深い。オーウェンはここが自分の居場所だと感じている。

1分後、階段の踊り場で、われら使節団が、開け放ったドアをノックしている。原画机に貼りついていた黒髪の男が、クリルと振り返る。

「アンドレアス・デジャだ」。信じられないと言う口調で、オーウェンが言う。小柄で、中年だが若々しく、ヴァン・ダイク髭に縁取られた大きな素早い笑顔を浮かべ、デジャが部屋を歩いてくると、右手を差し出す。

「オーウェンだね」

「すごくうれしいです。あなたの仕事が大好きです」。オーウェンが言う。

デジャはいささか面くらい、ほとんどはにかんだ素振りを見せる。彼に加え、中年もしくはそれより上の、5人足らずの上級アニメーターたちは、「ナイン・オールドメン」の後継者と目されている。伝説に名高いアーティスト集団で、レス・クラーク、マーク・デイヴィス、フランク・トーマス、ウォード・キンボール、エリック・ラーソン、ジョン・ラウンズベリー、ウォルフガング・ライザーマン、ミルト・カール、そしてオリー・ジョンストンの9名を、そう呼んでいる。ウォルト・ディズニーとともにキャリアをスタートさせたジョンストンは、最初の代表的なヒット作「白雪姫」以降、50年にわたり、スタジオのアニメーション映画を築きあげてきた。1980年に社の育成部門を任されたエリック・ラーソンは、デジャら若手アニメーターの指導にあたり、デジャたちが1989年の「リトル・マーメイド」にはじまる4本の大ヒット作を生みだすと、すぐに「第2期黄金時代」と呼ばれるようになった。

「それで、どのキャラクターがお気に入りなんだい？」。デジャが親しげに聞く。

「全部です！」。オーウェンは叫び、アンドレアスがクレジットされたキャラクターを、10種類ばかりまくし立てる。「リトル・マーメイド」の父王トリトン、「美女と野獣」のガストン、「ライオン・キング」のスカー、そしてもちろん、ジャファーがいる。

「僕は、ジョナサン・フリーマンと会いました。彼は僕の友だちです！」。オーウェンは、ほとんど自分を抑えられない。彼はビックリマークになる。

　アンドレアスは頷き――「そう、ジョナサンは素晴らしい男だ」――それから少しペースを落とし、オーウェンに腕を回すと、ただ語りあう。

　オーウェンが彼にスケッチ帳を見せる。アンドレアスは感心する――「すごくうまいよ」――すると、オーウェンは肩を少し揺らす。彼の特殊な神経が、こみあげる喜びの波におっつかないと出る、自閉症のチックだ。

　戸口でひと固まりになった私たちは、みんな熱心に聴いている。「オーウェン」。コーネリアが言う。「アンドレアスさんに絵を差しあげたら？」。彼は頷いて、注意深く1枚のラフィキを破る。

　すると、アンドレアスが乗ってきて、テーブルまでスキップしていき、3分後、オーウェンを振り向いてトリトン王の絵を手渡す。「さあ、これでおあいこだ」

　オーウェンは突然、胸がいっぱいになったようだった。彼は今にも飛び上がりそうに爪先立ちをするが、アンドレアスもまた、感慨ひとしおのようだ――彼の一番のファンが自閉症で、その若者の一番の喜び、そして才能が、アンドレアスと彼の仲間たちが創りだしたキャラクターたちを休みなく描くことだという、めまいにも似た感覚。キャラクターたちが、若者の中に生きている。永遠に。

「来てくれて、本当にありがとう、オーウェン」。そしてふたりは抱きしめあう。

●　●　●

これがあと、数回繰り返される。オーウェンは、もうふたりのシニア・アニメーター、デイル・ベアとエリック・ゴールドバーグをホールに訪ねる。顔あわせからガンガン飛ばし、デジャのときと同じく、オーウェンがふたりの作品歴を1970年代に遡ってまくしたてる。向こうはオーウェンに新旧の絵を見せ、お返しに彼はスケッチ帳に描いたふたりのキャラクターの絵を見せる。同窓会の趣だ。

最後に、使節団はグレン・キーンのオフィスへと急ぐ。彼はいわば、アニメーターのボス的存在だ。これまでのアニメーターたちは、子どもじみた面があると言っても間違いじゃないだろう。彼らは絵を描き、声真似をし、そしてお互いを笑わせあおうとする。キーンはデジャとはアート面の同輩——アリエル、野獣、アラジン、ポカホンタス、そしてターザンを生みだした——だが、落ち着きがあり、教師か牧師然とした抑揚でしゃべる。

キーンがオーウェンのスケッチ帳をあらためる。ほかのアニメーターたち同様に彼の描写力と正確さをほめたあと、絵を描くとはどんな気持ちがするか尋ねる。

「僕は自分の指で、見て感じることができます」。オーウェンが言う。「僕はキャラクターがすることを感じる。彼らが幸せか、悲しいか、おびえているか、はずんでいるか。僕は絵を描くとき、それを感じます」

オーウェンは今まで1度も、そんな話はしなかった。私たちにさえ。

キーンは笑って、返答を気に入る。彼だけが、私たちがハワードに送った手紙——オーウェンの物語——を読んでいるようだった。そして彼はある意図を持ち、目の前にいるのが何者か、見極めようとしている。

キーンは広々としたオフィスを、オーウェンに案内して回る。壁に貼られた絵は、高さ3メートルの天井に届きそうだ。私たちは遠巻きに見守っている。オーウェンに彼のヒーローのひとりと、心ゆくまで過ごして欲しいと願い——おそらくは一生に1度の機会だろうから。だが、絵を1枚描くのにどれぐらいかかるか、オーウェンに質問するキーンをはたで見ていた私は、採用試験の面接官の抜け目ない、さぐる調子を嗅ぎあてる。

私の目は皿のようになり、脈が早まる。脇役の絵が描かれたスケッチ帳を最初に目にした晩、当然私たちは息子がディズニーのアニメーターになることを夢見た——ふたりの男の子がデダムの庭を走り回っていたときに、私たちがかつて抱いたのと同じたぐいの夢、もしくは妄想だ。

8年前になる——8年、彼の道の小間切れな本質を、私たちは見てきた。一歩進んで二歩下がる。だがもちろん、そのすべては進歩だ。それでも充分ではない。充分には程遠い。そんな夢を思い描き、そして再び彼に期待しはじめるには。私たちはもう諦めた。肝心なのは日々を生きること、そして最善をつくす。

だがこの瞬間、夢の燃えさしが、くすぶりはじめる。もしかしたら？　誰に断言できる？　奇跡は起きるものだ。数メートル離れたオーウェンが、彼のお決まりのフレーズをはじめる——「僕は伝統的な手描きアニメーションの復活を望みます、とりわけ、ディズニーによって新たな黄金時代が築かれることを」。1時間前にオーウェンがこれを言ったとき、アンドレアス——手描きの純粋主義者——はもろ手をあげて喜んだ。

だが、グレンは部屋の隅に置かれた大きなコンピューターに、オーウェンを連れて行く。私たち全員を呼び寄せる。画面上に、ほとんど線画だけでアニメートされた人物がいる。彼はオーウェンに分厚いスタイラスペンを手渡し、画面の上で直接、人物の形を変えるか、特徴を描きこむように要求する。画面の中で、コンピューターが彼の描く線に合うように、形を再描画するという。コンピューターがアーティストの手にしたペンに従う、ハイブリットな手段だ。息子は全力をつくすが、すべての調子が狂う。オーウェンが彼のバージョンを描くにはディズニーの本を見ないといけない。そのためには鉛筆で線を引く指の触感、手の平を滑る紙との絆が必要だった。テクニック以前に、コンピューター・アニメーションとの相性は最悪だ。

オーウェンはまともに描けずに——ただのぐちゃぐちゃな線——機械の鉛筆を下ろす。私の心臓が沈む。

コーネリアは顔をそむける——とても見ていられない。

だがそのとき、キーンがマウスを掴んでクリックする。画面いっぱいに、ラプンツェルが回転して、彼女の有名な髪の毛——ディズニー版では金髪——が滝のように流れ落ちる場面が現れる。製作期間に4年を費やし、11月に公開予定の映画「塔の上のラプンツェル」からの1ショットだ。

これはキーンの秘蔵っ子だった。彼はジョン・ラセターを含めたほかの3名とともに、製作総指揮を務めている。ラセターは1990年代のはじめにディズニーを去ってピクサーを立ち上げたが、結局ディズニーが2006年に買収することになった。彼らは手描きの技巧と、CGI（コンピューター・ジェネレーテッド・イメージ）の簡便さと柔軟性を一緒に合わせようとするプロジェクトに着手している。敵同士の両陣営を橋渡しするため、ディズニーが2000万ドル近くをかけて開発したこのソフトウェアの成果が、「塔の上のラプンツェル」でお披露目される。

画面を閉じながら、キーンはラプンツェルの髪の毛の数秒分のショットを、彼の師匠オリー・ジョンストンに見せたことを話す。「ナイン・オールドメン」の最後の生き残りで、2008年に彼が亡くなる直前だった。「私は彼に髪の毛を見てくれといった。動く絵画さながらの流れ方、手描きとコンピューター双方のいいとこ取りですよってね。オリーは見た。そしてこう言ったんだ。すごくいいね、『だけど私に興味があるのは、この娘が何を感じているかだ』」

オリー・ジョンソンの名前が出ると、オーウェンの超フォーカス機能が発動する。

「アニメーションが問題じゃないんだ」。グレンが熱をこめて言う。「アニメーションについては、今なら画面上で何でもできる。問題は、ストーリーなんだ」

彼はオーウェンを熱心に見る。

「覚えておきなさい。すべての偉大な映画は、ストーリーからはじまる。私たちに必要なのは、ストーリーなんだ」

オーウェンはその言葉を飲み込んで、元気よく頷く。「わかります」

グレンが素早くアリエルの絵を描き、サインをしてオーウェンに渡すと、ふたりは抱きあう。私たちは彼にしつこいくらい感謝を述べて、オフィスをあとにする。元気よく廊下を歩きはじめたオーウェンが、身振り手振りをしている。コーネリアは彼が疲れはじめているのがわかる。1時間にわたる他人とのやりとりは、とりわけこの密度では、健常者にすれば10時間分にもなる。また別に知られた自閉症のちょっとした特徴で、他人と交流すると、ひどく消耗する。

だがもう1ヶ所、立ち寄る場所がある。2、3回角を曲がって、ハワードが私たちを天井がドーム型の、しまの入った丸い部屋（魔法使いの帽子の中）に案内する。部屋はひんやりとして塵ひとつなく、寺院のようにしんとしている。オーウェンはふらふらと踏み入り、振り向くと、腕を広げ、両眼をしまに沿って上に向ける。

コーネリアと私は、手のひらを上に、ゆっくり回転する息子を見守る。まるで、エクスタシーに浸る巡礼者のようだ。

ディズニーは、意志の男だった。彼の最初の漫画映画《カートゥーン》スタジオは、まだ10代の頃わずか1ヶ月で潰れ、のちにはふたつの配給会社が彼のキャラクターの横取りをはかり、厳しい時期を迎える。アニメ産業の黎明期に発表されたカートゥーンのほとんどが、動く4コマ漫画みたいなものだった。すっとぼけ、誇張され、ギャグが中心だった。「白雪姫」――「ディズニーの道楽」と呼ばれ、彼のいまださささやかな規模のスタジオを破産寸前に追いこんだ――で、彼は複雑な人間の感情を表現する実験をした。自分が心に描くものをアニメーターが理解しやすいように、ディズニーは彼らに物語を語り、ときにはその場面を演じてみせた。アニメーターの仕事は、それを絵に写し取り、観客に伝わるようにすることだ。動く芸術作品を鑑賞すると同時に喜びや悲しみを体験した観客は、驚がくした。文字通り場内総立ちになって拍手喝采した。

ディズニーは、ある意味スケッチ帳があれば誰でもできる、手描きによる熟練された画像に――プロのアーティストたちが原画を描いているにせよ――人間の基本的な感情を伝える生の迫真性を与えた。それこそが彼の革新の本質だった。銀幕上に、真に迫った感情を映しこみ、本当の感情を引きだす。

そしてそれが、オーウェンがここにいる本当の理由だ――感情。敬虔そうに、恍惚として、しまの入った部屋にひとつだけ置かれたカウチに座るオーウェンは、あたかも神の膝の上に座っているようで、私たちは落ち着かない。その神は、会社を興して映画を作り、物を売り、テーマパークを経営している。

ウォルト・ディズニーが息子をかっさらったように感じた時期がある。オーウェンは私たちの世界よりも多くの時間を、彼の世界に遊んだ。息子に会い、寄り沿う道をディズニーの商品が提供してくれたのを発見し、喜ぶとともに、そのキャラクターたちが家族の生活で重要な役割を帯びていくのに、心底敵意を抱いたときがあった。そのいくらかは、今日、柔らげられた。オーウェンがアニメーターと話すのを聞き――そして、オーウェンがいかに彼らの映画をよすがにしてきたかに感動し、しばしば驚く彼らを見て――私たちは思い出した。それは、いつもひとつの対話だった。オーウェンは、はなっからテレビ画面に話しかけていた。映画の中に提示される本物そっくりの感情がオーウェンから引き出したもの、そして今も引き出し続けているものは、彼の感情、私たちの息子としての、彼の暮らしから発する一番深い感情だ。ウォルト・ディズニーの感情ではない。

●
●
●

コーネリアは危うく、目の前の車にぶつかりかける。

悲鳴をあげるブレーキ音を聞いて、運転手――十字路で一時停車した女性――は運転席から振り返り、どんなばか者がお尻に衝突しかけたのか、確かめる。コーネリアは「ごめんなさい」の印に肩をすくめてから、そそくさと駐車をして車から出る。

自宅からわずか6ブロック離れた家の芝生に、貸家の看板が出ているなんて、信じられない。完璧な家に見える。平屋、おそらくは3ベッドルーム、囲いのある裏庭。不動産業者の電話番号をスーパーのレシートにメモして、呟く。「神様、うまく行きますように」

あとひとつアイテムが揃えば、移行プログラムのお膳立てが完了する。住む場所以外、ほかは全部揃った。パスカーニーのキャンプでウォルトと一緒になり、大学の心理学部在籍中に自閉症の若者の世話をしていた青年が見つかり、彼がプログラムの監督をする。彼がオーウェン、ブライアン、ベンを管理し、教え、職業訓練をつけ、自立して生活できるだけの能力を、1年かけて身につけさせる。コーネリアはカリキュラムと活動予定を組む作業に夏中追われている。ちょうど、オークションサイトのイーベイで中古のヴァンを買ったところだ。これで家の管理人タイラーが、3人組の送り迎えをできる。コーネリアが責任を持ってタイラーのお目つけ役になり、3家族でコストを分担する。

ひと月前の7月末、ベセスダで見つけたアパートメントの不動産屋に、事情を全部話した。彼らはすでに賃貸に同意していた。書類作成の手続き中、コーネリアは3人の自閉症の若者と、スーパーバイザーが利用することに触れた。悪いけど、駄目です。これにて打ち切り。コーネリアは、彼らがほとんど部屋に泊まりさえしないと説明した。自活能力を養う場にするのよ、料理とか掃除とか、バスや地下鉄で移動するとかね。すみませんが、「グループ」は受けつけていません。

彼女は怒って、我を忘れる。「3人の男がアパートをシェアするのと、機能的に何が違うのよ?」。返答なし。この件について交渉の余地はなしだ。

次のアパートはポリシーに反するといい、コーネリアは契約書のどこに禁止事項があるのか示せと要求した。あとで連絡します、というのが責任逃れの返事だった。

3軒目のアパートは、理想的とは言えなかった。だがもう8月中旬で、えり好みはできない。大家は自閉症の人々には何も含むところはないが、家主と相談しないといけないと言う。「ノー」が返って来たとき、私たちはオンライン検索をして、アパートの家主がラビなのをつきとめる。半日かけて、タルムードを引きあいに出し、熱のこもった手紙を書いた。ラビは私たちを却下し——タルムードは集合住宅の貸家については何も言っていない——私は思わず、以下ではじまるぶしつけな返事を書いた。「あなたはそれでも自分をラビだと言えますか?」

家族はすでにタイラーへの支払いをはじめていたし、子どもたちは準備ができている。私は裏庭のオフィス兼スタジオを使うように提案する。大きな部屋だ——4人にはきついが、まぁなんとかなる。オフィスをよそで借りるか、家の中で仕事をすればいいだろう。

借家の看板を見たあとの朝、コーネリアと私は朝食に出かけ、オーウェンの耳の射程外に来る。

「もうこれ以上、断られるわけにはいかないわ」。注文が済んだあと、コーネリアが言う。私はオフィスを空け渡そうかともちかける。彼女は言下に却下する。「そんなのまったくもってバカげてるわ。あなたは本を仕上げるんでしょ。どこでやるのよ？　うちの芝生？」

「いや、なんとかする」

これはいつもの会話だ。ふたりは「犠牲ゲーム」と呼んでいる。どちらがより多くの犠牲を差し出せるか。ふたりにとって、同時に犠牲になるのは都合が悪い——それで、戦略的な駆け引き問題となる。褒賞はなし。だが神格化の特典は、定期的な贈り物と、モラル的優位への頻繁な旅に、交換可能だ。コーネリアは大抵ここで私を叩きのめすが、私はオフィスのこまを進める。

コーネリアは話題全体を却下し——破滅への道よ——そして戦略を変える。

「今日の基本的な事案はね、私は嘘をつくべきかってことよ」。妻にとり、これはモラル上の多大な犠牲で——いい手だ。

コーネリアは嘘が嫌いで、あまりうまくない。だが今回は特殊な状況だ。私たちは理由づけをはじめる。私は人生のかなりの時間をかけ、情報源または対象とする人物が、なぜそうするのか、「もっともな理由」を理解しようと努めた。そうすれば、彼らを「全体的な文脈で」ふくらませられる——そう彼らに説明している——ある意味、判断の保留だ。

コーネリアは厳格な行動規範を持つ。彼女は私に、それをごまかす手伝いをして欲しい。それで、問題は、人々が自閉症に抱く誤解だと彼女に指摘する。未知なものには恐怖を覚え、たとえ自閉症の人間を知っているとしても、スペクトラムは非常に幅広いため、正確なところ、どのあたりなのか見当がつかない。今日の午後、君はただ、4人の若者たち——3人の男＋タイラー——に、ほかの集団と違うところがあるとは伝えず、タイラーに3人の代弁をさせればいい。

そのうち、先方がほかの３人と会う機会ができて、彼らに少し障害があるのがわかっても、同時に優しくほがらかで、規則厳守の鬼なのもわかる。家主にとって、これ以上のテナントは望めず、自閉症スペクトラムの人々との初めての付き合いとなる。恐怖の源は無知だ。そうやって克服されていく。

「結果が手段を正当化する」。コーネリアが苦々しくいうと、オムレツがやって来る。

「それに、卵を割ってオムレツを作れる」。私の言葉にほんのり笑顔を見せるが、それでけりがついた。

３時間後、コーネリアは物件の内覧を終える。家主は50がらみのアフリカ系アメリカ人の女性で、コーネリアに質問がないか、家が彼女のニーズを満たすかどうか、尋ねはじめる。完璧だ。寝室が３つ、リビングルーム、ダイニングルーム、キッチン、裏庭。安くはない――月２５００ドル――だが家族同士で割ればなんとかなる。そこで、彼女はリハーサルをする。大学生３人と、大学を出たてのがひとり、そして……。

「聞いて、断らなきゃないことがあるの。３人の自閉症の男性と、ひとりのスーパーバイザーなのよ」。

妻は、彼らが問題を起こす心配は皆無で、これまで３ヵ所で却下されたことを説明する。

家主は長い間黙っていた。「あなたが真実を話してくれたから、この家はあなたのものよ」

• • •

俳優組合とブロードウェイ連盟（プロデューサーたち）の間で交わされてきた何十年にもわたる労働協約に基づいて、ニューヨークの舞台俳優は日曜の午後から火曜日の夕方の舞台まで、オフを取る者が多い。

２０１０年の秋、ハロウィーンはたまたま日曜日だった。

この珍にしてまれなる一致の結果、モーリーンの芸術家の館で、隅っこの定位置に陣取ったオーウェンが、ジーニーの絵を大胆なパステルづかいで描きながら頭の中の声を聞いていると、もっと現実的な声に置きかえられる。

「オーウェン、そこにいるかい……?」

「なんてこと、ジョナサン・フリーマンだ!」

オーウェンは跳び上がってもろ手を差しだし、今日はフリーマンのお抱え運転手を務める私を素早く見て――私はイエス、ハグしても大丈夫と頷き――それから微笑みを浮かべた、手入れの行き届いた髪の、バリトンの、日曜の午後の舞台を休んで朝早く電車に飛び乗った人物に両腕をまわす。

もちろん、女家長がこれを放っておくはずがない。オーウェンは大興奮で「史上最も偉大な役者のひとりで、僕の友だち」をモーリーンと女の子たちに紹介する。

縁浅からぬみんなが盛り上がる。女性アーティストたちは1年間様々なジャファーの絵を目にしてきたし、俳優のジョナサンにしても、喜んでくれるファンを失望させるような野暮《やぼ》はせず、少ししてから矛先をオーウェンに向けて、優しく促す。「オーウェン、今夜何かあるんじゃない?」

一瞬かかって思い当たる。「そうだ、今夜僕のクラブハウスでハロウィーン・パーティをするから、みんな来てね」

借家をそう呼んでいる――「クラブハウス」――若者たちが泊まることはほとんどないので、適切な呼び名だ。

ベンはすでに、地元のスーパーマーケットで仕事をしている――オーウェンがそこでパートタイムの仕事をもらおうとしている最中だ。それで、ハロウィーンまでの1週間、タイラーがオーウェンに付き合って、クラブハウスのキッチンで、袋詰め作業のスピード、テクニック、接客マナーを練習している。

「練習袋」――缶詰や掃除用品といった乾物でいっぱい――は、オーウェンとジョナサンがクモの巣をキッチンに張りめぐらし、それからリビングルームに移動して、パーティの準備をしている間も、まだカウンターの上にある。

部屋がほどよくクモの巣だらけになったあと、ふたりはカウチに腰かける。オーウェンは、ただクモの巣の吊り具合を確認したいと言う。しばらくして、ジョナサンが続きにかかろうとせかす――もう午後も遅く、イベントに備えてすることはたくさんある――だがオーウェンはあと数分だけ、とねばる。

数年後、この日の印象を尋ねられたとき、オーウェンはカウチでのひとコマに触れた。「ハロウィーンの日に、ジョナサン・フリーマンがそこにいた。僕の人生最高の日が、あっという間に過ぎて行った。僕は速度を緩めたかった。できるだけ長く、この日にとどまっていたかったんだ」

●
●
●

私たちは、目覚めていく。少しずつ、一生をかけて。境界をまたいだような、記念的な日がある。その日の前後に、それがわかる。

これは、オーウェンにとってそんな日だった。

「ティム・バートンのナイトメアー・ビフォア・クリスマス」の、移り気で夢想家肌のパンプキン・キング、ジャック・スケリントンの衣装を身につけると、ジョナサンが数十年におよぶ舞台仕こみの腕を振るい、クラブハウスのバスルームで手際よくメイクアップを施してくれる。

平屋に3つあるベッドルームにはガレージセールで買った家具が置かれ、オーウェンの人生の様々なパーツに属する人々がそのすき間を埋め、思い思いに仲間とおしゃべりし、飲んで食べ、音楽に耳を傾ける。ジョナサンが渦の中心となって、オーウェンの同窓生たちの一群にあいそを振りまく。みんなはこの人物をよく知っているが、何もオーウェンのみが情報源とは限らない。

もちろん、〈映画の神々〉仲間のコナーはジョナサンをあがめたてまつり、下にも置かぬ扱いだ。だがオーウェンがみんなに彼の来歴を吹聴したし、〈映画の神々〉以外の者も、たとえ声の担当者は知らなくても、映画とキャラクターは知っていた。フリーマンにはまた、一部の熱狂的ファンを持つ、別のＩＭＤＢ《インターネット・ムービー・データベース》のクレジットがある。彼は、ＰＢＳの“Shining Time Station”（朝の子ども番組。「きかんしゃトーマス」もこの枠で放映されていた）で、ジュークボックスの中に住む楽団のジャズピアノ弾き、ティト・スウィングの声をあてていた。「パイレーツ・オブ・カリビアン」のジャック・スパロウに扮したブライアンが、夜じゅう彼にはりついて、恍惚感にひたる。オーウェンがはじめてニュー・アムステルダム劇場でフリーマンを見かけたときを、彷彿させた。ジョナサンは注目を歓迎する――「じゃあブライアン、第162話のエピソードは何だったかな」――刻々と、フリーマンは上下逆さまのこの世界になじんでいく。ここでは、彼がパーティの音頭を取る。発達障害の子どもたちと、いわゆる「健常」者たちが、たやすく交わる。ある部屋では「ナイトメアー・ビフォア・クリスマス」がかかり、別の部屋ではロックンロールとラップが鳴り響き、白いガイコツ顔の、動作のぎこちない自閉症の若者が、神経学的な特徴づけとは相反する、愛情に満ちた注意深さと柔軟性を見せて、部屋から部屋へ動き回る。

彼はただ、みんなが楽しんでいるか、確認したい。

翌朝、ウォルトのベッドルームで寝ていたジョナサンは、ドアを叩く音で目が覚める。「誰だい?」。何回か呼びかける。返事なし。それはうちの犬、ガスの振るしっぽで、鼻面をオーウェンのベッドルームのドアに押しつけ、重たいしっぽでウォルトのドアを叩いている。オーウェンが無反応なのは「アラジン」の前向きなバラード「ホール・ニュー・ワールド」が、彼の部屋で鳴り響いているからだ。

数分後、朝食でジョナサンが聞く。「私のためにかけてくれたのかい、オーウェン?」

オーウェンはシリアルのボールから、きょとんとして顔を上げる。「違うよ、毎朝かけるんだ」。なぜか? もし彼がジョナサンに説明できたなら、こう言うだろう。歌は、彼の内なる自分に活を入れて養分を与え、そして感情と行動の間に境界を引く手がかりをくれる。基本的に、彼の抱え込んでいるたくさんのディズニー映画同様、歌は彼に足場を与え、世界——毎朝が、まるっきり新しい世界《ホール・ニュー・ワールド》らしい——に向きあう強さを与えてくれる。自分に向けられる人々の視線を読み取れない者には、それはたいそう勇気のいることなのだ。

だが、オーウェンは折りあいをつけている。自分自身の目と他人の目、両方に映る自分の姿を認識し、そして受け入れている。

数年後、オーウェンの口から説明があるまで、何が起きているのか、本当のところ理解していなかった。意外なことではないが、彼はそれを映画の1場面を使ってやっていた。そして意外なことに、映画はディズニー作品ではなかった。彼は定期的に、ディズニー以外の映画を原型に使い、プロットとキャラクターの骨組を、自分自身から真実のいくばくかを引きずり出すようにした。

この場合、それは「モンティ・パイソン・アンド・ホーリー・グレイル」だった。高校3年生のときにオーウェンが手を出した実写映画のひとつだ。モンティ・パイソン一座によって作られた1975年の映画で、「アーサー王と円卓の騎士」をパロディにしている。カルト的な名作として、数十年を経ても人気は衰えない。私のお気に入りの1本だ。イギリスBBCから輸入し、1970年代にPBSが放送したヒット番組「モンティパイソンのフライングサーカス」を、当時喜んで観ていた。

映画が公開されたとき、私は高校2年生だった。オーウェンとこの映画を再発見すると、息子は食いついた。最初は、ジョン・クリース（サー・ランスロット役）とエリック・アイドル（サー・ロビン役）のふたりが、彼の好きなアニメーションの声をたくさんあてていたためだ。

私たちは一緒に観て、セリフをかけあった。中世の君主が、浮き世離れした無能な息子にお城の塔で話しかける場面を、オーウェンは飽かずに繰り返した。

父親「息子よ、いずれこれは全部、お前のものになる」
ハーバート「何がかな、カーテン？」
父親「違う、カーテンじゃない、息子よ。お前の目に映るものすべてだ。丘や谷の向こうまで広がるこの土地！　これがお前の王国になるのだ！」
ハーバード「でも母上――」
父親「父上だ、私は男親だぞ」
ハーバート「でも父上、僕はちっとも欲しくないよ」
父親「聞け、息子よ。私はこの王国を、無から築き上げた。最初、このあたり一帯はどこも沼地だった。諸王は皆、沼に城を建てる私を馬鹿にした。だが私はどの道建てた、きゃつらを見返すためにな。

城は沼に沈んだ。
それで2つ目を建てた。
それは沼に沈んだ。
それで3つ目を建てた。
それは燃え、陥落し、それから沼に沈んだ。
だが4つ目は建ち続けた。
そして、それこそお前が受け取るものだ、息子よ——国で一番堅固な城だ」

オーウェンはこの場面を暗唱し、しょっちょう私に父親役をふった。そして、途中で大爆笑をして、最後まで続いた試しがない。

あるとき、コーネリアと私がいあわせ、ひとしきりやったあと、彼がぽつりともらした。「これは僕の人生だ」

私たちは身を乗り出し、説明を聞いた。

「僕はラボ・スクールで最初にお城を建てたけど、そこを出なくちゃならなくなって、沼に沈んだ。次の学校、アイビーマウントで建てた2つ目の城は気に入ったけど、ホームスクールをしなきゃいけなかったとき、沼に沈んだ。高校に受かって僕の建てた3つ目の城、それは僕がいじめにあったとき、燃え落ちた。4つ目の城は、フリーマンに電話をもらって、建てはじめた。そして、偉大なディズニーのアニメーターとエキスパートとしての僕の人生がはじまった。城はもちこたえ、国で一番堅固になった。なぜと言うに、落っこちた城の上に建っているからだよ」

身が引き締まる、聞くだにつらい話だった――私たちの努力を、息子は勝利も敗北もひとからげにして、沈んだいしずえの一部と位置づけていた。ホームスクール、私たちはそれを勝利と見なしていたが、オーウェンは違う。彼はほかの子たちとともにいたかった。母親と、どこぞの一室に閉じこもるのではなく。

そしてもちろん、それは全部、ジョナサンから電話を受けた瞬間の下に格づけされる。なぜ、驚くことがあるだろう？　うっかりすると忘れてしまう。オーウェンは――ほかのすべての子ども、そして私たちすべてと同じように――違っていてもなお、同じなのだと。彼の違いがあまりに大きいため、変わらない反応を示すとき――欲求と要求と喜びにおいて、私たちは基本的にまったく同じだ――やはり驚かずにはいられない。

彼がまだ年端もいかず、言葉を発さなくなったとき、私は「ウォールストリート・ジャーナル」に、こんな場面の記事を書いた。セドリックがＭＩＴから合格通知を受けとったとき、彼宛てに直接送られた、彼の価値と能力を認める通知を胸に押し当て――こう言う。「やったぞ。俺の人生がついにはじまる」。彼がその手紙、ゲットーから抜け出す切符を受け取ったとき、母親が彼に触れようとする――それは彼女の勝利でもある――だが、息子は背を向けて行ってしまう。地平線を見すえて。愛し、行かせてやる。それはウォルトのときにも起きた。今度は、彼の弟に起きている。４つの城を人生のメタファーに見立て、ジョナサンを中心にすえ、コーネリアと私の両方を後ろに投げ捨てて、オーウェンは最初の電話の本質を見きわめようとしている。

ジョナサンが電話口で「アラジン」をどう思うかとオーウェンに尋ねたとき、彼はこう言った。「本当の自分を、ついに受け入れることだと思う。そして、自分に満足すること」

それは、アラジンをだしに、本当は自分自身について話していたのだ。あの瞬間、オーウェンにそれが見えた。今、私たちにも見える。彼のうちなるヒーローが、姿を現しはじめた。

●
●
●

ハロウィーン・パーティの数日後、オーウェンはキッチンでコーネリアと座っている。私は仕事で不在だ。妻はふたり分のディナーを作る。ふたりきりで過ごすいつもの、とても長い時間と日々。最近、コーネリアは息子にもっと率直に話しかけられる。そして、彼女はそうする。彼がどんなによくやっているか、そしてこれからもそうだと確信している、その先も、と。

彼は率直さに率直さで答える。母親を熱心に見つめ、目が合うのを待つ。

「僕は大学に行くと決めた、ウォルターみたいに」

第11章

孤軍奮闘

今では情熱をアートに昇華させ――キャラクターたちを、カンバスに描き出す。

コーネリアと私は、大慌てで大学まわりのスケジュールを組みはじめる。これはオーウェンが望んだこと——彼がはっきり意思表示をした、初めてに等しい要望だ。どうしたら、彼の望みを叶えてやれるだろう？　それが唯一の疑問だ。もし彼がいずれかの大学に受け入れられ、来年の秋に首尾良く進学できることになれば、改善点は山ほどあり、しかもとっととやっつけねばならない。卒業スピーチだろうと、ディズニーのシンパと話すときだろうと、彼の表現力豊かなスピーチは強みだ。如才ない社交上のやりとり——私たちが何年も取り組んできたこと——となると、勝手が違う。独白と対話、フリースローと実際にバスケの試合に出るぐらい違う。

大敵は、オーウェンが3つのときからやっている自己刺激運動だ。もちろん、劇的に減った。だがまだ居座っていて、熱心な聞き手との1対1の対話ではないときや、ストレスを感じて心がさまよいだすと、とたんに出る。オーウェンは進歩した。今ではちっとも関心のない作業にも、参加できる。5分間は。だがその後は速歩をはじめ、手をひらひらさせるか腕を振りまわし、「マスク」でジム・キャリーが披露した芸、漫画映画のキャラクターそこのけのジェスチャーを連想させる。集中の持続と刺激運動の軽減は、明らかに繋っている——1対1より1歩進み、教室のようなよく統制のとれた状況においてなら多少の向上が見られるが、ほとんどの職場や大学の寄宿舎は無秩序で、ショッピングモールや往来の激しい歩道など、大抵の場所と変わらない。

コーネリアはダン・グリフィンに助言を求め、焦っていると打ち明ける。オーウェンはたぶん、来年のはじめに学校を訪ねて査定を受けなければならず、あと3、4ヶ月の猶予しかない。

ダンはグループセッションに加え、週に1度、ニューファウンド・アカデミーにも顔を出しはじめた。ダン、コーネリア、プログラム監督のタイラーが、新旧様々な行動修正プログラムを矢つぎばやに試す。最初の試みは、ひんしゅく度にあわせ、刺激行動を1〜5段階まで格付けする「刺激メーター」だ。これを刺激置換セラピーとあわせ、ひんしゅく度の高い刺激行動を察知したら――たとえば、飛び上がったり歩き回ったりするのは、文句なしに5級――それを、何度も拳を握りしめるといった、ひんしゅく度は低いながらも、なんとか満足感の得られる刺激行動――2級――に置きかえる。

満足できるかどうかが肝要だった。自閉症児が刺激行動をするのは、こんぐらがった神経システムを再統合する感覚や、落ち着きが得られて気分がいいからだ。また、注意力にも関係がある。注意力が散漫になるのを阻止するため、コーネリアとダンは、携帯電話のバイブレーション機能を使って、オーウェンの注意を引くシステムを思いついた。薬の処方を再検討してもらうため、ランス・クロウソン医師に宛てた電子メールで、ダンは助力を求めた。「このささやかなマンハッタン計画で、コンピューターかスマートフォンで微調整可能な、ランダムなインターバルでバイブレーションを発するグーグル・アプリを、誰かが開発してくれたらと願っています」。コーネリアは遠く広く探してみたが、何も見つからなかった。

だが、すぐに、この行動修正マシンは、野心のハイオク燃料で走りはじめる。オーウェンの野心だ。たくさんの時間と努力をついやして、刺激行動を減らして、もっと社会に関わろうとするオーウェンの動機は、いつも「人気者になること」だった。それを聞くたび、胸が痛んだ。よくそれを口にしていた頃、オーウェンには文字通り、ひとりの友だちもいなかった。付き合う相手はほとんど血縁のみで――それは数に入らない。学校にふたり、友だちがいたが、コミュニティに影響を持たない孤立した3人組だ。だがオーウェンは、人気とはどんなものか、理解しはじめた。卒業式での温かい拍手の洗礼や、美術教室の女の子たちがハロウィーン・パーティで抱きしめてくれたり、知り合いか、友だちの友だちが大半を占めるお客さんを、オーウェンのディズニーのメンター、ジョナサン・フリーマンに紹介したり。人と人を取りもつのは、格別な気分だった。

目下のキーワードは、「意志」だ。ウェブスターの定義によれば、意志とは「選択または決定をする行為」であり、例文には「トゥレット症候群は神経の障害で、チックの繰り返しと、罹患者の意志やコントロールに反し、言葉が口をついて出てしまうのが特徴」とある。

自閉症にも多くの場合、それはあてはまり、ほとんどまたはまったく発語のない状態に「置かれて」――セラピー的な言いまわし――いる者たちは、特にそうだ。行動の多くは、コントロールが効かない。そして、たぶんすべきではない。オーウェンの場合もそうだ。だが彼の能力と、芽吹きはじめた願望が強力なタッグを組んで、意志の勝るエリアが増えていく。

オーウェンが使えると決めた言葉は「ビンゴ」だ。毎日耳にする単語ではないが、特別注意を引く言葉でもない。これが、キーワードになった。ダンがランスに送った進捗レポートメールに書いたように、オーウェンがその言葉を聞くと、「5級の刺激行動に置きかえて、意志力によって冷静な表情と姿勢」を取る。

これが、感謝祭までの数週間、（メリーランド州郊外の）チェビー・チェイス・サークルそばにある「ジャイアント・フーズ・スーパーマーケット」の買い物客が、ビンゴパーラーに紛れこんじゃったのかしらと不思議がっている理由だ。オーウェンはその店で、パートタイムの試用期間中だ。制服――ジャイアント・フーズの黄色いシャツ、黒いエプロンと帽子――を着てレジを手伝っている。10歩分向こうでは、タイラーが棚の雑誌をめくったり、コカコーラの自販機の前で、お釣りを取り損なったりしながら「ビンゴ」と呟いている。特定の音に対して感度の上がるオーウェンの聴覚能力――ディズニー作品に出てくる言葉、コーネリアと私の囁き――に、今度は「ビンゴ」が加わった。オーウェンは刺激行動を抑える必要があるのを知っている。感情は……自分の領分。だが行動は……欲しいものを得る手段。彼は選択しはじめる。自分自身による選択。私たちによってではない。

オーウェンは随分昔、脇役の役割は「ヒーローが宿命を果たす手助け」だといった。彼が宿命をくつがえす努力をするうち、私たちはどんどん脇役の役割にはまりこんでいく。

コーネリアはすんなりと収まる。かつての内気な子どもの面影をまだ残し、注目を浴びるのは居心地が悪い。私はヒーローになることのみを目指せと吹きこまれて育った。母がコーチとなって、生まれたときからそう教育された。ヒーローがすべて、ではない。ヒーローは唯一絶対のものだ。

だが子育てと、特殊な事情、オーウェンが3歳のときにガツンとやられたレッスンで、反対のことを学んだ。だがその期間——ほとんど20年前、ふたりの男の子を育てる若いカップルだった日々に遡る——は、終わろうとしている。

2011年4月初旬、オーウェンはリバービュー・スクールに入学を認められた。ケープコッドの革新的な中等学校兼大学教育課程機関で、200人の生徒、ビーチに近いほどキャンパス、設備とアクティビティがフル稼働中だ。彼はG.R.O.W（Getting Ready for the Outside World）と呼ばれる教育課程に、22歳まで学ぶ。休日や休暇は通常の大学のスケジュールに準じる。ルームメイト。食堂。必須科目に選択科目。本当の大学を経験できる。

あとほんの4ヶ月で、荷造りをすませた彼を寮まで送り、彼のベッドメイクをしてやり、涙ながらの抱擁をして、車に乗りこむ、例のあのひとときが来る。

だが、今からもう毎日がその日のような気がして、冷たくて急な流れの大きな川が身のまわりに押し寄せ、飲みこまれる感覚がつきまとう。

そんな理由で、私たちはカリフォルニア州にいる。

• • •

オーウェンは最後に今1度、ロサンゼルスの夢の風景を訪ねたがった。彼は今ではスローガンよろしく、いつかここに来て、ディズニーのアニメーターになると繰り返す。私たちは、大学でこれから数年間懸命に勉強すれば、ハリウッド行きの可能性が、もっとうんと現実味を帯びるだろうと言った。オーウェンは最後にもう1度、「インスピレーション」——彼の言葉だ——を得るために、行ってもいいかと聞いた。

「脇役たち」のシノプシス——基本的にはオーウェンの人生の物語に加え、末尾の2、3段落で、アニメーションと実写を合わせた映画になるとほのめかしてある——が、ドン・ハーンのオフィスにたどりついた。ハーンはディズニーでも1、2を争う敏腕プロデューサーだ。同社史上最もヒットを飛ばした2大映画、「美女と野獣」と「ライオン・キング」を製作している。彼はまた、1996年の「ノートルダムの鐘」を製作し、1988年「ロジャー・ラビット」の共同製作や、最近では、ディズニー・ネイチャーのバナーの下、賞を受けたシリーズものの製作もしている。

ロスには数日滞在予定で、昨日はディズニーランドに行った。明日はユニバーサル・スタジオに行く。ハリウッド大通りの蝋人形博物館に行ったり、曲がりくねった道を車で上ってグリフィスパークの有名なハリウッドの看板に許される限り近づいたりと、カサついたメッカでもう2、3ヶ所、オーウェンの巡礼につきあう。

今日、私たちはドン・ハーンに面会する。だがどういったたぐいの会合なのか、はっきりしない。去年の夏の、アニメーター訪問のあと、ドン・ハーンが脇役シノプシスのコピーを読んだ。彼は家族旅行で西部にやって来るオーウェンと私に会うことに同意した。これは表敬訪問か、それとも売りこみ会議か？　オーウェンはディズニー施設の珍客になっていた。だが息子が私たちに「4つの城」の話をして以来——ジョナサンとのはじめての出会いと、去年の夏のアニメーターたちとの愛の宴が、彼のアイデンティティ、彼の人間性を築くのに、どんなに重要だったのかがわかると——どんな理由であれ、ディズニーの大物との顔合わせは、栄光の一瞬だと思うようになった。オーウェンは何年でも、いや一生、その一瞬に生きていける。

アラメダ・アベニューをディズニーの撮影所に向かってレンタカーを運転しながら、私はダン・グリフィンとのセッションのあとに息子と交わした会話を反すうする。オーウェンの脇役たちが暗い森でどうしているか、どうやって——秘密のストーリーで、またオーウェンの人生のパラレル・ストーリーで——内なるヒーローが現れるのか、オーウェンが私に言ったことを。彼はあの日、はっきりと言った。「世界を救う映画を作る」と。

だが、オーウェンに売り込みの概念——自分と自分のアイディアを売り込む——を説明するのは、量子物理学についておしゃべりするようなものだ。理解しようがしまいが、それは彼の染色体ひとつひとつを傷つける取引契約となる。

私はオーウェンの辞書に載っている語彙に戻る。「ほら、彼は映画を作るだろう——どれを作るか決めるのを手伝うんだよ。たぶんお前から彼に、どんな脇役が森の中にいて、何をするのかもう少し教えてあげたらどうかな。彼は興味を持つかも」

「まだ構想中だよ」。オーウェンが言う。

「でも、彼に会えるなんて本当にわくわくする!」

・　・　・

そして、彼は確かにわくわくしている。

大柄で、大きな優しい目をしたヒゲ面のハーンが、外側のオフィスに現れると、オーウェンは彼の名前を叫んで、抱きしめる。彼はアシスタントに、数分だと伝え――おそらく短い会合になることを意味して――内側に招き入れる。

はじめにオーウェンのスケッチ帳を見たハーンは、心底感心したようだった。「ここには少しずつ、すべてがあるね。ワォ、上手だ。実にいい」。誠実な口調で、ページを繰るたびに、言い添える。「これはとてもいいラフィキだね」とか「このセバスチャンはキャラが立ってる」とか――そのキャラクターの声が、オーウェン気付けで、カウチから聞こえて来る。

すぐに、彼らは声真似をはじめる。または主にオーウェンがそれをやって、ドンが笑う。すぐにドンと私は、ふたりでオーウェンをそそのかす。

私の心配は霧散する。私の押しの強さ、たぶん？　売り込み？　どうでもいい！　オーウェンは彼のストーリーを、声音を使って話す。私がさわりを、またはドンが言うと、出てくる出てくる、脇役から脇役、イアーゴから、ラフィキから、マーリンへ。オーウェンはドンの全作品の声真似をやり、ある時点で「ウィッチクラフト」をフランク・シナトラの声で歌う――オーウェンが好きな「ロジャー・ラビット」のシーンだ。「だけど俺は知っている、それはタブゥゥゥゥゥなのさ」のくだりに来ると、ドンが一緒に歌いだす。

私に促され、オーウェンはジョナサンとの最初の電話で、「アラジン」について「本当の自分を受け入れて満足すること」と言ったことを話すと、ドンが、アニメーターを鼓舞するため、映画ごとに軸となるテーマを作画室の上に張り出しているという話をする。「表紙で本を判断するな」は「美女と野獣」、「自分が何者か忘れるな」は「ライオン・キング」。このやりとりのあとで私が思うのはただ、オーウェンの解釈、彼の分析はもっと深いということだ。

「君にはお見通しだな――フェアじゃないよ」。ドンが笑う。だが一瞬後、合点がいく。「君は普通の人よりも、ストーリーを深く見るんだね」

それをきっかけに、オーウェンの物語のより深い意味について、水を向ける――脇役たちがヒーローを探すが見つけられず、自分たち自身のヒロイズムを呼び起こすというあの一文だ。

「そのアイディア、気に入ったよ」。ドンが狂喜する。「万人が共感するテーマだ」。ヒーローを求めて旅をする「脇役たちに、誰もが感情移入できる。すごくクールだ」

私は少し、気持ちが軽くなる。私たちはコンセプトと可能性について、具体的な話に入った。ドンが噛みくだく――「人生は本当に、こんな風だ――私たちは一日だけ、ヒーローになるかもしれない。そして脇役に戻る。いや、一日ですらないかもしれない」

しめた、と、私は思う。話が進みだしたぞ。

「質問していいですか?」。オーウェンが割りこむ。それは、メアリー・ウィックスについて、カジモドの3人のガーゴイルの脇役の声をあて、「ノートルダムの鐘」の制作中、詰めの段階で亡くなった女優についてだった。「ジェーン・ウィザーズが彼女の代役を務めた、そうですね?」

オーウェンは答えを知っている。このふたりの老女について、知るべきことはすべて知っている。幼い頃にこのキャラクターに愛着を持ったとき、彼はウィックスと繋がった。1996年、映画完成を前にして亡くなると、ウィザーズが引き継いだが、曖昧な形でクレジットされた。いったん真相を知ったオーウェンは、数年をかけて、どのセリフがウィックスで、どれがウィザーズなのか、洗い出していった。そして、声のかすかな違いを聞きわけて、区別ができたと思っている。だが彼は、ドンに保証して欲しい。ドンはオーウェンのトリビア知識に驚く――「そのことを知ってるのはほとんどいないよ、オーウェン」――が、地雷を踏みかけていることに気がつかない。

オーウェンの隣に座る私にわかるのは、天には神がおわし、神はお昼休みにちょっとしたいたずらを楽しんでいる。口八丁のおやじを自閉症の息子の売り込み会議に参加させてやろう――ええい、ついでだ――500キロ分のプレッシャーを彼の肩にかけてしまえ。わぁ、なんて楽しいんだ！

私はパニックを押し殺す。もしこのままウィックス／ウィザーズのウサギ穴に落ちたら、半時でディズニーの警備員が呼ばれ、ふたりは叩き出されるだろう。私はずっと、底なしの泥沼でもがいている。オーウェンは、映画を最初から最後までやり通すはずだ――どれがウィックスでどれがウィザーズか吟味し、その上でメアリー・ウィックスがクレジットを独占すべきだったかどうか、意見を述べる。それには、深い理由があった。誰が何をやり、誰がクレジットに値するか。この答えのない質問は、オーウェンが頭の中でカタログ化し、感情の重しをしたクレジット数千人分の精度にたいする信頼性にかかわる。もしこの1件が正確じゃないのなら、ほかに正確じゃないのはどれだろう？　連邦準備制度理事会議長のベン・バーナンキが雑貨を買って、紙幣を出したら偽札だったと気がつくようなものだ。お札を使おうか、それとも連邦保安官を呼ぶべきか？

メアリー・ウィックスのフィルモグラフィーをオーウェンとほじくり返していたドンが、彼女はビング・クロスビーの友だちだったと漏らす。

今、クロスビーって言ったか？

「オーウェン、ドンのためにビングをちょっとやってあげなよ！」。私が急き込んで言うと、オーウェンはウィックス／ウィザーズ旋風をひとまず置いて、ディズニーの「イカボード先生のこわい森の夜」から、イカボード先生の声をあてたクロスビーのセリフを、ひとしきりやる。

ドンと私は急いで脇役に話を戻し、ハーンはほっとした素振りを見せる。

だがオーウェンには別の質問があり、クイズ番組「ジョパディ」のチャンピオンよろしく「ノートルダム」の「デイリーダブル」を引く。問題は、映画のテーマソングが劇中で歌われ、クレジットでは別のアレンジで歌われるのはなぜでしょう。

「ええとね、オーウェン、それはちょっと複雑なんだよ」。ハーンがクスりとする。「それはあとまわしでいいかな?」

するとドンが、何かを思いつく。「待って、オーウェン、君にサインできる本がある」。そして大きな、「美女と野獣」のアート本をひっぱり出してくる。

オーウェンはそれを見ても、感心しない。「もうそれは持ってるよ」

「でも、ドン・ハーンのサイン入りのは持ってないだろ!」。私は泣かんばかり、必死の男。

「ああ……そうだね」

アシスタントが首を突っこむ――私たちは1時間も居座っている。ハーンが彼を追い払う。オーウェンは――ありがとう神よ――本を開く。素早く話を再開したドンと私は、脇役集団から出現するヒーローの力学から、アイコン的な脇役たちを新しい観客へ親しませる、世代をまたいだマーケティングへと話がはずみ、見えない垣根が取り払われる。ハーンはプロデューサーの顔になり、役割を振りはじめる。誰が脚本の助っ人に入るか。ディズニーの誰を絡ませたらいいか――「エリック・ゴールドバーグは脇役のキングだ」――そして私たちの今後の動向。彼はどうにか制作資金をひねりだして、若い脚本家を東部にやり、コンセプトに肉づけさせるよう立ち回ってみるといった。

みんなが立ち上がる。オーウェンはスケッチ帳からラフィキを破ってハーンに手渡し、彼はコグスワース――「美女と野獣」の時計――を描いてお返しする。

暖かいさようならと、すぐに連絡するという約束を交わしたあと、私たちはホールに出て、車に乗り、スタジオの門をくぐる。

今のできごとを自分が正しく理解しているか、自信がない。しかし、オーウェンにとっては大きな一歩――間違えようのない快挙だったと、撮影所をあとにした彼が説明する。「ノートルダム」の最高権威と同席して感化されたのか、オーウェンが天啓を受ける。「声の俳優どうこうじゃないんだよ」。自由を満喫する囚人のように、夢見心地に言う。「声を正せば、気にならなくなる――そして、キャラクターが永遠の生を持つんだ!」

•
•
•

生活の設計にあたっては、まず基本を押さえる。

住居、よし。クラブハウスには必需品がそろっている。ソファ、テレビ、座り心地のいい2脚の椅子、4つの膝かけ毛布、ベッド、ベッドルームごとのタンスと机、スタンドタイプおよび卓上タイプの照明、電球、それからクレンザー、バケツ、雑巾、キッチン用の掃除道具、トイレ専用の掃除道具、掃除機、ゴミ箱とゴミ袋、ほうき、モップ、ちりとり、そして、ドアの鍵。

交通手段、よし。クラブハウスの正面玄関を出てすぐのところにDCメトロのバス停があり、ピーク時には35分間隔で運行し、ワシントンDCやメリーランド州を網羅する様々なバスや地下鉄に接続している。

仕事、よし。オーウェンは今やメリーランド州ベセスダの「ジャイアント・フーズ・コーポレーション」の従業員(もしくは少なくとも組織の一員)だ。学生アルバイトにつき、勤務時間はつつましい。1日2時間、週2日で計4時間。時給7ドル25セント、週給29ドルだ。また、彼は食品業界、小売店、農業従事者たちの労働者組合である国際食品商業労働組合の一員にもなった。国内に１２００万人の組合員をようし、最初のひと月の会費は25ドル。そうすると、オーウェンの週給サラリーのうち86％が組合費になり、おそらく全米一、無私の労働活動家になる。

コーネリアは玄関口で車の鍵を掴む。月曜日の夕方——２０１１年４月25日——ジャイアント・フーズに、オーウェンを迎えに行かないといけない。勤務時間は週に２日、１日４時間に増えた。週に30ドルの稼ぎだ。彼女はせわしなく腕時計をチェックして、ドン・ハーンとの電話会談の幸運を祈る。

カリフォルニアを発ったあと、ドンは私に心暖まるメモを送ってくれたが、ワシントンに戻ってからは根気よく期待を押さえ込んでいた。“A Hope in the Unseen”の脚本２本と３つの映画化権を経験して——そのどれもが何も産まなかった——興味深いアイディアと映画撮影用カメラ、もとい、この場合はＣＧＩのスタイラスペンを構える者との間に横たわる距離について、幻想は一切持っていない。永遠の映画化進行地獄にはまり込んだ企画は、星の数ほど存在する。

だがそういった長い視野の賭けは、今夜の電話に備えてオフィスに出向く私の思惑の、ほとんど射程外にある。スクリプトとトリートメントよりも、何か深いものが進行中だ。私たちは10年以上、鏡の間《ま》をさまよってきた——オーウェンの豊かな想像の世界と、気の滅入る困難が待つ現実世界での生活のはざ間を。今、鏡は、オーウェンが満足を得るにつけ、こちらの世界での対人関係と経験のほうへ、どんどん傾いて来ている。

いつか、心のうちの物語を映画にすると、オーウェンが口にした野望——彼の同類、コナーやブライアンのようなクリエイティブを標ぼうする自閉症児との絆を作る方法——は、自分の内面と、ふくらむ需要とを統合する手段だ。彼の一番よく知るものを、一種の輸送手段、頭の中に囚われ、孤独すぎた生活から抜け出る乗物として最適化する。健康的な、自意識を持った大人への脱却——それが、ゴールだ。

ドンは、この鏡の間への、とりわけ貴重な訪問者だった。彼はオーウェンが選んだ素材と、生活を映す鏡として物語を磨きあげたいという普遍的な欲求、両方のエキスパートだ。

私たちは、カリフォルニアをあとにしたところからはじめた。「ずっと考えていたんだ」。電話口でドンが言う。「自らヒーローを探す脇役たちは、早いうちからヒーローと認められ、誰もが型通りの役柄に収まる人物造型を変えてしまう。新しいよ。子どもと親、両方ともに、すんなりストーリーに入り込める」

ドンはオーウェンについて知りたがる。何をたくらんでいる？　暮らしぶりは？　息子ははじめて仕事を持ち、スーパーマーケットで働いて、秋には大学に進学することを、かいつまんで伝える。「絶対、脇役のアドバイザーも一緒に連れて行っているはずだよ」。私は冗談めかして言う。

「今も彼らに頼っているのかい？」。ドンが聞く。

「間違いなくね。彼の心の声の一部だから」

「ジミニー・クリケットと良心みたいに？」

車が車寄せに入ってくる音がする。

「息子が帰ってきた。話してみるよ。すぐにかけ直す」

一瞬後、キッチンの外のサンルームで、カウチに倒れこんでいるオーウェンを見かける。ジャイアント・フーズの黒い帽子とエプロン姿だ。

「やあ相棒」

「ハイ、父さん」

「くたくたみたいだな」

「へっとへっとだよ」。母親ゆずりの快活さで言う。

しばらく、4時間のシフトがどれだけきついか身に染みたという話に花が咲く。集中を切らさず、作業し続けるために費やすエネルギーは、心があちこち飛んでいくので、すごくしんどい。

「教えてくれ――脇役は誰を連れて行くんだ？　その、助っ人に」

彼は頷く。「ふたり」。気負いなく言う。彼には日常だ。

「どのふたり？」

「ええと、フィルを連れてく。疲れたとき、彼は言うんだ。『おい聞けよ、1分か1時間だけが最高でも、充分じゃない。最高でなくちゃ……シフトの間の1分1秒すべてだ』」。もちろんオーウェンはフィルの声でそれをやり、ちょっと笑って、「1分1秒」のところで音量を上げる。

「それと、セバスチャン」

フィルはわかる。だが、セバスチャン？

オーウェンは私が困惑したのに気づく。「その、父さん、人がレジを通るでしょ、そして僕が品物を袋に詰める。するとセバスチャンが言うんだ、『笑顔は心に残るもんだよ、特に言うことがなくてもね』。すると僕は、お客さんに笑いかけることを思い出す。全員にね。何も言うことがなくても」。

これは映画のセリフの、エレガントな言いかえだ。

オーウェンは間を置く。「でも、ときどき、あいつらと話すよ！」。そして、笑って飛び起きると、手をひねり、クルッと回転させる。エネルギーの震え。脇役のエネルギーが体を突き抜ける。

私は書斎に戻り、フィルとセバスチャンのささやかな発見を、ドンに報告する。制服姿のオーウェンがカウチに座る様子、話した内容、その話しぶりを、私は描写する。それが、私の仕事だ――物語を語る。ドンもそうだ。私のは、実在の人物と、そして近頃は、情報源やターゲットが、明かすよりは隠すため、自己言及的な分析を加えてやけにかさばり、重たくなってしまう話から、事実のみを取りだす作業をよくしている。ドンと彼のチームも、物語を語る――こしらえた物語を。だが私は、思い違いはしない。密やかな真実は、分別くさく理にかなった、事実に重きを置く現実の写し絵よりも、純粋で、力強い物語の中にこそ見つかる――創作であれ実話であれ、真心から生みだされたものに。

ドンと話しながら、私は電話の脇の壁にとめた警句に目をやる。イギリスの小説家、G・K・チェスタトンによるお気に入りの一文で、「人生は不合理ではない。それでもなお論理学者にとっては鬼門だ。実際よりも少しだけ、数学的かつ規則的に映る。正確さは目を引いても不正確さは隠され、油断すれば野性の牙をむく」

現在執筆中の本の道しるべに、この警句を使っている。もうほとんど書きあげた。世界を動かす仕組みの一見論理的なモデルに潜む、ウォール・ストリートのピント外れの自信。それから、国の進路を軌道修正しようと奮闘してきたオバマ大統領が、おそらくは自身の論理と冷徹な理性を過信し過ぎてしまった姿を取りあげている。不意をつき、牙をむいて襲いかかる野性――不確かで、ぎょっとするような――こそ、庶民と国家の営みを、根底から活性化するのだ。そして、私たちはそれを利用し、自分の物語をこっちやあっちにかき回す。オバマは、地上を歩くほかの人間同様これを知っている。大統領候補時代――有権者の目の前で――人生の汚点を告白すると、人々は彼を大統領に担ぎ上げた……合理的で正確な予想に反して。

だが、大統領となったオバマは、2011年2月のインタビューで、私に「物語をつむぐ糸」をなくしたと語った――それぞれに利己的な分析と、反証不能な測定基準を武器にした、政界、経済界の強力な権益団体との政治バトルで、にっちもさっちも行かなくなった。オバマは忘れてしまったと言う。「ほかの誰にもできず、大統領だけに許された特権、それは国民に、私たちが今どこにいて、これからどこに行くべきか、物語を語ることだと」

私は大統領の孤軍奮闘に、これ以上ないほど共感を覚える。オーウェンが通った道だからだ。向こうの測定基準は、分析的な語彙でできた言語、富と権力で社会を区画割りし、人間の価値を裁き、いわゆる「能力社会」を形作る。一方、物語――自由に解釈可能で、制御は困難――は、危険で破壊的、謙虚さと自己認識を創りだし、風通しを良くする。深遠な答えがしばしばそこに眠っている。

ドンはオーウェンが今しがた言ったことを考え――黒い帽子を被ってカウチに寝そべる彼のイメージを思い浮かべ――哲学的になる。「これは、日々懸命に働き、ヒーロー――選ばれし者――を輝かせてみせる、市井の人々の物語だ。決して感謝されず、かえりみられることのない人々。世界中のあらゆる人間の物語だ。世界に通用する映画になる……クソ、新しい労働争議が起こるぞ」

そう言うと、私たちは笑う。だが私は、エプロン姿のオーウェンについて考えずにはいられない。彼の何を？　正確な、論理的な、数学的な世界。勝利を保証してくれ、自分の値段をつり上げるため、分析的なツールに熟達した者たちが率いる世界。私には確信がある。成長するにつれ、オーウェンはたくさんの壁にぶちあたるだろう。彼は能力社会に引っかからない。頭数に入らない。それはつまり、彼は残りの一生を、そのお仕着せを着ていられるだけでもめっけものなのだ。

・・・

私は5日ほど待つ。土曜日の午後が来て、オーウェンにアプローチするまで。彼は家にいて、とりたてて用事はない。コーネリアは友人に会いに行っている。静かだ。

彼はキッチンに座り、昼食をたいらげている。自分で作った定番メニュー――ピーナッツバターとゼリーを塗った全粒小麦粉パン、オレオ3枚、リンゴ、コップ1杯分のオレンジジュース。

私がまじめな顔つきで近づくたび、オーウェンはいつも、こう聞いてくる。「すべて順調?!」

私はいつも答える。「すべて順調だよ!」。強調のために区切って。オーウェンがどれほど不安でいるか、垣間うかがえるが、いつも悪いことが起きていると彼が想定しているのはかんに障る。

今回は区切らない。そう、すべて順調だが、大事な話があると、息子に感じて欲しい。

ドンとの電話を切る前に、今後の予定を話しあった。オーウェンは9月に大学にあがり、私のオバマ本も出版される。ドンはすぐにも次のプロジェクトに忙殺される。「フランケンウィニー」というタイトルの、ティム・バートン監督のストップモーション・アニメーション映画だ。もし制作費を捻出し、私たちをアシストする脚本家を見つけるなら、今がその時だ。旅の道中、オーウェンの脇役たちに何が起きるのか、もっと具体化して欲しいと催促されている。

私は単刀直入に言う。「オーウェン、ドン・ハーンからプロットについて、2、3質問されたんだけど。その、少年と脇役仲間たちに、森で何が起こるのか」

彼はキッチンの端に座り、私は反対側にいる。

「今構想中だよ」

そう答えるだろうと予測していた。それで、この数日間、どう反応するか考えていた。すべて、彼が独力でなし遂げた飛躍だ——最初のスケッチ帳、ディズニー映画の脚本の手直し、魔法の石の物語。ひとつだけ、例外は、ハロウィーンの迷子騒動のあと、ウォルトが弟をけしかけたとき——そのときはじめて、ヒーロー探しをする脇役の話をした。だが、ウォルトはオーウェンの一番深いところにチャンネルを持っている。兄のようになりたいと言う、驚くほど強い欲求が棲むところに。

それともこれは、たいして驚くことじゃないのかもしれない。奮起して、コーネリアと私がこれまでの人生で何度も立たされた活断層に立つ。「同じ」と「違い」をめぐる謎。オーウェンのどこがほかの子と同じで、どこが違うか。そして、父親から何かを強いられるのが好きなティーンエイジャーはいない。だが同時に、大抵のティーンは、夢物語と、おそらくは生涯ただ1度のチャンスの違いを、親に指摘してもらう必要はない。

「オーウェン、もし何か構想中なら、今がそのときだぞ」。そして、腹を決める。ええいままよ。「なぁ、もしお前が私に助けてほしいなら、アイディアを言ってみてくれ。ほら、私は物語がすごく得意だから」

彼は頷く。下を向く。

「いいんだ、父さん。わかってる。父さんはストーリー・ガイだ。でも、僕は大丈夫だから」

1時間後、彼は私を探す。自室に下がったあと、戻って来た――キッチンに再び――彼の描いた絵を持って。黙って私に渡す。

それは、有名なシークエンスだった。久々にランプから解放されたジーニーが、魔法の洞窟で驚くアラジンに自分のパワーを説明している。ウィリアム・F・バックリー（ジャーナリスト）からアーノルド・シュワルツェネッガーからジャック・ニコルソンに変身し、ロビン・ウィリアムズはアニメーションのキャラクターであるべきだったと証明する場面だ。その真っ最中で、自分がオリジナルのジーニーであり、アラジンに「偽物を受け入れるな！」と主張すると、青いパペットのジーニーが、腹話術師のダミーよろしくジーニーの膝に現れたあと、捨てられる。

オーウェンは、パペットのジーニーを膝に乗せたジーニーの正確な模写を描いた。

私は絵を見下ろす。

「僕は、そのジーニーになれる」。彼は優しく言う。「パペット・ジーニーじゃなくて」

正解は「同じ」だ。「違う」じゃない。これは、オーウェン版の反抗期だ。まったくもって、理解した。

「了解だ、相棒。わかりました」

・
・
・

そのときが来た。

新入生のオーウェンは、リバービュー・スクールの夏期プログラムに参加する必要があり、7月4日の独立記念日が終わるとすぐに、バーモントの湖畔の家から大学へ直行する。それはつまり、6月26日にワシントンの自宅を出たら、もう家には戻らないということだ。

簡単な文章題を出して、数式を作れと彼に言ったら、ぽかんとした視線を向けられるだろう。だが、とある重要な要素——6月26日——を加えたら、愛する地下室で最後に今一度、その、未来に備え、観ておかないといけないビデオの本数と、観賞可能な日数を合わせる等式を、リバースエンジニアリングできる。

当然だ。それ以外にどうやって掉尾を飾れよう、24時間ムービーマラソン以外に?

毎日、映画がある。ディズニーのお気に入り全部と、神殿に割りこんできた数本——「アメリカ物語2　ファイベル西へ行く」や「魔法の剣　キャメロット」。オーウェンは大抵一緒に見る仲間を欲しがる。

コーネリアと私は、喜んでご相伴にあずかる。2、3本も観れば、3人は妙な感覚に包まれる。ホームムービーまで観れそうな勢いだ。

子どもが大学に入るとき、親は普通、別れの日が一番こたえる。ウォルトをペン・ステートに送って行った日は、少し早めに着いたため、寮は空っぽだった。私たちは抱き合って、すでに彼の知っていること――私たちが彼を愛し、誇りに思うと伝えた。コーネリアは今ではすごく背伸びをしないと届かない長男を抱きしめながら、むせび泣いた。

ウォルトはタフな若者に育ち――プライドが高い。「内心は見せないぜスマイル」を浮かべていた。だが、寮にぽつんと立っている彼のイメージは、家に運転して戻るコーネリアの胸に堪えた。「あの子は今までずっとひとりきりで、あそこでもひとりぼっちだわ」

私に言えるのは、それが彼を鍛えてくれるということだけだ。コーネリアには、控え目に言ってもおためごかしでしかない。

オーウェンの番がめぐり、私たちは映画を一緒に観る。私たちの人生の大きなパートを、こうして彼と過ごしてきた。ジョージタウンのベッドの上に座って、シーンが移り変わるごとに彼の目がちらつくのは、私たちの息子が、その中のどこかにいる証拠なのかと思いあぐねたときから。

地下室で、私たちは自分の息子に会いはじめた。少しずつ。そして、家族として、私たちは踊り歌い、オーウェンのキャラクターたちの役を引き受け、やがて彼らが私たちの役を引き受けはじめ、騒がしい、陽光あふれる地上の世界に加わる。

コーネリアも私も、ディズニーをうとんじた年月があった。「ピーター・パン」も「ダンボ」も、それ以上観るのに耐えられなかったときが。だがそのうち、ようよう変わった。私たちは映画を愛す。なぜなら息子を愛しているから。そして、映画は彼の一部だ。

ムービーマラソンで「ライオン・キング」を観た日、彼は椅子から飛び起きてテレビ画面の前に立ち、彼の待っていた場面に見入る。10代のシンバが、変わることがどんなにしんどいか、ラフィキに吐きだす。

「変化は、難儀じゃな」。ラフィキが返事をする。「だがいいことだ」

続いてラフィキは過去から学んで未来への指針にしろとシンバに告げ、宿命を果たさせるために送り出す。ヒヒは腕を勝ちほこって上げ――「行け、行け」――そして、オーウェンはそうする。振り向いて、彼が囁くのが聞こえる。「ありがとう」

　私たちにではない。

「ライオン・キング」は最後の4本立ての1本だ。どうやら初期の発見の過程を遡って観ていく予定らしい。つまり、次は「アラジン」で、それから「美女と野獣」。ここでコーネリアが席を外す。オーウェンの出発に備えて膨大なチェックリストが待っている。

「美女と野獣」が終わると、オーウェンは立ち上がってフィナーレを歌う。私も一緒に立ち上がる。いつも通り、彼はクレジットが流れ終わるのを待ち――旧友の消息を確かめるように全員の名前を読んで――電源を切る。

　私は階段の下で彼を引き止める。

「オーウェン、確かめさせてくれ。お前はこの映画を3つのときからノンストップで見続けているが……」

「正確には、1歳からノンストップで観続けているよ」

　私はしばし、虚を衝《つ》かれた。私たちは息子を、自閉症が襲う前とあとで分けて見ていた。彼はそうは見ない。それ以前も彼だった。そのあとも彼だ。私は微笑む。訂正してもらってありがたい。

「いや、そうだった。ひとつからだった。それで、教えてくれ。この映画を観るとき、お前は何を見るんだ。お前の目を通して、どう見えるんだい」

天啓が降りてくるのが、とっさにわかる。たぶん時間と場所のせいか、それとも行く準備が整い、時期が来たのか。だが彼の声は優しく、くぐもる。

「映画は変わらない。そこが好きなんだ。でも僕は変わる。そしてそのたびに、違って見える。小さいときは怖かった。その後、これは一見ありえないような場所に美を見いだすことだと理解した。でも今は、それとも違うってわかった。もっと大きなことだ。自分の中の美を見いだすこと。なぜならそのときだけ、他者の中の美が見えるから。そして、あらゆるところで」

彼は肩と頭を1度だけ回してリセットし、この感情に声と形を与える。

「今、僕はあらゆるところに美を見ている」

●
●
●

やっと、最後の1本になる。「リトル・マーメイド」が彼にとっての最初の映画——彼がとても必要としていたとき、救命ボートになってくれた映画だ。

彼の足跡を辿り直し、最後に行きついた。

オーウェンは私たちに一緒に見て欲しいとねだる。翌朝、私たちは旅発つ。チェックリストはチェック済み。新しいアイテム——大学に持っていく物——はスーツケースに収まっている。

私たちはソファに、オーウェンは黒い革の椅子に座る。アリエルが声を失うと、部屋は静かになる。私は何かを言いかける。「美女と野獣」について、彼が昨夜言ったことで頭がいっぱいで——もっと聞きたい——だがコーネリアが私の手を握りしめて止める。「あの子に見せてあげて」。彼女が囁く。

彼はそうする。そして、私たちも。普段より、もっと静かに観ている。映画の終わり、トリトン王が寂しそうなアリエル——やっと安全になり、エリックへの愛も成就し、だがまだ人魚のまま——を見上げ、娘を人間にしてやるかどうか悩む。

トリトン王「娘は本当にあの人間を愛している。そうだな、セバスチャン？」
セバスチャン「そのう、いつも申し上げている通りです、陛下。子どもは自由に自分の人生を生きなくちゃ」
トリトン王「いつも言っているだと？　では、残る問題はひとつだけかな」
セバスチャン「それは何ですか、陛下？」
トリトン王「とても寂しくなる」

オーウェンは一時停止ボタンを押して、頭を私たちに向ける。悲しそうな顔だ。

「僕たちは大丈夫？」

私たちはどちらも大丈夫だと言う。「お前がいなくて寂しくなるわ、とってもね、オーウェン」。コーネリアが言う。「でも、そうあるべきなの。いいことよ。私たちはお前をとても愛しているから、すごく寂しくなるのだもの」

彼は頷き返すと、映画のクレジットを再生する。

第12章
アニメーテッド・ライフ

恋人（エミリー・ジャーサス）と愛犬
（ガス）と一緒で、ハッピーな若者

私たちが到着したとき、オーウェンはキッチンにいて、電子レンジの扉を開けるところだった。

「オーヴィル（電子レンジで作るポップコーン）を入れてもいいですか？」。スーツ姿の寮のカウンセラーに呼びかけ——オーケーをもらい——それから私たちを手伝って、コップ、ジュース、M&Mマーブルチョコをテレビ視聴室のテーブルに並べる。学生たちがぽつぽつやってくる。

2012年4月中旬、ディズニー・クラブの例会が、日曜日の夜に開かれる。8ヶ月前にリバービューに来てまもなく、オーウェンはクラブを立ちあげることに決めた。大学の教育課程は今のところ、順調な1年目を送っている。学業、社交ともにやや苦戦しているが、ひとりいい友だちができて、自立しはじめている。

ディズニー・クラブの発足は、これまでの白眉だ——彼はクラブに所属したことはなく、会長になる気など、1度も起こさなかった。約12名の会員がオーウェンの寮に毎週集まり、ポップコーンを食べ、おしゃべりをして、お気に入りの作品を観る。たいした活動はしない。オーウェンは私たちにクラブの説明をして、私たちは電話口で活動案をいくつか挙げてやった。今から数週間前、こっちに来てディズニー・クラブの保護者アドバイザーになって欲しいと、オーウェンから要請を受ける。

ディズニー映画を熱心に観賞する自閉症スペクトラムの子どもがほかにもいることを、私たちはずっと認識していた——年を重ねるうち、何名かに会ってもいる。だがオーウェンはクラブを発足し、ひと部屋分の同好の士を集めた。

コーネリアと私は集会に備えて用意をしてきた。スナックを持参し、ディズニー・ストアによって、会話のきっかけ作りにと、トリビア・クイズのゲームを買ってきた。

今夜の上映作品は、「ダンボ」——自我の発見と発露を描いた、含蓄のある物語だ。コーネリアが私に質問を投げ、私はお馴染みの管轄にサクサク入る。ダンボがからかわれたのは、ダンボが変わっているからだ。

「同じ思いをした人はいるかな？」。寮のラウンジのカウチや椅子に散らばって座る若者たちに聞く。部屋がしんとなる。

徐々に、からかわれ、いじめにあった経験について、学生たちが口を開きはじめる。誰もが逸話を持っていた。なかには1度も打ち明けたことがない者もいるのがみてとれる。

「僕もいじめられた」。オーウェンも話に加わる。テスという女の子は、彼女の身に起きたとき、「真から普通の子になりたかった」と言う。

この学生たちが滅多に、もしあったとしても、ディズニーへの情熱を、真っ当な意味あるものとして取りあってもらったことがないのが、すぐさま明らかになる。「ダンボ」をお伴に進む道は、いくらもある。映画の一部分を観てから一時停止して、小さなぞうさんがのけものにされた原因、特大サイズの耳が、最終的には彼を羽ばたかせたことを取りあげる。

ひとりひとりに、彼らの「隠れた耳」、「彼らを変わり者に――のけものにさえ――している点が、実は大変な強味だとわかった」点について尋ねた。

ある女の子は、優しい気質が彼女をもろくしているが、救助犬の相手をするときに、すごく強味になると話す。ほかの者が言う。「頭だ。空想の冒険に連れていってくれるから」

ジョッシュという少年が、非常に規則的な、「レインマン」の主人公を彷彿させるパターンの話し方で、私に質問をする。誕生日の日付は？　彼に教える――１９５９年11月20日。彼が目をしばたく。「その日は金曜日だ」。コーネリアにも同じことを聞くと、その日は月曜日だった。彼の隠れた耳は、何か？「僕は誕生日の曜日当てができる！」

グループに、どのキャラクターに一番親近感を覚えるか、聞いてみる。今では乗ってきたジョッシユがピノキオを挙げ、「木の眼を持って」生まれた話をする。続けて、選択理由を詳しく説明する。「自分が木でできた男の子みたいな気がしてる。そしていつも、本物の少年はどんな感じがするのか、夢見てきた」

ジョッシュには規律に問題があり、手の届かない感情の核があると、前もって私に耳打ちした寮のカウンセラーが感心し――「素晴らしい話だわ、ジョッシュ」――そして、私に驚いた顔を向ける。私は肩をすくめる。彼はすでに、自分のキャラクターと魂探しの道行きに出ていた。私はただ彼に、どのキャラクターか聞いただけだ。

オーウェンがリモコンを操作して、重要なシーンまで早送りする。飛べと言われてダンボが魔法の羽を手放すと、モリー――オーウェンみたいに、ディズニーの精ちな絵が描かれた帳面を膝に置いた少女――が、私たちにはみんなあの羽が必要だ、「だって、自分に自信がないときがあるから」と言う。ほかの子も同調する。

1時間ほど、議論が続く。まるで決壊したダムみたいだ。学生たち――大半が、なめらかな舌を持つとはいい難い――が、微妙な、深く心に訴える真実を言う。

「最低の日には、どの悪役に親近感を持つ？」。こう質問したときは、オーウェンについて新しい発見をしさえする。

「ハデス」。そっと彼は口にする。「ヘラクレス」のハデス？　コーネリアと私は戸惑った目線を交わし、私が理由を聞く。

「ハデスは、どのパーティにもお祝いにも呼ばれなくて、いつもガッカリするからだよ。それで、オリンポス山から彼を追放したゼウスに復讐したくなるんだ」。オーウェンは言う。言わずもがな、ゼウスの兄ハデスは天界に住んでいたが、地底世界に追放され、そこを支配するようになる。「ゼウスは超人気者?」」。私が聞く。

オーウェンが頷く。「そうだよ。ハデスは人気ゼロだ!」

例会の前、私たちは寮のカウンセラーに見学を薦め、数名が参観している。カウンセラーたちによれば、オーウェンは私たちが思っていたよりも孤立し、ひとりぼっちで、いまだに友人がうまく作れず、それをいたく気に病んでいるという。実際、学生たちを毎日毎晩見ている寮のカウンセラーたちは、戸惑いを隠せない。「彼らの大半は、ほとんど話をしません」。ひとりが言う。「こんな姿、初めて見るわ」

• • •

コーネリアと私は、葛藤を抱える。私たちの一部は、ディズニー・クラブでの発見に恍惚となっている。別の一部は、私たちは来るべきではなかったと感じている。今こそ、念願だった変化の年だ——私たちみんなにとって。終わりとはじまりのときだ。そして、すべてが注意深く練りあげた計画に従っていた。

子どもたちが巣立ち、ワシントンの家はがらんとしている——3階にふた親だけ——そしてそれを、よしとしている。もちろん定期的に、オーウェンの様子を確認している。秋の保護者週間には、ケープコッドを訪ねた。感謝祭にはほかの大学生同様、オーウェンも帰省した。コーネリアはプロジェクトを考えはじめた——ずっと前から構想を練っていた本、花屋さんになるための講座、ハイチの診療所を運営する友人へのさらなる援助。

私はハーバードのケネディ校から、6ヶ月の契約をオファーされた。2012年1月、ハーバード・

スクエアにアパートを借り、ウォルトの生まれた場所にほど近い場所から、新学期をスタートする。旧友のみんなが私たちを待っていた。またここへ帰って来た。心機一転気分だった。

ケープコッドのオーウェンの大学へ1時間で行けるのは気が休まったし、2月末、週末の進路相談に行くのにも至便だった。

それは2学期に開かれた保護者週間に似ているが、卒業後の進路に関するプログラムが満載のイベントだ。

最初のセッションがはじまって数分で、ハイアニスのホテルのダンスホールに集まったリバービューの父兄200名が、私たち同様、わが子の卒業までまだ数年を残す者も含め、なぜもの悲しい、いかめしい雰囲気さえ漂わせて座っているのか、合点がいった。

私たちの多くが、「大学」という言葉を誤用していたことに気づく。

それは、褒賞と明るい未来を手に入れた若者が、親元から離れ、実社会へ出ていく旅がはじまるという含みを詰めこんだ言葉だ。ダンスホールの誰もが、私たちは皆、違う道にいても、わが子が――そう、あの子のことだよ――マサチューセッツ州の大学に入ったと、誰かに話すときの気持ちに変わりはないのを悟る。子どもに、ほかの子と同じ経験を、大学という大きな通過儀礼を経験させてやれ、実にめでたい。それで、そのあとは？　それについては、時期が来ればわかるだろう。

宴会場の細長いテーブルに横並びに座り、リバービュー同窓会の保護者たちが討論会をはじめると、厳しい現実が浮き彫りになる。この学校での日々は気がつけば終わっていたと説明する父兄が、20代前半から30代半ばまでの子どもたちの、その後の暮らしぶりを赤裸々に語る。リバービューで出会い、どちらも30歳になったばかりのカップルの両親は、不妊手術（もし子どもが同じ障害を持って生まれても、世話ができない）と、彼らの「結婚式」が小さな宗教的儀式だったことを明かした。もし法的に結婚すれば、障害者手当を受けられなくなる。

一方、グループホームに住む子どもたちは、孤独になりがちで、意欲は強くても多くは仕事のあてがない。メッセージは、それでも、「実家に戻るのは彼らにも、自分たちにも好ましくない」。しかし、ある父兄が言うように、双方の望んだ生活ではないとしても、子どもの生活に一生関わる覚悟がいる。

別の保護者は、リバービューをあとにした子どもたちが、どれほど孤立しえるかについて話した。似た者同士のコミュニティという短いオアシスから、成人した障害者への長い旅路がはじまり、そこでは福祉サービスが、自閉症児の寄せる波に追いつかずに干上がっていく。誰かが、自分たちが死んだあと、年老いた子どもたちはどうなるのだろう、と疑問を呈した。

心の痛む1日が、はじまった。父兄は部屋から部屋へと移動し、私たちを含めて大半が、いささかぼうっしている。コーネリアと私は、弁護士と障害者の専門家に率いられた大盛況のセッションに座り、法的な後見人の基礎について説明を受ける。私たちの子どもには経済的または医学上の決定権がないが、詐欺、医学上の災難、もしくは恐ろしや、法律上のもめごとから保護されている。法的に、彼らは永遠に子どもなのだ。

いくつかは、オーウェンには当てはまらない、というか、私たちはまだそう感じる。だが、違うかもしれない。それで、私たちはメモをとった。正確にはコーネリアがとった。配布物に入っていたメモ帳に、いい点悪い点を熱心に書き入れる彼女の横顔を見ながら、デダムの自宅で荷造りをする若い母親を思った。あの日々から、私たちはどれだけ遠くへ来たのだろう。今、ふたりが長い間顔を背けていたものと対じしている。この先どれだけ長く道が伸びていることか。通過儀礼は、大学生活のとば口を指すのではない――もっと大きい。はるかに複雑な、大人への階段のことだ。

わが子の子ども時代が、健常児たちとどれほど違えど、大人の暮らしは、さらに違って運命づけられているようだ。私は今まで反対に考え、それを意識さえしていなかった。引き出しの奥にひっそりと隠れていた親としての最後の期待が、引きずり出されて角に叩きつけられたように感じた。

会場に集まった同胞の保護者たちの顔を見まわしていると、長い年月を要したが、ここが私たちの属する場所なんだと納得する。そして、彼らの多くが私たち同様、たとえたくさんの仲間に囲まれていても、この会場から逃げだしたがっている様子だった。続いて、臨床心理士による基調講演があり、親として気まずくても、子どもにセックスについて教える必要があると説かれると、さらに不穏な空気が会場を覆う。

医師はそれから、30台のテーブルに着くショック状態の保護者たちを、不感症にする練習をさせた――「いいですか、みなさん。〈膣〉と言って！」――私はオーウェンとの罵倒語カードゲームに戻った気がした。今日のいじめっ子は、必死で避けようとしてきた人生そのものだった。

•
•
•

2ヶ月後、オーウェンがディズニー・クラブの集まりのことで私たちに電話したとき、そうすべきだったのに断らなかったのは、そういうわけだった。今は学校の、制御され守られたエコシステムの中で、成否に関わらず、自分の力を試す時期だった。彼は孤独だった。一番の強味を利用して、クラブを立ちあげた。何が起きても、もしくは起きなくても、クラブはオーウェンの肩にかかっていた。

だが、進路相談週間のあと、彼の問題を取り除く――道を開く――ためなら何だってやってやりたいという古い欲求の、最後の一息を感じた。そして、この数年が、友人を作り、技能を磨き、同胞のコミュニティの中に居場所を見つける私たちの、もとい彼の、最後のチャンスだという感覚。

かくして私たちはハーバード・スクエアに駐めた車に飛び乗って、「ダンボ」を観にいった。実際、手軽に行ける。たった1時間のドライブだ。

次の日曜日の夜は、「美女と野獣」を観に、再度出向く。今度もコーネリアと私で、これまでに学んだ知識を総動員してリードをとった。すると、真に価値あるものを目撃するのに長くはかからなかった。メンバーがお互いに「ディズニー語をしゃべって」、自分のことや、深い感情について語りあっている。再び、心に響く証言があり――この子たちに操れると大半の人々が見なしている範囲を超えて――そして、歌を歌う。みんなが歌う。すべての歌詞を、死に物狂いに。しまいには、オーウェンと、オーウェンに次ぐディズニー通のモリーが、今日の映画のテーマソングを即興デュエットで歌う。

「ただ1度だけ、望みが叶うかも」。彼女が歌い、**「わかりあえる人と出会いたい」**。彼が答える。

そして一緒に、**「お膳立てされた人生なんてつまらない……」**

コーネリアと私もいつの間にか、声を限りに歌っていた。

・・・

何だって思うさま――自分の時間の大半は自分のもの――したいことをできる。それが、人が青春を振り返るとき、甘酸っぱく思いおこすものだ。青春が過ぎ去るまで、気がつかない。

もしくは、過ぎ去りつつあるまで。5月の最後の週、サガモア橋を渡って、ケープコッドまで運転しながらウォルトはそんな気分に浸っている。大学院のスペイン留学では、高校生に英語を教え、帰国後、ワシントンで新設された消費者金融保護局の職に応募したばかりだった。いよいよ実社会へ。だが、まだ時間がある。それで、ふと思いたち、私たちの車を駆ってケープコッドへ向かいオーウェンを昼飯に誘う。

リバービューの学生センターは正午に昼食を取る学生たちであふれかえり、オーウェンはウォルトを王侯貴族のように紹介して回る。

握手には熱がこもる――「オーウェン、その人が君の兄さんか!」――ウォルトにはよくわかる。ここの学生の多くは、オーウェンのように、きょうだいが唯一の親密な、定型発達した同じ年頃の人間だ。ここを訪ねてくるきょうだいは、実社会からの友好的な使者だった。実社会を生きる者。

そしてウォルトも熱心に、弟がどんな大学生活を送っているか、素早く値踏みしようとする。大学にしては小ぢんまりした――寄宿学校みたいな――かなりしゃれたカフェテリアに、男子と女子が半々混じりあっている。オーウェンはウォルトにエミリーという女子を会わせたがり、ディズニー・クラブで一緒だと教える。3人が話していると、別の男子が会話に割りこむ。チャールズという外向的な男の子で、ウォルトに自己紹介すると、エミリーは彼のガールフレンドだと言う。

「あっち行けよ、チャールズ」。オーウェンが言うと――脅し口調ではないものの、断固として――その子は引き下がり、ウォルトとオーウェンはエミリーにさよならを言って、車に戻る。

「わぉ、今のは何だい?」

「あいつはエミリーのボーイフレンドだって言ったけど、違う。彼女にはボーイフレンドはいない」

「この車の中の誰かさんは、ボーイフレンドになりたいのかな?」

「彼女は本当に素敵で、かわいくて、優しいよ」

ハイアニスのレストラン兼アイスクリーム・チェーン店「フレンドリー」でお昼の席に着く頃には、

オーウェンの大学1年目について、ウォルトはかなり好印象を持つ。学業については、あまり問題なさそうだ。美術教師のネイト・オーリンを気に入ったオーウェンは、スタジオでの美術教室のほかに、週に2回プライベートのレッスンを受けている。寮仲間は、いい友人関係にあるジョンと、ドアをバンバン叩いてディズニーの曲が大きすぎると文句を言うのがもうひとり。想像がつく話だ。ペン・ステートでのウォルトの1年目は、やはりたいしてぱっとしなかった。

ディズニー・クラブは明るい材料で、エミリーしかり。

ウォルトは、ここはあせらず行くべきだと知っている——男女交際は誰にとっても難しい。微妙な合図を拾い、問わず語りに互いのことを知る。だがオーウェンは、しごく額面通りの男だ——彼の感じることを口にする。たぶん、彼女もそうだろう。

「彼女に好きだって伝えたか?」。どうみても標準以下のチキン・シーザーサラダをつつきながら、ウォルトが尋ねる。

オーウェンは一瞬グリルチーズ・サンドイッチを見つめ、首を振る。「ううん、言ってない。言うべきかな?」

それからウォルトは、私たちふたりのやることをやる——オーウェンの何が違って、何が同じか推しはかり、アドバイスをするのに正確な線引きをしようとする。「ただ寄って行って、『君が好きだ』と言うんじゃ、女子には受けが悪い」

オーウェンがホットファッジ・サンデーをぱくつくころには、デートの基本的な戦略を練った。彼はエミリーをデートに誘わなくてはいけない。オーケー。

たぶん、ディナーに誘い、彼の部屋に彼女を招く。オーウェンはスパゲッティを作ってあげられる——それから映画を観る。彼女に友だちはいる?　うん、友だちのジュリーは、オーウェンの寮仲間のジョンが好きな子だ。

おお、いいぞ。ダブルデートだ。寮に女の子たちを呼んで、ディナーに映画としゃれこむ。だが、今期はもう3週間しか残っていない。「今がお前のふんばりどきだ、オウ。がんばれ」。オーウェンは注意深く聞いて、ウォルトの提案の大半に返事をする――「わかった、わかった」。だが、今オーウェンは、ウォルトを熱心に見つめている。ほかに何を知る必要があるの、と目が問いかける。

ウォルトは言葉を選び、筋を通らせようとする。「これはあんまり意味が通らないってわかっている。ただ歩いて行って、『僕は君が好き。君は僕が好き？　わかった、じゃあ付き合おう』って聞くほうが、ずっと簡単だ。でも、そういうふうには行かないんだ。行動によって、自分の気持ちを示さなければいけない。そして、男のほうが最初に動かないといけない」

「オーケー、ウォルター……わかった」

その午後遅く、ケンブリッジへの戻り道、ウォルトは楽観主義の驚くような爆発を感じる。就活の件、スーツは何着そろえ、誰とコネを作るか――また、成人としての日々の選択、人生が動きはじめるとき――をつらつら考えながら、頭の中でふたりの話し合いを再生する。実のある恋愛話だった。10年後、いや20年後のオーウェンと話しているところを想像できるたぐいの。

一番の収穫。ディズニーの話が1度も出なかった。

・・・

ダブルデートの計画について、ちょっとした手違いが起きる。寮のカウンセラーとオーウェンとの間に誤解があり、エミリーの寮のカウンセラーに何日前までに電話する必要があるのか、オーウェンは知らなかった。もしくは知っていたが、行動しなかった。または、寮のカウンセラーが電話しなかった。以前、ここで問題が起きたこともあり、恋愛関係とデートは、この子たちが直面する一番やっかいな問題となっていた。性欲がある者もいる。ない者もいる。結婚して子どもを持つ者もいる。大半はしない。だが大半は、恋愛をしたがった。それは、リバービューが普通の大学と最も一線を画す分野だった。

求愛のダンスは、厳重な管理のもとになされる。恋愛問題のカウンセリングや、性教育のクラスは豊富にある。新機軸もある。たとえばカップルが別れたあと、2週間の「クーリングオフ」期間が設けられた——2週間、デートはなし。オーウェンのような規則遵守タイプの学生たちは、次の「デートはじめ」の日にちを、指折り数えることに定評がある。身体的な問題となると、学校はリスクを冒さない。愛情を公に示すことは、他学生を落ち着かなくさせるからという理由で、禁止。ポリシーは、保護者会で教わったように、「キスはプライベートな環境でのみ……そしてカップルがプライベートな時間を極力持たないように目を光らせる」。ロマンスを秒殺する条項に、デートはすべて、寮のカウンセラーによって計画されなければならないという規則がある。シラけることこの上なしだが、学徒たちの安全と、両親の心配を和らげるのに、外せないのは確かだ。

オーウェンへの実害——手違いによって、ウォルト言うところの「行動で示す」には、今年度はもうたった1度の週末しか残されていない。

5月26日土曜日の朝、オーウェンは本日の計画を胸に、同僚のジョンを起こす。ふたりはリバービューのバスに乗り、運行表にしたがって、20分ほど離れたハイアニスの商店街に行く。髪を切り、昼食を食べ、女の子たちに花を買う。ふたりは運動場のトラックで、女子たちと落ちあう。「彼女たちに花をあげる。それから、トラックを一緒に歩く」

すべてはプラン通りに進む。ふたりはコンガ線のバスに乗る。「パネーラ」で昼食を取る。次に揃って散髪をする。だが、商店街を何往復かして、ハッキリする。花屋がない。

オーウェンとジョンは、戻りのバスに乗る。

「助けて欲しい」。オーウェンが運転手に頼みこむ。「花を買えるところへ連れていって」

運転手は、バスが路線外を走るのは規則に反すると断る。

「説明させて」。オーウェンは声を平静に保とうと努める。「今期最後の週末なんだ。女の子たちに、僕らが好きだって行動で示して伝える、最後のチャンスなんだよ」

運転手の女性は、まったくたまたま、ひどくロマンチックな性格で、ほかの乗客に、これは非常事態なので、回り道をすると説明する。

そして女の子たちが、まったくたまたま、運動場のトラックで待っていると、測ったようなタイミングで、男の子たちが近づく。オーウェンは、長い茎の赤いバラを、何十本も抱えている。ジョンは、紫のバラだ。

オーウェンはエミリーに花束を手渡す。ジョンは、ジュリーに。そして、2組のカップルはキスをする。

数時間後、電話口のオーウェンが言う。「はじめてのキスだった。本当のキスだよ」。彼らはトラックをぶらつかなかったとつけ足す。女の子たちは寮に戻って、花に水をやりたがった。

「それで、ジョンと僕は歩いて寮に戻ったんだ」

私はふたりが戻ったとき、どう感じたか聞いた。

回線は、たっぷり20秒、沈黙した。彼は深く潜っていた。ファースト・キスは、結局、どんな年頃であっても、一大事だ。

「すごくいい気分だったよ」

●
●
●

ディズニー・クラブの年度末パーティを通知する電子メールが、メンバー全員に届く。夏休みがはじまり学生が帰省を許される前日の木曜日午後、音楽室にて開催の予定。

すると、私たちのもとに、父兄から電子メールで打診が寄せられる。

保護者の参加は可能だろうか？

もちろん、とコーネリアが電子メールで返信する。学生たちが新しく発見したコミュニティを祝うのと同じぐらい、私たちは父兄に会うのを楽しみにする。

6月1日木曜の午後、少なくとも保護者1名を伴って、学生たちが詰めかける。

コーネリアはフィナーレとあって、かなり奮発した。ごちそうはみんなに行き渡るだけある——高級志向のスナック、ピザ、飲み物、シートケーキ（四角い形の大きなケーキ）、ディズニーのキャラクターの形をした大きなシュガー・クッキー。数分もすると、自然とふた手に分かれる。保護者グループと、学生グループのふた手だ。子どもたちは、家族にクラブのことを話してある。ディズニー・クラブの父兄は全員、家族のディズニー映画との断続的な、しばしば後ろ向きな関係について、話すのにやぶさかではない。幼少期の難しい日々は発語のなかった子も多く、唯一のなぐさめだったディズニー映画を飽かずに観ていたという。成長するにつれ、医者やセラピストが、しばしば両親の心配を蒸し返した——「果たしてディズニーから先に行けるのか」——そして、観賞の制限や、打ち切りをすすめる者もいた。

多くの両親が従った。残りは行ったり来たりした。だが、どの子もディズニーへの情熱を捨てなかったようだ。それをツールとして理解したり、活用する保護者はまれだった。例外はモリーで、アーカンソー州が地元の母親ナンシーは、セラピストだ。モリーの鋭敏さと物語の利用のし方は、オーウェンに肩を並べる。

子どもたちは混じりあい、オーウェンのビデオコレクションをあさり、BGMが流れ――オーウェンはディズニーのCDコレクションも持ち込んだ――彼とモリーが隅に固まる。

哲学的な議論が進行中のようだ。トピックは、「きつねと猟犬」の解釈の比較。これは重要だ。ディズニーにとって、ある種の変わり種となった本作では、2頭のキャラクター――トッド（赤ちゃんギツネを指す言葉でもある）とブラッドハウンドの子犬コッパーが親友になり、ほかの小動物たちと走り回るが、成長すると、本能および社会の慣習により、引き離される。だが、映画は昔ながらの寓話的な結末を与えられない。大人になった2頭が助けあったあと、きつねと猟犬は別れ、最後のシーンでは、離れた丘からコッパーを見下ろすトッドが、終わりを迎えたふたりの長い友情を思い、猟師と犬は家に戻る。

オーウェンとモリーの議論は、友情の本質についてだ。ふたりとも、お互いの重要なサブテキストを知らずにいる。モリーの母親がのちに教えてくれたのだが、両親が離婚した頃、モリーはふたつ上の姉と、よくこの映画を観ていた。当時4歳のモリーは、オーウェンの場合と酷似して、自閉症児の特徴をひどく呈するようになり、意思疎通がほとんどできなかった。だが、映画は例外だった。姉妹の父親が去って間もない時期で、別れの痛みがあまりにも生々しく胸を突き刺すため、姉妹は見るのを止めることに同意した。

オーウェンのほうは、ワシントンにいる友人を失う心配をしていた。私たちはケンブリッジに引っ越すことを考えている。理由はいくつかある。リバービューでの2年間オーウェンの近くにいたいし、息子はやがてはマサチューセッツ州の人間になる。成人の自閉症に対して、全国一手厚い福利厚生があるからだ。

ハーバード大の倫理センターが、私に研究員のポストを用意してくれ、そこで本を執筆できるし、一番親しい友人たちの多くは、まだボストンにいる。数週間後、ディナーの席でオーウェンに、もし引っ越してもDCの友だちには会いに行けると諭し、コーネリアはシンプルにこう言った。「オーウィー、いつも覚えていて。心のあるところが家なのよ」。オーウェンは頷いて、わかると返した――その手のことを言うとき、息子は私たちを信じる――だがコナーやブライアンや、ロバートという若者との友情が、危うくなるのを心配している。友人を作り、〈映画の神々〉を見つけ、情熱をわかちあい、ともに笑う者をえるのは、彼にとっては難事業だ。オーウェンは自分を、丘からかつての友を見下ろすトッドに見立てる。

私はケーキをぱくつきながら、最終弁論に近づいている議論を傾聴する。

「これは、ほろ苦い（ビター・スウィートな）結末よ、オーウェン――そう呼ばれているの」。モリーが言う。「でも、本当に悲しいお話だわ。トッドとコッパーは2度と再び一緒にならない。それが悲しい。ほかの見方はありえないわ」

「ビターより、もっとスウィートだよ」。オーウェンが眉をしかめる。「ふたりは別れたけど、いつでも友情がある。思い出も。誰にもそれは奪えない」

数メートル向こう、大型ラジカセの脇に座るジョッシュが、思い悩んでいる様子なのが目に入る。私は近寄って、大丈夫かいと声をかける。彼は、エリザベスをダンスに誘いたいと言う。ここにもサブテキストがある。ジョッシュはエリザベスに気があって、いつも赤面していた。土曜日が、この学校で過ごす最後の日──彼は巣立っていく。今このときが、彼の最後のチャンスだ。「サスキンドさん、もし僕が彼女をダンスに誘って、彼女がイエスと言ったら、木でできた男の子みたいな感じは減るかな？　でもノーだったらどうしよう。そしたら、どうなるんだろう」

私は男同士の助言を探して知恵袋をあさるが、使い古ししか出て来ない。「どっちにしてもだな、ジョッシュ。今よりずっと、本当の男の子になった気がすると思うよ」

音楽が部屋を満たす。子どもたちが立ち上がって、動き、踊り、身振りをして、それぞれが音にあわせ、頭の中にあるイメージを演じ、歌詞を口ずさむ。みんなが歌う。そして、リバービューのディズニー・クラブは今年度、こうして幕を閉じる。若者たちが若さにしがみつき、内面に宿る美をうたった歌に移る。彼らの中には、隠れた耳を見いだした「ダンボ」のファンたちや、柔らかいステップには木の固さをみじんも感じさせない、ダンスパートナーを見つけたばかりの、正真正銘に本当の男の子がいる。

オーウェンが、「エミリー！」と叫ぶのが聞こえる。今到着したところだ。モリーはあらゆる面で、オーウェンと釣り合うかもしれない──ふたりはあまりに似ている──だが彼が引きつけられ、新鮮な血のたぎりを感じ、今このとき、トッドのメランコリーの丘からはほど遠い気持ちにさせるのは、エミリーだった。

オーウェンは素早く部屋を横切ってエミリーのもとへ行き、彼女は彼に、コーネリアと私は彼女の母親、ガブリエルに近づく。はじめての顔合わせだ。オーウェンとエミリーが情熱的に抱きあい、鼻をくっつけあうのを見て、私たちは雷に打たれたようになる。見ると聞くとは大違いだ。３人揃って阿呆みたいにそこに立ち、手をばたつかせている。それからみんな、一斉に──突発的な親同士のコリオグラフィーで──ゆっくりお互いに向きあう。彼らにプライバシーをあげよう。今はもう、彼らふたりの人生だ。私たちのではない。

• • •

その晩、ケープコッド・ホテルへ運転しながら――オーウェンは最後の晩を、寮で過ごしに戻った――コーネリアと私は、線引きに苦労している。

ディズニー・クラブには、12人の会員がいる。早くも来年度へ向けて関心を寄せているのが、会話のはしばしで窺える。

「目標は、オーウェンがクラブを引っぱっていくことよ」。私がiPhoneで道順をチェックする間、コーネリアが言う。

「そう、それが目標だ」。私はぶっきらぼうに言う。例会の前に、オーウェンと私が電話で話すことを、妻は知っている。ジェスチャーゲームや「10の質問」などの余興、それから肝心かなめの議題について。90分間の例会に合わせ、重要なシーンを5つほど観賞する。オーウェンがシーンを選び、会の冒頭に説明済みの各映画の主題と関連づけて、選択理由を説明する。彼はリモコンの操作権を握っている。だが、妻は正しい。私がおおかたの責任を負っていた。

「今はオーウェンと私で一緒に運営している。おいおい彼に引きついでもらうよ」

「その点をはっきりさせたかったの」

「はっきりした」

「それと、パーティは完全にやり過ぎだった」と、私。「誰もそこまで期待していなかった」

コーネリアが頷く。彼女はやり過ぎる。それが彼女のすることだ。妥協しない女性。

「バランスを保っていかないと」。少しして、コーネリアが言う。「あの子を支えるために必要なことをして、そしてできるだけ自立させる」

「はっきりした」。私は繰り返す。

だが、していない――はっきりなんてほど遠い。私たちは波を掴まえる、新しい波を。私たちとオーウェンは、波頭に座っている。今日、それを感じた。保護者たちの熱情と興奮、子ども同士の複雑な関係も、全部目の当たりにした。オーウェンとエミリーの、濃厚な抱擁。ディズニー映画がロマンスをもてはやすのをいく度となく見続けたあとで――ふたりは、大騒ぎの理由を発見している。そして、それ以上に、私たちは再びオーウェンの生活に干渉した。彼が私たちから離れなければいけないこの時期に。

そこで私たちは、お馴染み「同じ／違う」計算機を走らせ、慣習的な親子関係の戦略《プレイブック》が、自閉症ゆえに違うところをじっくり検討しあうことにする。

そして、その伝で言えば、私たちの結婚が、そうなっていたかもしれないところから、どこで外れていったのか。

それはコーネリアと私を、手を取りあって生き、愛しあう、ある種の聖戦の戦友にした。目の前にあるもので、暮らしをたてる。願わくは、愛をもって命を吹きこむ。オーウェンはそうした。ウォルトも、確かにそうだ。そして、私たちも。未来に夢を託すことは、決してしない。遠い昔に諦めた。ただきつく抱きあい、お互いに感謝する。

オードブルの皿と、ジュースが半端に入ったボトルを満載したステーションワゴンが、ハイアニス――たった今夏に突入したところ――をがたごと走る。私たちは黙って座り、半分あきらめの笑顔を浮かべる。コーネリアが私の空いている手を掴む。そして、私たちは波に乗る。

7月中旬、オーウェンは理不尽なくらい早起きする。朝食をとり、シャワーを浴び、午前8時までには服装を整え終える。カーキのショーツをはき、メッシュのベルトを締め、何枚かポロシャツを試し、これと決める。白いハイソックスを履き、スニーカーの紐を縛る。白いハイソックスの、どこがいけないのだ。

湖にかかる太陽が、朝の最後の時間を照らし、オーウェンはメモ帳を持ってポーチの椅子に座り、HBの鉛筆を削る。ポーチの脇にそびえるシラカバの木を、数分ばかり眺める。そして。

親愛なるエミリー、

学校での素晴らしい幕切れをありがとう。君は僕にとって、すごく大事な人だ。今まで出会ったなかで一番素晴らしい、美しい女の子で、それに、一番魅力的だ。見つめあうと、夢みたいだよ。君が僕にすごく優しくしてくれると、自然と心が躍ってしまう。ご家族と一緒にバーモントのサマーハウスに来てくれて、すごくうれしいよ。君の夏が、僕みたいに素晴らしいものであることを願う。どうもありがとう。心から愛してる。

愛をこめて、

オーウェン

エミリーは今日の昼までには到着する。もしくはそれが、ここ1ヶ月、ずっと計画してきたことだ。待望の、真夏の訪問。彼女はニューヨーク市の外側、スカースデールに住んでいるが、家族はバーモント州スマグラーズ・ノッチに家を構えており、私たちのところからは、北に2時間ほどの距離だ。

オーウェンは携帯電話で時刻を確認するが、その必要はない。

彼は駄目押しのため、2階の自室に行き、1時間後、正確に模写した「わんわん物語」のスパゲティ・キスのイラストを持って、降りてくる。

オーウェンは丸1日分の予定を立てていた。自転車でお気に入りの場所、「ウィッピー・ディップ」に行き、グリルドチーズ・サンドウィッチとアイスクリームを食べる。たぶん、フェアリーの小さなダウンタウンをツーリングして、「チャップマンの雑貨屋」に立ち寄る。湖で泳げたら、しめたものだ。

ウォルトは今日が待ちこがれた日だと知っていて、電話を入れる。「ひと月会ってないのはわかってるが、エミリーは母親に連れられてくるんだ。ただ歩いて行って、キスなんてするなよ。クールに振るまえ」

オーウェンが頷く。わかるけど、もっと心配なのは、父親だ。ウォルトに、ディズニー映画では「父と娘はすごく複雑」だと伝え、2、3例をあげる——トリトン王とアリエル、スルタンとヤスミン姫。

兄は異を唱えない。「わかってる、オウ——父親たちな。でも母親とそんなに違わないよ」

11時45分、オーウェンは車寄せのてっぺんに立ち、ウロウロしている。15分後、車がやってくる。

「オーウェン、会いたかった!」。エミリーが開いた車窓から呼びかける。

彼は彼女を見て、言葉にできないほど幸せだ。だがウォルトの声が頭の中に響く。素早い抱擁のあと、彼は注意をエミリーの母に向け、握手する。「どうも、ジャーサスさん。バーモントの家にようこそ!」

オーウェンとエミリーを外に残し、ガブリエルとコーネリアが家に入ると、彼は彼女に向き直り、キスをする。

もはや、天にも昇るほど幸せだ。手に手を取ってキッチンに入り、カードを手渡す。カードが彼に代わって気持ちを伝えてくれる。

・・・

雨の日は、古いログハウスにこもる自閉症の若者には、いい日よりだ。

この法則は、アスファルトで屋根板をおおった薄壁の、1889年に建てられた湖畔の家にエミリーが訪ねて来た1週間後に判明した。夏の嵐の間、乾いた室内で快適に、しごくごきげんな1日を過ごしたオーウェンは、私たちが長年聞きたがっていたことを話しだした。この手の天気が、記念すべき人生の一大事と同時発生したとか、ほかの変数も関係したかもしれない。だが私たちにはパターンが読める。

なぜなら、1年前の2011年8月末、同じことが起きたからだ。オーウェンがリバービューの1年目に向けて家を発つ数日前、猛烈な豪雨に襲われた。テーブルについていた彼は、私たちの全半生を、数時間かけて並べたてた。コーネリアと私は、透徹の瞬間が到来したのを見るや、帳面を取りだして備えた。彼の道しるべは映画、主にディズニーで、オーウェンはそれを様々な場面で、現実世界を納得づけるために使っていた。アニメーションの世界と現実世界――6歳のオーウェンが、はじめてイアーゴに話しかけたとき、私たちが発見したふたつの平行面――は、本質的に、あの日バーモントで、入りくんだ仕組みをそっくりさらけだした。ごく淡々と、彼はふたつの平行世界を結びつけたものを全部、詳しく挙げていった。その正確さは驚くばかりで、数十本の映画の初公開日、オーウェンが観た日、観た劇場、誰がどの作品に同伴したか、ビデオの発売日、そしてさらに突っ込んで、彼のビデオライブラリーから、どのアニメーションビデオが大事な局面に役だったか。その多くを、私たちは少しずつ、何年もかけて拾い集めてきた。今、オーウェンが解答集を出してくれた。だが、私たちを驚かせたのは、現実のできごとすべてが注意深くファイルされ、振りわけられていたことだ。家族旅行、そのときウォルトがしたこと、休日を過ごした場所、学校、友だち、セラピスト、そして特定の困難と勝利が、列挙されていく。雨が屋根に叩きつけ（ハリケーン・アイリーンの夏だ）、オーウェンは1993年の、ワシントンでの最初の日々、自閉症が正体を明かし、この障害が目に見えてかたちを取りはじめた時期を、詳しく述べた。オーウェンは私たちの言うことが、何ひとつわからなかったという――「ちんぷんかんぷんだった」――そして、自分の欲求を私たちに伝えられなかった。コーネリアは息子に、怖かったか尋ねた。彼は内に引っこみ、感情を整えとしているようだった。1分1分、今を生きると同時に、自閉症の者はこれをよくやる――特定のできごとに戻って、生き直す。「うん。おびえてた」。彼に慰めを与えてくれたものは唯一、彼によれば、ディズニーの映画を観ることだけだった。恐ろしい変化が起きた前もあとも変わらない、ただひとつのこと。私は今までずっと、確認したかったことを聞いた。聴覚プロセスがめちゃくちゃになっても、映画のセリフを理解できたのか？　彼はかぶりをふった。「ううん、できなかった」。だがそれは全部、馴染みがあるように思え、前に聴いたことのある「歌みたい」だった。

1年後の今、夏の雨の日、私たちは同じ部屋に座っている。コーネリアのグリルチーズ・サンドウィッチ（彼の究極の「お袋の味」）で、たぶんもうひとつの感覚変数）を食べ終え、オーウェンはエミリーの訪問について話す。ふたりが自転車に乗って、湖遊びをしたことなどを、いつもと同じ調子で伝える。やはり、底に流れる生活イベントが影響し――大学生活の2年目がはじまり、興奮していた。オーウェンは「面白くてクレイジーな」美術の先生が大好きで、ディズニー・クラブで友人たちに近々会えるのを楽しみにしている。彼の生活——彼の求めた生活——が、形を取りはじめた。

そして、かなり唐突に——頼まれもせず——暗い森で、脇役たちに起きるできごとを話しだす。「ごく平凡な男の子がいた。両親と兄がいて、幸せに遊んでいた。3歳のある日、地平線の彼方から、嵐がやって来た」。コーネリアがオーウェンに、私がレポート用紙を取りに行く間、待つように言う。ただ1度だけ話したあと、消えてしまうのではと恐れて。だが、消えない。彼は安定した——どこにも行かない。数分後、ふたりで書き取りながら、彼は今、ある意味用意が整ったのがはっきりわかる。オーウェンは語る。少年——ティモシーと名付けた——が迷子になって家に帰れず、森で育てられる。迷子の脇役たちの森だ。彼らはどうして迷子になったのか？「彼らのヒーローが、すでに目的を果たしたからだ。脇役たちは目的を失った」。脇役たちは、もちろん、オーウェンにとって重要だった。彼の人生の、いろんな面で。「だけど森には悪役がいて、彼らはヒーローなしで立ち向かわなくてはいけない」。そう言って、悪役3人組を説明する。おのおの、彼の経験に即していた。「少年の頭に火を吹きつける」有害な領主は、彼が自閉症の深い霧の中を生きた、不安な日々を象徴する。人々を凍らせて捨てる怪物は、ラボ・スクールから追い出された辛い日々に相当する。そして最後の、「あまりに本当らしく嘘をつくため何が本当かわからなくする」賢《さか》しい野獣は、オーウェンをいじめて苦しめた男の子たちだ。

ほかの要素も少しずつ現れる。だが、するりと楽しげに——おひろめの準備は整った。「ときが来た！」。ずっと行方をくらましていたシンバが、大人のライオンに成長して、運命を成就する用意ができたのを知り、ラフィキが発するセリフ——「伝統の手描きアニメーションに戻るときだ！」。オーウェンが自分の映画を、その手法で映画にしたいという、時代遅れの方式。だが彼は、両方——製作と方法——の道が険しいのを知っている。ドン・ハーンは複数の企画に忙殺され、前に進んでいった。オーウェンは気にしていないらしい。その件については、こだわりはない。手描きがCGよりも優れているかの命題については、哲学的、個人的ポジションの両方に関わる。彼は詳しく説明する。「正しく描くには線を感じなければならない」し、描きはじめると、「指で見て感じられる」のがわかる。以前彼から聞いた話では、かつてアニメーターは、鏡を使っていた。今、彼は2階に行き、古いアニメーションの本を取ってきて、1940年代のディズニーのアニメーターが、机に鏡を載せている写真を私たちに見せる。「彼らはキャラクターにつけたい表情を、鏡の中で作るんだ。合っているか、確認するためだ。描くためには、感じないといけなかった。僕みたいにね」

これは、私たちがすべてをより明確に理解する助けになった。彼の全人生を通し、鏡は非常に重要だった。メタファーではない。極めてリアルだった。アニメーション映画は、やがてはその中に自分自身を映すための、鏡だった。映画の構想を練りはじめるのが、順当な次なるステップだ——映画から借りてきたキャラクターを混合させて、今現在に至る彼の人生の、複雑な真実を映し出したオリジナル・ストーリーを作る。エミリーをモデルにしたアビゲイルというキャラクターだっている。

コーネリアが、オーウェンにある部分を書くように提案して、彼はそうする。だが、その後、歩き回りながら身振り手振りを交えて話し、私たちに交替で速記してもらうほうが、オーウェンの好みなのがはっきりする。とうとう、彼は空想のレンズを自分に向けた。眺める楽しみ。

そして、彼がよく言っていたように、なぜこれほど長い間「構想中」だったのか、謎が解ける。彼はまず、生きねばならなかった。オーウェンの物語は、どんな物語でもそうだが、終わりと透徹の瞬間に辿りつかねばならなかった。回顧的な視点、それを今やっと——ひとりの若者として——オーウェンが持てるようになった。もしくは、お馴染みの言い回しをすれば、人と成るまで、成人のことは書けない。

• • •

オーウェンと私は、久しぶりにダン・グリフィンの診療所を訪ねるため、車を走らせている。オーウェンはダンと、クリスマス休暇に1度、春休みに1度会っている。しばらくは、彼とまた会わないかもしれない。コーネリアと私は、夏の終わりに家を交換してきた。コーネリアがＤＣの家——貸すか売る予定——で荷造りをする間、私はオーウェンの面倒を見て、バーモントの家かケンブリッジで仕事をする。8月の今週、私たちはひっくり返して、彼女が北に向かって湖で夏の客を数名出迎え、オーウェンと私は夏休み最後の数日間、ワシントンＤＣに出戻る。私たちの最後の日々でもある。19年前、冒険に乗り出した若い家族が、無鉄砲な歓喜いっぱいにやって来た。彼らがどこに行ったのか、定かではない。オーウェンは到着と同時に消え、私たちもすぐにあとを追った。

彼らに代わり、年を取ったのが、今動き回っている者たちだ。もちろん、どちらもオーウェンが味わった思いを、決してさせたくはなかった。だが、残された私たちは、それら自分たちの途絶えたバージョンをいたんだりはしない。不幸中の幸いなどではない。これに関して不幸はどこにもない。

オーウェンと町を流しながら、私は指差してばかりだ——あそこであれがあって、それからたくさんの、「いつだったか覚えてるかい」。だが、すぐにオーウェンがとって代わる。記憶力抜群だから、だけではない。彼の人生の帳尻合わせをしている。移動しながら指を差し、彼にとっての明確なパターンを探す。

あそこがウォルトと小学生のときに遊んだところ。ここは自転車の練習をしたところ。あそこが毎朝パッチ・オブ・ヘブン学校に通ったところ。回り道の途中——所用があり——ラボ・スクールの前も通ったが、オーウェンはこの友だちだのあの遊びだの、ただ当たりさわりのない思い出をいくつか挙げてお茶をにごすことはしない。「あそこで、僕は王国にいた気分だった。そして追い出された」。あまり感情を込めずにそう言う。もう遠い昔の話だ。

●
●
●

この回り道の旅でラボ・スクールを通り過ぎたあと、私は用語の置きかえについて、考えずにはいられなかった。〝学習障害〟に代わる、〝特異学習〟。最初に聞いたのは、ラボ・スクールのガラ・コンサートだった。政治的に正しい言葉づかいに、コーネリアと私は鼻白んだが、失読症やADHDの超大成者たちが演壇に上がると、すぐに考えを改めた。それは、彼らの隠れた強みを見つけることにほかならない。

とはいえラボは、オーウェンにそれら伝説的な成功者との類似点を見いださず、そして当時の私たちも、しかりだった。コーネリアと私は、彼の欠点を補うような能力を、発見も、開発もできないと考えていた。大勢の学習障害の成功者たちは、オーウェンほど重い障害ではないから、なんとかなったのだ。

だが私たちは年月を経て、オーウェンは損なわれたのではなく違うのだと、徐々に受け入れていった。彼とディズニー・クラブの間で闘われた、美徳と悪徳の微妙な問題に関する討論が、決定打となった。討論は、オーウェンや、たくさんのオーウェンのような者たちは、基本的に私たちとなんら変わらず、ただ何かが過剰で何かが不足しているだけだという私とコーネリアの確信を、ゆるぎないものにした。

オーウェンのような自閉症の者たちにとり、不足している部分が実社会から彼らを隔てる顕著な特徴となり、彼らの能力的限界について、即座に審判が下される。過剰な部分は、しばしば微妙でぼんやりとし、よく見えない。オーウェンとディズニー・クラブの学生から、私たちが学んだのは、それぞれの選んだこだわり、彼らの情熱の対象が何であれ、それが彼らに届く道筋になりえるということだ。

私たちが行き当たって最も驚いたのは、オーウェンにとって、彼の情熱――主流文化からみればいかにせまくて不可解でも、それを尊重することが、どれほど重要なのかを学んだときだ。それは、彼の価値を認めることに等しい。私たちの都合に合わせ、彼をつかんで引っ張るための、ただのとっかかりとして扱ったり、彼の興味をねじ曲げて、芸をさせるための餌として使うのは、品位に欠ける。

理由がある。なぜ自閉症の人間が、それぞれ特定の興味にこだわるのか、しごくもっともな理由が。理由が見つかれば、隠れていたその子が見つかり、そしてたぶん、見えない能力を覗ける。心から興味を示せば、自尊心がくすぐられ、もっと自分を見せるようになり、その子の発達や成長の助けになるかもしれない地図とナビゲーションツールが、手に入るかもしれない。

能力が表面化すれば、見返りに、障害を持つ大勢の人々が生活の中に秘める可能性を、より深く理解する助けとなる。興味から能力へ、そして可能性へ。

ディズニー・クラブのメンバーたちが今では言うように、それは「隠れた耳を見つけ」、偏見――自分自身の心の目と、願わくは、他人の目――の、両方の上を舞い上がる手段なのだ。サリー・スミスが、大成した障害者を祝うことでやったのと、それほど違わない。人の目は変わった。学習障害は、劣るのではなく違っているのだとみなされる。

5月末、ディズニー・クラブの例会から家路に向かいながら、当時――オーウェンの追放については今でも——ふたりして、どんなにスミスに憤慨していたか、だが世間へ打って出る彼女の戦略に対しては、よく理解していたことを話しあった。

コーネリアはこう言った。もし世間の人々がディズニー・クラブの例会を2、3回でも見学できたなら、自閉症への、そしてたくさんの見捨てられた人々への見方を変えられるのに。新しい目が養われ、そうなれば、すべてが変わる。

•
•
•

メリーランド州タコマパークに入り、ダンの診療所に近づくと、オーウェンが「愛のわざ」をしようと言う。

最近、最低日に1度はこれをやっている。

「いいよ、お前がマーリンだ」。それはつまり、私が若いアーサーをやれる。ありがたいことに、ひとつしかセリフがない。

「つまりじゃ、愛のわざは、強力なんじゃよ」。マーリンのひ弱な、老人の声でオーウェンが言う。

「重力より重い？」。アーサー役の私が返事する。

「そう、そうさな、小僧。ある意味な」。オーウェンが間を置き、魔法使いがやるように、たぶんこのやりとりで一番お気に入りのセリフの中味を反すうする。「うむ、地球上で一番偉大な力じゃろうな」

恋愛。それは彼の体を駆けめぐる初めての新鮮な感覚で、ダンの魔法の診察室に座ったとき、真っ先に報告することだった。「素晴らしくて、親切で、美しくて、ふわっとして優しい女の子と恋に落ちました。僕と同じものが好きです。アニメーション映画、大半は手描き作品で、大半はディズニーです」

ダンは目まいがする。エミリーのすべてを知りたがり、オーウェンは洗いざらいぶちまける。出会い、ファースト・キス、バーモント州の避暑地に来たこと。

長い間、居心地のいいこの診療室や、ワシントンDC界隈のほかの診療室で、私たちはチーム・オーウェンの専門家たちと、動機について話しあってきた。読み方を習うのでも、一般的に必要な知識を理解するのでも、仲間と交流するのでも、まずオーウェンがしたいと思わなければいけない。充分満足感を得たり、または努力の見返り――つまり鼻先のニンジン――のためなら、オーウェンは自律エネルギーに手綱をつけられる。やはりこれも、私たちみんなと同じ、多いか少ないかの違いだけだ。おあずけをくらって、葛藤しなかった者がいるだろうか？　だが私たちは通常、しなきゃいけないことをする。目標は遠く、しばしば顧みられも感謝もされない努力をして、毎日懸命に働く。だが、交友に関しては、労働という意識は特にない。直感で入り、探し求めること自体に、好きなように楽しみや満足を見つけている。

オーウェンにとって、交友は今でもほとんどが重労働だ。人気者になりたい――人々と繋がる喜びの、おおざっぱな表現――とダンにちょくちょく言うのに反し、その目標は口先だけで、希釈した燃料でエンストしがちだった。

今、燃料はハイオクタンだ。それが、ファースト・キスのできること。もちろんこれも、私たちみんなと同じで、ただより強いだけだ。彼の超集中力、正確に記憶した瞬間をシステム化できる能力をもって、何度も何度も火口《ほくち》を取りだしては注ぎ、つまり、バーモントの1日を反すうし続け――まあ、日に50回ぐらい。見交わされたすべての視線。エミリーの言った言葉のすべて――くつろいでいると、彼女はきわめておしゃべりになれる。ふたりのキス。その日はしょっちゅうキスをした、学校ではできないことだ。

エミリーは水着を持ってこなかったが、臆せずに湖に入った。桟橋では、長椅子に座るエミリーの足を、オーウェンが優しく拭いてやった。頼まれる必要はない。

この目覚めによる治療上の収穫は、ついに、普通の人々が本能的にやること――人づきあい――に身を入れはじめたこと、しかも、その一番のピークにおいて。ふたりの人間がひとつになれる、ミステリーに挑戦中だ。

再び、オーウェンはこだわりの世界から、たくさんの実例を見つけてくる。アラジンとジャスミンが助けになったとダンに言う。「僕はエミリーにスペースをあげないといけない。アラジンが学んだことだ。ジャスミンは自分で選択しなくちゃいけない。彼女は選択し、彼に自分の望みを察して欲しいって願うんだ」

ダンは椅子に座ったまま前のめりになり、オーウェンに顔を近づける。「でも、彼女が望むものがどうやってわかるんだい？」

オーウェンは間髪置かず頷く。乗っている。「歌がある」

「魔法の剣　キャメロット」の歌だと説明する。１９９８年に、少数のディズニー造反者がワーナーで製作したアーサー王のロマンス映画で、ディズニーの「ムーラン」、ピクサーの「バグズ・ライフ」と同じ年の夏に公開された。

オーケー、わかったオーウェン。とダンが言う。歌ってどんな？

「ああそうだ。『君の目になって』という歌だよ」

ダンは知らない。オーウェンは一番好きな箇所を歌う。

あなたが微笑むたび、天国が見える
あなたの胸の鼓動が何マイル先も聞こえる
生きる価値を、突然に知る

「彼女の目を見ることを忘れないために」毎朝この歌を聞くんだと説明する。10年近く、オーウェンは地下の診療所のダンを訪ね、人々が互いに繫がりあう微妙なパターンを見きわめようと模索してきた。今ではどうみても独力で、独自のやり方でそれをやっているようだ。「オーウェン、私のよき友よ」。ダン・グリフィンが目をキラキラさせる。「君はひとり立ちしたと言ってもいいだろうね」

オーウェンが立ち上がる。あの小さな巻き毛の男の子が、今では大人になり、ダンの身長ぐらい伸び、そして笑う、自分を意識しているというしたり顔の笑顔で。

「ありがとうラフィキ。今までのこと全部」

・・・

「友情は永遠かな」
「うん、オーウェン。だいたいそうだ」
「でもいつもじゃない」
「うん、いつもじゃない」

夜遅く、私たちはコネチカット・アベニューをドライブしている。ディズニー（とピクサー）の「メリダとおそろしの森」を観た帰りだ。DCでの最後の夜を飾るに相応しい。いい映画だった。定石通り、信念と家族に関するモラルや教えが満載のエンディング。

今では、私はわかったと思う。心の奥深い場所から、彼が――それにディズニー・クラブの何人かの友人が――映画を使い、なぜそれをこうも尋常じゃないと感じるのか。私たちの大半は彼らとは異なる方面、一から経験しはじめ、ひどくばたつく混沌の中から、これはいい感じ、あれはそうでもない、これはうまくいく、あれは駄目、と整とんしながら、段々と生活のルールを形作り、頂点にモラルをすえる。

幼い頃から、白黒、善悪のはっきりしている神話と昔話に頼ってきたオーウェンは、このピラミッドを反転させる。モラル――多岐にわたるすべて――からはじめ、年々、さまざまな価値観が交錯する灰色の世界で、それを試している。これら古式ゆかしい原理（ディズニー映画はまずこれで終わる）が本物かどうかを試す旅は、緊張の連続だ。

定期的にお気に入り映画を見るのは、それが理由だ。白黒と灰色の間で日々交わされる会話、モラル的な教え――美は心に宿る、己れに誠実たれ、愛がすべてに打ち勝つ――と、ごちゃごちゃな生活のはざまに疲れた彼を、リフレッシュしてくれる。劇中ヒーローを助けるように、オーウェンを助け、討論の舵取り役を務めてくれるのは、たくさんの脇役キャラだ。

友情が続くかどうかのやりとりを、私は宙ぶらりんに、未解決にしておく。「愛は永遠だってわかってる！」。沈黙を破ろうと、息子が言う。

私たちはチェビー・チェイス・サークルに近づいている。家まで5分。今ではパターンが見える。いつも、自宅から5分離れた通りを静かに走っていると、車が振動し、彼の壁が破れる。今回は、私には用意ができている。彼の恐れに触れるときは、極めてそっとしないといけない。友だちを作ること、または愛を見つけることは、リスクが伴うものだ。永遠に続く保証は、どこにもない。ハートブレイクがあるかもしれない。それでもとにかく、私たちは試みる。

この苦い一滴を、オーウェンがリスクを冒して馴染みのないケープ・コッドに行き、友人や家族から離れ、愛を見つけたという見返りに、包んで落とす。教訓は、と私ははじめる。「手を伸ばすことを決して恐れないことだ」

彼は私をさえぎる。「わかってる、わかってるよ」。そして、応援の声を呼び出す。「ノートルダムの鐘」のガーゴイル、ラヴァーンだ。

「カジ」。愛するメアリー・ウィックスの声で、彼は言う。「年寄りの見物人からの忠告をきいて。人生は高見の見物をするもんじゃないの。もしただ見ているだけなら、あんたは、あんたなしであんたの人生が進むのを見ることになる」

彼は忍び笑いをもらし、それから小さく肩回しをする。

「知ってる？　あいつらはほかの脇役たちとは違うんだよ」

オーウェンがまた私の先を飛び越える。私はよじ登る。

「いいや。どう違うの？」

「ほかの脇役は、映画の中で、登場人物として生きる。歩き回り、行動を起こす。ガーゴイルは、カジモドが彼らと一緒のときだけ生きるんだ」

「で、それはどうして？」

「カジモドが彼らに命を与えるからだ。彼の想像の中でだけ、生きるんだよ」

「オーケー、わかった。でも、やっぱりガーゴイルは賢くて、カジモドを導く。ほかの脇役みたいに」

彼は頷く。私も頷く。すべてが静かになる。

「それはどういう意味なんだ、相棒?」

彼はチェスのゲームでつまったみたいに、唇を突きだして笑い、あごを突きだす。たぶん、そうしたかったのだろう。

「つまり、答えは彼の中にある」

「じゃあなぜカジモドは、ガーゴイルが要るんだい?」

「カジモドはガーゴイルに命を吹きこんで、自分と話せるようにする必要がある。それが唯一、自分を見つける道なんだ」

「ほかにそういう人間を知ってるかい?」

「僕」

彼は楽しげな笑いを、少しだけ漏らす。優しく、深く。

そしてそれから長い間があり、透徹が訪れるのを待つ。

「でも、それはすごく寂しい。自分に話しかけるのはね」。私の息子、オーウェンが、最後に言う。

「世の中を生きなくちゃ」

脇役たち（たくさんの場面とキャラクターを割愛したが、現時点でのほぼ完成版）

オーウェン・サスキンド著・画

　ごく普通の男の子がいます。男の子は幸せで、パパとママ、お兄ちゃんや友だちと毎日楽しく遊んでいます。ある晩、窓から外を見ていると、地平線の向こうに嵐が見えます。男の子は幼く、まだ3歳で、おびえています。両親を呼んでも、返事がありません。男の子はひとりぼっちだと思い、外へ駆けだして家族を探しに行きますが、豪雨にあい、迷子になります。橋を渡ると、背後で落ちてしまいました。家に戻る手だてはもうありません。

　男の子は、暗い森でひとりぼっちです。すると、森の中で何かが姿を現し、声が聞こえます。「やあ、君」。聞き覚えのある声に、男の子は振り向きます。それは、ジミニー・クリケットでした。「私を知ってるようだね。君は誰だい？」。ジミニーが聞きます。

　男の子はティモシーという名前で、迷子になり、家に戻れないと言います。「ここはどこ？」

　突然、カニが現れます。男の子は、そのカニも知っています。「リトル・マーメイド」のセバスチャンです。

　ふたりが、この森は、〈迷子の脇役たちの森〉だと言います。

「どうして迷子になったの？」

「我々のヒーローが宿命を果たしてしまったからだよ」。セバスチャンが答えます。「目的をうしなったんだ」

ジミニー・クリケット

ジミニーが言うには、彼らのような脇役はたくさんいて、森の中をさまよっているのだとか。でも、森には悪者もいます。「悪役《ヴィラン》だよ、本物の悪党だ。私らはヒーローなしで対決せねばならない。私らのやることは、昔に冒険した自分たちの物語を語ることだ。自分の中、あるいはお互いの中に、ヒーローを見つけるために。たとえ脇役であってもね」

セバスチャン

ティモシーが言います。「僕も脇役だ!」

それで、ふたりはティモシーを仲間に入れます。

やがて3人は、悪役に出くわします。ファズバッチ卿です。破壊的な悪意の固まりで、ケープをはおり、小さな笏を手にしています。ファズバッチは、頭の中に騒音と炎を吹きつけます。すると、まわりが靄に包まれ、混乱し、クルクル回転してしまうのです。

ジミニーとセバスチャンは、ティモシーをファズバッチ卿から守ろうとします。男の子はまだ幼く、脇役――小さなか弱き者を守る、守護者タイプの脇役でした。ファズバッチが近づくと、ふたりは男の子に、自分たちをひたと見つめさせ、次々に歌を歌います。すると、男の子は落ち着いて、楽しくて仕方なくなります。音楽の力が、ファズバッチの炎から守ってくれました。男の子の頭に炎を吹きつけられず、卿は真っ黒なケープに身を包むと、煙と混乱の中へ、回転して消えていきます。

でも、すぐに脇役たちは別の悪役、大きくて、不器用な野獣に出くわします。グレイトロンという名前のその野獣は、冷たい鋼のよろいを身につけています。行く手をさえぎるものは、誰かれなしに凍らせるのです。不意を襲われ、氷に閉じこめられると、脇役たちの鮮やかな色彩があせてしまいます。そのときやつが近づいて、獲物の冷たい灰色が自分に似合うか確認し、剣で粉々にしようか、思案するのです。3人組も、罠にかかりました。グレイトロンが歩いてきて、様子を見ようとすると、新しい脇役が森から現れます。彼らはとぼけていて、陽気で、今を楽しく生き、「ベアー・ネセシティ」と「ハクナ・マタタ」の歌を歌っています。ふたりはグレイトロンの周りで陽気に騒ぎたて、凍った脇役たちに、恐怖がグレイトロンに力を与えるんだと教えます。楽しいひとときを考えろ——できるだけたくさん。そうすれば色を、自分の色を取り戻し、氷をとかせる。グレイトロンが、粉々にしてやろうと剣を振りあげますが、脇役たちはなんとか氷をとかし、そのあまりの暖かさに、グレイトロンは自分がとけてしまいます。

今ではティモシーを含め、脇役が5人になりました。守護者タイプと、おとぼけタイプは、互いのヒーロー特性を見つけ出そうとします。彼らは悪の手先——オウム——に出会いますが、そいつは悪玉から善玉になったといいます。最初は信じませんでしたが、とても面白いやつで、「ユーモアのセンスがあるやつは、誰だっていいところがあるはずだ」と、バルーが言います。名前はイアーゴといい、立ち去る前に、おそろしいゴレッテズル、森で最もパワフルで、形を変える悪役のことを教えます。瞬時に何にでもなれる、変身能力があるといいます。嘘

バルー

ティモン

をつくが、真偽を見分けるのは不可能。とりわけ、嘘が恐ろしい怪物になり、そこら中を暴れまわるようなときは。

その物語におじけをふるった男の子は、闘いに向けて鍛えてくれる脇役を探し、〈迷子の脇役たちの森〉で、ふたりの新しい仲間を見つけます。ヘラクレスを鍛えたフィルと、「ホーム・オン・ザ・レンジ」のはしっこいノウサギ、ラッキー・ジャックです。彼らはガイドフル、つまり世界からの挑戦を受けて立てるように、心と体を鍛えてくれる者たちです。ふたりはグループを鍛え——お互いに、隠された強さを発見します。戦いはし烈を極めますが、ゴレッテズルはあまりに強すぎました。ティモシーと脇役たちは、打ち負かされます。彼らは恐れをなして、一目散に逃げだします。

ラフィキ

そのときです、彼らはラフィキに出会います。彼が尋ねます。「ぜんたい、何から逃げておるんじゃ」と。脇役たち、さまよう7人組は、今はゴレッテズルから遠く離れ、答えられません。ラフィキは彼らが「自分の中の真実」から逃げていると言い、相棒のマーリンを紹介します。最後のペア——賢者の脇役——の登場です。これで、4つの違うタイプの脇役がそろいました。守護者、おとぼけ、ガイドフル、賢者。

ティモシーの「内なる真実」を見つけるため、賢者の脇役は、やはり森をさまよっている少女に引き会わせます。名前はアビゲイル。男の子によく似ています。迷子で、家に帰る道がなく、ペアの脇役と行をともにしていました。「ダンボ」のティモシー・マウスと、「きつねと猟犬」のビッグ・ママです。

グループは完成します——10人になりました。ティモシーとアビゲイルを入れて、12人。12人の脇役が、ヒーローを探します。過去をずっと瞑想していたラフィキが——「そこから学ぼうとして」——マーリンに尋ねます、「どうしてそんなに賢くなったんだね？」

マーリンは怒って答えます。「魔法使いにパワーの源を聞いてはならぬ！ わしから魔法を奪う気か！」

でも、ティモシーが待ったをかけます。彼とアビゲイルは似ていると。「ふたりとも、あまりに覚えていることが多すぎる。すべての瞬間を覚えているんだ。でも、頭の中を駆けまわらせておく。自分たちを知るヒントが、中にはあるからだよ」

マーリンは意を決します。本に顔をうずめて探し、「目を開いた最初の瞬間」を思い出す呪文を唱えます。

火が舞い上がり、マーリンはその瞬間に戻ります。原画机の上で形作られる自分が見え、鏡が見えます。「机の上に鏡がある」。賢者が言います。「鏡に映るクリエイターが見えるぞ」

脇役たちが集まって、マーリンの言葉を考えます。悪役と闘っているとはいえ、彼らは脇役に過ぎません。「その鏡を見つけられれば」。ラフィキがグループに言います。「クリエイターを見つけて、我々をヒーローに

ティモシー

マーリン

描き直してもらえるかもしれん」

そこで、一行は探しに行きます。ほどなく摩訶不思議な、でも廃墟となった場所へ出ます。土ぼこりが舞い、風が吹きつけます。見捨てられた机の上に、マーリンの鏡がありました。鉛筆とスケッチ帳が、山になって捨てられています。クリエイターはいません。すべてが失なわれてしまったようです。

アビゲイルは鏡を拾うとかばんに入れ、脇役たちはガッカリして森に帰ります。歩いていると、アビゲイルがティモシー・マウスに話しかけ、物語をせがみます。彼はダンボが、毛色の変わっていたところ――耳――のおかげで、空高く舞えることを学んだ話をします。

「でも、脇役は空を飛べないわ」。アビゲイルが言います。

「もちろん飛べるわよ、お嬢ちゃん」。ビッグ・ママが言います。「舞い上がるには、それぞれの才能を見つけるの。自分を自分たらしめている才能よ。そして、人にあげられる才能」

「私の才能ってなに？」

ビッグ・ママが笑います。「それは、自分自身で学ばないといけないわね。あの子に聞いたら？　ふたりで考えてみたらいいわ」

森の中で、ゴレッテズルが待っていました。こちらへ近づきながら、怖ろしい勢いで回転するので、ティモシーはアビゲイルをかばって守ろうとします。そのとき、かばんから飛び出している鏡を見ると、ゴレッテズルが映っていないことに気がつきます。ただのデータ、1と0、コード

化された数字のら列でした。ティモシーは脇役たちに向きなおります。

「あいつはCGだ、機械製なんだ。だからあんなにすいすい形が変えられる。でも、心臓は動いていない。あいつより、ぼくらのほうがリアルだ」

「だからってどんな得がある？」。セバスチャンが叫びます。

「やつは強い、強すぎる」。フィルが叫びます。

ゴレッテズルは巨大な火の渦を作り出すと、森から伸びて燃えさかる山となり、彼らのほうへ倒れてきます。重みで、彼らは押しつぶされてしまうでしょう。

ティモシーは輪になって固まれと言います。

「目を閉じて、見ないで！」。アビゲイルが叫びます。

「マーリン」。ティモシーが叫びます。「重力より強い力はある?!」

「ひとつだけ……愛じゃ、ぼうや——地球上で一番偉大な力じゃ！」

それを聞いたアビゲイルが、鏡をつかんで持ち上げます。

「ティモシー、早く！　鏡を見て！」

男の子が目を初めて本当に目を開くと、自分自身が見えます。自分の顔——アニメーションのではなく、本物の。真の姿です。

男の子は驚きます。「これがぼく？　ここにずっといたの？」

アビゲイルが鏡を下げると、同じ姿が見えます——自分の顔が——彼女の目の中に。

ピロクテテス

彼は優しく鏡を取ると、彼女の前に掲げます。彼女は自分の顔を見ます。美しくて、本当の自分を、生まれてはじめて。「ホントに、これが私?」

男の子が鏡を下げると、彼の目の中に、自分の姿が映ってます。

「いいぞ、ぼうや」。マーリンが言います。「それが、リアルじゃ。唯一のリアルなものじゃ。お互いの目の中に見えるものがな」

「そして、お互いの心の中に」。ビッグ・ママが言います。

すると、突然、世界が彼らの周囲で消えていきます。今にも押しつぶさんばかりだった燃える山にはじまり、ゴレッテズルが――コンピューターのコードの中に消え――そして、森の闇そのものが。ティモシーが振り返ると、橋が見えます――うんと昔に落ちた橋が――彼の背後で形作られます。

振り向くと、キャラクターたちが変身しています。ビッグ・ママは、母親に。バルーは兄に。ラフィキは友だちのセラピストに。そして、マーリンは父親に。

「ずっと、そこにいたの」。ティモシーが彼らに言います。

母親が優しく微笑みます。「でも、あなたもそうだったのよ。あなたが私たちの創造を助けてくれたの。特別な愛で、私たちに命を吹きこんだ」

彼は橋に目を向けます。我が家へ戻れる橋です。

「どこにいけばいいの?」。ティモシーが母親に尋ねます。

「心のおもむくままに。家は結局、心のあるところなのよ。お友達に聞いてみたら」

彼はアビゲイルに向きます。

「心がどこにあるか、知ってるわ」アビゲイルが言います。

そしてふたりはキスをします。

「でも、脇役たちは？」。アビゲイルが突然言います。「一緒に連れて行ける？」

ふたりが振り向くと、脇役たちは笑い、アニメーションのキャラクターに戻り、本当の男の子、家族、そして女の子と並びます。

「そうじゃな、一緒に行けることを願うよ」。マーリンが言います。

「話すことがたくさんあるからの。まずは、脇役がヒーローみたいに振るまう、この件について……」

「違うよ、脇役が内なるヒーローを見つけるんだ。ぼくのことだよ」。少年が、笑って言います。「たぶん、それが脇役の運命なんだ。脇役は、夢を見られる」

ラフィキが割りこみます。「それも違うぞ――脇役は、夢を見ねばならん！」（脇役がお互いにしゃべる、この場面がラストで、アニメーションのキャラクターとリアルな人間の一行がともに歩きながら、ヒーローの顕現という大きな問題を議論しあう）。

「あなたも、マーリン」。少年が言います。「ビッグ・ママも、それからほかの脇役たちも、ヒーローらしく振るまった」

「そうじゃな。我らはみな、内なるヒーローを探す脇役さ――それとじゃ、この年で描き直させたりせんからな！」

訳者あとがき

たとえば、ディズニー映画の中に閉じこめられてしまったら。スクリーンを踊りまわる極彩色のアニメーション・キャラクターから、人生と言葉と愛を学ばねばならないとしたら――。

これほどユニークで、センス・オブ・ワンダーに満ちたノンフィクションの本は、そうそう出会えません。しかも、優れた小説を読むときと同様、いやそれ以上におもしろく、おかしく、辛く、悲しく、ドキドキハラハラし、心暖まると同時に、人間の脳と能力の不思議さに驚嘆しながら、生きることと、この社会で生を送るとはどういうことかについて、深く考えさせられるのです。

元気いっぱいに庭を走り回って、パパとチャンバラごっこをしていた2歳半の男の子が、ある日こつ然と「消えて」しまう。まともに歩くこともできなくなり、話しかけても激しく泣くばかりでまるっきり言葉が通じず、両親は、あたかもわが子が目の前からかき消えてしまったように感じる。医者に診せると、自閉症スペクトラムと診断される。専門医やセラピーにかかり、発達障害児向けの幼稚園に入れ、最新の治療法を試すが、男の子の言語能力は回復せず、そのうちしきりに「ジューサーヴォーセ」という謎の言葉を繰り返し呟くようになる。だが、家族揃ってディズニー映画「リトル・マーメイド」を観ていたとき、母親はがくぜんとなる。「違う、『ジューサーヴォーセ』じゃないわ。この子が言いたいのは……」

何年か前、『自閉症の僕が跳びはねる理由』（東田直樹著、エスコアール刊）という本がベストセラーになりました。自閉症児だった著者が心のうちをQA方式で明解に語るという画期的な内容で、海外でも翻訳出版され、評判を呼びました。また、アメリカにおいても、著名な動物学者で自閉症を患うテンプル・グランディンの自伝が、クレア・デインズ主演、「テンプル・グランディン ～自閉症とともに」の題でテレビ映画化されてにわかに脚光を浴びたり、教育番組「セサミストリート」が自閉症児への理解をうながすサイト（http://autism.sesamestreet.org/）を開設するなど、ひと昔前にくらべ、自閉症に関するメディアが増えてきました。医科学的な研究も進んでいるようで、本書を訳している間にも、硬軟様々な関連ニュースがちょくちょく飛びこんできました。これは、近年、自閉症児の割合が急増（CDCによる最新データでは、全米で68人にひとり）し、ニーズが増えたせいもあるかもしれません。

そんななかでも、2歳半で自閉症を発症したわが子が、紆余曲折の果てに大学に入るまでの奮戦ぶりを、父親がつづった本書「ディズニー・セラピー」が、さん然と異彩を放っている点が、ふたつあります。

ひとつめのキーワードは、〝ディズニー〟。

オーウェンは自閉症のために、幼くして言葉を理解する能力を失ってしまいます。主要なコミュニケーションツールが断たれたオーウェンは、なんと、ディズニー映画を繰り返し観て、自力で言葉を1から学び直していくのです。そのことに気づいたときの、両親の衝撃と歓喜！　そしてその場面を読んだときの、読者の衝撃と歓喜！　オーウェンに心底驚かされる場面は、ひとつやふたつではありません。成長するにつれ、最初はディズニー・キャラクターの発するセリフから言葉（発語）を学び、次にはアルファベットを、さらには人格形成や情緒面の成長——思いやり、いじめに負けない根性、そして女の子とのつき合い方まで、「アラジン」のイアーゴや「リトル・マーメイド」のセバスチャン、

「ライオン・キング」のラフィキや「ヘラクレス」のフィルら、サイドキックス（脇役、とりまき）たちから学びとっていくのです。（でも、なぜ脇役ばかり？　それは、ぜひ本書第5章を読んでお確かめください。ガツーンと来ること、請け合いです）。やがてはかかりつけの臨床心理士があぜんとするほどの洞察力を発揮したり、ディズニー・スタジオに行って大物プロデューサーとビジネストーク（?）を交えるほどの変貌ぶりを、前進したり後退したりしながら、見せてくれます。

ふたつめのキーワードは、〝ピュリツァー賞〟。

著者のロン・サスキンドは、ピュリツァー賞を受賞した超一流のジャーナリストです。愛妻コーネリアと二人三脚で、オーウェンの子育てに悪戦苦闘、一喜一憂するお話の幕間に、イラク戦争当時のブッシュ政権のお家事情を暴いた本を出してＦＢＩから目をつけられたり、パキスタンのブットー元首相に取材を試みてあわやテロに巻きこまれそうになったり、オバマ大統領に取材したりといった逸話が差しはさまれ、公私の振り幅の大きさに、読んでいてクラクラきますが、同時に、ふたつが〝物語〟という媒介を通して、奇妙に歩み寄っていく様に、うならずにはいられません（こんな書き方をすると、読者を誘導するんじゃないと、サスキンド氏に怒られそうですが、あとがきにつきご容赦を）。

オーウェンはいつしか、ＣＧアニメに押されて風前のともし火の手描きアニメーションを復活させたいと望むようになり、そのためのお話も、自ら創作しています（巻末にオーウェンのイラストつきで載っています）。そのお話の運命がどうなるかは今のところわかりませんが、ひと足お先に、本書のほうが映画になってしまいました。原書と同じ〝Life, Animated〟のタイトルで、アカデミー賞受賞監督（短編ドキュメンタリー部門）ロジャー・ロス・ウィリアムスによってドキュメンタリー映画化され、つい先頃、２０１６年1月に開催されたサンダンス映画祭で、お披露目されたばかりです。５分以上のスタンディングオベーションを受け、みごとドキュメンタリー部門の監督賞を射止めました。

映画祭には著者とオーウェンも来場してロングインタビューを受けていたのですが、オーウェンが昨年、とあるつらい経験をしたとき、ピクサー作品「インサイドアウト」のキャラクター〝喜び〟に力づけられたと話していました。CGアニメ・アレルギー、改善されたのかしら。映画、日本でも公開されるといいのですが。

ところで、はるか古代にディズニーのTVアニメの下請けもしたことのある元アニメーターの訳者から、補足させていただきたい点があります。それは、「口パク」についてです。基本、とじ口・開き口・大口の3つぐらいしかない日本のアニメと違い、欧米のアニメーションは母音・子音ごとの口の形が細かく設定されており、発音に合わせて30分の1秒単位の1コマごと、正確に動かします。そのために、オーウェンはディズニー・アニメのキャラクターを観察して、発音を学ぶことが出来たのでしょう。ジブリアニメでは、少し勝手が違ったかもしれませんね。

最後に、本書の翻訳を任せてくださいました「フリックス」誌の松下元綱編集長、ビジネス社の唐津隆社長と岩谷健一様、そして、因縁浅からぬ原書タイトルのこの本を最初にご紹介くださった竹書房の富田利一様に、心より感謝いたします。

有澤真庭

2016年1月

●著者略歴
ロン・サスキンド（Ron Suskind）
著作のうち４冊が「ニューヨーク・タイムズ」紙のベストセラー入りし、さらに批評家から絶賛された“A Hope in the Unseen: An American Odyssey from the Inner City to the Ivy League”がある。その他の書名は“Confidence Men”“The way of the World”“The One Percent Doctrine”『忠誠の代償　ホワイトハウスの嘘と裏切り』（日本経済新聞社）。サスキンドは「ウォールストリート・ジャーナル」紙の国政欄編集委員だった際にピュリツァー賞を受賞、現在はハーバード大学エドモンド・J・サフラ財団倫理センター上級研究員を務める。妻コーネリア・ケネディと、マサチューセッツ州ケンブリッジに在住。長男ウォルトはワシントンＤＣに暮らし、次男オーウェンはケープコッドに一人住まいしている。

●訳者略歴
有澤真庭（ありさわ・まにわ）
アニメーター、編集者等を経て、現在はくもりときどき翻訳家・ところにより日本語教師。主な訳書に『ハッチ&リトルB』『アナと雪の女王』（竹書房）、『エンタイトル・チルドレン：アメリカン・タイガー・マザーの子育て術』（Merit Educational Consultants）などがある。

ディズニー・セラピー　自閉症のわが子が教えてくれたこと

2016年3月1日　第１刷発行

著　者　ロン・サスキンド
訳　者　有澤真庭
発行者　唐津　隆
発行所　株式会社ビジネス社
〒162－0805　東京都新宿区矢来町114番地　神楽坂高橋ビル5Ｆ
電話　03－5227－1602　FAX 03－5227－1603
URL　http://www.business-sha.co.jp/

〈カバーデザイン〉木村泰樹（mayam design）
〈印刷・製本・本文組版〉モリモト印刷株式会社
〈編集担当〉松下元綱　〈営業担当〉山口健志

ISBN978-4-8284-1869-8